L'anarchisme ou le fanatisme de la liberté

Du même auteur

L'Invention de l'islamo-palestinisme. Jihad mondial contre les Juifs et diabolisation d'Israël, Odile Jacob, 2025.

Du racisme en général et du racisme anti-Blancs en particulier, H&O éditions, 2025.

Les Protocoles des Sages de Sion *des origines à nos jours*, Éditions Hermann, 2024.

Le Nouvel Opium des progressistes. Antisionisme radical et islamo-palestinisme, Gallimard, « Tracts », 2023.

Le Nouvel Âge de la bêtise, Éditions de l'Observatoire, 2023.

Le Grand Remplacement ou la Politique du mythe, Éditions de l'Observatoire, 2022.

Qui est l'extrémiste ?, Éditions Intervalles, 2022.

Le Retour de la décadence. Penser l'époque postprogressiste, PUF, 2022.

Sortir de l'antisémitisme ? Le philosémitisme en question, Odile Jacob, 2022.

L'Antiracisme devenu fou. Le « racisme systémique » et autres fables, Éditions Hermann, 2021.

Les Nietzschéens et leurs ennemis. Pour, avec et contre Nietzsche, Les Éditions du Cerf, 2021.

Les Théories du complot, PUF, « Que sais-je ? », 2021.

Liaisons dangereuses : islamo-nazisme, islamo-gauchisme, Éditions Hermann, 2021.

L'Imposture postcoloniale. Science imaginaire et pseudo-antiracisme, Éditions de l'Observatoire, 2020.

Hitler, Les Protocoles des Sages de Sion *et* Mein Kampf. *Antisémitisme apocalyptique et conspirationnisme*, PUF, 2020.

L'Eugénisme, PUF, « Que sais-je ? », 2020.

La Pandémie par-delà les peurs : réinventer l'État-nation ?, Éditions de l'Observatoire, 2020.

(suite en fin d'ouvrage)

Pierre-André Taguieff

L'anarchisme ou le fanatisme de la liberté

Éditions de L'Observatoire

ISBN : 979-10-329-3368-8
Dépôt légal : 2025, novembre

170 *bis*, boulevard du Montparnasse, 75014 Paris

Pour Philémon

« Être gouverné, c'est être gardé à vue, inspecté, espionné, dirigé, légiféré, réglementé, parqué, endoctriné, prêché, contrôlé, estimé, apprécié, censuré, commandé, par des êtres qui n'ont ni le titre, ni la science, ni la vertu. »

Pierre-Joseph Proudhon

« Quiconque nie l'autorité et la combat est anarchiste. »

Sébastien Faure

« L'homme qui n'a pas été anarchiste à seize ans est un imbécile. Mais c'en est un autre, s'il l'est encore à quarante. »

Georges Clemenceau

« De même que le feu n'éteint pas le feu, et qu'il est impossible de sécher l'eau avec de l'eau, on ne peut éliminer la violence par la violence. »

Léon Tolstoï

« Si je ne peux pas danser dans votre révolution, je ne veux pas de votre révolution. »

Emma Goldman

Avant-propos

C'est à la suite d'une conversation avec mon petit-fils alors âgé de quatorze ans, Philémon, sur Proudhon et l'anarchisme, que l'idée m'est venue de revenir sur cette question qui m'avait moi-même beaucoup agité quand j'avais son âge. Une question politique et philosophique fondamentale, puisqu'elle porte sur les conditions de possibilité et d'exercice de la liberté humaine. Depuis le début des années 1960, lycéen indiscipliné puis étudiant en philosophie et en linguistique à la faculté de Nanterre-La Folie, si bien nommée, je n'ai jamais cessé de lire ou de relire les textes d'auteurs qui se sont présentés comme anarchistes ou ont été considérés comme anarchistes dans le vaste espace politico-intellectuel peuplé par les théoriciens d'un « ordre sans le pouvoir » ou d'un « ordre sans État ». La courte mise au point que j'envisageais s'est transformée en un essai sur la pensée dite « anarchiste » ou « libertaire », explorée dans son histoire turbulente et prise comme objet de réflexion philosophique. Car l'anarchisme ne se réduit pas à une idéologie politique parmi d'autres, il relève de l'histoire de la philosophie politique et morale.

La question qui s'est très tôt imposée à moi est la suivante : la passion de la révolte qu'on rencontre chez tous les anarchistes exprime-t-elle un irrépressible désir de liberté ou est-elle le symptôme d'un profond malaise face à la modernité (industrielle, capitaliste, etc.) ? Ou bien encore dérive-t-elle du ressentiment et de l'esprit de vengeance, pour parler comme Nietzsche ? Un ressentiment sans limites qui inciterait à des rébellions et à des insurrections, voire à des attentats terroristes, donc à recourir à la violence, censée avoir une fonction purificatrice et régénératrice ? Mais comment embrasser dans son ensemble le phénomène intellectuel, politique et culturel bigarré qu'est l'anarchisme ? Les figures de l'anarchiste comme type du révolté sont en effet multiples, allant du poète ou de l'artiste « inconformiste » au terroriste, en passant par les théoriciens, les militants et les partisans.

Une deuxième question m'est apparue comme fondamentale : les projets politiques des anarchistes, fondés sur les principes de l'autogouvernement et de l'autogestion, sont-ils voués à enrichir la bibliothèque des utopies futuristes abstraites ou peuvent-ils inspirer des styles de vie désirables, à travers diverses expérimentations sociales et politiques ?

La troisième question que je me suis posée porte sur les orientations contradictoires de la pensée libertaire et leurs modes de coexistence ou, plus profondément, sur les conditions de leur possible synthèse : d'une part, la défense d'un individualisme radical privilégiant les libertés individuelles et illustrant la posture « ni droite ni gauche », dont on connaît les ambiguïtés constitutives ; d'autre part, la recherche, voire l'invention d'une gauche révolutionnaire antiautoritaire et antitotalitaire rêvant de créer de petites communautés autogérées, mais reprenant à son compte, sans toujours les soumettre à un examen critique, les idéaux égalitaristes qui furent instrumentalisés par les régimes totalitaires. Peut-être le grand intérêt politico-philosophique suscité par l'anarchisme est-il de conduire à problématiser les rapports entre les valeurs-normes privilégiées par les démocraties modernes : liberté, égalité, fraternité et solidarité. Les problématiser, c'est-à-dire les repenser, ou les penser à nouveaux frais.

Les écrits libertaires sont souvent perçus comme provocateurs. S'ils expriment parfois le goût de la provocation pour la provocation, en esthétisant diverses formes de violence symbolique, ils ont le mérite de stimuler et d'intensifier l'esprit critique porté par une passion de la liberté s'exprimant par une révolte sans frontières. La pensée libertaire est une pensée de la libération et de l'émancipation du genre humain à travers ce que Bakounine, en 1865, appelait un « incendie universel ». Il faut également saluer la lucidité de Proudhon et de Bakounine qui, dès le milieu des années 1840, ont rejeté et soumis à une analyse critique le « communisme autoritaire » de Marx ainsi que le « socialisme d'État » en tant que formes nouvelles de despotisme.

Introduction

Amour de la liberté et goût de la révolte

En 1924, dans son premier *Manifeste du surréalisme*, André Breton, alors âgé de 28 ans, écrivait : « Le seul mot de liberté est tout ce qui m'exalte encore. Je le crois propre à entretenir, indéfiniment, le vieux fanatisme humain. » Ce fanatisme de la liberté est assurément le seul qui mérite d'être vécu et défendu. Au cœur de ce fanatisme singulier, il y a un engagement total dans la défense et l'illustration de la liberté dans toutes les sphères de l'existence humaine – des libertés de penser, de croire ou de ne pas croire, de s'exprimer, de créer, d'aimer, aux libertés de circuler, de choisir son mode de vie, son travail, etc. Les derniers mots du texte intitulé « Lâchez tout », publié en 1924 par Breton dans *Les Pas perdus*, ressemble à l'esquisse d'un projet de vie libertaire : « Lâchez la proie pour l'ombre. Lâchez au besoin une vie aisée, ce qu'on vous donne pour une situation d'avenir. Partez sur les routes. » Un tel éloge du nomadisme est au cœur de la pensée « révolutionnaire » de Breton, affirmant dans le même texte : « Pardonnez-moi de penser que, contrairement au lierre, je meurs si je m'attache. » Cet « esprit naturellement frondeur » qu'il se prête est clairement d'inspiration libertaire, et la révolte qui l'anime le conduit, dans « La confession dédaigneuse », texte d'ouverture des *Pas perdus*, à refuser tout « remède » religieux à la souffrance humaine : « Chercher le réconfort dans une croyance me semble vulgaire. »

Ce grand refus du monde présent, avec son ordre imposé, n'avait pas échappé à Albert Camus, qui, dans *L'Homme révolté* (1951), citait partiellement cette déclaration de Breton dans « La confession dédaigneuse », où le poète-penseur marie le souci esthétique à l'exigence morale : « Absolument incapable de prendre mon parti du sort qui m'est fait, atteint dans ma conscience la plus haute par le déni de justice que n'excuse aucunement, à mes yeux, le péché originel, je me garde d'adapter mon existence aux conditions dérisoires, ici-bas, de toute existence. » L'exaltation de la liberté comme refus du conformisme social, culturel et intellectuel était au cœur du surréalisme tel que Breton le pensait. C'est pourquoi il rejetait tout embrigadement, tout engagement politique asservissant des artistes et des poètes, ainsi qu'il l'affirmait en 1947 dans « Comète surréaliste » : « L'ignoble mot d'engagement […] sue une servilité dont la poésie et l'art ont horreur. » Ce qu'on peut reprocher cependant aux surréalistes, c'est qu'ils se sont parfois mis au service de telle ou telle organisation révolutionnaire, notamment à partir de 1934, lorsqu'ils se sont rapprochés des communistes staliniens, en s'imaginant ainsi « changer la vie », selon le mot de Rimbaud qu'ils ont transformé en slogan. Changer la vie avec Staline ! L'aveuglement idéologique relevait du tragique, même si le poète s'est ensuite rapproché de Trotski. Mais le message initial de Breton n'a pas pris une ride. S'engager pour défendre la liberté dans toutes les sphères de l'existence, c'est refuser les engagements au service des partis politiques, des mouvements sectaires ou des États. Il y a là, assurément, une inspiration qu'on peut qualifier d'« anarchiste ».

« Le fanatisme, ce redoutable amour de la vérité » : c'est ainsi que le philosophe Alain caractérisait le fanatisme dans l'article « Tolérance » de ses *Définitions*, reprises dans *Les Arts et les dieux*. De l'anarchisme, on pourrait dire tout autant qu'il est un redoutable amour de la liberté. Redoutable parce que inconditionnel ou absolu : un amour fou, susceptible de rendre fou. Le slogan « La liberté ou la mort » colore de sublime le fanatisme révolutionnaire. Mais il ne s'agit pas seulement de mourir pour la liberté : il s'agit aussi de faire mourir pour qu'elle advienne. Le mariage du fanatisme et de l'utopisme révolutionnaire engendre un imaginaire de la purification du genre humain, qui se traduit politiquement par un programme d'extermination des « nuisibles », incarnés par les « bourgeois » ou les « capitalistes », les « exploiteurs » ou les « réactionnaires ». On en trouve différentes versions dans la littérature communiste et anarchiste, où elles entrent en contradiction avec les visées humanistes centrées sur la non-violence, la fraternité et la solidarité, qui tendent à remplacer l'extermination des « contre-révolutionnaires » par leur rééducation.

Le fanatisme est un état d'exaltation ou une forme de possession qui ressemble à un délire sacré. Il implique une adhésion totale à un système de croyances et un engagement sans discussion, avec enthousiasme, dans une mission ou une croisade. Il y a dans le fanatique de la fureur, de l'ivresse et de l'intransigeance, un désir pathologique de réaliser sans réserve un idéal. À cet égard, les horreurs des guerres de Religion des années 1562-1598 en France sont restées fixées dans la mémoire collective. Depuis Voltaire – dont l'article « Fanatisme » du *Dictionnaire philosophique* (1764) reste une incomparable source de réflexion –, on a appris à connaître les excès du fanatisme religieux, qui vont jusqu'aux actions criminelles, commises au nom de la « bonne cause » du moment. Le désir d'aboutir à tout prix conduit en effet à supprimer tous les obstacles humains rencontrés. À l'âge des engagements idéologiques, où les idéaux à réaliser sont la liberté, l'égalité ou le bonheur pour tous, ce jusqu'au-boutisme dans la poursuite des fins engendre inévitablement des effets pervers – du terrorisme aux régimes autoritaires ou totalitaires, en passant par des conflits armés sanglants. Mais la tentation du fanatisme, chez les libertaires, est souvent corrigée ou limitée par l'esprit critique hérité des Lumières, dont on sait qu'il implique un engagement dans la croisade proprement moderne contre le fanatisme religieux. D'où le paradoxe incarné par certains théoriciens ou militants anarchistes, qui se présentent comme des fanatiques antifanatiques. On peut en effet être un moderne fanatique, ou un individu fanatiquement moderne, et un ennemi déclaré du fanatisme, celui du moins qui est perçu comme un vestige d'un passé dépassé et, à ce titre, dénoncé comme « réactionnaire », assimilé aux « fondamentalismes » ou aux « intégrismes » religieux ou politico-religieux. La mémoire des guerres de Religion joue à cet égard le rôle d'un repoussoir permanent.

Plus tard, en guise de bilan, André Breton reviendra sur la question des idéaux exaltants en pointant les trois fronts de son intransigeance : « Si la vie, comme à tout autre, m'a infligé quelques déboires, pour moi, l'essentiel est que je n'ai pas transigé avec les trois causes que j'avais embrassées au départ et qui sont la poésie, l'amour et la liberté. Cela supposait le maintien d'un certain état de grâce. Ces trois causes ne m'ont apporté aucune déconvenue. Mon orgueil serait de n'en avoir pas démérité. » La police de Vichy ne s'était pas vraiment trompée sur son compte. Avant d'embarquer à Marseille pour New York, en décembre 1940, Breton fut interpellé en tant qu'« anarchiste dangereux recherché depuis longtemps ».

Contre ceux, ultra-majoritaires, qui ont le goût de l'air du temps, Breton écrivait dans son *Introduction au discours sur le peu de réalité* (1927) : « Je cherche l'or du temps. » Cette phrase, dans laquelle se recueille l'idée surréaliste, a été gravée sur la tombe du poète. J'y vois pour ma part une réponse exaltante à la vieille question du sens de la vie, faisant écho au grand rêve de liberté qui animait l'ouvrier-poète anarchiste Joseph Déjacque (1821-1865), l'auteur en 1859 d'« À bas les chefs ! », qui résumait ainsi son projet révolutionnaire : « Ce n'est que par le travail libre, le travail intellectuel et moral que notre génération, civilisation ou chrysalide, se métamorphosera en vif et brillant papillon. » Imaginant l'avenir des humains libérés de l'esclavage, Déjacque en faisait cette brève et suggestive description : « Dans cette communauté fraternelle, libre est le travail et libre est l'amour. »

Il ne faut pas en conclure que tous les anarchistes ont été des défenseurs de la libération sexuelle et de l'émancipation de la femme. Le père fondateur de l'anarchisme, Pierre-Joseph Proudhon (1809-1865), par exemple, défendait des positions conservatrices, voire traditionalistes, sur ces deux questions. La revendication de l'amour libre ne faisait pas partie de son programme politique. En 1875, dans *La Pornocratie ou Les Femmes dans Les Temps modernes*, un de ses ouvrages posthumes, il ne cachait pas sa misogynie : « Je regarde comme funestes et stupides toutes nos rêveries d'émancipation de la femme. Je lui refuse toute espèce de droit et d'initiative politique. Je crois que, pour la femme, la liberté et le bien-être consistent uniquement dans le mariage, la maternité, les soins domestiques, la fidélité de l'époux, la chasteté et la retraite. » On pourrait à certains égards considérer Proudhon comme un lointain précurseur des théoriciens contemporains du « masculinisme ».

De Déjacque à Breton, de Bakounine à Debord, de Kropotkine à Bookchin, le fanatisme de la liberté a nourri l'esprit anarchiste, bien nommé « libertaire ». Incarnations de la révolte contre toutes les formes de dictature, les anarchistes ont aussi érigé l'égalité et la fraternité en valeurs et normes devant guider l'action politique et morale. Or, loin de séduire les modernes qui prétendent pourtant défendre les idéaux démocratiques de liberté, d'égalité et de fraternité, les anarchistes ont souvent été diabolisés par leurs contemporains, qui, depuis le dernier tiers du XIXe siècle, tendent à les réduire à quelques figures historiques de terroristes révolutionnaires (sur le modèle des nihilistes russes), à des « faiseurs d'utopies » (selon le mot de Charles Fourier) ou à de doux rêveurs paisibles voués à la marginalité sociale. Telles sont les images réductrices les plus courantes de l'anarchisme.

Ces représentations dépréciatives ne viennent pas de nulle part et ne sont pas dénuées de sens. Elles sont révélatrices de tensions idéologiques existant dans l'espace de l'anarchisme. Elles renvoient notamment à une opposition fondamentale entre deux familles d'esprits qu'on rencontre dans les écrits anarchistes comme dans les divers courants de l'anarchisme. Il y a, d'une part, ceux qui croient à la valeur émancipatrice ou rédemptrice de la violence (insurrections, guerres, attentats terroristes, révolutions) et, d'autre part, ceux qui prêchent la fraternité et la paix universelles. Deux conceptions antinomiques du salut dans l'Histoire se dégagent ainsi : une pensée du conflit vital et régénérateur, et une pensée du pacifisme intégral, dont l'anarchisme non violent du comte Léon Tolstoï (1828-1910) a été une belle illustration, qui exercera une influence profonde sur le Mahatma Gandhi (1869-1948). Mais la non-violence est expressément récusée par nombre de théoriciens et de militants anarchistes. « Salut à la guerre ! » lançait Proudhon, en 1861, dans *La Guerre et la Paix*. Quant à la révolutionnaire anarchiste et communarde Louise Michel (1830-1905), elle écrivait dans ses *Mémoires* : « Oui, barbare que je suis, j'aime le canon, l'odeur de la poudre, la mitraille dans l'air. » Comme l'a noté le philosophe russe Nicolas Berdiaeff (1874-1948) dans *De l'esclavage et de la liberté de l'homme* (1946), « l'anarchie peut être à la fois cruelle, armée de bombes, et douce, idyllique, animée de la croyance en la bonté de la nature humaine ».

Aux « nihilistes » d'esprit guerrier, aux insurgés et aux incendiaires fanatiques qui prônent l'action terroriste ou la lutte révolutionnaire armée pour ébranler ou détruire un ordre social qu'ils perçoivent comme tyrannique ou injuste s'opposent les adeptes du « lâchez tout » qui rêvent de fonder, à l'écart des ordres étatiques, des petites communautés fraternelles et pacifiques dont les membres seraient à la fois libres et solidaires, mus avant tout par un désir de paix et d'amour – illustré notamment par le slogan « *Peace and love* » des hippies des années 1960 –, promoteurs de ce qu'on a appelé la « contre-culture », impliquant le choix de la vie communautaire à l'écart de la société capitaliste. Après avoir fréquenté en France les milieux anarchistes, le philosophe juif Martin Buber (1878-1965), théoricien de la « communauté » – notion à laquelle il a consacré un essai en 1919 –, a énoncé le principe de ce communautarisme libertaire : « Notre communauté ne veut pas la révolution ; elle est la révolution. » Il faut souligner que les révolutionnaires violents et les communautaristes pacifiques s'opposent à ceux qui, socialistes et communistes, ont pour objectif non pas de détruire l'appareil d'État, mais de le conquérir afin de le mettre au service de la classe sociale qu'ils prétendent représenter, au risque d'instaurer un nouveau pouvoir coercitif, qui, au XXe siècle, a pris le visage de régimes autoritaires ou totalitaires.

Les révolutionnaires anarchistes, dès les lendemains de la révolution bolchevique, ont dénoncé la mise en place d'une bureaucratie d'État en Russie par les compagnons de Lénine. Ils ont rapidement compris qu'ils assistaient à l'apparition de la « dictature d'un petit groupe sur le prolétariat », au moyen d'une police politique omniprésente. Leur lucidité, à cet égard, a été exemplaire, d'autant qu'elle se doublait d'un grand courage puisqu'elle les exposait à une répression féroce ou les contraignait à l'exil. Publié en 1923 sous le titre *My Further Disillusionment in Russia* (tr. fr., *Ma Désillusion en Russie*, 1925), le témoignage de l'anarchiste Emma Goldman (1869-1940) sur le fonctionnement réel de la « dictature du prolétariat » dans la Russie des années 1920-1921 reste précieux, d'autant plus qu'elle avait d'abord perçu la révolution d'Octobre comme un « vrai miracle ». Mais, peu après son arrivée en Russie, elle avait commencé à décrypter l'imposture bolchevique, notamment quand, assistant pour la première fois à une réunion du soviet de Petrograd, elle fut témoin de l'impossibilité faite aux délégués non bolcheviques de s'exprimer, parce que « la liberté d'expression est une superstition bourgeoise ». L'écrasement de l'insurrection de Cronstadt le 17 mars 1921 confirme à ses yeux le dévoiement dictatorial de la révolution russe, confisquée par le Parti bolchevique : « Cronstadt brisa le dernier lien qui me rattachait aux bolcheviques. Le massacre gratuit qu'ils avaient perpétré parlait de façon plus éloquente contre eux que tout le reste. Quelles qu'aient été leurs intentions par le passé, ils se révélaient maintenant comme les ennemis les plus pernicieux de la révolution. Je n'avais plus rien à faire avec eux. » La militante et théoricienne anarchiste résumera ses conclusions en notant que « les méthodes des bolcheviques ont démontré, de façon concluante, comment il ne faut pas faire une révolution ». Et de rappeler le principe que la fin ne saurait justifier tous les moyens : « Aucune révolution ne peut jamais réussir comme facteur de libération, à moins que les moyens employés soient identiques dans l'esprit et la tendance avec les buts à réaliser. »

Dans sa brochure publiée en octobre 1920, *Au café*, l'anarchiste italien Errico Malatesta (1853-1932) imagine une série de dialogues sur l'anarchisme – qu'il a commencé à rédiger en mars 1897 – dont un passage expose brièvement, mais de façon frappante, le problème fondamental de la pensée politique anarchiste :

> « Louis. – Mais quoi ! Les hommes sont mauvais par nature, et s'il n'y avait pas les lois, les juges et les gendarmes pour nous tenir en respect, pires que les loups, nous nous dévorerions entre nous.
>
> Georges. – S'il en était ainsi, ce serait une raison de plus de ne donner à personne le pouvoir de commander et de disposer de la liberté des autres. »

La thèse anarchiste est qu'à supposer que l'homme soit un loup pour l'homme, comme le soutiennent les défenseurs de l'État, confier la sécurité de tous à un appareil d'État qui ne peut qu'en abuser est un remède illusoire, voué à aggraver les choses. Car l'abus du pouvoir est dans la nature du pouvoir. C'est donc la liberté de chacun qui est alors menacée.

Mais les anarchistes professent une vision plutôt optimiste du genre humain. Ils sont plus proches du Jean-Jacques Rousseau du *Discours sur l'origine et les fondements de l'inégalité parmi les hommes* (1755) que du Thomas Hobbes du *Léviathan* (1651). Leur anthropologie n'est pas d'orientation pessimiste. Il s'ensuit qu'ils sont enclins à refuser ou à éviter de poser en ces termes le problème politique. L'État étant selon eux à l'origine de nombreux maux qui frappent le genre humain, ce dernier ne saurait attendre de l'État qu'il améliore son sort. L'axiome fondamental de l'anarchisme a été formulé en 1873 par le révolutionnaire russe Mikhaïl Aleksandrovitch Bakounine (1814-1876) dans *Étatisme et anarchie* : « Qui dit État, dit nécessairement domination et, par conséquent, esclavage ; un État sans esclavage, avoué ou masqué, est inconcevable, voilà pourquoi nous sommes ennemis de l'État. »

Ce qui singularise la pensée politique anarchiste, c'est son antiétatisme radical. Mais l'antiétatisme ne doit pas demeurer une posture intellectuelle pour intellectuels anarchistes. En 2008, l'historien anarchiste néerlandais Rudolf de Jong (né en 1932), définissait l'anarchisme comme suit : « Le rêve d'une société sans domination et les tentatives de réaliser ce rêve sur tous les terrains de la vie humaine et de la société. » Être anarchiste, c'est vouloir réaliser l'utopie d'une société sans État. C'est donc s'engager à la fois dans un combat et dans une entreprise de refondation sociale et politique. Spécialiste britannique des questions de théorie politique, David Miller commençait son livre publié en 1984, *Anarchism*, en le présentant comme « une étude de l'anarchisme en tant qu'idéologie, ensemble de croyances sur la nature humaine, la société et l'État qui vise à la fois à expliquer le monde et à contribuer à le changer ». Il y a là une claire définition de l'anarchisme comme pensée politique impliquant une anthropologie et comme projet révolutionnaire d'amélioration de l'ordre social.

L'anarchisme fait appel autant à notre imagination créatrice qu'à notre capacité d'examen critique. Son ambiguïté constitutive tient à ce qu'il combine, non sans engendrer des tensions, l'esprit critique et le goût du récit utopique. Mais son orientation dominante est un antiautoritarisme radical. Dans son *Histoire de l'anarchisme* (1993), Jean Préposiet (1926-2009) a parfaitement caractérisé la fonction à la fois imaginale et critique de l'anarchisme : « Tout autant que la république gouvernée par les philosophes dont rêvait Platon, la société libertaire peut passer pour une utopie. Mais cette utopie est une idée régulatrice irremplaçable. Tellement irremplaçable que, sans les anarchistes, sans l'aiguillon libertaire, le pouvoir ne douterait jamais de lui-même. L'anarchisme reste la mauvaise conscience de l'autorité. C'est déjà beaucoup... » À la tension entre les utopistes se consacrant à la construction de systèmes sociaux « parfaits » et les activistes prônant l'action immédiate ou « directe » pour « détruire le système » s'ajoute celle entre les théoriciens à l'esprit géométrique, doublés de stratèges politiques plus ou moins avisés, et les artistes, les poètes, les visionnaires enthousiastes tentés par le religieux, le mystère, les doctrines ésotériques.

L'intellectuel libertaire et écologiste américain Murray Bookchin (1921-2006) – également ouvrier métallurgiste durant une dizaine d'années –, dans la « Note au lecteur », datée du 12 juillet 1995, qui ouvre son essai titré *Changer sa vie sans changer le monde* (1995), insiste sur la dimension esthétique de l'émancipation telle qu'elle a été pensée et rêvée par les anarchistes, s'opposant en cela aux révolutionnaires de tradition marxiste-léniniste :

> « À dire vrai, les anarchistes peuvent s'enorgueillir à juste titre de s'être depuis longtemps battus pour une liberté sexuelle complète, une esthétisation de la vie quotidienne et une humanité affranchie du poids des contraintes psychologiques qui ont longtemps entravé sa liberté tant sensuelle qu'intellectuelle. Pour ma part, en tant qu'auteur il y a environ trente ans de *Desire and Need* [*Désir et besoin*], je ne peux que suivre Emma Goldman quand elle déclare ne pas vouloir d'une révolution où elle ne pourrait pas danser – et, comme le firent observer très tôt dans le siècle mes parents *wobbly* [membres du syndicat révolutionnaire Industrial Workers of the World (IWW)], d'une révolution où ils ne pourraient pas chanter. »

Dans le premier chapitre de son livre, intitulé « L'anarchisme : révolution sociale ou mode de vie ? », Bookchin souligne la tension permanente, peut-être insurmontable, entre le pôle individualiste et le pôle collectiviste au sein du mouvement anarchiste :

> « Depuis deux siècles, l'anarchisme, un ensemble d'idées antiautoritaires très œcuménique, s'est développé à la jonction de deux grandes tendances contradictoires : un engagement personnaliste en faveur de

l'autonomie individuelle et un engagement collectiviste en faveur de la liberté sociale. Jamais, tout au long de l'histoire de la pensée libertaire, ces deux tendances ne sont parvenues à se réconcilier. En fait, durant la majeure partie du siècle dernier, elles ont simplement cohabité au sein de l'anarchisme, leur accord se réduisant à une simple opposition à l'État, sans envisager plus largement la nouvelle société qui doit être créée à sa place. »

C'est là en effet que réside la source principale des conflits idéologiques observables entre les théoriciens de l'anarchisme comme entre les divers courants se réclamant de l'anarchisme. Au XIXe siècle, le pôle individualiste a été illustré par la pensée de Max Stirner (1806-1856) et le pôle collectiviste (ou communiste) par celles de Mikhaïl Bakounine et de Piotr Kropotkine (1842-1921). Encore faut-il ne pas oublier les formes mystiques, en particulier d'inspiration chrétienne, de l'anarchisme, dont on trouve dans la pensée politique de Tolstoï une brillante illustration. À ce propos, dans *L'Idée russe*, un de ses derniers livres, paru en 1946, Nicolas Berdiaeff relevait cet apparent paradoxe : « L'anarchisme est un produit essentiellement russe. Curieusement, c'est dans les classes élevées, aristocratiques qu'il naquit. Les trois anarchistes les plus marquants furent tous trois des aristocrates : Bakounine, le prince Kropotkine et le comte Léon Tolstoï. » C'est là bien plutôt une particularité de l'anarchisme russe.

Ce qui frappe l'historien des idées politiques, c'est la grande diversité des couples idéologiques formés avec tel ou tel courant anarchiste. Comme le soulignait

Bookchin en 1984, il existe de « multiples formes d'anarchisme, telles que l'anarcho-syndicalisme, l'anarcho-individualisme, l'anarcho-collectivisme, l'anarcho-communisme et même, chose plutôt plaisante, un anarcho-bolchevisme qu'offrirait une lecture attentive de l'histoire du mouvement anarchiste espagnol. » Mais il faut y ajouter l'anarcho-traditionalisme (esquissé par Proudhon), l'anarcho-conservatisme (incarné par George Orwell), l'anarcho-aristocratisme (qu'on trouve par exemple chez Nietzsche), l'anarcho-capitalisme ou l'anarcho-libéralisme, et même certaines formes d'anarcho-fascisme, qu'on rencontre surtout dans les milieux littéraires et artistiques – en Italie, l'aristocratique poète-soldat « nietzschéen » Gabriele D'Annunzio (1863-1938) en fut une des figures les plus célèbres, avec l'écrivain Filippo Tommaso Marinetti (1876-1944), fondateur du mouvement futuriste, présent aux côtés de Benito Mussolini (1883-1945) à Milan le 23 mars 1919, le jour de la fondation des Faisceaux italiens de combat. L'engagement anarchiste peut mener à tout, comme le montre la trajectoire de Mussolini, passé de l'engagement anarcho-syndicaliste à l'invention du fascisme.

Pour comprendre l'esprit anarchiste, il faut être sensible aux relations profondes entre le sens de la liberté et le goût de la création. Revenant sur les conférences qu'il prononça à Londres du 18 janvier au 7 mars 1916, après sa rupture avec David Herbert Lawrence (1885-1930), Bertrand Russell (1872-1970) les présente ainsi dans la préface de l'ouvrage dont elles ont constitué l'esquisse, *Principles of Social*

Reconstruction (tr. fr., *Principes de reconstruction sociale*, 2007), ouvrage publié la même année :

> « Mon dessein a été de suggérer une philosophie politique basée sur la conviction que, pour façonner la vie des hommes, les pulsions ont plus d'impact que les buts conscients. La plupart des pulsions peuvent se diviser en deux groupes : les pulsions de possession et les pulsions créatrices, selon qu'elles visent à acquérir, ou à garder quelque chose ne pouvant être partagé, ou à introduire dans le monde une chose de valeur, telle que la connaissance, l'art ou la bonne volonté à propos desquels il n'y a pas de propriété privée. Je considère comme étant supérieure une vie basée sur les pulsions de création et comme inférieure celle qui est inspirée par l'amour de la possession. Les institutions politiques ont une grande influence sur les dispositions des hommes et des femmes et devraient être de nature à favoriser le sens créateur au détriment du sens de la possession. L'État, la guerre et la propriété sont les principales formes des pulsions de possession [...] La libération de la puissance créatrice doit être un principe de réforme au double point de vue politique et économique. »

Libérer la puissance créatrice des humains : tel est l'objectif premier des anarchistes selon l'esprit. Mais la dimension morale de l'idée anarchiste, dont on ne saurait méconnaître les origines religieuses, ne doit pas être oubliée. « Tu ne suivras pas la multitude pour faire le mal » (Exode, 23, 2) : telle est la phrase écrite par la grand-mère de Bertrand Russell sur la page de garde de la bible qu'elle lui avait offerte lorsqu'il était enfant, et qui resta profondément gravée dans la mémoire du philosophe, penseur inconformiste s'il en fut, doublé d'un infatigable défenseur de la liberté de penser, ce qui l'a souvent conduit à faire cause commune avec certains milieux libertaires, critiques des sociétés capitalistes comme des régimes totalitaires.

« Anarchie », « anarchiste » : termes dépréciatifs

Depuis le milieu du XIXe siècle, les théoriciens, les promoteurs et les défenseurs de l'anarchisme ne cessent de se heurter aux connotations péjoratives du mot « anarchie » : d'une part, absence d'autorité ou de pouvoir ; d'autre part, absence d'ordre, c'est-à-dire désordre, chaos, guerre civile. Ce qui caractérise l'anarchie, c'est une absence qui est un manque. Dans l'Antiquité grecque, *an-arkhê* signifie absence de commandement ou d'autorité, et *anarkhia* désigne la vacance du pouvoir civil ou militaire, voire l'absence de lois (*anomia*). Chez Hérodote, le terme *anarkhia* signifie l'« état d'un peuple régulièrement dépourvu de gouvernement » (*Histoires*, IX, 23), et chez Xénophon l'« absence ponctuelle de chef » (*L'Anabase*, III, 2, 29). Dans *Antigone* (v. 672-676), Sophocle fait dire à Créon s'adressant à son fils : « Il n'est pire malheur que l'anarchie. C'est elle qui détruit les cités, ruine les maisons, c'est elle qui rompt les rangs des alliés au combat. Mais ceux qui se laissent conduire dans le droit chemin, l'obéissance les sauve, pour la plupart. » Le mot « anarchie » enveloppe non seulement l'idée de désordre (Aristote,

Les Politiques, V, 3, 1302b 29-33), mais aussi celle de désobéissance (Eschyle, *Les Sept contre Thèbes*), de rejet de toute autorité.

Ayant à l'esprit la démocratie athénienne qui a condamné à mort Socrate, crime impardonnable, Platon accuse la démocratie d'être un régime politique dans lequel le pouvoir est détenu par le peuple (*dèmos*), qu'il définit par la somme de ses incompétences. Le peuple croit bon, juste, vrai et beau ce qui lui fait plaisir et mauvais, injuste, faux et laid ce qui lui déplaît. C'est pourquoi le peuple assemblé, disons plutôt la multitude (*polloí*), est voué à incarner la pseudoscience et la pseudo-sagesse qu'expriment ses mauvaises décisions, source d'injustices, de conflits et de désordres. Celui qui lutte pour la justice et s'oppose ainsi au peuple-multitude le fait au péril de sa vie (*Apologie de Socrate*, 31e-32a). Tout se passe comme si Socrate avait assumé le rôle du médecin accusé par un cuisinier devant un tribunal composé d'enfants : il ne pouvait qu'être condamné par cette assemblée d'incompétents se couvrant du « manteau bigarré » ou « bariolé » de la démocratie. Dans *La République* (VIII, 562e-564a), Platon affirme qu'il y a un lien causal entre l'anarchie produite par la démocratie et la dérive tyrannique ou despotique, esquissée par la tyrannie jeuniste. D'où cette description du devenir anarchique de la démocratie et de ses conséquences logiques :

> « Le père s'accoutume à traiter son fils comme son égal et à redouter ses enfants, [...] le fils s'égale à son père et n'a ni respect ni crainte pour ses parents parce qu'il veut être libre, [...] le métèque devient l'égal du

> citoyen, le citoyen du métèque et l'étranger pareillement. [...] Le maître craint ses élèves et les flatte, les élèves font peu de cas des maîtres et des pédagogues. [...] Et [les citoyens] en viennent à la fin [...] à ne plus s'inquiéter des lois écrites ou non écrites, afin de n'avoir absolument aucun maître. [...] C'est ce gouvernement si beau et si juvénile qui donne naissance à la tyrannie [...] Le même mal [...] qui, s'étant développé dans l'oligarchie, a causé sa ruine, se développe ici avec plus d'ampleur et de force, du fait de la licence générale, et réduit la démocratie à l'esclavage [...] Ainsi, l'excès de liberté doit aboutir à un excès de servitude, et dans l'individu et dans l'État. [...] Vraisemblablement, la tyrannie n'est donc issue d'aucun autre gouvernement que la démocratie, une liberté extrême étant suivie [...] d'une extrême et cruelle servitude. »

La thèse est claire : l'homme tyrannique naît de l'homme démocratique à travers l'anarchie, résultat du droit de tout faire qui règne dans la démocratie, régime dans lequel le pouvoir revient à ceux qui savent efficacement flatter le peuple. La démocratie est « un régime charmant, anarchique et bigarré, qui dispense une sorte d'égalité aussi bien à ce qui est inégal qu'à ce qui est égal » (*République*, VIII, 558c). Ce « bazar » qu'est la démocratie implique la promotion de la démagogie, qui chasse l'exigence de compétence. Il s'agit avant tout de plaire. Être séduit, c'est ce qu'attend le peuple, foule voire populace, cette multitude inconstante, fondamentalement versatile. La liberté individuelle sans le respect de l'autorité, c'est-à-dire sans principe de limitation, voilà ce qui définit l'état d'anarchie selon Platon. L'anarchie est l'envers de la démocratie spectacle, mise en scène séduisante et trompeuse à la fois. Le désordre est ainsi la vérité de la démocratie, qui, loin d'être un véritable régime politique, est pour Platon une « forme d'ivresse généralisée et pathologique » à laquelle il oppose le « gouvernement du savoir », comme le souligne Jean-François Pradeau (« L'ébriété démocratique. La critique platonicienne de la démocratie dans *Les Lois* », 2004). C'est pourquoi l'*anarkhia* est associée à l'*anomia*, à l'*anaïdeïa* (l'impudence), à l'*asôtia* (la débauche) et à l'*hubris* (la démesure).

Dans le langage politique des modernes, « anarchie » reste un terme péjoratif et « anarchiste » est souvent employé comme une injure. On dénonce régulièrement les « fauteurs d'anarchie » ou les « anarchistes », c'est-à-dire les responsables supposés de troubles, de désordres, d'émeutes. « Anarchie » signifie donc désordre, désorganisation et violence. Tel est le principe récurrent des accusations portées contre l'anarchie. Le philosophe Emmanuel Mounier (1905-1950) commençait son article consacré aux rapports entre anarchie et personnalisme (*Esprit*, avril 1937) par cet avertissement : « *Anarchie* ne doit pas prêter à confusion. Au premier abord, le mot éveille trois idées : individualisme, négation totale, désordre. Les polémiques ont pesamment joué de ces associations. Or elles traduisent très infidèlement le visage commun de la pensée anarchisante [...] Pour retrouver, de l'inspiration anarchiste, ce qui a germé et pris racine dans l'histoire, nous devrons donc oublier les images qui s'offrent le plus communément à l'opinion quand ce mot est prononcé. » Rappelons quelques-unes de ces représentations négatives de l'anarchie, qui constituent l'esquisse d'un dictionnaire des idées reçues sur la question.

On lit dans l'édition de 1694 du *Dictionnaire de l'Académie française* : « Anarchie : estat déréglé, sans chef et sans aucune forme de gouvernement. » Dans son *Traité de la connaissance de Dieu et de soi-même* (I, 13), publié en 1722 (posthume), Bossuet reprend à son compte l'accusation en la présentant comme un « axiome » : « De ce que l'ordre est meilleur que la confusion, je conclus qu'il n'y a rien de meilleur à l'homme que d'être gouverné selon les lois, et qu'il n'y a rien de pire que l'anarchie, c'est-à-dire de vivre sans gouvernement et sans lois. » Dans l'article « Anarchie » rédigé par Diderot pour *L'Encyclopédie*, le terme conserve son sens péjoratif : « Désordre dans un État, qui consiste en ce que personne n'y a assez d'autorité pour commander et faire respecter les lois, et que par conséquent le peuple se conduit comme il veut, sans subordination et sans police. » À l'époque révolutionnaire, le terme polémique d'« anarchie » est employé pour dénoncer les « criminels » assoiffés de sang. Les Girondins accusent Marat de prêcher, de propager ou de provoquer « l'anarchie ». Barrère déclare en 1793 : « L'anarchie dévore tout. » Le serment civique du 2 pluviôse an V (21 janvier 1797) intègre cette vision négative de l'anarchie : « Je jure haine à la royauté, haine à l'anarchie, je jure attachement et fidélité à la République. » En février 1797 (ventôse an V), au cours du procès contre la Conjuration des Égaux (dont le meneur était Gracchus Babeuf), l'accusateur public Antoine Vieillard de Boismartin affirmait devant la Haute Cour : « Rien ne peut ramener, ni apaiser, ni calmer ces hommes cruels. Prêts à tous les excès [...], le sang du crime bouillonne pour ainsi dire dans leurs veines [...] Leur premier dogme est le bouleversement de la société, qu'ils appellent égalité, loi agraire, le remplacement des propriétaires par ceux qui ne le sont pas, la succession de ceux qui n'ont rien à ceux qui ont quelque chose. Tout moyen pour arriver à leur but leur paraît également bon ; dévaster, égorger jusqu'à ce que leur affreux système surnage sur une mer de sang. » Accusé alors de vouloir instaurer l'anarchie, le révolutionnaire Babeuf sera plus tard héroïsé par les marxistes voyant en lui le premier théoricien du communisme.

Quelques années plus tard, dans *Le Génie du christianisme* (1802), François-René de Chateaubriand (1768-1848) résume ainsi sa vision du rôle positif joué par le christianisme dans l'histoire : « Or, il est sans doute permis d'admirer, au moins comme résultat d'une conception vaste et grande, ce long effort du christianisme pour unir entre elles toutes les nations, et pour les garantir également de l'anarchie et du despotisme. » Dans ses *Mémoires d'outre-tombe* (1849, tome IV, livre V), il définit les deux menaces : « Le despotisme muselle les masses, et affranchit les individus dans une certaine limite ; l'anarchie déchaîne les masses, et asservit les interdépendances individuelles. » Si Chateaubriand s'indigne devant l'« anarchie des idées » de l'époque romantique, le « socialiste » et utopiste atypique Charles Fourier (1772-1837), autodidacte à l'imagination poétique, peste contre l'« anarchie mercantile » en 1830, suivi par le socialiste républicain Louis Blanc (1811-1882) stigmatisant en 1845 l'« anarchie industrielle », tandis que Lamennais (1782-1854) dénonce en 1831 l'« anarchie intellectuelle » de son temps, marqué par l'affaiblissement et la marginalisation du sentiment religieux, le christianisme ayant à ses yeux permis aux nations chrétiennes d'éviter à la fois l'anarchie et le despotisme. Quant à Auguste Comte (1798-1857), dans son *Discours sur l'esprit positif* (1844), il voit dans l'avènement de l'« esprit positif » le seul moyen de surmonter la crise profonde du monde postrévolutionnaire :

> « D'après ce sentiment, de plus en plus développé, de l'égale insuffisance sociale qu'offrent désormais l'esprit théologique et l'esprit métaphysique, qui seuls jusqu'ici ont activement disputé l'empire, la raison publique doit se trouver implicitement disposée à accueillir aujourd'hui l'esprit positif comme l'unique base possible d'une vraie résolution de la profonde anarchie intellectuelle et morale qui caractérise surtout la grande crise moderne. »

En 1894, dans son étude sur les anarchistes, le criminologue et anthropologue Cesare Lombroso (1835-1909), célèbre pour sa théorie du « criminel-né », commence par énoncer son jugement global sur le phénomène, qui témoigne selon lui d'une inquiétante régression : « De nos jours, où les rouages sociaux et politiques tendent sans cesse à se compliquer, une théorie comme celle de l'anarchie, qui songe à nous ramener à l'homme préhistorique et à l'époque antérieure au *paterfamilias*, ne saurait être considérée que comme un monstrueux retour en arrière. » Il ouvre son chapitre consacré à l'examen de la « criminalité chez les anarchistes » par ce diagnostic d'ensemble qui vire clairement à la condamnation : « D'après ce qui précède, on comprend comment les fauteurs les plus actifs de cette idée anarchiste soient (sauf quelques exceptions, comme Ibsen, Reclus, Merlino, Malatesta et Kropotkine), pour la plus grande partie criminels ou fous, quelques fois l'un et l'autre. » Dans la littérature savante de l'époque, l'anarchisme est le plus souvent abordé comme la figure répulsive de l'extrémisme révolutionnaire à visage terroriste, notamment en référence aux « nihilistes » russes, commode repoussoir. Dans l'imaginaire anti-anarchiste qui se met en place en ce moment où se constituent les sciences sociales, les anarchistes sont pathologisés et criminalisés en tant que « primitifs », « fous », « assassins », ennemis de la société.

Le père fondateur : Proudhon

Comment, dès lors, faire de ce mot-repoussoir qu'est « anarchie » le nom d'un idéal, et de l'« anarchisme » la désignation d'une doctrine séduisante, défendue par des citoyens responsables et respectables, qui se nomment eux-mêmes « anarchistes » ? C'est ce qu'a tenté de faire Pierre-Joseph Proudhon en juin 1840 dans *Qu'est-ce que la propriété ?*, son premier mémoire sur la propriété, au cours d'un dialogue sur la meilleure « forme de gouvernement », dans lequel il déclare, revendiquant l'autodésignation, « Je suis anarchiste », non sans préciser aussitôt : « Quoique très ami de l'ordre, je suis, dans toute la force du terme, anarchiste. » Et le penseur anarchiste de résumer ainsi sa vision politique : « Comme l'homme cherche la justice dans l'égalité, la société cherche l'ordre dans l'anarchie. » Il ajoute que « la politique est la science de la société », que « le gouvernement de l'homme par l'homme [...] est oppression » et que « la plus haute perfection de la société se trouve dans l'union de l'ordre et de l'anarchie ». Après avoir rappelé en 1841, dans son *Deuxième mémoire sur la propriété*, que « la propriété est la grande matrice de nos misères et de nos crimes », il définit ainsi la mission qu'il s'est donnée en tant qu'anarchiste : « Je prêche l'émancipation aux prolétaires, l'association aux travailleurs, l'égalité aux riches ; je pousse à la révolution par tous les moyens qui sont en mon pouvoir, la parole, l'écriture, la presse, les actions et les exemples. » Dans un article paru dans *La Voix du peuple* le 29 décembre 1849, Proudhon fait cette mise au point : « Le plus haut degré d'ordre dans la société s'exprime par le plus haut degré de liberté individuelle, en un mot par l'anarchie. » Être « anarchiste » et « révolutionnaire », selon lui, c'est détruire pour reconstruire. On sait qu'il affectionnait la formule tirée du Deutéronome : « Je détruirai et je construirai » (« *Destruam et ædificabo* »), placée en épigraphe de son livre paru en 1846, *Système des contradictions économiques, ou Philosophie de la misère*.

En 1851, dans *Idée générale de la Révolution au XIXe siècle*, il rappelle le cœur du projet anarchiste : « Le résultat le plus caractéristique, le plus décisif de la Révolution, c'est, après avoir organisé le travail et la propriété, d'anéantir la centralisation politique, en un mot l'État. » Il s'agit donc de cesser d'être gouverné :

> « Être gouverné, c'est être gardé à vue, inspecté, espionné, dirigé, légiféré, réglementé, parqué, endoctriné, prêché, contrôlé, estimé, apprécié, censuré, commandé, par des êtres qui n'ont ni le titre, ni la science, ni la vertu… Être gouverné, c'est être, à chaque opération, à chaque transaction, à chaque mouvement, noté, enregistré, recensé, tarifé, timbré, toisé, coté, cotisé,

patenté, licencié, autorisé, apostillé, admonesté, empêché, réformé, redressé, corrigé. »

Proudhon pense que le peuple doit apprendre à penser par lui-même, autrement dit, qu'il doit s'exercer à philosopher. Il s'en explique ainsi en 1858 dans *De la justice dans la Révolution et dans l'Église* : « Le peuple n'a jamais fait autre chose que prier et payer : nous croyons que le moment est venu de le faire philosopher. » En 1852, le penseur anarchiste a forgé le mot « démopédie » pour désigner à la fois l'instruction et l'éducation du peuple, cette démopédie devant être permanente pour arracher le peuple à l'emprise des pédagogues, des démagogues et des mystagogues. Il avait précisé en 1839 dans *De l'utilité de la célébration du dimanche* : « *Démagogue*, conducteur ou précepteur du peuple ; comme *pédagogue*, précepteur d'enfants ; *mystagogue*, maître des cérémonies sacrées. » La démocratie telle qu'il l'entend est inséparable de la démopédie, ainsi qu'il l'affirme en 1852 dans *La Révolution sociale démontrée par le coup d'État du 2 décembre* : « Je me rallie sans réserve aux hommes honnêtes de tous les partis, qui, comprenant que *démocratie* c'est *démopédie*, éducation du peuple, acceptant cette éducation comme leur tâche et plaçant au-dessus de tout la LIBERTÉ, désirent sincèrement, avec la gloire de leur pays, le bien-être des travailleurs, l'indépendance des nations et le progrès de l'esprit humain. » C'est dans cette perspective qu'il faut comprendre cette définition proposée en 1840 par Proudhon dans *Qu'est-ce que la propriété ?* : « La politique est la science de la liberté. »

En 1848, dans *Solution du problème social*, Proudhon avance sa redéfinition de la République :

> « La République est l'organisation par laquelle toutes les opinions, toutes les activités demeurant libres, le Peuple, par la divergence même des opinions et des volontés, pense et agit comme un seul homme. [...] La République est une anarchie positive [...] C'est la liberté délivrée de toutes ses entraves, la superstition, le préjugé, le sophisme, l'agiotage, l'autorité ; c'est la liberté réciproque, et non pas la liberté qui se limite ; la liberté non pas fille de l'ordre, mais MÈRE de l'ordre. »

Si Proudhon, dans ses *Confessions d'un révolutionnaire* (1849), définit l'anarchie comme l'« ordre sans le pouvoir », Élisée Reclus (1830-1905), en 1851, dans son premier texte libertaire (« Développement de la liberté dans le monde »), n'hésite pas à affirmer que l'anarchie, ou « l'absence de gouvernement », est la « plus haute expression de l'ordre ». L'idée est reprise en avril 1850 par Anselme Bellegarrigue, (1813-1869) qui lance la revue mensuelle *L'Anarchie. Journal de l'ordre*, laquelle comporte un « Manifeste de l'anarchie ». La revue disparaîtra après son second numéro, publié en mai 1850.

Dans la perspective proudhonienne, les anarchistes rêvent d'une société juste, sans chef ni État, composée d'individus libres qui ont décidé de s'associer. Ils supposent que la liberté ne peut s'épanouir qu'en l'absence d'un pouvoir d'État et de ses appareils (police, armée, etc.). Ils s'interdisent en conséquence d'envisager une prise du pouvoir par une révolution sur le modèle léniniste, ce qui les voue à une existence politique marginale. L'idée de construire un parti anarchiste structuré comme une organisation participant à la compétition politique leur paraît incongrue. Un des plus profonds penseurs de l'écologie politique, Jacques Ellul (1912-1994), dans *Anarchie et christianisme* (1988), a fort bien posé le problème :

> « Voter, c'est déjà participer à l'organisation de la fausse démocratie mise en place par le pouvoir et la bourgeoisie. Et que l'on vote à droite ou à gauche, cela revient au même. S'organiser, en parti, c'est adopter une structure nécessairement hiérarchique, et c'est vouloir participer au pouvoir. Or, il ne faut jamais oublier à quel point l'obtention d'un pouvoir politique peut être corruptrice [...] C'est pourquoi, dans un mouvement qui peut être très proche de l'anarchie, les écologistes, je me suis toujours opposé à la participation politique. »

Telles sont les raisons pour lesquelles l'anarchisme n'a pu exister qu'en tant qu'utopie politico-littéraire et expérimentation historique vouée à l'échec, non sans jouer cependant le rôle d'une force de contestation permanente de tous les autoritarismes, disons une force morale plutôt que politique. Le risque est ici de se contenter d'être une « belle âme », incorrompue et incorruptible. Une « belle âme » qui sait et ose dire non à tout embrigadement dans un parti, fût-il écologiste. Avec la joie quelque peu narcissique d'échapper à toute compromission, à toute souillure. L'anarchiste se confond dès lors avec l'objecteur de conscience dans tous les domaines économiques, politiques et sociaux.

Dans *Qu'est-ce que la propriété ?*, en 1840, Proudhon affirmait : « L'eau, l'air et la lumière sont choses communes, non parce que inépuisables, mais parce que indispensables [...] Pareillement la terre est chose indispensable à notre conservation, par conséquent chose commune, par conséquent chose non susceptible d'appropriation. » On trouve un écho de cette thématique proudhonienne chez le philosophe Pierre Dardot et le sociologue Christian Laval, qui, dans leur livre intitulé *Commun. Essai sur la révolution au* XXI*e* *siècle* (2014), dénoncent le « vol généralisé », le « pillage », le « vol silencieux de ce qui appartient à tous », pratiques qui ont permis l'« appropriation des ressources naturelles, des espaces publics, des propriétés d'État par le capital ». Les « communs » feraient donc aujourd'hui l'objet de « nouvelles enclosures », c'est-à-dire d'une privatisation : « L'époque est en effet à la prédation généralisée orchestrée par des oligarchies qui se gavent de la richesse collective, elle est à l'extension des droits de propriété dirigée par les grands oligopoles sur tout ce qui vient accroître leur champ d'accumulation, sur la connaissance, la nature et le vivant. »

Bien qu'il y ait autant de doctrines anarchistes que de penseurs anarchistes, ces derniers semblent se rejoindre sur la devise « Ni Dieu ni maître », impliquant un double rejet : du pouvoir politique incarné par l'État et des autorités religieuses. Au début de son *Catéchisme révolutionnaire* (1866), Mikhaïl Bakounine résume sa position intransigeante sur la question : « Abolition du service et du culte de la divinité. Remplaçant le culte de Dieu par le respect et l'amour de l'humanité, nous affirmons la raison humaine, comme critérium unique de la vérité ; la conscience humaine, comme base de la justice ; la liberté individuelle et collective, comme unique créateur de l'ordre de l'humanité. [...] Exclusion absolue de tout principe d'autorité et de raison d'État. » Il existe cependant des anarchistes chrétiens qui, tel le penseur écologiste Jacques Ellul, se reconnaissent dans la devise « Avec Dieu, sans maître ».

Si les anarchistes défendent tous le principe normatif de l'individu libre et souverain visant son épanouissement personnel en harmonie avec celui de ses semblables et égaux, ce qui permet de les considérer comme des individualistes, ils divergent et s'opposent principalement sur la question du travail, de la production et des échanges économiques.

Le grand public a aussitôt retenu la boutade de l'anarchiste Proudhon : « La propriété, c'est le vol ! » Portée par ce slogan, la critique radicale de la propriété par Proudhon dans son pamphlet publié en 1840, *Qu'est-ce que la propriété ?*, va jouer un rôle majeur. Il y affirme que « la justice est l'astre central qui gouverne les sociétés, le pôle sur lequel tourne le monde politique, le principe et la règle de toutes les transactions ». Ce pamphlet politique est salué en 1845 comme le « manifeste scientifique du prolétariat français » par Karl Marx (1818-1883) dans *La Sainte Famille* : « L'ouvrage de Proudhon [...] est aussi important pour l'économie politique moderne que l'ouvrage de Sieyès : *Qu'est-ce que le tiers état ?* pour la politique moderne. » Mais, en 1847, Proudhon, qui venait de publier *Philosophie de la misère* (1846), est réduit par Marx, dans son pamphlet *Misère de la philosophie*, à un « petit-bourgeois, ballotté entre le Capital et le Travail ». Notons au passage que le mot « libertaire » a vraisemblablement été forgé en 1857 par l'anarchiste Joseph Déjacque au cours de sa polémique avec Proudhon, qu'il accusait injustement d'être « anarchiste juste-milieu, libéral et non libertaire ». Exilé à New York, Déjacque lance la revue *Le Libertaire* (1858-1861). Dans l'usage courant, l'adjectif « libertaire » est devenu synonyme d'« anarchiste ».

En janvier 1883, dans sa défense devant la police correctionnelle de Lyon, Kropotkine rendit hommage à Proudhon de la façon suivante : « On m'a reproché encore d'être le père de l'anarchie. C'est trop d'honneur qu'on veut me faire. Le père de l'anarchie est l'immortel Proudhon qui l'a exposée pour la première fois en 1848 [*sic* : en 1840]. » Dans la préface à la troisième édition revue, corrigée et augmentée (1851) de ses *Confessions d'un révolutionnaire*, Proudhon a résumé ainsi sa vision révolutionnaire, qui sera partagée par tous les anarchistes : « Nous n'admettons pas plus le gouvernement de l'homme par l'homme que l'exploitation de l'homme par l'homme... »

En 1900, alors qu'elle est âgée de 31 ans, Emma Goldman se rend à Paris en compagnie de l'anarchiste tchèque Hippolyte Havel (1871-1950) pour y contribuer à l'organisation du Congrès anarchiste international, occasion pour elle de rencontrer les libertaires français et de tirer des leçons de leurs actions. Dans son autobiographie publiée en 1931, *Living My Life* [*Vivre ma vie. Une anarchiste au temps des révolutions*], elle rend un hommage appuyé aux pionniers français de l'anarchie, en célébrant ainsi l'auteur de *Qu'est-ce que la propriété ?* :

> « La France a été le berceau de l'anarchisme. C'est à certains de ses fils les plus brillants que nous en

> devons la paternité, notamment au plus grand de tous, Proudhon. Ils ont livré pour leur idéal une bataille exténuante, ont encouru les persécutions, l'emprisonnement, parfois au prix de leur propre vie. Mais ce ne fut pas en vain. Grâce à eux, l'anarchisme est devenu en France un facteur social avec lequel il faut compter [...] Visiter les groupes anarchistes, observer leurs efforts et l'avancement de nos idées en terre française fut une véritable leçon pour moi. »

Dans sa somme *Les Gauches françaises*, l'historien Jacques Julliard, considérant le cas de ce qu'il appelle la « gauche libertaire », soit la « quatrième gauche » (après la libérale, la jacobine et la collectiviste), en pointe justement la singularité :

> « Voici une famille qui ne ressemble à aucune autre. Elle n'est jamais arrivée à s'inscrire tout entière dans un parti. Elle n'a jamais eu de représentation parlementaire. On n'est jamais parvenu à lui donner un nom qui fasse l'unanimité. Autre reproche qu'on ne manquera pas de lui adresser, au moins inconsciemment : elle vient briser la tripartition idéale à laquelle on aurait pu songer pour échantillonner la gauche éternelle : gauche libérale, gauche jacobine, gauche collectiviste. »

Il en présente ainsi les principaux traits : « Au commencement, il y a Proudhon. L'anarchisme, ou plus largement l'esprit libertaire, est plus répandu dans la société civile, les syndicats et chez les intellectuels que dans le monde politique proprement dit. C'est une rivière quasi souterraine qui surgit parfois au grand jour, comme en 1968. »

William Godwin, le précurseur

Avant même l'apparition des mots « anarchisme » et « anarchiste », des éléments doctrinaux peuvent être identifiés, d'une façon rétrospective, comme faisant partie de la préhistoire de l'anarchisme, et ce, dès la fin du XVIIIe siècle. Aux origines de l'anarchisme individualiste, on rencontre notamment la pensée politique du journaliste et écrivain britannique William Godwin (1756-1836). À en croire l'historien Jean Maitron, « l'œuvre de Godwin – bien que l'auteur eût refusé l'étiquette d'anarchiste – constitue le premier et sans doute le plus complet des programmes anarchistes jamais écrits ». Son passage par les milieux dissidents du protestantisme est assurément l'un des facteurs de son ralliement à la vision des Lumières, comme le note l'historien Claude Harmel dans son *Histoire de l'anarchie* (1949) : « Dans nulle autre Église, le rationalisme protestant – qui place dans la conscience de chaque homme la source de la croyance – n'avait autant préparé le chemin à l'individualisme politique et social. Godwin n'aura qu'à étendre à la société cet esprit de révolte et cette volonté de libre examen pour définir l'anarchie. » Il faut noter cependant, pour éviter tout anachronisme lié aux réinterprétations rétrospectives, que Godwin continue d'employer le mot « anarchie » pour désigner un mal politique, comme dans ce passage de son essai de 1793 : « L'anarchie est un mal terrible, le despotisme en est un pire. [...] L'anarchie est un mal éphémère, le despotisme est presque immortel. »

Mais les mots importent moins ici que les idées. Enthousiasmé par la Révolution française, l'ancien pasteur Godwin note dans son *Journal* de 1789 : « C'était l'année de la Révolution française ! Mon cœur battait fortement au sentiment de la liberté. J'avais lu avec une grande satisfaction les écrits de Rousseau, d'Helvétius et des autres écrivains français les plus populaires. [...] Et je ne pouvais me retenir de concevoir de grandes espérances d'une Révolution dont de tels écrivains avaient été les précurseurs. » Fermement décidé à réagir contre la criminalisation de la Révolution française illustrée par l'essai polémique d'Edmund Burke *Reflections on the Revolution in France* [*Réflexions sur la Révolution de France*] (1790) – « Tout semble hors de nature dans cet étrange chaos, où se mêlent légèreté et férocité, une étrange confusion de crimes et de folies » –, il se lance dans la rédaction d'un ouvrage pour défendre les idées révolutionnaires, qui « placerait les principes politiques sur une base immuable », celle de la raison individuelle.

Postulant que « l'homme est un être rationnel », Godwin publie donc en février 1793 *An Enquiry Concerning Political Justice, and Its Influence on General Virtue and Happiness* [*Enquête sur la justice politique et son influence sur la vertu et le bonheur en général*], ouvrage qui a un retentissement immédiat. Il y affirme que « tout gouvernement est un mal », qu'il représente l'« abdication de notre propre jugement et de notre conscience ». Il propose également de supprimer le droit, qui légitime l'obéissance, et d'abolir la propriété privée, « qui noie la plupart des hommes dans des soucis sordides ». Il condamne enfin le mariage, qui étouffe la liberté individuelle et les exigences de la raison au profit des instincts et des sentiments. L'orientation politico-philosophique de Godwin est clairement celle d'un individualisme rationaliste et d'un optimisme progressiste – l'homme gouverné par la seule raison étant jugé indéfiniment perfectible. C'est dans le sillage de la pensée des Lumières qu'il dessine son utopie anarchiste : « Tout ami bien informé de l'humanité doit tendre vers cette époque heureuse qui verra la dissolution du pouvoir politique, cette machine brutale qui a été l'unique et perpétuelle cause des vices de l'humanité, et qui, ainsi que cela a été abondamment montré tout au long de ce travail, possède des tares de toutes sortes, et ne peut donc se modifier autrement que par sa totale annihilation ! »

Godwin a ainsi formulé le principe de son individualisme rationaliste : « Il n'y a qu'un pouvoir auquel je puisse obéir sans arrière-pensée, c'est la décision de mon propre entendement, ce que me dicte ma propre conscience. » C'est dans cette perspective qu'il oppose l'État et la société : « Société et État diffèrent entre eux, non seulement par leurs caractères, mais aussi par leur origine. La Société est née de nos besoins, l'État de nos méchancetés. La Société est un bien, l'État tout au plus un mal nécessaire. » Dans l'utopie godwinienne, l'État ne disparaît pas complètement, mais ses fonctions sont réduites au minimum, et encadrées par des décisions prises collectivement : défendre un membre de la société contre un autre, et défendre la société contre une autre société. Après une gloire éphémère, notamment auprès de la jeunesse étudiante, dans un contexte où l'Angleterre est en guerre avec la France, Godwin est oublié par les uns et dénoncé par les autres comme un complice des révolutionnaires français haïs par les Anglais restés fidèles à leur monarchie. Rares sont ceux qui osent se réclamer de lui, comme le poète Percy Bysshe Shelley (1792-1822), son disciple admiratif et son gendre – l'époux de sa fille Mary Shelley (1797-1851), femme de lettres connue pour son roman publié en 1818, *Frankenstein ou le Prométhée moderne* –, qui continue de le célébrer. Il sera reconnu plus tard comme un précurseur de l'anarchisme par Kropotkine dans *La Science moderne et l'anarchie* (1901 ; édition augmentée, 1913).

En décembre 1900, Benjamin R. Tucker (1854-1939) célébra Josiah Warren (1798-1874), dont il avait été le disciple, comme « le premier homme à avoir exposé et formulé la doctrine aujourd'hui connue sous le nom d'anarchisme ». Mais Warren ne se présenta jamais lui-même comme « anarchiste », bien que sa pensée politique n'ait cessé de tourner autour du thème de « l'individu contre l'État », qui inspirera autant les penseurs libertaires que les philosophes libéraux tels que John Stuart Mill (1806-1873) ou Herbert Spencer (1820-1903). Après avoir été déçu par le mouvement coopératif animé par le pionnier du « socialisme utopique » Robert Owen

(1771-1858), dont les idées furent mises en œuvre de 1825 à 1829 dans l'expérience communautaire de New Harmony (Indiana, États-Unis), qui, selon lui, sacrifiait les libertés individuelles en faisant prévaloir l'« exigence de conformité », Warren s'affirma comme un des pionniers de la philosophie anarchiste individualiste, fondée sur le principe de la souveraineté de l'individu. Il lança en 1833 un périodique libertaire : *The Peaceful Revolutionist* [*Le Révolutionnaire paisible*], dont il était à la fois l'éditeur et l'unique auteur. Pour Warren, il ne s'agissait pas de vouloir établir l'égalité ni l'unanimité dans la société, mais de rendre possible une communauté dans laquelle tous les individus fussent également libres. S'il a pu être reconnu après sa mort comme un protoanarchiste, c'est parce qu'il a placé au centre de sa pensée politique l'idée de la libre individualité.

Le symbole et le mythe de Prométhée n'ont cessé d'alimenter l'imaginaire anarchiste, explicitement ou non. L'esprit prométhéen est inséparable d'un esprit de révolte contre les divinités tyranniques qui exigent des humains l'obéissance, la soumission et la servilité, mais aussi l'adoration. Le rejet de l'idolâtrie est le premier geste de l'individu prométhéen. La liberté humaine suppose de s'affranchir de tout culte des idoles. Dans sa dissertation de doctorat présentée et publiée en 1841, *Différence de la philosophie de la nature chez Démocrite et Épicure*, Karl Marx (âgé de 23 ans), qui fréquente alors les « Jeunes hégéliens » (la gauche hégélienne) et plus particulièrement Bruno Bauer (1809-1882), esquisse sa critique de la religion, une critique radicale qu'il développera et définira en 1843, dans l'introduction de sa *Contribution à la critique de la philosophie du droit de Hegel*, comme la « condition première de toute critique » tout en affirmant que la religion est l'« âme d'un monde sans cœur » ou l'« opium du peuple ». C'est pourquoi, ajoute-t-il, « la critique de la religion est [...], en germe, la *critique de cette vallée de larmes*, dont la religion est l'*auréole* ». À la fin de l'avant-propos de sa thèse de doctorat, daté de mars 1841, le jeune Marx fait l'éloge de Prométhée, figure de la révolte contre les dieux :

> « La philosophie ne s'en cache pas. Elle fait sienne la profession de foi de Prométhée : "En un mot, je hais tous les dieux" [Eschyle, *Prométhée enchaîné*, v. 972]. C'est sa propre devise qu'elle oppose à tous les dieux du ciel et de la terre qui ne reconnaissent pas comme la divinité suprême la conscience de soi humaine. Cette conscience de soi ne souffre pas de rival. Mais aux tristes poltrons qui jubilent au spectacle de l'apparente dégradation de la situation sociale de la philosophie, celle-ci fait à son tour la réponse que Prométhée fit à Hermès, servile messager des dieux : "Sache que jamais je n'échangerai mon sort misérable contre ton esclavage. J'aime mieux être enchaîné à ce rocher que d'être le messager fidèle de Zeus, ton père" [Eschyle, v. 966-969]. Dans le calendrier philosophique, Prométhée occupe le premier rang parmi les saints et les martyrs. »

Prométhée est donc célébré par le jeune Marx comme le héros philosophique et antireligieux par excellence, celui qui s'est le premier élevé contre les tyrans célestes et terrestres. Si Marx s'en était tenu là, il aurait pu figurer parmi les pionniers de la pensée anarchiste, dont la devise, empruntée au socialiste révolutionnaire Auguste Blanqui (1805-1881) dès le début des années 1880, sera « Ni Dieu ni maître » – c'est ainsi que Blanqui choisit de titrer le journal qu'il lança en novembre 1880.

Cependant, lorsqu'on étudie les lointaines origines des révoltes modernes contre les figures divines ou divinisées, on doit également tenir compte de la révolte de Moïse contre Pharaon. À la suite du philosophe marxiste Ernst Bloch (1885-1977), auteur d'une somme intitulée *Le Principe espérance* (1954-1959), l'historien des idées Mark Lilla, dans son livre *Le Dieu mort-né* (2007), pointe un paradoxe éclairant, qui met en lumière une singulière inversion :

> « Pour libérer les Hébreux du joug des Égyptiens, Moïse créa une religion utopique qui légua aux Hébreux un esprit d'opposition permanente. Le messianisme juif qui commença avec Moïse et fut dirigé contre Pharaon inspira finalement une rébellion prométhéenne contre Dieu, que l'homme finit par considérer comme le responsable de tous les maux du monde. Au fond, le messianisme biblique trahissait, selon les termes de Bloch, "un vote de défiance contre Dieu". »

L'esprit prométhéen est tout entier dans la révolte héroïque contre les dieux du ciel et de la terre. Mais si l'esprit de révolte restera au cœur de la pensée anarchiste, son orientation prométhéenne se heurtera à la critique écologiste de la modernité technicienne, qui va inspirer d'une façon croissante la vision anarchiste du monde.

Stirner ou l'individualisme absolu

Dans *La Sensibilité individualiste* (1909), le philosophe nietzschéen Georges Palante (1862-1925) célébrait Max Stirner (1806-1856) comme le « représentant le plus authentique de l'individualisme ». Au début de son principal ouvrage, *L'Unique et sa propriété* (1844), Stirner affirme en effet simplement : « Pour Moi, il n'y a rien au-dessus de Moi. » Il faut prendre au sérieux la phrase placée en épigraphe, « Je n'ai mis ma cause en rien », ainsi que le premier paragraphe du livre, où il ironise : « Qu'y a-t-il qui ne doive être ma cause ! Avant tout la bonne cause, puis la cause de Dieu, la cause de l'humanité, de la vérité, de la liberté, de la justice, la cause de mon peuple, de mon prince, de ma patrie et jusqu'à celle de l'esprit et mille autres. Seule ma cause ne doit jamais être ma cause. "Anathème sur l'égoïste qui ne pense qu'à soi !". » Il y a chez Stirner une récusation de toutes les « causes » religieuses ou idéologiques, dénoncées comme des superstitions. Sa « cause », affirme-t-il, n'est « ni divine ni humaine » : « Elle n'est pas générale, mais unique, comme je suis unique. » Il refuse autant l'Être suprême ou le

Dieu-homme du christianisme que l'Homme-dieu de l'humanisme athée d'un Feuerbach : « Je ne suis ni Dieu ni l'Homme. » Ni l'humanisation du divin ni la divinisation de l'humain ne trouvent grâce à ses yeux. Son principe est clair : « Aucune allégeance, aucun dogme. » Même pas l'allégeance anarchiste ! Comme le souligne Albert Camus dans *L'Homme révolté*, Stirner « fait place nette ».

Chez Stirner, on trouve à l'état pur l'acte premier de la pensée anarchiste : le refus absolu de toute médiation, délégation ou représentation. Le « direct » est érigé en valeur-norme fondamentale dans la théorie comme dans l'action. Ce rejet de tout transfert et cette hantise des médiations expliquent pourquoi Stirner rejette absolument cet intermédiaire tyrannique qu'est l'État : « L'État ne peut pas supporter que l'homme soit en rapport direct avec l'homme ; il faut qu'il marche entre eux comme intermédiaire, il faut qu'il intervienne. Il est devenu ce que fut le Christ, ce que furent les saints, l'Église, il est l'intermédiaire : il sépare l'homme de l'homme pour se placer au milieu comme “esprit”. » Et Stirner d'accuser l'État de n'avoir « qu'un but, borner, lier, subordonner l'individu, l'assujettir à la chose générale ».

On trouve aussi chez Stirner une conception particulière du droit, en tant qu'effet ou implication de la force ou de la puissance individuelle : « Tu as droit à ce que Tu as le pouvoir d'être. » Et de préciser : « [Tu] as le droit d'être ce que tu as la force d'être. Je tire tout droit et toute justification de moi. J'ai le droit de faire tout ce que j'ai la puissance de faire. J'ai le droit de renverser Zeus, Jéhovah, Dieu, etc. si je le puis. » Ce lien entre la force et le droit sera affirmé par de nombreux penseurs anarchistes. Par exemple par Proudhon, qui, dans *La Guerre et la Paix*, affirme que « chaque puissance » ou « chaque force » « porte son droit avec elle-même », le « droit » d'aller jusqu'au bout de ce qu'elle peut. Ou encore par Émile Pouget (1860-1931), qui, dans *L'Action directe* (1910), esquisse cette définition : « L'action directe, c'est la force ouvrière en travail créateur : c'est la force accouchant du droit nouveau, faisant le droit social. »

Lorsqu'il aborde la question des différences et des identités, Stirner commence par postuler la singularité absolue de chaque humain : « Cessons donc d'aspirer à la communauté ; ayons plutôt en vue la *particularité.* » Stirner tient à préciser une nouvelle fois que la particularité ou la singularité (*Eigenheit*, terme qui signifie aussi « propriété »), « c'est mon existence et mon être, ce que Je suis Moi-même ». Ou encore : « Tout ce que je fais, pense, etc., bref mon expression, la manifestation de moi-même est conditionné par ce que je suis. » Dans cette perspective, la vraie liberté ne se définit pas par l'absence de contraintes, mais s'affirme comme liberté d'être soi-même, autoaffirmation de mon être individuel et singulier. Postulant que « tout État est une tyrannie, que ce soit la tyrannie d'un ou de plusieurs », Stirner célèbre l'association : « La différence entre l'État et l'association est suffisamment grande. Celui-là est l'ennemi et le meurtrier de l'individualité, celle-ci en est la fille et la collaboratrice. Celui-là est un esprit qui veut être adoré en esprit et en vérité, celle-ci est mon œuvre, ma création. » Mais comment penser ladite « association » sur la base d'un individualisme possessif, égoïste et hédoniste ? Comme l'égoïste va-t-il pouvoir sortir de sa solitude jalousement gardée ? Comment peut-il échapper au solipsisme ?

Stirner assume en effet l'égoïsme comme principe et valeur suprême de la vie humaine, excluant d'entrée de jeu toute vision des relations sociales fondées sur l'égalité, l'amour d'autrui et la fraternité. D'où le refus de tout devoir et la quête de la jouissance sans limites posée comme règle de vie : « À quoi tend mon commerce avec le monde ? Je veux jouir du monde parce qu'il est ma propriété, et c'est pourquoi je veux le gagner. Je ne veux pas la liberté, l'égalité des hommes ; je veux seulement avoir mon pouvoir sur eux, je veux en faire ma propriété, c'est-à-dire je veux les faire tels que je puisse en jouir. » En célébrant l'égoïsme, Stirner s'attaque ironiquement au socialisme, au communisme et à toutes les utopies sociales, qui prétendent réagir contre toutes les formes d'égoïsme en créant une société régie par la bienveillance mutuelle. C'est pourquoi il oppose la révolte (ou l'insurrection) à la révolution : « La révolution avait pour but une nouvelle organisation, la révolte nous amène à ne plus nous laisser organiser, mais à nous organiser nous-mêmes et ne place pas son espérance dans les "institutions". La révolte est un combat contre l'ordre établi, si elle triomphe, l'ordre établi s'écroule. » Et de préciser : « Mon objet n'est pas seulement de renverser l'ordre existant, je veux m'élever au-dessus, mon intention et mon acte ne sont ni politiques, ni sociaux, mais, étant dirigés sur Moi et Mon individualité, ils sont égoïstes. » La visée de « ma jouissance » est au cœur de son catéchisme égoïste : « Mon commerce avec le monde consiste à en jouir et à en tirer parti pour ma satisfaction personnelle. Ce commerce se ramène à ma jouissance personnelle. » Stirner peut ainsi résumer sa vision de l'existence : « Ce que je fais, je le fais “pour l'amour de Moi”. » Mais il n'échappe pas lui-même à l'esprit utopiste, comme en témoigne son projet utopique paradoxal : faire naître une société nouvelle qui serait une « association d'égoïstes », c'est-à-dire d'individus émancipés n'obéissant qu'à leurs penchants singuliers.

L'envers de ce décor utopique, c'est la lutte de tous contre tous dans un monde soumis à la seule loi de concurrence interindividuelle, sans principe régulateur, c'est-à-dire le règne du « darwinisme social » à l'état pur. Au début de *L'Unique et sa propriété*, Stirner énonce l'alternative qu'il pense être insurmontable : « *Vaincre ou être vaincu* – dans cette alternative oscille le destin de la bataille. Le vainqueur devient le seigneur, le vaincu le sujet ; l'un exerce la souveraineté et les “droits du souverain”, l'autre remplit, craintif et respectueux, les “devoirs du sujet”. Mais ils demeurent ennemis et s'observent. » La vérité de ce monde, c'est la lutte du maître et de l'esclave, sans perspective d'un dépassement dialectique de ce monotone affrontement, à travers une série de retournements. Il ne s'agit pas pour Stirner d'engager la discussion avec autrui, qui n'entre pas en ligne de compte. Son goût des affirmations aussi dogmatiques que paradoxales lui suffit. Il se satisfait d'être lui-même, incomparable et ineffable, bref, « Unique », comme il le répète, sans craindre le ridicule, en conclusion de son livre :

« On a dit de Dieu : “Il n'y a pas de noms pour le nommer.” De même de Moi : aucune idée ne m'exprime, rien de ce que l'on donne comme étant mon être n'épuise ce qui est en moi ; ce ne sont que des noms. De même on dit de Dieu qu'il est parfait et qu'il n'a nullement mission de tendre à la perfection. Cela est vrai aussi, mais seulement de Moi. »

Stirner n'attend rien du dialogue parce qu'il ne se soucie ni des autres ni même de la vérité, comme il le confie non sans cynisme et esprit de provocation à son lecteur :

« Est-ce par amour des hommes que j'écris ? Non, j'écris parce que je veux donner à mes pensées une existence dans le monde [...] Faites-en ce que vous voudrez, c'est votre affaire et cela ne m'inquiète guère. [...] Mais ce n'est pas par amour de vous, pas même par amour de la vérité, que j'exprime ce que je pense. Non [...] Je chante, parce que je suis chanteur. Si je me sers de vous, c'est que j'ai besoin d'oreilles. »

Stirner a récusé le principe de l'humanisme athée : *Homo homini Deus*. Mais c'est pour donner, dans son style, une nouvelle vie à la célèbre formule de Plaute reprise par Hobbes : *Homo homini lupus*.

En 1904, le germaniste Albert Lévy (1874-1929) publie un essai bien documenté intitulé *Stirner et Nietzsche*, dans lequel il commence par s'interroger sur les conditions d'apparition et la signification de ce mouvement intellectuel caractérisé comme « individualiste » à la fin du XIXe siècle, et dont les deux figures majeures sont Stirner et Nietzsche. S'agit-il d'une mode intellectuelle passagère ou d'un changement profond des mentalités ? Quoi qu'il en soit, tout se passe comme si la page de l'altruisme avait été tournée :

> « Il s'est produit dans la deuxième moitié du XIXe siècle une réaction contre l'individualisme. Les théories morales les plus répandues, par exemple celle d'Auguste Comte en France, celle de John Stuart Mill en Angleterre, celle de Schopenhauer en Allemagne, avaient ce caractère commun de prêcher l'altruisme. Les philosophes tenaient-ils à garder la morale chrétienne au moment où ils renonçaient à la foi, ou se croyaient-ils obligés, comme l'a soutenu Nietzsche, de se montrer plus désintéressés que les chrétiens eux-mêmes ? Toujours est-il qu'ils condamnaient l'égoïsme et l'isolement de l'individu. De même, en politique, on insistait sur les liens nationaux ou sociaux qui unissent les individus, et on prêchait la solidarité. Or, vers 1890, on commença à parler en France de deux philosophies qui n'admettaient ni l'altruisme moral ni la solidarité sociale. Stirner, qui n'avait joui de son vivant que d'une gloire éphémère, venait d'être ressuscité par un disciple fanatique, J.-H. Mackay, qui voyait dans l'auteur de *L'Unique et sa propriété* le théoricien de l'anarchisme contemporain. D'autre part, Nietzsche, si longtemps "inactuel", s'imposait à l'opinion publique au moment même où la maladie triomphait définitivement de sa raison, et devenait peu à peu un des favoris de cette mode européenne qu'il avait si durement jugée. »

Que la pensée de Stirner puisse être caractérisée comme un « individualisme anarchiste », là n'est pas la question, car c'est alors l'évidence même, comme l'atteste le titre choisi par le germaniste et historien de la philosophie Victor Basch (1863-1944) pour son livre publié en 1904, *L'Individualisme anarchiste. Max Stirner*. La même année, l'historien de la philosophie Albert Rivaud (1876-1956), dans son compte rendu de l'ouvrage, présente Stirner comme le « théoricien, avant Nietzsche, de l'individualisme anarchiste ». Albert Lévy, quant à lui, problématise l'idée d'une filiation entre Stirner et Nietzsche, non sans s'interroger sur l'identification de Nietzsche – perçu à l'époque comme le penseur « immoraliste » par excellence – en tant qu'anarchiste : « Il était naturel qu'on rapprochât les noms de ces deux philosophes, dont les idées s'opposaient si nettement aux idées courantes ; on s'habitua à voir en Stirner un précurseur de Nietzsche. Mais il y a lieu de se demander si cette habitude est justifiée. [...] Est-ce à bon droit qu'on rattache Nietzsche à Stirner, et qu'on parle d'un courant individualiste, anarchiste ou immoraliste ? »

Un des principaux artisans de cette réaction anarcho-individualiste était en effet John Henry Mackay (1864-1933), disciple déclaré de Stirner. Né en Écosse mais ayant été éduqué en France, où il avait décidé de vivre, Mackay était un personnage haut en couleur, écrivain, poète et théoricien de l'individualisme libertaire, mais aussi militant pour l'émancipation des homosexuels et, à ce titre, auteur de textes engagés sous le pseudonyme de Sagitta. Certains de ses poèmes furent mis en musique par Arnold Schœnberg et Richard Strauss. Son roman sur l'anarchisme, publié en 1891 en allemand (*Die Anarchisten*) comme en anglais (*The Anarchists*), a été traduit l'année suivante en français sous le titre *Anarchistes. Mœurs du jour*. C'est précisément au début des années 1890 que fut lancée la mode anarcho-individualiste, portée par les noms de Stirner et de Nietzsche, moyennant des amalgames hâtifs que les germanistes spécialisés dans l'histoire des idées – tels Albert Lévy ou Charles Andler (1866-1933) en France – ne manqueront pas de pointer et de critiquer. Dans sa grande étude sur Nietzsche (*Nietzsche, sa vie et sa pensée,* 6 vol., Bossard, 1920-1931, vol. II), Charles Andler mentionne le témoignage d'un ancien élève de Nietzsche, Adolf Baumgartner, qui déclare se souvenir, vingt-cinq ans plus tard, d'avoir emprunté *L'Unique et sa propriété* en 1874, à la bibliothèque de Bâle, sur le conseil de son professeur qui lui aurait alors présenté élogieusement l'ouvrage : « C'est ce qu'il y a eu de plus audacieux et de plus logique depuis Hobbes. » Et Andler ajoute, se référant à une conversation du philosophe avec ses amis Franz et Ida Overbeck à Bâle, durant l'hiver 1878-1879, que Nietzsche « a si bien senti son affinité avec Stirner qu'il eut peur, un jour, de passer pour son plagiaire ».

Stirner peut être considéré comme une des premières incarnations, au XIXe siècle, de la « mégalomanie égocentrique » (selon l'expression du chercheur Robert Estivals), suscitée par la rencontre entre la prolétarisation des auteurs et l'exaspération de leur vanité, dont on rencontrera de nombreuses illustrations dans les avant-gardes culturelles du XXe siècle. On a pu également parler à ce propos de « folie des grandeurs », expression qui présente l'inconvénient de ne pas thématiser l'égocentrisme du sujet, qui peut aller jusqu'au solipsisme. Un des cas les plus caricaturaux est celui d'Isidore Isou (Isidor Goldstein, dit, 1925-2007) qui, arrivé en août 1945 en France, fut le fondateur à Paris, dans les années 1946-1950, du mouvement lettriste (qui se voulait philosophique autant que littéraire) et auteur de *L'Agrégation d'un nom et d'un messie* (1947), le messie étant Isou lui-même. Isou se proposait de « changer la vie », avant de vouloir créer la « société paradisiaque » dans laquelle se réaliserait le but de la vie, à savoir, selon lui, le bonheur : « La société paradisiaque, c'est créer, créer, créer », affirmait Isou en novembre 1998 dans une interview (publiée par *Art Press* en juin 2001). Sans avoir été un intellectuel libertaire, Isou s'est lié dans l'après-guerre aux milieux libertaires, son compagnon de combat, rencontré en 1949, n'étant autre que le militant anarchiste Maurice Lemaître (Moïse Maurice Bismuth, dit, 1926-2018), collaborateur du journal *Le Libertaire*, avec lequel il misait sur un « soulèvement de la jeunesse ». C'est dans ce groupe lettriste qu'au début des années 1950, alors qu'Isou vient de publier son *Traité de bave et d'éternité* (1951), le jeune Guy Debord (1931-1994) fait ses premiers pas d'avant-gardiste subversif. Notons au passage que, comme Stirner, Debord aura été l'homme d'un seul livre, *La Société du spectacle* (1967).

Cœurderoy ou la « révolution par les Cosaques »

Détruire d'abord : tel est le programme d'action rageusement proposé par Ernest Cœurderoy (1825-1862), docteur en médecine, journaliste et écrivain libertaire français qui, à partir de juin 1849 – après avoir été condamné par contumace à la déportation par la Haute Cour de Versailles –, vécut en exil dans divers pays (Suisse, Belgique, Grande-Bretagne). Après l'euphorie déclenchée par le Printemps des peuples, promettant la fraternité universelle, le tragique de l'histoire a le dernier mot en juin 1848 : lors des « journées de Juin », l'armée française massacre les ouvriers du faubourg Saint-Antoine et du clos Saint-Lazare, illustrant ce que Joseph Déjacque va baptiser la « Saint-Barthélemy du prolétariat ». Tandis que s'érigent les barricades de 1848, le jeune Cœurderoy est étudiant en médecine à l'Hôtel-Dieu. Il va rapidement épouser les thèses de Proudhon, qui, dans ses *Confessions d'un révolutionnaire*, affirme que le socialisme doit être « une protestation contre le pouvoir » en même temps qu'« une protestation contre le capital ». Dans le socialisme libertaire du révolté Cœurderoy, on reconnaît aisément les influences conjuguées de Charles Fourier, de Pierre Leroux (1797-1871) et de Proudhon, comme en témoigne son article paru dans *L'Union républicaine de l'Yonne* le 30 octobre 1850 : « Le socialisme, c'est la Liberté, l'Égalité, la Fraternité, c'est la Vérité venant du peuple, c'est le droit de vivre assuré par le travail, la République, l'émancipation de l'entendement humain, l'instruction publique, gratuite et obligatoire, la répartition entre tous des richesses produites par tous. » Mais, au cours de son exil, plutôt que sa vision d'un avenir radieux, il va mettre en avant ses rêves de destruction de la société française, qu'il juge putréfiée donc irréformable. Isolé et malade, il finit par se suicider à l'âge de 37 ans.

Ce qui l'exalte, c'est une vision apocalyptique de la révolution, ou plus exactement des « sublimes révoltes ». Son héros est Prométhée, le titan voleur du feu qui s'est dressé contre Zeus, le « dieu tyran ». Dans *Hurrah !!! ou la Révolution par les Cosaques*, publié en octobre 1854, il n'hésite pas à exprimer la haine absolue qu'il éprouve envers la société telle qu'elle est : « La haine, la haine ! je n'ai que cet amour. Je la respire et la renvoie. Je suis la poudre qui rend mille morts pour une étincelle [...] Je prendrai dans ma main la torche embrasée, et je commencerai par la maison qui m'a fait le plus souffrir, par la maison de mon père : la première jouissance qu'elle me causera de ma vie sera de la voir s'écrouler. » Cet appel à la haine, avec le parfum de guerre civile qu'elle exhale, oppose le révolutionnaire aux réformateurs sociaux qui ne rêvent que de fraternité. Dans *Hurrah !!!*, où il s'adresse à tous ceux « qui sont convaincus de la nécessité de mettre la civilisation à feu et à sang », son anarchisme prend les accents prophétiques d'un vitalisme romantique appelant à la régénération de la civilisation occidentale bourgeoise par les barbares slaves : « Quand viendront les Cosaques, les beaux Slaves exempts de préjugés, ils liront mes livres et les feront lire à leurs enfants, et diront : Cet homme voyait clair ! Et l'Invasion détruira par le fer de sa lance les barrières intellectuelles qui séparaient les nations ; dans ses bras géants elle prendra tous les hommes et les poussera les uns contre les autres. Et l'Idée frémissante, indomptée, suivra les peuples en marche, les peuples libres d'épouvantements ! »

Le révolutionnaire prévient et menace les « bourgeois de France » : « Ils sont chez vous les Cosaques, comme en Russie, par millions et dizaines de millions ! Car le Cosaque, c'est l'homme déshérité qui réclame bravement, à la pointe du fer, une place au foyer social ; c'est l'*ignorant*, le *partageux*, le *brigand*, le *barbare* – comme vous dites – en un mot, celui qui a faim et celui qui a soif et à qui vous ne voulez donner ni à boire ni à manger ; le Cosaque enfin, c'est le révolutionnaire par la force des choses, pour son intérêt, pour sa vie. » Le mot « Cosaque » est ici employé dans un sens mélioratif comme métaphore des forces révolutionnaires capables de balayer l'ancien monde et de purifier le genre humain. La violence destructrice, pulvérisant les frontières entre les peuples et mettant ainsi fin aux guerres, a ainsi pour Cœurderoy une valeur rédemptrice : « Il n'y aura place au soleil pour tous les peuples et pour tous les individus que lorsque les gouvernements et les circonscriptions territoriales auront disparu. Dans les âges futurs, il n'y aura plus qu'une seule nation, l'HUMANITÉ, et qu'un seul citoyen, l'HOMME, libre de s'associer avec tel ou tel groupe de ses semblables, sans y être contraint par la naissance, le hasard des batailles ou le bon plaisir de ceux qui commandent » (*Jours d'exil*, tome I, 1854).

Se demandant « Qui suis-je ? », il répond tout d'abord qu'il est « un rêveur, un ennemi de toute règle et de toute mesure », en rappelant qu'il est « exilé, c'est-à-dire libre ». Lui qui se sent et se veut un citoyen du monde en même temps qu'un hors-la-loi, il déclare : « Je suis juif », puis énumère les quasi-synonymes de ce terme désignant le réprouvé par excellence, voué au nomadisme et à l'errance : « Gitano », « Gipsy », « Bohémien », « Lazzarone », « Heimatlos ».

La célébration du nomadisme révolutionnaire est souvent associée à celle de la destruction de l'État comme action autosuffisante. Dans *Mille plateaux* (1980) – soit le second tome de *Capitalisme et schizophrénie* (le premier étant *L'Anti-Œdipe* (1972) –, le philosophe Gilles Deleuze (1925-1995) et le psychanalyste Félix Guattari (1930-1992) définissent le prolétaire comme l'« héritier du nomade dans le monde occidental », vision présente surtout chez les anarchistes, comme ils le reconnaissent : « Il est vrai que l'idée de révolution est elle-même ambiguë ; elle est occidentale pour autant qu'elle renvoie à une transformation de l'État ; mais elle est orientale pour autant qu'elle projette une destruction, une abolition de l'État. » Et les coauteurs de préciser que l'idée d'une « destruction » de l'État, qu'ils opposent à celle d'une « transformation » de l'État, « renvoie beaucoup plus à l'Orient » et « aux conditions d'une machine de guerre nomade » : « On a beau présenter les deux idées comme des phases successives de la révolution, elles sont trop différentes et se concilient mal, elles résument l'opposition des courants socialistes et anarchistes au XIXe siècle. » Cette opposition était aussi inscrite dans le langage. On pourrait, à cet égard, rappeler que les anarchistes russes, ennemis déclarés de l'État, cherchaient à se démarquer avant tout du langage employé par les « socialistes d'État » et les partisans du « socialisme centraliste et autoritaire ». Deleuze et Guattari attribuent aux anarchistes « destructeurs » et aux socialistes « transformateurs » deux représentations distinctes du prolétariat :

> « Le prolétariat occidental lui-même est considéré de deux points de vue : en tant qu'il doit conquérir le pouvoir et transformer l'appareil d'État, c'est le point de vue d'une *force de travail*, mais, en tant qu'il veut ou voudrait une destruction de l'État, c'est du point de vue d'une *force de nomadisation*. Même Marx définit le prolétaire, non seulement comme aliéné (travail), mais comme déterritorialisé. Le prolétaire, sous ce dernier aspect, apparaît comme l'héritier du nomade dans le monde occidental. Et non seulement beaucoup d'anarchistes invoquent des thèmes nomadiques venus d'Orient, mais surtout la bourgeoisie du XIXe siècle identifie volontiers prolétaires et nomades, et assimile Paris à une ville hantée par les nomades. »

Comme le notent Deleuze et Guattari, la double assimilation polémique des représentants des classes laborieuses à des nomades et à des criminels potentiels a été étudiée par l'historien Louis Chevalier (1911-2001) dans *Classes laborieuses et classes dangereuses pendant la première moitié du* XIX*e* *siècle*, son grand livre publié en 1958. Il y analyse magistralement, recourant à la démographie comme aux témoignages des contemporains, les divers aspects de l'insécurité à Paris en les rapportant à leurs causes. Il montre comment, au cours de cette période, se produit dans la capitale française une extension du crime, qui « cesse de coller étroitement aux classes dangereuses pour s'étendre, tout en changeant de signification, à de larges masses de population, à la plus grande partie des classes laborieuses ». Entre le début et le milieu du XIXe siècle, sous la Restauration et la monarchie de Juillet, Paris est devenu « non seulement une ville criminelle et violente, mais une ville malade et à ce point que structures sociales et relations sociales s'y trouvent ramenées en permanence à des problèmes de vie et de mort ». Dans ce contexte, les théoriciens et les militants révolutionnaires, socialistes ou anarchistes (ou perçus comme tels), ne pouvaient être que criminalisés par les possédants et les gouvernants.

La stratégie marxiste-léniniste de conquête du pouvoir, avant même sa mise en œuvre par les bolcheviques en 1917, a été examinée et rejetée par les théoriciens de l'anarchisme, qu'ils soient ou non partisans d'une forme de communisme. Dans sa conférence sur l'anarchie prononcée en 1894 à Bruxelles, Élisée Reclus rappelle d'abord que, pour les anarchistes, « la conquête du pouvoir ne peut servir qu'à en prolonger la durée avec celle de l'esclavage correspondant », et, ensuite, que « c'est bien la lutte contre tout pouvoir officiel qui nous distingue essentiellement : chaque individualité nous paraît être le centre de l'univers, et chacune a les mêmes droits à son développement intégral, sans intervention d'un pouvoir qui la dirige, la morigène ou la châtie ». Or, souligne le géographe libertaire, « la conquête du pouvoir fut presque toujours la grande préoccupation des révolutionnaires, même des mieux intentionnés ». Et d'ajouter : « Dès qu'ils avaient renversé des maîtres haïs, ils s'empressaient de les remplacer par d'autres maîtres destinés, suivant la formule consacrée, à “faire le bonheur de leurs peuples”. » Voilà donc la stratégie révolutionnaire suivie par les « socialistes d'État », que les anarchistes refusent et dénoncent.

Dans son article intitulé « Qu'est-ce que la liberté ? », publié en 1850, le républicain socialiste Constantin Pecqueur (1801-1887) affirmait : « Les hommes veulent tous leur liberté, c'est-à-dire la faculté de se développer. » Dans cette perspective partagée par les penseurs libertaires, exiger l'égalité du droit d'être libre, c'est exiger de reconnaître à toute personne humaine le droit d'agir sans contraintes mais aussi celui de se développer selon les normes qu'elle a choisies.

Bakounine l'incendiaire, ou la recherche de l'absolu dans la révolte

C'est précisément l'individualisme moral optimiste professé par les anarchistes, et qu'on peut résumer par la fameuse formule de François Rabelais « Fais ce que voudras » (devise de l'abbaye de Thélème dans *Grandes et inestimables Chroniques du grand et énorme géant Gargantua*, 1532, chap. 57) – ce Rabelais qu'Élisée Reclus célébrait comme « notre grand ancêtre » –, que les marxistes vont dénoncer comme une utopie « petite-bourgeoise ». Rappelons le célèbre passage de *Gargantua* :

> « Toute leur vie était dirigée non par les lois, des statuts ou des règles, mais selon leur volonté et leur libre arbitre. Ils sortaient du lit quand bon leur semblait, buvaient, mangeaient, travaillaient, dormaient quand le désir leur en venait. Nul ne les éveillait, nul ne les forçait ni à boire, ni à manger, ni à faire quoi que ce soit. Ainsi en avait décidé Gargantua. Toute leur règle tenait en cette clause : FAIS CE QUE VOUDRAS, car des gens libres, bien nés, bien éduqués, vivant en honnête compagnie, ont par nature un instinct et un aiguillon qui pousse toujours vers la vertu et les éloigne du vice ; c'est ce qu'ils nommaient l'honneur. Ceux-ci,

quand ils sont écrasés et asservis par une vile sujétion ou une contrainte, se détournent de la noble passion par laquelle ils tendaient librement à la vertu, afin de démettre et d'enfreindre ce joug de servitude ; car nous entreprenons toujours les choses défendues et convoitons ce qui nous est refusé. »

Dans la perspective critique diffusée par les marxistes, l'illusion anarchiste consiste à croire qu'il suffit que chaque individu fasse ce qu'il veut pour faire surgir une société harmonieuse où règne la justice. Mais, pour en arriver là, encore faut-il avoir éliminé les dominateurs, les exploiteurs, les oppresseurs et les mystificateurs. C'est-à-dire, en avoir fini avec Dieu, l'État et le Capital. La révolution s'impose comme la condition de possibilité de l'établissement de la justice sociale. Le principe de la critique marxiste sera repris par les tenants d'un anarchisme collectiviste et révolutionnaire. C'est Bakounine qui, prônant un « incendie universel », deviendra le nouveau théoricien de la révolution anarchiste. Dans sa *Confession* (1851), écrite alors qu'il était emprisonné à Saint-Pétersbourg, le révolutionnaire russe justifie ainsi le recours à la violence : « Notre mission est de détruire et non pas de construire ; ce sont d'autres hommes qui construiront, meilleurs que nous, plus intelligents et plus frais. » Certes, Bakounine prend le soin de préciser que son apologie de la destruction ne concerne que la phase initiale de la révolution sociale. Mais, en remettant à plus tard l'action constructive, en refusant d'en envisager les conditions de possibilité et en récusant toute visée réformatrice, il justifie inconditionnellement, en 1868, la violence révolutionnaire comme rupture brutale : « Il faut agir non ratiociner, démolir non tenter de réformer, car ce qui s'impose tout d'abord c'est la pandestruction. »

Bakounine fut un lecteur admiratif de Hegel au point de devenir hégélien en 1837 (il est alors âgé de 23 ans), d'approfondir sa connaissance de la pensée hégélienne jusqu'en 1841, puis de rejoindre le groupe des hégéliens de gauche en 1842-1843. À l'automne 1841, il suivit également, aux côtés d'Engels et de Kierkegaard, les cours de Schelling (Angaut, 2007). S'inspirant des vues de Hegel sur l'histoire universelle en tant que développement dialectique de l'« esprit du monde » (*Weltgeist*), il publie en octobre 1842, à l'âge de 28 ans, son premier article, intitulé « La réaction en Allemagne », dans les *Annales de Halle pour la science et l'art*, dirigées par Arnold Ruge (1802-1880), un des représentants les plus actifs de la gauche hégélienne. L'article, sous-titré « Fragment par un Français » et publié en allemand sous le pseudonyme de « Jules Élysard », se termine par un emprunt significatif à un passage des *Leçons sur l'histoire de la philosophie* de Hegel, dans lequel ce dernier citait le fameux « Bien travaillé, vieille taupe ! », exclamation prêtée par Shakespeare à Hamlet s'adressant à l'« esprit » (le fantôme) de son père :

> « Des phénomènes surviennent autour de nous, qui nous annoncent que l'Esprit, cette vieille taupe, a parachevé son œuvre souterraine et qu'il va bientôt réapparaître pour tenir son tribunal [...] Faisons donc confiance à l'Esprit éternel qui ne détruit et n'anéantit que parce qu'il est la source insondable et éternellement

créatrice de toute vie. La passion de la destruction est en même temps une passion créatrice [*die Lust der Zerstörung ist zugleich eine schaffende Lust*] ! »

La vision qu'a Bakounine de l'action politique est marquée autant par son désir de radicalité que par son monoïdéisme. Le révolutionnaire, animé par son « unique et froide passion », ne doit se donner qu'un objectif, à savoir le « succès de la révolution ». Selon Jean Bourdeau (*Le Socialisme allemand et le Nihilisme russe*, 1892), « Bakounine exposait en ces termes, dans une brochure, les devoirs du révolutionnaire » :

> « Sévère envers lui-même, le révolutionnaire doit l'être aussi envers les autres. Tous les sentiments de sympathie, toutes les impressions amollissantes de parenté, d'amitié, de reconnaissance, doivent être étouffés en lui par l'unique et froide passion de l'œuvre révolutionnaire. Il n'existe pour lui qu'une jouissance, qu'une consolation, qu'une récompense, qu'une joie, le succès de la révolution. Nuit et jour il ne doit avoir qu'une seule pensée, qu'un seul but, la destruction impitoyable. Tandis qu'il poursuit ce but, sans cesse et froidement, il doit être aussi prêt à mourir qu'à tuer de ses propres mains quiconque l'empêche de l'atteindre. »

Le seul programme d'action définissable est donc un programme de totale destruction. Il s'ensuit qu'il faut comprendre la révolution « dans le sens du déchaînement de ce qu'on appelle aujourd'hui les mauvaises passions, et de la destruction de ce qui dans la même langue s'appelle "l'ordre public" ». Et le penseur anarchiste de célébrer en 1870 la violence et la guerre en tant que moteurs du progrès dans l'Histoire :

> « Les révolutions ne sont pas un jeu d'enfant, ni un débat académique où les seules vanités s'entre-tuent, ni une joute littéraire où l'on ne verse que de l'encre. La révolution, c'est la guerre, et qui dit guerre dit destruction des hommes et des choses. Il est sans doute fâcheux pour l'humanité qu'elle n'ait pas encore inventé un moyen plus pacifique de progrès, mais jusqu'à présent tout pas nouveau dans l'histoire n'a été réellement accompli qu'après avoir reçu le baptême du sang. »

L'expérience de la Révolution est aussi, pour Bakounine comme pour bien d'autres révolutionnaires professionnels, une expérience du sublime. Elle se marque par la perception d'une suspension des limites, impliquant d'éprouver quelque chose comme un « sentiment océanique » (Romain Rolland), ce « sentiment d'union indissoluble avec le grand Tout » décrit par Freud dans *Malaise dans la civilisation* (1930). Y a-t-il là une expérience de la transcendance ? Une tentation mystique ? Le substitut d'une quête religieuse ?

Il importe de s'interroger sur le sens profond, mystico-religieux, du fanatisme des révoltés en quête d'absolu, un singulier fanatisme qui s'inscrit dans un humanisme radical, comme l'affirme Bakounine en 1866 au début de son *Catéchisme révolutionnaire*, quand, après avoir nié l'« existence d'un dieu réel, extramondial, personnel », il appelle à remplacer « le culte de Dieu par le respect et l'amour de l'humanité ». Ainsi que l'a montré Henri Arvon dans *Bakounine, absolu et révolution* (1972), ce dernier « puise l'essentiel de sa violence révolutionnaire [...] dans la lutte sans répit et sans merci que l'homme, anxieux de sa libération, est contraint de mener contre Dieu ». Son athéisme militant s'avère un « antithéisme », pour parler comme Proudhon. Il peut ainsi se prendre pour une réincarnation de l'ange révolté qu'est Satan. Comparant Marx et Proudhon, Bakounine affirme en 1870 que ce dernier a « compris et senti la liberté beaucoup mieux » que le théoricien du communisme, non sans faire cette mise au point :

> « Proudhon a été une contradiction perpétuelle, – un génie vigoureux, un penseur révolutionnaire se débattant toujours contre les fantômes de l'idéalisme, et n'étant jamais parvenu à les vaincre. [...] Proudhon, lorsqu'il ne faisait pas de la doctrine et de la métaphysique, avait le vrai instinct révolutionnaire : il adorait Satan et il proclamait l'anarchie. Il est fort possible que Marx puisse s'élever théoriquement à un système encore plus rationnel de la liberté que Proudhon – mais l'instinct de Proudhon lui manque : il est, de la tête aux pieds, un autoritaire. »

Les anarchistes, comme tous les révoltés et les révolutionnaires, vomissent les modérés, ceux qui se réfugient dans le triste et marécageux « juste milieu ». Dans une lettre datée du 3 novembre 1841, Bakounine rend hommage au « Jeune hégélien » Arnold Ruge – qu'il a rencontré à Dresde au début d'octobre 1841 –, soulignant qu'il « exècre sans exception tout ce qui a l'apparence mystique », ce qui le conduit à un « fort parti pris » concernant en premier lieu la religion. Et d'ajouter aussitôt que « ce parti pris et son orientation abstraite sont d'un grand profit pour les Allemands en les arrachant au juste milieu doré mais stagnant et pourri qui les enveloppe depuis si longtemps ». L'hégélien de gauche Ruge, note Benoît-P. Hepner dans *Bakounine et le panslavisme révolutionnaire* (1950), « fut subjugué par la personnalité fougueuse du jeune Russe ».

Intransigeants et fiers de l'être, les anarchistes sont, comme malgré eux, les héritiers du thème biblique selon lequel « Dieu vomit les tièdes », conformément à ce qu'enseigne ce passage de l'Apocalypse (3:16) : « Ainsi, parce que tu es tiède, et que tu n'es ni froid ni bouillant, je te vomirai de ma bouche. » En juillet 1851, dans sa *Confession* rédigée à la demande du tsar Nicolas Ier, Bakounine esquisse son autoportrait, permettant de comprendre son choix révolutionnaire :

> « Il y eut toujours, dans ma nature, un défaut capital : l'amour du fantastique, des aventures extraordinaires et inouïes, des entreprises ouvrant au regard des horizons infinis, dont personne ne peut prévoir l'aboutissement. Dans une existence ordinaire et calme, j'étouffais, je me sentais mal à mon aise. [...] Mon âme était dans une agitation perpétuelle, exigeant de l'action, du mouvement et de la vie. »

En décembre 1836, alors qu'il était âgé de 22 ans, Bakounine écrivait déjà : « Je ne connais qu'un seul chemin du salut [...] Il faut vivre et respirer seulement pour l'absolu et par lui. » Il revient en 1848 sur la question dans une lettre à Pavel Annenkov (1813-1887) : « La vie est là seulement où s'ouvre un horizon large, infini et, par conséquent, quelque peu mystique. » Et celui qui s'affirmera comme un ennemi de la religion se confie au début de 1849 dans une lettre au comte Skurjewski, émigré polonais : « Vous vous trompez en supposant que je ne crois pas en Dieu ; mais j'ai renoncé définitivement à l'approcher par la science et la théorie [...] Je cherche Dieu dans les hommes, dans leur liberté, je le cherche à présent dans la révolution. » Substitut humaniste de la foi religieuse, la révolution est ainsi divinisée. En 1870, l'athée farouche qu'est désormais Bakounine n'hésite pas à célébrer le christianisme des origines comme une forme primordiale et exemplaire de révolte : « [Le christianisme] fut la première religion qui s'adresse tout d'abord non aux oppresseurs, mais aux opprimés, non aux heureux et intelligents privilégiés mais aux malheureux ignorants et déshérités de la société antique, éveil de la conscience humaine, de la *révolte humaine* dans les masses. »

En mai 1849, Bakounine monte sur les barricades de Dresde en compagnie de Richard Wagner (1813-1883), son admirateur, aux yeux duquel il incarne une saine « barbarie ennemie de toute civilisation ». Le 8 avril, le musicien engagé a publié un poème dans lequel, s'inspirant directement des visions révolutionnaires apocalyptiques de Bakounine, il appelle à « détruire l'ordre existant » :

> « Je veux détruire le règne de l'un sur l'autre, celui des morts sur les vivants, et celui de la matière sur l'esprit ; je veux briser le pouvoir des puissants, de la loi et de la propriété. Que la propre volonté soit le maître de l'homme, la propre joie son unique loi, la propre force

toute sa propriété ; car la seule chose qui soit sacrée est l'homme libre et il n'existe rien au-dessus de lui. »

En juillet 1849, Wagner rédige son court essai intitulé *L'Art et la Révolution*, dans lequel il appelle à « résister à la pression paralysante d'une civilisation qui renie complètement l'homme », et voit l'instrument de la délivrance dans « la force toute-puissante de la Révolution », car « seule est nôtre cette force révolutionnaire qui pousse droit au but ». On trouve sous la plume de Gaston Bachelard (1884-1862), dans le premier chapitre de *La Psychanalyse du feu* (1938), qui porte sur le « complexe d'Empédocle », une remarque qui pourrait valoir pour une justification de la passion destructrice de Bakounine : « L'être fasciné entend l'*appel du bûcher*. Pour lui, la destruction est plus qu'un changement, c'est un renouvellement. »

Alors que certains théoriciens de l'anarchisme appelaient à mobiliser, pour mener à bien diverses actions subversives, les vagabonds, les marginaux ou les délinquants, Karl Marx et Friedrich Engels (1820-1895) ont toujours mis en garde les leaders communistes contre le *Lumpenproletariat*, le « prolétariat en haillons » ou la « racaille ». Dans les milieux marxistes, on a souvent salué la lucidité d'Engels, qui, dans sa préface à la réédition, en 1870, de *La Guerre des paysans en Allemagne* (1850), passe en revue les alliés possibles du prolétariat et se montre impitoyable à l'égard du « prolétariat en haillons » qu'un Sergueï G. Netchaïev (1847-1882), en 1869, voulait enrôler dans le mouvement révolutionnaire :

> « Le *Lumpenproletariat* – cette lie d'individus déchus de toutes les classes qui a son quartier général dans les grandes villes – est, de tous les alliés possibles, le pire. Cette racaille est absolument vénale et tout à fait importune. Lorsque les ouvriers français portaient sur leurs maisons, à chaque révolution, l'inscription "Mort aux voleurs !" et qu'ils en fusillaient même plus d'un, ce n'était certes pas par enthousiasme pour la propriété, mais bien avec la conscience qu'il fallait avant tout se débarrasser de cette engeance. Tout chef ouvrier qui emploie cette racaille comme gardes du corps ou s'appuie sur elle, prouve déjà par là qu'il n'est qu'un traître au mouvement. »

Dans *Les Prétendues Scissions dans l'Internationale* (circulaire privée du Conseil général de l'AIT, Genève, 1872), Marx fait cette remarque : « Tous les socialistes entendent par anarchie ceci : le but du mouvement prolétaire, l'abolition des classes, une fois atteint, le pouvoir de l'État [...] disparaît, et les fonctions gouvernementales se transforment en de simples fonctions administratives. » On connaît le programme supposé émancipateur, ainsi résumé par une formule célèbre attribuée à tort à Saint-Simon : « Remplacer le gouvernement des hommes par l'administration des choses. » Mais ce serait là oublier le monde des passions, et réduire le bonheur humain à la satisfaction des besoins dans une société trop bien ordonnée pour ne pas dégager un insupportable ennui. Les anarchistes ne pouvaient se contenter de cette sagesse pratique, qu'on rencontre dans les idéaux technocratiques.

Convaincu que les masses ouvrières avaient vu « l'énergie du langage cacher la faiblesse et l'inconséquence des actes », Bakounine appelait les anarchistes à ne se préoccuper que de leur « émancipation par la pratique », à cesser de se contenter de bavardages révolutionnaires et à jouer résolument la carte de la provocation consistant à « mettre le diable au corps des masses » en multipliant les actes révolutionnaires, comme le voulait le prince Piotr Kropotkine, qui rêvait d'une émeute permanente du peuple, au risque d'alimenter, comme le craignait Emmanuel Mounier en 1937, une « mystique de l'agitation permanente » aux effets imprévisibles, susceptibles de nuire à la cause révolutionnaire, soit en renforçant le camp « réactionnaire », soit en favorisant la prise du pouvoir par un dictateur « révolutionnaire » prétendant rétablir l'ordre public.

La poétesse afro-américaine antiraciste et féministe Audre Lorde (1934-1992) est notamment connue pour cette phrase placée en épigraphe par le collectif néoféministe #NousToutes sur son site : « Je ne suis pas libre tant que n'importe quelle autre femme est privée de sa liberté, même si ses chaînes sont très différentes des miennes. » Il s'agit d'un plagiat d'une affirmation de Bakounine qu'on trouve dans son écrit posthume *Dieu et l'État* (rédigé en 1871 ; publié partiellement en 1882 à Genève par Élisée Reclus, qui lui donne ce titre) : « Je ne suis vraiment libre que lorsque tous les êtres humains qui m'entourent, hommes et femmes, sont également libres. » Bakounine précisait ainsi sa pensée : « La liberté d'autrui, loin d'être une limite ou la négation de ma liberté, en est au contraire la condition nécessaire et la confirmation. Je ne deviens libre vraiment que par la liberté d'autres, de sorte que plus nombreux sont les hommes libres qui m'entourent et plus profonde et plus large est leur liberté, et plus étendue, plus profonde et plus large devient ma liberté. » Mais, ajoutait Bakounine, il n'est pas de liberté possible sans égalité : « La véritable liberté n'est pas possible sans l'égalité de fait (économique, politique et sociale). » Cependant, contrairement aux communistes, les anarchistes refusent de sacrifier la liberté à l'égalité. Et contrairement aux libéraux, les anarchistes dotés de préoccupations sociales, comme Bakounine ou Kropotkine, refusent de sacrifier l'égalité à la liberté.

Dans un contexte où, en Russie, le mouvement populiste, inspiré notamment par les écrits de son ami et initiateur Alexandre Herzen (1812-1870), prenait de l'importance, Bakounine lança un appel à la jeunesse étudiante russe, l'incitant à « aller au peuple » : « Quittez les universités, les académies et les écoles ! Détournez-vous de la science, laquelle, sous sa forme actuelle, ne sert qu'à vous lier et vous paralyser ! Pénétrez dans le peuple et délivrez vos frères d'un esclavage criminel ! » (cité par Enzensberger, 1964). Dans une Russie peuplée de 90 % d'analphabètes, ces jeunes pèlerins du socialisme populiste russe qui appartenaient pour la plupart à l'intelligentsia, répondant à l'appel de Bakounine et de bien d'autres idéologues leaders, s'appelèrent les *Narodniki* (« ceux du peuple ») (Venturi, 1952).

Dans ses premières esquisses à la fin du XVIIIe siècle, le programme philosophique de l'idéalisme allemand se donnait pour objectif de réconcilier les élites intellectuelles (les « éclairés ») et le peuple (les « non-éclairés ») en rendant philosophique la mythologie et mythologique la philosophie. Bref, la raison ne devait plus être monopolisée par une aristocratie du savoir, et les Lumières devaient être partagées par tous. La question demeure, sous des formes politiques et cultures nouvelles. Mais elle a toujours aussi peu de chances de pouvoir être résolue : le fossé n'a point cessé d'exister entre ceux d'en haut et ceux d'en bas, entre les « sachants » et les « ignorants ». Il s'ensuit qu'elle alimente inévitablement les populismes, de droite comme de gauche, révolutionnaires ou contre-révolutionnaires.

On trouve une ébauche saisissante de ce programme philosophique et métapolitique de l'idéalisme allemand, centré sur le double idéal de liberté et d'égalité en vue de réaliser l'unité, dans un court texte, un manuscrit dont on a établi, après expertise, qu'il avait été rédigé probablement par Hegel – sans qu'on puisse considérer avec certitude ce dernier comme son véritable auteur. Ce manuscrit sans titre, ni signature, ni date a été découvert en 1913 et publié en 1917 par le philosophe Franz Rosenzweig sous le titre « *Das älteste Systemprogramm des deutschen Idealismus* » (« Le plus ancien programme systématique de l'idéalisme allemand »). Le manuscrit daterait de juin ou juillet 1796. Ce texte a été attribué par ses commentateurs et ses interprètes soit à Hegel, soit (plus vraisemblablement) à Schelling (alors âgé de 20 ans), certains d'entre eux accordant un rôle à Hölderlin dans l'élaboration dudit *Systemprogramm*. Le passage qui nous intéresse ici particulièrement se trouve à la fin du manuscrit :

> « Nous devons avoir une nouvelle mythologie, mais cette mythologie doit être au service des idées, elle

doit devenir une mythologie de la raison. [...] Ainsi finalement, les éclairés et les non-éclairés doivent se tendre la main, la mythologie doit devenir philosophique et le peuple rationnel, et la philosophie doit devenir mythologique pour rendre les philosophes sensibles. Alors régnera l'unité éternelle parmi nous. Fini le regard méprisant, fini le frisson aveugle du peuple devant ses sages et ses prêtres. Alors seulement nous verrons l'égal développement de toutes les forces, de chacun aussi bien que de tous. Aucune force ne sera plus opprimée, alors régneront la liberté universelle et l'égalité des esprits ! »

On trouve trace de ce programme métapolitique chez Bakounine, ancien grand lecteur de Hegel et de Schelling, dans sa lettre à l'*Unità Italiana* (octobre 1871), organe des mazziniens, où ont été relayées les critiques françaises, provenant des positivistes, de ce que le journal italien appelait son « tzarisme philosophique » (*sic*). Bakounine y appelle à ne pas avoir peur de « tout dire au peuple » :

« Les positivistes français, fidèles en cela aux préceptes d'Auguste Comte, leur maître, tendent évidemment à former une autre aristocratie, qui, selon moi, serait la plus détestable, la plus insolente, la plus nuisible de toutes : l'aristocratie de l'intelligence et de la science, la caste scientifique, qui, s'organisant en un pouvoir spirituel, prétendrait gouverner, de concert avec les banquiers, représentants et directeurs du pouvoir temporel, les masses théologisées. On conçoit qu'avec de pareilles prétentions, les positivistes doivent nécessairement penser que *toutes les vérités ne sont pas bonnes à dire au peuple*. Pour moi, socialiste,

> révolutionnaire, ennemi juré de toutes les aristocraties, de toutes les tutelles, de tous les tuteurs, je pense au contraire qu'il faut tout dire au peuple, parce que c'est le seul moyen de provoquer son émancipation prompte et complète. »

Du peuple, Bakounine affirme, dans le même contexte, qu'il est « l'ennemi naturel, le plus souvent inconscient, de l'Église et de l'État » et qu'il « a l'instinct de la justice et de l'égalité », ajoutant : « Voilà sa réelle religion ; elle n'a jamais été autre chose qu'un socialisme instinctif. » Le peuple incarne ainsi « une protestation éternelle contre toutes les abstractions et fictions religieuses, métaphysiques, politiques et juridiques, au nom desquelles on a voulu éternellement l'asservir ».

Deux thèmes paraissent fondamentaux dans la pensée politique de Bakounine, l'un et l'autre exprimant son furieux désir de liberté, qu'expriment ses éloges de la « révolte » ou de la « désobéissance » : le rejet total de l'État, qu'il tend à criminaliser et diaboliser – « l'État, c'est le mal », voué à une « extinction complète », affirme-t-il dans le fragment de son manuscrit publié en 1882 à Genève sous le titre *Dieu et l'État* –, et le goût de l'impossible, s'accompagnant de la volonté de le réaliser, en refusant de respecter toutes les limites imposées au nom de la religion, de la morale ou de la science. Dans la littérature libertaire militante, ce mot de Bakounine est souvent cité : « L'État le plus petit et le plus inoffensif est encore criminel dans ses rêves. » Quant au sens qu'il donne à la révolte, on le trouve dans sa vision volontariste des projets paraissant utopiques aux gens se réclamant sagement du « réalisme » en s'agrippant au présent :

> « Cette immodération, cette désobéissance, cette révolte de l'esprit humain contre toute limite imposée, soit au nom du Bon Dieu, soit au nom de la science, constituent son honneur, le secret de sa puissance et de sa liberté. C'est en cherchant l'impossible que l'homme a toujours réalisé et reconnu le possible, et ceux qui se sont sagement limités à ce qui leur paraissait le possible n'ont jamais avancé d'un seul pas. »

Il y a là une vision enchantée de l'imagination humaine, source de toute utopie, à laquelle Bakounine accorde une confiance sans limites. Le chantre de la destruction créatrice, pour qui l'utopisme est toujours un futurisme mobilisateur, défend ainsi sa thèse : « Nul ne peut vouloir détruire sans avoir au moins une imagination lointaine, vraie ou fausse, de l'ordre de choses qui devrait selon lui succéder à celui qui existe présentement ; et plus cette imagination est vivante en lui, plus sa force destructive devient puissante. » Il y a de l'utopisme et du messianisme chez ce « monstre de la dialectique » (Proudhon) qu'est Bakounine, engagé dans la recherche de l'absolu dans et par la révolte.

L'anticapitalisme révolutionnaire et son envers : la haine des Juifs (Proudhon, Toussenel, Bakounine, Wagner...)

Après la Seconde Guerre mondiale, quand on évoquait en France l'antisémitisme, on pensait le plus souvent à l'antisémitisme catholique traditionaliste, nationaliste ou raciste, en oubliant la phase révolutionnaire, socialiste, anarchiste et communiste de l'antisémitisme au XIXe et au XXe jusqu'en 1914. Or, l'antisémitisme révolutionnaire et anticapitaliste, qui commence sa carrière idéologique en France avec Charles Fourier, son disciple Alphonse Toussenel (1803-1885) et Pierre-Joseph Proudhon, a précédé l'antisémitisme nationaliste incarné par Édouard Drumont (1844-1917), non sans lui avoir légué un certain nombre de thèmes et d'arguments – comme je me suis efforcé de l'établir dans mon livre *La Judéophobie des Modernes* (2008). Le mythe répulsif du Juif comme parasite social et prédateur, principal acteur et profiteur du capitalisme financier – cette invention de l'anticapitalisme révolutionnaire –, y a pris place, à côté de la figure du Juif comme principe de la dissolution des nations. En 1845, dans *Les Juifs, rois de l'époque*, le fouriériste Toussenel joue à la fois le rôle du sociologue et celui du prophète : « Les Juifs sont une nation dans la nation française, quoi qu'ils fassent et qu'ils disent, et ils y seront la nation conquérante et dominatrice avant peu. » En 1886, dans *La France juive*, Édouard Drumont, lecteur de Proudhon et de Toussenel, partira du fait que la « conquête juive » de la France s'est accomplie : « Le seul auquel la Révolution ait profité est le Juif. Tout vient du Juif ; tout revient au Juif. » Et le polémiste antijuif de reprendre à son compte l'analyse de Toussenel : « Aujourd'hui, grâce au Juif, l'argent auquel le monde chrétien n'attachait qu'une importance secondaire et n'assignait qu'un rôle subalterne est devenu tout-puissant. » Drumont intègre dans sa doctrine nationaliste et raciste les thèmes et les stéréotypes d'accusation de l'anticapitalisme révolutionnaire et antijuif.

Dans *L'Antisémitisme, son histoire et ses causes* (1894), étude historique et critique parue quelques mois avant l'arrestation du capitaine Dreyfus, le 15 octobre 1894, l'intellectuel anarchiste qu'est Bernard Lazare (1865-1903) aborde ainsi la question de ce qu'il appelle l'« antisémitisme économique », centré sur la figure répulsive du Juif « financier » : « Cet antisémitisme se manifesta dès les débuts de la finance et de l'industrialisme juif. Si on en trouve seulement des traces dans Fourier [*Le Nouveau Monde industriel et sociétaire*, 1829] et Proudhon, qui se bornèrent à constater l'action du Juif intermédiaire, agioteur et improductif, il anima des hommes comme Toussenel et Capefigue ; il inspira des livres tels que *Les Juifs, rois de l'époque* et *Histoire des grandes opérations financières* [1855-1856, 2 vol.] [...] » Bernard Lazare précise dans une note accompagnant la mention de Proudhon : « On trouve dans Karl Marx (*Annales franco-allemandes*, 1844, p. 211) et dans Lassalle les mêmes appréciations sur le Juif parasite que dans Fourier et Proudhon. » Dans *Les Juifs, rois de l'époque*, Toussenel dénonçait en effet avec virulence les Rothschild, qui seraient devenus les véritables maîtres de la France. Il n'hésitait pas à assimiler « toute la banque aux Juifs et tous les Juifs à la banque » : « Juif, usurier, trafiquant sont pour moi synonymes. » Sa thèse centrale est que « le Juif règne et gouverne en France ». Le « Juif cosmopolite », dont la puissance est désormais sans limites, se confond avec la « féodalité industrielle » et la « féodalité financière ». Bref, à ses yeux, le Juif est « roi par le capital ». Il précise que « la royauté du Juif se reconnaît à ce que le Juif est en possession de tous les privilèges qui formaient autrefois l'apanage de la royauté ».

La figure répulsive du « parasite ploutocrate », incarnée par les Rothschild depuis les années 1830, se rencontre autant dans la judéophobie révolutionnaire (socialiste ou anarchiste) que dans l'antijudaïsme contre-révolutionnaire et dans l'antisémitisme nationaliste de la fin du XIXe siècle. Rappelons au passage que l'accusation de parasitisme devient centrale dans le discours antijuif du XIXe siècle, avant et après la racialisation du Juif en tant que « sémite ». Le Juif asiatique inquiète, jusqu'à la hantise, la quasi-totalité des premiers penseurs anticapitalistes. Tel qu'on le trouve dans son livre posthume *Césarisme et christianisme* (1883), le jugement de Proudhon est sans appel : « Le Juif est par tempérament antiproducteur, ni agriculteur, ni industriel, pas même vraiment commerçant. C'est un entremetteur, toujours frauduleux et parasite, qui opère, en affaires comme en philosophie, par la fabrication, la contrefaçon, le maquignonnage. [...] Sa politique en économie est toute négative, tout usuraire. » Dans ses *Carnets* – qui font partie de ses œuvres posthumes –, où il expose sans fard sa vision négative des Juifs, reprenant à son compte les thèmes accusatoires les plus classiques (amixie, misoxénie, insociabilité, etc.), Proudhon dénonce en février 1847 « les Juifs, race insociable, obstinée, infernale ». Il ne manque pas d'affirmer que « l'état *naturel* des Juifs est de vivre sur les autres peuples, dispersés », en pestant contre l'« élément juif furieux, intolérant ». Le 23 décembre de la même année, il résume ainsi sa vision des Juifs : « [Une] race entière détestée à bon droit ; des Juifs qui sont éparpillés sur la surface du globe, dont le roi actuel est Rothschild, peuple sangsue, peuple parasite, sans territoire, sans agriculture, sans industrie, sans loi, sans culte, sans gouvernement, n'adorant jamais que Jéhovah, c'est-à-dire l'Égoïsme, ou Mammon, c'est-à-dire l'Argent. » Puis il confie, le 26 décembre, son désir d'exprimer publiquement sa haine des Juifs, « race » maudite : « *Juifs*. Faire un article contre cette race, qui envenime tout, en se fourrant partout, sans jamais se fondre avec aucun peuple. » Et d'ajouter : « Demander son expulsion de France, à l'exception des individus mariés avec des Françaises ; abolir les synagogues, ne les admettre à aucun emploi, poursuivre, enfin, l'abolition de ce culte. »

Dans *L'Anarchisme* (1951), Henri Arvon présente Proudhon comme un « fils du peuple » qui « lui reste attaché par toutes les fibres de son corps et de son esprit », et souligne justement la volonté apparemment paradoxale de ce révolutionnaire de défendre et de diffuser les valeurs morales traditionnelles, contre le culte moderne de l'Argent et de la Propriété :

> « Ce n'est pas lui que la révolte pousserait vers un nihilisme négateur de toutes les valeurs. Au contraire, c'est pour défendre les anciennes valeurs morales chères au petit peuple de France et menacées par la corruption de la Société moderne qu'il arbore le drapeau de l'insoumission. Ainsi s'explique le double caractère si surprenant de sa doctrine qui est traditionaliste et révolutionnaire à la fois. Tout comme Hegel, Proudhon a fait naître deux écoles : une droite et une gauche. Il y a des athées aussi bien que des chrétiens, des fascistes aussi bien que des syndicalistes qui, avec intérêt, sinon avec amour, se penchent sur ce Protée apparent que fut Proudhon. »

Quoi qu'il en soit, l'inclassable Proudhon, mi-anarchiste mi-traditionaliste, comme l'a montré sa double postérité, a frappé la formule de sa haine des Juifs dans ses *Carnets*, fin décembre 1847 : « Le juif est l'ennemi du genre humain. » Après avoir repris à son compte ce très ancien thème accusatoire contre les Juifs – peuple caractérisé par sa « haine du genre humain » (misoxénie) –, Proudhon fait cette confidence ayant valeur de justification : « Ce que les peuples du Moyen Âge haïssaient d'instinct, je le hais avec réflexion, et irrévocablement. La haine du juif comme de l'Anglais doit être un article de notre foi politique. » Il s'interroge aussi sur la méthode à employer pour se débarrasser de l'intrus hostile, hésitant entre l'expulsion et l'extermination : « Il faut renvoyer cette race en Asie, ou l'exterminer. [...] Par le fer, ou par la fusion, ou par l'expulsion, il faut que le juif disparaisse. » Dans un autre passage, il note : « Je hais cette nation. Il faut accomplir le vœu de Voltaire, la renvoyer à Jérusalem. » Il est difficile de ne pas reconnaître dans ces réactions proudhoniennes à l'« élément étranger » qu'est « le Juif » les manifestations idéologisées d'un instinct ou d'une pulsion d'épouillage – pour reprendre le modèle élaboré par le psychanalyste Imre Hermann dans son livre publié en 1943, *L'Instinct filial*.

Les reformulations modernes et contemporaines de l'accusation d'exclusivisme lancée contre le peuple juif sont nombreuses, autour de thèmes comme la « fermeture sur soi », le « communautarisme » ou le rejet du mélange. Dans le discours antijuif radical, « le Juif » est essentialisé en tant qu'étranger et ennemi, supposé porteur d'une « haine du genre humain », de cette incomparable misoxénie par laquelle il est caractérisé depuis l'Antiquité. Rappelons le passage célèbre des *Histoires* (V, 5) de Tacite qui porte sur les Juifs : « Ils ont entre eux un attachement obstiné, une commisération active, qui contraste avec la haine implacable qu'ils portent au reste des hommes. Jamais ils ne mangent, jamais ils ne couchent avec des étrangers, et cette race, quoique très portée à la débauche, s'abstient de tout commerce avec les femmes étrangères. » C'est en ce qu'il est supposé défini essentiellement par cette haine que « le Juif » est lui-même objet de haine. Quoi qu'il puisse dire et faire, un Juif est perçu dès lors comme un étranger dangereux, haïssant les non-Juifs. Les antijuifs anticapitalistes modernes lui attribuent en outre une puissance incomparable, intrinsèquement menaçante. De là, ce mixte de crainte et de haine que sa seule représentation inspire.

Comme l'a souligné Pierre Haubtmann dans l'un de ses ouvrages sur Proudhon (1982), s'il est vrai que Proudhon « n'aimait pas les Juifs », il « n'avait rien d'un obsédé de l'antisémitisme ». C'est pourquoi ses propos déchaînés de décembre 1847 restent « quelque chose de tout à fait exceptionnel ». On ne peut en dire autant du fouriériste Toussenel ni d'Auguste Blanqui écrivant en 1853 : « La finance règne, gouverne, agiote à manches retroussées, sans contrôle, sans criante de la médisance. C'est l'intronisation définitive de Rothschild. » L'historien Michel Dreyfus, dans son livre nuancé intitulé *L'Antisémitisme à gauche* (2009), avance qu'« à la différence de Toussenel, Proudhon ne fait pas de l'antisémitisme l'un des fondements de sa pensée » et qu'« il l'exprime assez peu dans des textes publics ».

En 1889, le militant libre-penseur, franc-maçon, socialiste et anarchisant Augustin Hamon (1862-1945) répète en écho le refrain drumontien (« Le Juif, maître absolu de la finance ») dans un long pamphlet intitulé *L'Agonie d'une société*, publié chez l'éditeur antisémite Albert Savine, où il dénonce « cette juiverie qui enserre la race aryenne d'un bout du monde à l'autre » :

> « Combien de Juifs arrivés en France, pauvres, sales, en haillons, étalent maintenant leur morgue hautaine dans de somptueux palais. On n'aurait pas voulu de ces hommes comme valets d'écurie [...] Maintenant, ils

sont les rois du jour [...] Ils sont les maîtres du monde, et tout courbe la tête sous leur domination. [...] Ils sont un fléau mortel pour la Société. C'est la pieuvre qui s'attache à sa victime et ne la lâche que lorsqu'il ne lui reste plus une goutte de sang. »

Les théoriciens révolutionnaires, socialistes, communistes ou anarchistes, n'échappent pas à l'imprégnation antijuive. C'est le cas de l'anarchiste russe Mikhaïl Bakounine, qui, rival malheureux et vindicatif de Marx dans la lutte pour la direction de la Ire Internationale, réunit en février-mars 1872 (« Aux compagnons de la Fédération des sections internationales du Jura »), dans le même complot juif pour la domination universelle, le pôle capitaliste (la banque Rothschild) et le pôle communiste-marxiste (Marx), soit les deux faces de la « secte exploitante » :

« Les Juifs ont un pied dans la banque et l'autre dans le mouvement socialiste [...] Eh bien, tout ce monde juif, formant une secte exploitante, un peuple sangsue, un unique parasite dévorant, étroitement et intimement organisé, non seulement à travers les frontières des États, mais encore à travers toutes les différences des opinions politiques – ce monde juif est aujourd'hui en grande partie à la disposition de Marx d'un côté, de Rothschild de l'autre. Je suis sûr que les Rothschild, d'un côté, apprécient les mérites de Marx et que Marx, de l'autre, sent un attrait instinctif et un grand respect pour les Rothschild. Cela peut paraître étrange. Qu'est-ce qu'il peut y avoir de commun entre le communisme et la haute banque ? Ah ! c'est que le communisme de Marx veut la puissante centralisation de l'État, et là où il y a centralisation de l'État, il doit y avoir nécessairement aujourd'hui une Banque centrale de l'État, et là où une pareille Banque existe, la nation parasite des Juifs, spéculant sur le travail du peuple, trouvera toujours moyen d'exister. »

Bakounine se déchaînait contre l'« Allemand juif » Marx, mais surtout contre le « Juif allemand » Moses Hess (1812-1875), qui le traitait en retour de « barbare russe ».

Dans la dernière page de son texte « théorique » inachevé, *Fédéralisme, socialisme et antithéologisme* (1895), Bakounine s'emporte contre la « nation juive », à laquelle il ne reconnaît que des traits négatifs, jusqu'à en faire la nation criminelle par excellence :

« La nation juive, la plus étroite jadis et la plus exclusive qu'il y ait eue au monde ; tellement exclusive et étroite que, reconnaissant le privilège pour ainsi dire absolu, la divine élection comme base principale de toute son existence nationale, elle s'est posée elle-même comme peuple favorisé entre tous, jusqu'au point de s'imaginer que son Dieu, Jehovah – Dieu le père des chrétiens –, poussant sa sollicitude pour lui jusqu'à la plus sauvage cruauté envers toutes les autres nations, lui avait ordonné l'extirpation par le fer et le feu de tous les peuples qui avaient occupé avant lui la Terre promise, afin de déblayer le terrain à son peuple-Messie. »

Au XIXe siècle, la vision conspirationniste de la marche du monde s'est développée, d'une part, dans la pensée contre-révolutionnaire et, d'autre part, dans la pensée révolutionnaire, socialiste ou anarchiste, dans le cadre de laquelle de nombreux théoriciens politiques ont construit le mythe d'un complot capitaliste ou ploutocratique, judéo-capitaliste ou judéo-ploutocratique pour dominer et exploiter le genre humain. Imaginant son ennemi réactionnaire international comme un mégaconspirateur, Bakounine en était arrivé logiquement à créer, en 1864, une « Société internationale secrète de l'émancipation de l'humanité ». Imaginer un grand complot menaçant, c'est déjà se préparer à imaginer un contre-complot d'envergure.

Dans les années 1840, Richard Wagner a maintes fois exprimé ses aspirations révolutionnaires, comme à Dresde en mai 1849, où il s'écrie alors que la guerre des rues s'organise : « Enfin, la révolution tant attendue est là ! » Mais déjà, dans une lettre adressée le 23 novembre 1847 à l'écrivain et critique musical Ernst Kossak (1814-1880), Wagner faisait l'éloge de la révolution :

> « Très cher ami, à quoi servent donc tous les beaux sermons que nous faisons parmi le public ? [...] Il s'agit ici en l'occurrence de percer une digue, et le moyen de le faire s'appelle : Révolution ! Il faut jeter des bases positives ; ce que nous jugeons bon et juste, voilà ce qui doit devenir un ensemble de données, de choses solides et irrévocables ; ensuite, le mal régnant à présent se dissoudra de lui-même, se diluant dans une opposition sotte et facile à vaincre. »

Quelques mois plus tard, le critique Eduard Hanslick (1825-1904), qui n'était pas encore devenu l'ennemi implacable de Wagner qu'il sera, rend ainsi compte d'une rencontre à Vienne avec ce dernier, en août 1848 : « Wagner était tout entier politique. Il attendait de la victoire de la révolution une renaissance complète de l'art, de la société, de la religion, un nouveau théâtre, une nouvelle musique. Il posa des questions sur les chefs de file démocrates les plus connus de Vienne et se fit emmener par Friedrich Uhl à une réunion démocrate. » Hanslick ajoute que le pianiste et compositeur Josef Fischhof (1804-1857), auquel Wagner avait rendu visite, se montra « étonné d'entendre » ce dernier « ne parler que de politique et ne pas dire un mot sur la musique ».

Lors de l'insurrection de Dresde (mars-mai 1849), Wagner se tient aux côtés de Bakounine, qui, réfugié clandestin dans la ville depuis mars 1849, lui apparaît comme l'incarnation même de l'esprit de révolte, avec un goût prononcé pour le chaos supposé auto-organisateur. En avril 1848, Bakounine écrivait au poète révolutionnaire Georg Herwegh (1817-1875), son ami et compagnon de combat (par ailleurs ami de Wagner) : « La révolution est un instinct plutôt qu'une pensée ; elle agit, elle se développe comme instinct, et livrera comme instinct ses premières batailles. [...] Je ne crois ni en des constitutions, ni en des lois. La meilleure constitution ne peut me satisfaire. Il nous faut autre chose : la tempête et la vie, un monde nouveau où l'absence de lois créera la liberté. » Il est à noter que l'historien de l'anarchisme Max Nettlau (1865-1944) a qualifié cette lettre d'« essentielle pour caractériser la pensée intime réelle de Bakounine en 1848 ». Le programme de Bakounine était simple : tout brûler, tout dévaster, détruire même les ruines.

Le témoignage de Wagner est sans ambiguïté. On lit dans son autobiographie (*Mein Leben*) :

> « Lorsque je le vis en personne, végétant sous la faible protection de Röckel, je fus d'abord étonné de l'étrange et imposante personnalité de cet homme, alors dans la pleine vigueur de la trentaine. Tout en lui était colossal et d'une force naïve. [...] Il n'avait en vue que la destruction et rien que la destruction. [...] Cette destruction de toute civilisation [*Diese Zertörung aller Zivilisation*] excitait son enthousiasme. [...] En guise de consolation, le révolutionnaire expliquait que le monde nouveau se reconstituerait de lui-même. Nous n'avions à nous préoccuper que d'une chose : d'où viendrait la force destructive [*Kraft der Zertörung*] ? »

À Dresde, caché dans une maison isolée, Bakounine survivait grâce à l'aide financière du compositeur et chef d'orchestre August Röckel (1814-1876), qui, ami proche de Wagner, y dirigeait un journal révolutionnaire en même temps qu'il occupait la fonction de directeur de la musique, adjoint aux maîtres de la chapelle royale. Röckel avait initié Wagner aux doctrines socialistes et anarchistes françaises (Proudhon en particulier) et à la pensée de Feuerbach à partir de 1843. Il devint avec Bakounine son compagnon de lutte lors de l'insurrection de Dresde. En août 1848, Röckel avait lancé un périodique politique, les *Volksblätter*, qui n'eut que quinze numéros (du 26 août 1848 au 29 avril 1849). Wagner y collabora, sous couvert de l'anonymat. Il y publia notamment, le 8 avril 1849 (n° 14), un article intitulé « La Révolution ». Röckel fut arrêté pour ses activités subversives en mai 1849. Condamné à mort, puis gracié, il restera incarcéré à la prison de Waldheim jusqu'au 9 janvier 1862. Il n'en continuera pas moins de correspondre avec Wagner.

Cette amitié militante avec Röckel donne à Bakounine l'occasion d'assister en secret aux répétitions d'orchestre dirigées par le compositeur à l'opéra royal de la ville. Il assiste notamment à l'exécution de la *Symphonie n° 9* de Beethoven et, poussé par l'enthousiasme, escalade le podium pour se précipiter dans les bras d'un Wagner éberlué en criant : « Si toute la musique est condamnée à disparaître dans la conflagration universelle, nous devons, au péril de notre vie, sauver cette symphonie ! » On croirait en percevoir un écho dans ce vers qui, disait Thomas Mann, est « le noyau et le couronnement des *Maîtres* » (opéra créé le 21 juin 1868) : « Et si le Saint Empire romain doit s'en aller en fumée, nous garderons toujours l'art allemand dans sa sainteté ! » Dans son autobiographie, où il ne cache pas son admiration pour « cet homme extraordinaire » qu'est à ses yeux Bakounine, Wagner ajoute : « Peu de semaines après, il semblait en vérité que la "conflagration universelle" s'allumait dans les rues de Dresde et que Bakounine y prenait les fonctions d'artificier en chef. » Longtemps après, quelques jours avant sa mort, Bakounine lancera : « Tout passera, et le monde périra, mais la *Neuvième Symphonie* survivra ! »

Le 4 mai 1849, Bakounine offrit ses services au gouvernement provisoire révolutionnaire alors en train de se former et devint rapidement le « véritable chef révolutionnaire de l'insurrection ». Il organisa avec efficacité la défense contre les Prussiens, autorisa les chefs de la garde nationale à mettre le feu à des maisons si les progrès du combat l'exigeaient, et, lorsque la défaite parut inévitable, il n'aurait pas hésité à soumettre aux chefs de l'insurrection la proposition de transporter les réserves de poudre dans les caves de l'hôtel de ville et de se faire sauter avec l'édifice à l'approche des troupes prussiennes – proposition qui fut rejetée. Comme en écho, Wagner écrivit à la même époque : « Seul détruire est nécessaire actuellement. » « Notre mission est de détruire et non pas de construire », affirmera Bakounine dans sa *Confession* au tsar, rédigée à la fin de l'année 1851 alors qu'il était emprisonné à Saint-Pétersbourg. Cet incendiaire de l'Europe est resté sa vie durant fidèle à ce principe formulé dans son article de jeunesse, « La Réaction en France » (octobre 1842), alors qu'il était devenu une figure montante de la gauche hégélienne : « La passion de la destruction est en même temps une passion créatrice [*eine schaffende Lust*]. » Cette « joie créatrice » – *Lust* signifie à la fois « désir » et « joie », « convoitise » et « jouissance » – était au cœur du romantisme de la violence rédemptrice professé par Bakounine

Après avoir organisé la retraite d'environ mille huit cents insurgés, Bakounine, accompagné d'Otto Leonard Heubner (1812-1893), fut arrêté dans la nuit du 10 mai 1849 à Chemnitz et livré avec ses compagnons au commandant d'un bataillon prussien. Wagner, qui avait refusé l'invitation à Chemnitz (un piège tendu aux insurgés en fuite), réussit à échapper aux troupes prussiennes et partit retrouver Franz Liszt à Weimar. Le 14 janvier 1850, Bakounine fut condamné à mort avec Heubner et

Röckel, peine commuée en détention perpétuelle. Puis, en juin 1850, il fut livré aux Autrichiens qui, le 15 mai 1851, le condamnèrent à être pendu, peine une nouvelle fois commuée en détention perpétuelle. Le même mois, il fut livré aux Russes et emprisonné dans la forteresse Pierre-et-Paul, à Saint-Pétersbourg, où il resta jusqu'en mars 1854, avant d'être transféré dans la forteresse de Chlisselbourg, où il fut retenu jusqu'en 1857. Déporté en Sibérie au cours du mois de mars 1857, il arriva à s'enfuir en 1861 et refit surface le 28 décembre de la même année à Londres, chez son ami Alexandre Herzen.

Dans son article (non signé) paru le 8 avril 1849 dans les *Volksblätter* dirigés par August Röckel, « La Révolution », où il déclare que « le vieux monde va tomber en poussière » et que « le nouveau monde va sortir de ses ruines » tout en appelant à « détruire l'ordre établi », Wagner montre qu'il peut se faire prophète non sans lyrisme : « De plus en plus proche de nous, la tempête déferle, portant sur ses ailes la révolution. » Il y annonce au monde entier le « nouvel évangile du bonheur », non sans philosopher à la manière de Bakounine : « Tout ce qui subsiste doit disparaître, c'est la loi éternelle de la nature, la condition de la vie [...] Je détruirai de fond en comble cet ordre des choses car il est né du péché, et sa fleur est la misère et ses fruits sont le crime. » Et, dans une perspective s'inspirant à la fois de Proudhon et de Stirner (qu'il avait lu), Wagner présentait ainsi son programme révolutionnaire : « Je veux briser le pouvoir des puissants, de la loi et de la propriété. Que l'homme ait pour maître sa propre volonté, que sa seule loi soit son propre désir [*Lust*], sa propre force toute sa propriété, car la chose sainte, c'est uniquement l'homme libre, et il n'y a rien qui lui soit supérieur. » L'ennemi de l'« homme libre », c'est bien sûr Mammon, comme l'antithèse de l'émancipation révolutionnaire, c'est le pouvoir de l'argent.

Dans le développement intitulé « Quant au principe du communisme », qu'on trouve dans l'essai inachevé *Les Artistes de l'avenir* (août 1849), Wagner affirme que l'égoïsme qui se manifeste par la quête du profit ne peut disparaître qu'en se niant dans et par le communisme – mais son anticapitalisme ne le conduit nullement à adhérer au mouvement communiste, qu'il condamnera sans appel. Le communisme est selon lui « la plus ridicule et la plus stupide de toutes les doctrines », le type même de l'utopie d'autant plus dangereuse qu'elle est irréalisable. Dans une lettre envoyée le 4 décembre 1849 à son ami Ferdinand Heine (1798-1872), Wagner caractérise ainsi la situation en France : « La puissance qui domine à présent la vie », c'est « *l'argent*, c'est-à-dire l'*intérêt personnel* abstrait et idéalisé ». Il continue de rêver en anarchiste de détruire l'ordre social injuste, comme il le confie à son ami Theodor Uhlig (1822-1853) le 27 décembre 1849 : « S'il s'agit de déblayer résolument le fumier et de laver à grande eau, c'est mon affaire, car mon but est d'arriver à la révolution, où que je me présente. » Il écrit au même Uhlig le 22 octobre 1850 qu'il ne croit « qu'à la révolution, qui commence par l'incendie de Paris ».

Dans le texte qu'il rédige en juillet 1849, *L'Art et la révolution*, Wagner s'inspire autant de la dénonciation proudhonienne de la « propriété » que de l'éloge bakouninien de la négativité rédemptrice. En témoigne ce passage baigné de l'esprit apocalyptique du révolutionnaire russe :

> « Je veux détruire le règne de l'un sur l'autre, celui des morts sur les vivants, et celui de la matière sur l'esprit ; je veux briser le pouvoir des puissants, de la loi et de la propriété. Que la *propre* volonté soit le maître de l'homme, la *propre* joie son unique loi, la *propre* force toute sa propriété ; car *la seule chose qui soit sacrée est l'homme libre* et il n'existe rien au-dessus de lui. »

Dans ses écrits et ses déclarations publiques, à partir de 1850, Richard Wagner a beaucoup fait pour diffuser la thèse selon laquelle l'influence juive dans la culture européenne était essentiellement négative, et qu'il fallait de toute urgence lutter contre le processus de « judaïsation [*Verjudung*] de l'art moderne ». Il faut rappeler que le pseudonyme choisi en 1850 par le jeune Wagner, qui se voulait « libre-penseur », a valeur de drapeau : « K. Freigedank ». Dans son fameux essai *Das Judentum in der Musik* (*Le Judaïsme dans la musique*), publié sous pseudonyme dans la *Neue Zeitschrift für Musik* de Leipzig les 3 et 6 septembre 1850, puis sous son nom en 1869, le musicien politisé a dénoncé l'émancipation des Juifs comme instrument de leur domination, reprenant ainsi le thème des Juifs « rois de l'époque », largement diffusé par la littérature révolutionnaire antijuive des années 1840, en référence aux Rothschild, comme chez Toussenel. Faut-il parler ici de configuration idéologique antijuive, antisémite ou judéophobe ?

Le mot « judéophobie », qui précède la création du mot « xénophobie » (attesté en français au début du XXe siècle), est un néologisme dont on attribue souvent la création à Leo Pinsker (1821-1891), médecin à Odessa et l'un des pionniers du sionisme. S'il est vrai que Pinsker a introduit le néologisme en langue allemande dans son manifeste sioniste publié en septembre 1882, *Autoémancipation !*, les mots « judéophobie » et « judéophobe » avaient été précédemment employés en français dès avril 1872 par le diplomate Charles de Coutouly (1847-1911) dans un article titré « La judéophobie en France », paru dans *Le Temps*, qui commence ainsi : « On nous pardonnera le néologisme, si toutefois c'en est un, qui sert de titre à cet article. Il faut bien forger un mot pour exprimer une chose dont, fort heureusement, nous ne trouvons plus trace dans notre pays, sauf quelques rares exceptions : nous voulons dire la haine des juifs. » Voilà qui est clair : « judéophobie » signifie « haine des Juifs ». Il est cependant fort peu probable que Pinsker se soit inspiré de Coutouly.

Le docteur Pinsker, tributaire des théories psychiatriques de son temps, emploie le terme « judéophobie » (*Judeophobia*) pour désigner un phénomène psychopathologique qu'il caractérise comme une « psychose », une « maladie transmise depuis deux mille ans », qu'il juge « incurable », et, plus précisément, comme une « démonopathie héréditaire, propre au genre humain ». Les « judéophobes » seraient donc saisis par la crainte des « fantômes » et la haine des « démons » que sont pour eux les Juifs. Pour Pinsker, l'origine toujours présente de la « judéophobie » est la « peur des revenants », ou l'« horreur du fantôme juif », qui a « suscité cette haine abstraite ».

Pour le médecin sioniste comme pour le diplomate français, la « phobie » dont il est question ne se réduit donc pas à une simple peur, elle implique une forte aversion, qui enveloppe un sentiment d'horreur, et comporte de la haine. Telle est la justification du néologisme que j'ai moi-même forgé : « judéomisie » (de *misos*, la « haine »), pour éviter les malentendus persistants. Autrement dit, il serait naïf de prendre le suffixe « phobie », dans des néologismes comme « judéophobie » ou « xénophobie », au sens clinique du terme. Mais l'important n'est pas que, pour Pinsker, la « judéophobie » soit une « psychose héréditaire ». Le grand intérêt de son manifeste est dans le diagnostic qu'il formule, fondé sur la reconnaissance du fait suivant :

> « Le Juif est considéré par les vivants comme un mort, par les autochtones comme un étranger, par les indigènes sédentaires comme un clochard, par les gens aisés comme un mendiant, par les pauvres gens comme un exploiteur millionnaire, par les patriotes comme un apatride, et par toutes les classes comme un concurrent qu'on déteste. »

Les stéréotypes accusatoires privilégiés par les milieux révolutionnaires au XIXe siècle, qu'ils soient anarchistes ou socialistes, visent le Juif étranger ou nomade, parasite et exploiteur. L'issue de l'affaire Dreyfus donnera un provisoire coup d'arrêt à l'imprégnation antijuive des milieux révolutionnaires, au moins en France et dans les pays francophones.

La tentation terroriste

À la fin du XIXe siècle, l'orientation révolutionnaire sera théorisée dans ses aspects pratiques et tactico-stratégiques, d'une part, par l'anarchiste italien Errico Malatesta, appelant à la « propagande par le fait » susceptible de favoriser le passage à l'action terroriste, et, d'autre part, par ceux qui, comme Émile Pouget, attendent des effets de la « grève générale » révolutionnaire l'instauration d'un monde nouveau et, bien sûr, meilleur, sinon parfait. Il faut rappeler que, lors du congrès anarchiste international organisé du 14 au 20 juillet 1881 à Londres, la « propagande par le fait » a été adoptée en tant que vecteur privilégié de l'idée révolutionnaire. C'était légitimer, au nom de l'émancipation du genre humain comme but final, les actions illégales, allant du vol, célébré comme « reprise individuelle » ou pratique de « restitution », au crime (assassinat de personnalités, attentats terroristes), en passant par le sabotage. Cette légitimation de la criminalité « orientée » se trouve dans le *Catéchisme du révolutionnaire* (1869), de Netchaïev, qui, selon une rumeur persistante, l'aurait rédigé avec Bakounine, chez qui il s'était installé à Genève. Il y préconise le recours à la violence pour détruire l'ordre social : le révolutionnaire « ne connaît qu'une science – celle de la destruction ». Et de préciser : « Notre œuvre à nous est une destruction terrible, entière, générale et implacable. » La stratégie révolutionnaire implique d'accentuer la misère du peuple pour que ce dernier se révolte : « La Confrérie n'a pas d'autre but que l'entière libération et le bonheur du peuple – c'est-à-dire des travailleurs. Mais convaincue que cette libération et ce bonheur ne sont possibles qu'au moyen d'une révolution populaire qui balayerait tout sur son passage, la Confrérie contribuera de toutes ses forces et de toutes ses ressources au développement et à l'extension des souffrances qui épuiseront la patience du peuple et le pousseront à un soulèvement général. » Bref, la manipulation cynique des masses fait partie du programme révolutionnaire, qui obéit au principe « La fin justifie les moyens ». Dans cette perspective, Netchaïev propose d'intégrer les bandits dans le mouvement révolutionnaire : « Joignons à nous les brigands hardis, qui sont les seuls véritables révolutionnaires de la Russie. »

Après avoir créé la société secrète *Narodnaïa Rasprava* (« Vengeance du peuple »), Netchaïev organise, le 29 novembre 1869, l'assassinat de l'étudiant Ivan Ivanov, pourtant membre de cette société, qu'il soupçonne, sans preuves, de trahison. Quelques mois plus tard, Bakounine rompt avec lui, le tenant pour un imposteur. C'est en s'inspirant notamment de Netchaïev qu'un groupe de révolutionnaires russes fonde en juin 1879 l'organisation terroriste à visage populiste *Narodnaïa Volia* (« Volonté du peuple »), responsable d'une série d'attentats, dont le plus spectaculaire fut l'assassinat du tsar Alexandre II le 13 mars 1881, après plusieurs tentatives qui avaient échoué. Alexandre II avait pourtant la réputation d'être un tsar « libéral », en ce qu'il avait supprimé le servage en Russie. Une des conséquences de son assassinat fut la création de l'Okhrana, la police politique secrète, le 14 août 1881 par le tsar Alexandre III, soucieux de réaffirmer son pouvoir autocratique et désireux de lutter contre les groupes révolutionnaires, en particulier les groupes anarchistes engagés dans des activités terroristes.

En France, les vols, les attentats et les assassinats commis par le militant anarchiste Ravachol (François Claudius Koënigstein, dit, né en 1859), qui, arrêté le 30 mars 1892 et condamné à mort le 21 juin à Montbrison (il accueillit la sentence au cri de « Vive l'anarchie ! »), fut guillotiné le 11 juillet 1892 (à 33 ans), illustrent les passages à l'acte d'un révolté désespéré, érigé en modèle et en martyr par certains anarchistes. Devant ses juges de Montbrison, Ravachol a lancé un appel à la vengeance : « J'ai fait le sacrifice de ma personne. Si je lutte encore, c'est pour l'idée anarchiste. Que je sois condamné cela m'importe peu. Je sais que je serai vengé. » Tous les anarchistes n'applaudirent pas les actions terroristes de Ravachol. Le poète symboliste et militant anarchiste Pierre Quillard (1864-1912) concluait ainsi son article sur « l'anarchie par la littérature », paru en avril 1892 :

> « Il faut avouer que l'explosion de quelques bombes de dynamite frappe de terreur les esprits vulgaires. Mais cet affolement de surprise dure peu, juste le temps de

fournir prétexte aux représailles de la police et de la magistrature [...] Au contraire la puissance destructrice d'un poème ne se disperse pas d'un seul coup : elle est permanente et sa déflagration certaine et continue ; et Shakespeare ou Eschyle préparent aussi infailliblement que les plus hardis compagnons anarchistes l'écroulement du vieux monde. »

L'écrivain d'abord boulangiste puis anarchiste Paul Adam (1862-1920), en lutte contre la morale conventionnelle et à ce titre souvent rapproché de Nietzsche, fit partie de ceux qui glorifièrent Ravachol en tant qu'adepte conséquent de la propagande par le fait, qui consiste, selon ses théoriciens, à traduire avec courage les idées anarchistes par des actes. Dans la revue dirigée par Bernard Lazare, *Entretiens politiques et littéraires*, collaborateur de *La Révolte* (« Organe communiste-anarchiste ») et de l'hebdomadaire *L'Endehors* (1891-1893) de Zo d'Axa (Alphonse Gallaud de la Pérouse, dit ; 1864-1930), il publie en juillet 1892 un article intitulé « Éloge de Ravachol », où il célèbre le terroriste qui va être guillotiné, n'hésitant pas à le comparer au Christ :

« Après tant de débats judiciaires, de chroniques et d'appels au meurtre légal, Ravachol reste bien le propagateur de la grande idée des religions anciennes qui préconisèrent la recherche de la mort individuelle pour le Bien du monde ; l'abnégation de soi, de sa vie et de sa renommée pour l'exaltation des pauvres, des humbles. Il est définitivement le Rénovateur du Sacrifice Essentiel. »

Adam ne cache pas son admiration pour ce personnage hors du commun :

> « Ravachol fut le champion de cette Force Nouvelle. Le premier il exposa la théorie de ses actes et la logique de ses crimes ; et il n'est pas de déclamation publique capable de le convaincre d'errements ou de faute. Son acte est bien la conséquence de ses idées, et ses idées naissent de l'état de barbarie où végète l'humanité lamentable. »

Et l'écrivain de conclure ainsi sa célébration du terroriste, présenté comme un « saint » et un « martyr » :

> « En ces temps de cynisme et d'ironie, un Saint nous est né. Son sang sera l'exemple où s'abreuveront de nouveaux courages et de nouveaux martyrs. La grande idée de l'Altruisme universel fleurira dans la flaque rouge au pied de la guillotine. Une mort féconde s'est accomplie. Un événement de l'histoire humaine s'est marqué aux annales des peuples. Le meurtre légal de Ravachol ouvre une Ère. »

Quelques années plus tard, Adam s'explique ainsi sur son engagement anarchiste : « Chasser toutes les cliques, faire table rase des institutions avilissantes, tout abattre, puis reconstruire ensuite quelque chose de moins abject : ce fut notre vœu de littérateurs anarchistes. »

Dans son recueil d'articles publié en 1893, *L'Idéalisme*, le critique et essayiste Remy de Gourmont (1858-1915), qui ne cachait pas son admiration pour son confrère Adam, avance cette définition de l'art : « L'essence de l'Art est la liberté.

L'Art ne peut admettre aucun code ni même se soumettre à l'obligatoire expression du Beau. » C'est l'occasion pour lui de célébrer le symbolisme pour la « nouveauté » et la « liberté » qu'il incarne, et qui pour certains, note-t-il, relèvent du champ de l'« anarchie ». L'exaltation de la liberté est le pont jeté entre l'art et l'anarchisme :

> « L'un des éléments de l'Art est le Nouveau, – élément si essentiel qu'il institue presque à lui seul l'Art tout entier, et si essentiel que, sans lui, comme un vertébré sans vertèbres, l'Art s'écroule et se liquéfie dans une gélatine de méduse que le jusant délaissa sur le sable. Or, de toutes les théories d'Art qui furent, en ces pénultièmes jours, vagies, une seule apparaît nouvelle, et nouvelle d'une nouveauté invue et inouïe, le Symbolisme, qui, lavé des outrageantes signifiances que lui donnèrent d'infirmes court-voyants, se traduit littéralement par le mot Liberté et, pour les violents, par le mot Anarchie. La Liberté en Art, nouveauté si stupéfiante qu'elle est encore et demeurera longtemps incomprise. »

Le journaliste et critique d'art Félix Fénéon (1861-1944) s'engage dans le mouvement libertaire en 1886, en même temps qu'il crée, avec Léo d'Orfer (1859-1924) et Gustave Kahn (1859-1936), la revue symboliste *La Vogue* (lancée en avril 1886). Cet admirateur de Rimbaud va collaborer ensuite à plusieurs journaux ou revues, comme *La Plume* (qui consacre son n° 97, daté du 1er mai 1893, à l'anarchisme), *Entretiens politiques et littéraires* (où il publie aux côtés de Paul Adam), *La Revue blanche* (fondée en décembre 1889, dont il sera le secrétaire de rédaction de 1896 à 1903), *L'Endehors*, *La Revue anarchiste* (fondée en août 1893), *La Revue libertaire* (décembre 1893-mars 1894) ou *Le Père Peinard* (lancé en 1889 par Émile Pouget). Le 9 avril 1893, il publie dans ce dernier hebdomadaire un article intitulé « Balade chez les artistes indépendants », dans lequel, ne mâchant pas ses mots, il expose brièvement son credo anarchiste :

> « Vive la liberté, mille dieux ! Dégobillons sur les lois, décrets, règlements, ordonnances, instructions, avis, etc., etc. Foutons dans le fumier bouffe-galette [les députés], jugeurs et roussins : les cochons qui confectionnent les lois, les bourriques qui les appliquent et les vaches qui les imposent. Oui, faire ce qu'on veut, y a que ça de chouette ; en Art comme dans la vie. Et merde pour l'École des Beaux-Arts : c'est encore une guimbarde qu'il faudra foutre à cul, comme toutes les académies, tous les instituts et les autres rouages de la sacrée cochonne de gouvernance. »

Dans sa belle étude sur *La Décadence* (2011), c'est-à-dire sur le mouvement littéraire dit « décadent », « décadentiste » ou « décadiste » – expression apparue en 1886-1887, et reprise par le poète Anatole Baju (1861-1903) en 1887 dans son livre titré *L'École décadente* –, l'historien de la littérature Jean de Palacio, après avoir affirmé que la conscience politique des écrivains regroupés (parfois hâtivement) dans le mouvement baptisé « La Décadence » « est "à droite" », pointe ce paradoxe : « De manière paradoxale, l'anarchisme fleurit sur le terrain de la Décadence. » Dans un article publié le 13 avril 1891, Baju, ancien directeur de l'hebdomadaire *Le Décadent* (1886-1889), précisait en effet que sa revue littéraire avait eu pour projet réel de « servir la cause du progrès, de la science, c'est-à-dire de la révolution », et qu'il avait voulu diriger les tendances combatives de la jeunesse vers un but unique, la « lutte contre l'argyrocratie [le règne de l'argent] ». Disons, en empruntant à l'historien Reinhart Koselleck (1923-2006) sa conceptualité, qu'au cours des deux dernières décennies du XIXe siècle, en France, pour nombre d'écrivains, l'imaginaire de la décadence constituait leur champ d'expérience et les idéaux anarchistes leur horizon d'attente.

C'est dans ce contexte politico-culturel que l'illégalisme révolutionnaire devient un courant de l'anarchisme. Les actions terroristes vont se multiplier dans les années 1892-1894. Fils du communard Fortuné Henry, le jeune Émile Henry (1872-1894), alors qu'il vient d'apprendre qu'il est admissible à l'École polytechnique, décide de passer outre et de s'engager dans le militantisme anarchiste, en vue d'organiser des attentats. Le 8 novembre 1892, une bombe explose au commissariat de police situé au 21, rue des Bons-Enfants (Paris, dans le 1er arrondissement), faisant cinq morts. Le 12 février 1894, Henry lance une marmite bourrée d'explosifs au café *Terminus* de la gare de Lyon, faisant vingt blessés dont un succombera à ses blessures. Lors de son jugement, le 27 avril 1894, il donne dans la provocation en déclarant par exemple : « Il n'y a pas de bourgeois innocents ! », ou encore : « Dans cette guerre sans pitié que nous avons déclarée à la bourgeoisie, nous ne demandons aucune pitié. Nous donnons la mort et nous devons la subir. C'est pourquoi j'attends votre verdict avec indifférence. [...] Vous n'avez pas pu détruire l'anarchie. Ses racines sont profondes : elle est née au sein d'une société pourrie qui s'affaisse ; elle est une réaction violente contre l'ordre établi ; elle représente les aspirations d'égalité et de liberté qui viennent battre en brèche l'autoritarisme actuel. Elle est partout. C'est ce qui la rend indomptable, et elle finira par vous vaincre et par vous tuer. » Il sera guillotiné le 21 mai 1894, à 21 ans. Cette esthétisation de la révolte radicale était dans l'air du temps. Dans son court essai *The Critic as Artist* (*Le Critique comme artiste*, 1891), Oscar Wilde (1854-1900), en dandy désinvolte et provocateur, a énoncé l'axiome suivant : « Une idée qui n'est pas dangereuse ne mérite pas d'être appelée une idée. »

Il faut aussi évoquer le cas d'Auguste Vaillant (1861-1894), militant anarchiste qui, le 9 décembre 1893, lance une bombe artisanale dans l'hémicycle de la Chambres des députés. Bien que l'attentat n'ait fait qu'une cinquantaine de blessés légers, Vaillant sera condamné à mort et guillotiné le 5 février 1894, à 32 ans. Avant d'être exécuté, il écrit à sa fille Sidonie, qu'il confie à Sébastien Faure : « Ton père a toujours été juste. Il est mort pour ceux qu'il aimait. Donne un but à ta vie : le bonheur de l'humanité. » L'attentat commis par Vaillant, illustrant la « propagande par le fait », sera suivi par l'adoption des « lois scélérates » antianarchistes (11 et 15 décembre 1893, 28 juillet 1894). Après l'exécution de Vaillant, des placards sont affichés dans Paris, menaçant le président de la République, Sadi Carnot (qui avait refusé de gracier Vaillant) : « À Carnot le tueur... Tu as eu la tête de Vaillant, nous aurons la tienne, président Carnot. » C'est la mission qui sera accomplie par Sante Jeronimo Caserio (1873-1894), jeune anarchiste italien émigré en France, où, le 24 juin 1894, il assassine Sadi Carnot, ce qui lui vaut d'être guillotiné le 16 août de la même année, à 20 ans. Sur l'échafaud, il lance son ultime message : « Courage, les amis ! Vive l'anarchie ! » Sur la question, c'est encore Oscar Wilde qui, avec son détachement affecté et son cynisme humoresque, fait mine de tirer les leçons de ce moment historique : « Quand on lit l'histoire, on est absolument écœuré non par les crimes que les méchants ont commis, mais par les châtiments que les bons ont infligés. Une communauté est infiniment plus malmenée par l'habituel emploi de la punition que par un crime occasionnel. »

La Bande à Bonnot, composée d'anarchistes et de criminels, aura été, en 1911-1912, un nouvel avatar de la dérive criminelle de l'anarchisme, disons de l'anarcho-banditisme. Son héritage se rencontre notamment dans les groupes qui s'efforcent de politiser la délinquance dans un sens révolutionnaire. Mais les actions criminelles commises par les adeptes de la « propagande par le fait » ont réactivé le sens péjoratif du mot « anarchiste », connotant désormais « poseur de bombes » ou « terroriste ».

L'historienne de la littérature Marie-Claire Bancquart (1932-2019) a étudié de près l'évolution des idées d'Anatole France (1844-1924) sur l'anarchisme. France est en effet passé d'un rejet horrifié des anarchistes après la Commune à une sympathie affichée pour la révolte anarchiste à partir du début des années 1890, puis à une position critique nuancée, inséparable de son pessimisme croissant. Défenseur de la pensée libre et anticlérical farouche comme nombre d'anarchistes, l'écrivain préface l'ouvrage de Jean Grave, *La Société mourante et l'anarchie*, paru en 1893. Il accepte ensuite la publication dans le supplément littéraire de l'hebdomadaire *La Révolte*, en juillet-août 1893, de trois chapitres de ses *Opinions de M. Jérôme Coignard* sur les affaires de ce temps. Il écrit alors, anticipant les critiques de l'État-providence : « Rêve pour rêve, j'aime mieux celui d'un monde où nous serions très libres que celui d'un État-magasin auquel nous serions tous asservis. » Il rejoint pour l'essentiel, avec le supplément d'ironie qu'il dépose ordinairement dans ses écrits, les critiques libertaires de la société française de son temps. Sa position est proche à cet égard de celle d'un Oscar Wilde écrivant dans *L'Âme de l'homme sous le socialisme* (1891) : « De hautes espérances avaient jadis été fondées sur la démocratie, mais la démocratie signifie simplement le matraquage du peuple par le peuple et pour le peuple. » Mais France, défendant fermement à la fois l'intelligence et les acquis de la civilisation, rejette les appels à l'instinct et à la destruction totale du « vieux monde » lancés par certains théoriciens anarchistes. Marie-Claire Bancquart présente ainsi la position ambivalente de France sur l'anarchisme à l'époque où l'action directe – donc les attentats terroristes – était au centre de l'actualité :

> « L'anarchiste suscite d'abord chez France, après la Commune, le type du fanatique jeune, à la conduite faussée. Évolution, marquée surtout par la querelle

du *Disciple* [roman de Paul Bourget, publié en 1889] et le scandale du Panama : France attaque en pamphlets toutes les institutions du temps. Il se trouve ainsi en accord avec les attaques des anarchistes des années 1890. Mais, persuadé que l'homme est nativement mauvais, il ne croit pas dans une société sans institutions. Il n'admet pas d'autre part les œuvres fraternisantes ou néo-chrétiennes des écrivains anarchisants, dont il rend compte comme critique. Il écrit des œuvres qui les imitent, mais pour les attaquer. »

Les États-Unis ont aussi connu des attentats anarchistes, comme l'assassinat du président William McKinley par l'anarchiste Leon Czolgosz, le 6 septembre 1901. Le 16 septembre 1920, un attentat à la voiture piégée a lieu en plein centre de Wall Street, à proximité de la banque J.P. Morgan & Co. L'attentat fait trente-huit morts et trois cents blessés. D'autres attentats, la même année, ont visé des personnalités politiques, comme le maire de Seattle ou celui de Cleveland. C'est dans ce contexte trouble, où la xénophobie visant les immigrés s'articule avec une paranoïa antirévolutionnaire, qu'est née l'affaire Sacco et Vanzetti. Soupçonnés notamment d'avoir commis un hold-up sanglant dans le Massachusetts le 15 avril 1920, deux immigrés italiens aux États-Unis, le cordonnier Nicola Sacco et l'ouvrier poissonnier Bartolomeo Vanzetti, l'un et l'autre militants anarchistes, sont arrêtés le 5 mai 1920. Condamnés à mort à l'issue d'un procès qui eut lieu du 31 mai au 14 juillet 1921, ce qui déclencha une campagne internationale en leur faveur, ils furent exécutés sur la chaise électrique dans la nuit du 22 au 23 août 1927 à la prison d'État de Charleston. Vanzetti répondit le 9 avril 1927 au juge Webster Thayer, qui avait refusé de rouvrir leur dossier :

> « Si cette chose n'était pas arrivée, j'aurais passé toute ma vie à parler au coin des rues à des hommes méprisants. J'aurais pu mourir inconnu, ignoré : un raté. Dorénavant, nous ne sommes plus des ratés. Ceci est notre carrière et notre triomphe. Jamais, dans toute notre vie, nous n'aurions pu espérer faire pour la tolérance, pour la justice, pour la compréhension mutuelle des hommes, ce que nous faisons aujourd'hui par hasard. Nos paroles, nos vies, nos souffrances ne sont rien. Mais qu'on nous prenne nos vies, vies d'un bon cordonnier et d'un pauvre vendeur de poissons, c'est cela qui est tout ! Ce dernier moment est le nôtre. Cette agonie est notre triomphe. »

Les anarchistes individualistes et les autres

Dans le mythe mobilisateur de la « grève générale », Georges Sorel (1847-1922), proche des syndicalistes révolutionnaires, voyait un puissant moyen d'éveiller le sentiment de la grandeur et du sublime chez les prolétaires :

> « Je ne crois pas qu'il y ait de moyens propres à faire disparaître cette influence funeste des démagogues, autres que ceux que peut employer le socialisme en propageant la notion de grève générale prolétarienne : il éveille au fond de l'âme un sentiment du sublime en rapport avec les conditions d'une lutte gigantesque ; il fait tomber au dernier rang le besoin de satisfaire la jalousie par la méchanceté ; il fait apparaître au premier rang l'orgueil de l'homme libre et ainsi met l'ouvrier à l'abri du charlatanisme des chefs ambitieux et avides de jouissances. »

Aux anarchistes individualistes « purs », tel Max Stirner affirmant dans *L'Unique et sa propriété* que « nous sommes tous deux, l'État et moi, des ennemis », s'opposent les anarchistes collectivistes ou communistes (Bakounine, Kropotkine, Malatesta,

Jean Grave, Élisée Reclus) ainsi que les partisans du mutuellisme (Proudhon), la mutualité étant la coopération sans hiérarchie et sans le monopole de l'État. S'ils sont tous anticapitalistes, ils sont également hostiles à toutes les formes étatiques et autoritaires du socialisme et du communisme. Dans *Fédéralisme, socialisme et antithéologisme*, Bakounine se montrait fort clair sur la question : « La liberté sans le socialisme, c'est le privilège, l'injustice ; [...] le socialisme sans liberté, c'est l'esclavage et la brutalité. » Tous dénoncent autant l'exploitation que la coercition. À l'exception de Stirner – qui affirmait : « Pour moi, il n'est rien au-dessus de moi. Je déclare la guerre à tout État, fût-il démocratique » –, ils misent sur l'association volontaire, la solidarité et l'entraide, comme le prince Kropotkine dans une perspective évolutionniste privilégiant le développement des instincts altruistes (*Mutual Aid : A Factor of Evolution*, 1902 ; traduit en allemand en 1904, puis en français en 1906 sous le titre *L'Entraide, un facteur de l'évolution*).

À en juger par les travaux des anthropologues « évolutionnaires » et des psychologues cognitivistes contemporains, la vision kropotkinienne de l'entraide et de l'altruisme n'est nullement désuète. Elle suppose que les instincts sociaux sont plus forts que les pulsions égoïstes, contrairement à la thèse fondamentale de ce qu'on pourrait appeler l'« anthropologie sinistre », fondée sur le postulat selon lequel « tous les hommes seraient des tyrans s'ils le pouvaient » – titre d'un court essai écrit en 1763 par John Adams (1735-1826), le deuxième président des États-Unis, et jamais publié. Comme l'a établi, sur la base d'études empiriques menées notamment sur les enfants, le psychologue cognitiviste Michael Tomasello dans *Pourquoi nous coopérons* (2009), la coopération chez les humains dérive de comportements à la fois innés et acquis. C'est le cas de l'altruisme, qui caractérise le fait qu'un individu se sacrifie d'une certaine manière au profit d'un autre, et de la collaboration, désignant le fait que plusieurs individus travaillent ensemble pour obtenir un bénéfice mutuel. Dans les interactions sociales se manifeste ainsi l'« exceptionnelle capacité de coopération des humains », impliquant des attitudes et des conduites morales fondées sur la réciprocité, la confiance et la tolérance. Tomasello cite à cet égard la philosophe américaine Christine Korsgaard affirmant que « le monde primitif de la morale n'est pas un monde dans lequel je vous fais quelque chose ou vous me faites quelque chose, mais un monde dans lequel nous faisons quelque chose ensemble ».

Mais le grand obstacle auquel se heurtent, pour les anarchistes, la sociabilité et la moralité, c'est le pouvoir, entendu comme pouvoir de l'homme sur l'homme. En 1891, dans sa brochure intitulée *L'Anarchie*, Malatesta définit l'anarchie comme l'« état d'un peuple qui se régit sans autorités constituées, sans gouvernement » et en fait ainsi l'éloge : « L'anarchie est le seul mode de vie en commun qui laisse ouverte la voie pour atteindre le plus grand bien possible des hommes, car elle seule détruit toute classe intéressée à maintenir la masse dans l'oppression et la misère. L'anarchie est possible, car elle ne fait en réalité que débarrasser l'humanité d'un obstacle, le gouvernement, contre lequel il lui a fallu sans cesse lutter pour poursuivre son chemin difficile et pour avancer. » En 1896, Kropotkine définit l'anarchie comme un « idéal de société où chacun ne se gouverne que par sa propre volonté » (*L'Anarchie, sa philosophie, son idéal*, 1896). Dans *La Morale anarchiste*, essai publié en 1889, Kropotkine résume ainsi sa vision inséparablement politique et morale, fondée sur l'idée normative de réciprocité :

> « Nous ne voulons pas être gouvernés. Mais, par cela même, ne déclarons-nous pas que nous ne voulons gouverner personne ? Nous ne voulons pas être trompés, nous voulons qu'on ne nous dise toujours rien que la vérité. Mais, par cela même, ne déclarons-nous pas que nous nous engageons à dire toujours la vérité, rien que la vérité, toute la vérité ? Nous ne voulons pas qu'on nous vole les fruits de notre labeur ; mais, par cela même, ne déclarons-nous pas respecter les fruits du labeur d'autrui ? »

L'utopisme naïf et impolitique de Kropotkine est clairement exprimé dans ses *Paroles d'un révolté* (1885), à la fin du chapitre intitulé « La loi et l'autorité » : « Plus de lois, plus de juges ! La Liberté, l'Égalité et la pratique de la Solidarité sont la seule digue efficace que nous puissions opposer aux instincts antisociables de certains d'entre nous. » On peut certes reprocher à cet adepte des abstractions salvatrices (« Liberté », « Égalité », « Solidarité ») son optimisme aveugle, fondé sur une confiance sans limites dans la nature humaine, dont les instincts sociaux ne peuvent selon lui que triompher des instincts contraires.

Dans ses *Paroles d'un révolté*, comportant un chapitre important sur « l'esprit de révolte », Kropotkine affirme, exemples à l'appui, qu'une situation révolutionnaire ne peut déboucher sur une révolution qu'à la condition qu'un esprit de révolte habite un certain nombre d'hommes et les conduise à passer à l'action, c'est-à-dire à l'insurrection. Ils se transforment ainsi en héros, « qui marchent sous les balles et sous la mitraille à la conquête de leurs droits ». Kropotkine insiste sur l'audace des révoltés, passion contagieuse qui anime les minorités actives :

> « C'est l'*action*, l'action continue, renouvelée sans cesse, des minorités, qui opère cette transformation. Le courage, le dévouement, l'esprit de sacrifice, sont aussi contagieux que la poltronnerie, la soumission et la panique. Quelles formes prendra l'agitation ? – Mais toutes les formes, les plus variées, qui lui seront dictées par les circonstances, les moyens, les tempéraments. Tantôt lugubre, tantôt railleuse, mais toujours audacieuse ; tantôt collective, tantôt purement individuelle, elle ne néglige aucun des moyens qu'elle a sous la main, aucune circonstance de la vie publique, pour tenir toujours l'esprit en éveil, pour propager et formuler le mécontentement, pour exciter la haine contre les exploiteurs, ridiculiser les gouvernants, démontrer leur faiblesse, et surtout, et toujours, réveiller l'audace, l'esprit de révolte, en prêchant d'exemple. »

Kropotkine ajoute que « c'est par l'action que les minorités parviennent à réveiller ce sentiment d'indépendance et ce souffle d'audace sans lesquels aucune révolution ne saurait s'accomplir ». Dans *L'Homme révolté*, Albert Camus, qu'on a bien des raisons d'inclure parmi les penseurs libertaires, énonça une formule devenue célèbre : « Je me révolte, donc nous sommes. » Mais Camus, contrairement aux théoriciens libertaires ralliés à l'optimisme progressiste de l'époque, avait lu avec passion et pris au sérieux Dostoïevski, « l'écrivain qui, bien avant Nietzsche, a su discerner le nihilisme contemporain, le définir, prédire ses suites monstrueuses, et tenter d'indiquer les voies du salut », ainsi qu'il le soulignait dans un texte écrit en 1955, « Pour Dostoïevski ». Grâce à l'écrivain russe, il avait compris l'importance inquiétante de ce que ce dernier appelait l'« esprit de négation et de mort », cet « esprit qui, revendiquant la liberté illimitée du tout est permis, débouche dans la destruction de tout ou dans la servitude de tous ». Camus aura été un penseur libertaire travaillé par l'idée du tragique.

Le 5 juin 1952, dans *Le Libertaire*, Camus, répondant aux critiques du théoricien socialiste libertaire et militant anarcho-syndicaliste Gaston Leval (1895-1978) portant sur son analyse des positions « nihilistes » de Bakounine et de sa collaboration avec Netchaïev, n'hésite pas à affirmer que « Bakounine est présent en moi », et qu'en mettant « au premier plan les préjugés nihilistes qu'il partageait avec son époque », il pense avoir « finalement rendu service au courant de pensée dont Bakounine est le grand représentant ». Il dit espérer de cette façon avoir « servi la pensée libertaire », dont il dit croire « que la société de demain ne pourra se passer ». Le biographe de Camus, Herbert R. Lottman, raconte comment, en 1952-1954, l'écrivain était devenu l'ami de Maurice Joyeux (1910-1991), militant anarchiste qui s'employait à refonder la Fédération anarchiste autour de son nouveau journal, *Le Monde libertaire*, mensuel lancé en octobre 1954. En novembre 1955, Camus, engagé dans la lutte antifranquiste, y publie un article intitulé « L'Espagne et le Donquichottisme », dont l'écho est retentissant. En février 1960, peu après la mort de Camus (le 4 janvier 1960), Joyeux publie dans *Le Monde libertaire* une notice nécrologique titrée « L'apologiste de la révolte », où il affirme que *L'Homme révolté* est une « bible pour le révolutionnaire ». Plus tard, selon Lottman, « Joyeux estimait que, de toutes les œuvres contemporaines, c'était *L'Homme révolté* de Camus qui avait le plus justement défini les aspirations des jeunes étudiants et travailleurs qui, plus tard, devaient faire Mai 1968 ». Mais c'est là un jugement rétrospectif discutable qui risque d'inculquer l'idée fausse selon laquelle les écrits de Camus auraient exercé une influence directe et majeure sur les révoltés et les insurgés de Mai 68.

S'interrogeant sur « l'esprit libertaire à travers les âges » dans son grand livre paru en 1975, *Le Mouvement anarchiste en France* (tome I. *Des origines à 1914*), l'historien Jean Maitron (1910-1987) commençait par citer l'anarchiste individualiste E. Armand (Ernest-Lucien Juin, dit, 1872-1962), fondateur en avril 1901 de la revue mensuelle *L'Ère nouvelle*, qui écrivait en 1908 dans sa brochure *Qu'est-ce qu'un anarchiste ?*, mêlant mythe, histoire et légende : « Prométhée, Satan, Jésus, Épictète, Diogène, Robin Hood, peuvent être considérés à différents points de vue comme des types d'anarchistes. » Cet esprit ou ce tempérament libertaire est avant tout antiautoritaire, et peut être interprété comme un « esprit de révolte »

(Kropotkine) traduisant un « instinct de la vie » (Bakounine). En 1893, dans *La Société mourante et l'anarchie*, son premier livre – préfacé par un Octave Mirbeau admiratif –, Jean Grave (1854-1939), après avoir rappelé qu'« anarchie veut dire négation de l'autorité », affirmait que « la haine de l'autorité, les revendications sociales datent de loin ; elles commencent aussitôt que l'homme a pu se rendre compte qu'on l'opprimait ». Répondant à l'enquête lancée en 1894 par Augustin Hamon « Pourquoi êtes-vous anarchiste-socialiste ? Comment êtes-vous devenu anarchiste-socialiste ? », et publiée en 1895 sous le titre *Psychologie de l'anarchiste-socialiste*, Bernard Lazare met au premier plan son tempérament de révolté et son état d'esprit antiautoritaire :

> « J'ai toujours eu l'horreur du maître, tout ce qui m'était ordonné m'était odieux. Je trouvais une injonction abominable et je n'ai jamais pu volontairement me soumettre à ce qui m'était commandé. J'ai été durant de longues années de collège le modèle des indisciplinés, non le mauvais gars qui guette les tours à faire, mais le rebelle qui ne veut pas obéir. L'autorité, sa valeur, sa raison d'être, voilà la chose que je n'ai jamais pu comprendre. »

Mais cet antiautoritarisme est aussi un antiétatisme. Projetant dans le passé lointain l'opposition entre anarchisme et étatisme, Kropotkine, dans *La Science moderne et l'anarchie*, écrivait dans le même sens : « L'anarchie représente le premier de ces deux courants, c'est-à-dire la force créatrice, constructive des masses [...] Nous pouvons donc dire que, dans ce sens, il y a eu de tout temps des anarchistes et des étatistes. » L'esprit libertaire est ainsi déshistorisé pour devenir un invariant anthropologique, un présupposé instinctuel de l'histoire humaine. Comme l'affirmait Élisée Reclus en mai 1895 : « L'anarchie est aussi ancienne que l'humanité. » Cette naturalisation de l'esprit de révolte se rencontre chez la plupart des théoriciens de l'anarchisme.

Dans son texte intitulé « À mes frères », écrit à la prison de Versailles en 1871, Louise Michel fournit une illustration des paradoxes croisés d'une politique antipolitique et d'une économie antiéconomique, en affirmant que « le pouvoir est maudit et c'est pour cela que je suis anarchiste », et en lançant à ses « frères » : « Prenons donc pour mot d'ordre et pour point de ralliement la haine du capital, le mépris du pouvoir. » Dans ses *Mémoires* (1886-1890), elle explicite la devise « Ni Dieu ni maître » : « Les anarchistes se proposent d'apprendre au peuple à se passer de gouvernement comme il commence déjà à se passer de Dieu. » Dans son discours en défense, lors d'une audience tenue le 22 juin 1883 devant la cour d'assises de la Seine, l'accusée Louise Michel affirme avec autant de fierté naïve que de dogmatisme : « Sans l'autorité d'un seul, il y aurait la lumière, il y aurait la vérité, il y aurait la justice. L'autorité d'un seul, c'est un crime. Ce que nous voulons, c'est l'autorité de tous. » Quant aux chemins susceptibles de rendre possible ladite « autorité de tous », elle ne les définit pas. Les programmes de réorganisation sociale ne sont pas au centre de ses préoccupations : « Faisons la révolution d'abord, on verra ensuite. » C'est la formule d'un activisme antiutopiste, ou, si l'on préfère, d'un utopisme de l'insurrection rédemptrice. Il lui suffit de croire que « la révolution sera la floraison de l'humanité comme l'amour est la floraison du cœur » (*La Commune. Histoire et souvenirs*, 1898). C'est dans la représentation du bonheur universel que résident à ses yeux les fins d'une humanité enfin libérée de ses chaînes et de ses illusions, comme elle le réaffirme en 1871 dans « À mes frères » : « Nous rêvons au bonheur universel, nous voulons l'humanité libre et fière, sans entrave, sans castes, sans frontières, sans religions, sans gouvernements, sans institutions. » Rêve d'un genre humain enfin délivré du Mal, de toutes les figures du Mal, dans lequel il n'est guère difficile de discerner les traces d'une hérésie chrétienne ou les illusions d'un humanisme athée militant.

On ne saurait oublier Patrick Geddes (1854-1932), biologiste, sociologue et urbaniste écossais, mais surtout pionnier de l'urbanisme et de l'écologie, et pacifiste militant, qui collabora notamment avec les géographes anarchistes Élisée et Paul Reclus (neveu du premier), ainsi qu'avec Kropotkine et Rabindranath Tagore (1861-1941). Il est connu notamment pour son invention du « jardin pédagogique » et ses idées sur les promenades éducatives permettant aux élèves d'être en contact direct avec l'environnement. Les choix de Geddes, note Thierry Paquot dans les « portraits d'amoureux de la nature » qu'il brosse dans *L'Amérique verte* (2020), étaient d'« établir des liens entre les connaissances, raconter la géohistoire des peuples du monde, refuser, à la fois, l'enfermement disciplinaire et le repli identitaire ». Geddes fut donc à la fois un théoricien libertaire polymathe et un intellectuel engagé particulièrement inventif, soucieux d'éducation et de transformation sociale. Son objectif était de rendre possible la réalisation de ce qu'on appelle, depuis Ernst Bloch et Henri Lefebvre, des « utopies concrètes », à commencer dans le domaine de l'enseignement. L'idée directrice est qu'il faut laisser le champ libre à la découverte et à l'expérimentation, à l'imagination et à la discussion, en quoi il rejoint certains courants de la pédagogie libertaire, de Paul Robin (1837-1912) et de Francisco Ferrer (1859-1909) à Célestin Freinet (1896-1966). Dans un article publié le 7 mai 2017, « Comment l'anarchie peut sauver l'université », David J. Siegel s'élève ainsi contre la bureaucratisation et la standardisation croissante de l'enseignement supérieur aux États-Unis, mais ses critiques valent tout autant pour de nombreux pays européens : « C'est une vérité simple : bon nombre des bonnes choses de la vie universitaire ne peuvent être obtenues que de manière informelle, spontanée et fortuite. » Dans l'enseignement supérieur, l'objectif devrait être d'offrir « une culture et un climat de soutien au jeu d'idées non structuré ».

À la fin du XIXe et au début du XXe siècle, en Russie comme dans plusieurs pays européens, la confrontation entre anarchistes et marxistes devient un rituel théorique et pratique dans les milieux révolutionnaires, dont l'objectif est de marquer des frontières ou de souligner des oppositions insurmontables. C'est sous le titre *Anarchisme ou socialisme ?* qu'est publié à Moscou en 1946, dans le premier tome des *Œuvres* du « Petit Père des peuples », Joseph Staline (1878-1953), ce recueil d'articles originellement écrits en géorgien et publiés sous une forme remaniée par le jeune révolutionnaire bolchevique – alors surnommé « Koba », personnage du folklore géorgien, une sorte de Robin des Bois –, à l'âge de 28 ans, entre décembre 1906 et avril 1907. Celui qui se fera appeler en 1913 Staline (« homme d'acier ») avait rencontré Lénine pour la première fois fin décembre 1905 à la première conférence du Parti ouvrier social-démocrate de Russie (POSDR), qui eut lieu secrètement à la Maison des travailleurs de Tampere (Tammerfors), dans le grand-duché de Finlande. Dans l'introduction de cet essai, Staline, s'appuyant sur son analyse de la « doctrine » anarchiste, oppose clairement le marxisme à l'anarchisme et désigne les anarchistes comme des ennemis à combattre, en dépit du fait que l'anarchisme et le marxisme constituent les deux grands courants du socialisme : « Nous estimons que les anarchistes sont des ennemis véritables du marxisme. Par conséquent, nous reconnaissons aussi qu'il faut mener une lutte véritable contre de véritables ennemis. Il faut donc analyser la "doctrine" des anarchistes d'un bout à l'autre et l'examiner à fond sous toutes ses faces. » Et Staline de résumer son analyse :

> « La vérité est que le marxisme et l'anarchisme reposent sur des principes tout à fait divergents, bien que tous deux se manifestent sur le théâtre de la lutte sous le drapeau socialiste. La pierre angulaire de l'anarchisme est l'individu, dont l'affranchissement est, selon lui, la condition principale de l'affranchissement de la masse, de la collectivité. Selon l'anarchisme, l'affranchissement de la masse est impossible tant que l'individu ne sera pas affranchi, ce qui fait que son mot d'ordre est : "Tout pour l'individu." Tandis que

la pierre angulaire du marxisme, c'est la masse dont l'affranchissement est, selon lui, la condition principale de l'affranchissement de l'individu. C'est-à-dire que, selon le marxisme, l'individu ne peut être affranchi tant que ne le sera pas la masse, ce qui fait que son mot d'ordre est : "Tout pour la masse." Il est évident qu'ici interviennent deux principes s'excluant l'un l'autre, et pas seulement des divergences tactiques. »

Mais ces mises en garde n'ont nullement empêché l'apparition de courants ou de personnages dont les orientations militantes relevaient autant de la tradition anarchiste que du socialisme marxiste-léniniste. Le révolutionnaire Victor Serge (1890-1947), lecteur de Kropotkine depuis l'âge de 16 ans, entame dès 1906 sa carrière d'anarchiste en Belgique et la poursuit en France, puis en Espagne. Après s'être rendu en Russie au début de 1919, et en dépit de son antiautoritarisme, il adhère au Parti communiste russe, en mai de la même année. En juillet-août 1920, il rédige un texte intitulé « Les anarchistes et l'expérience de la révolution russe », dans lequel il n'hésite pas à jeter un regard anarchiste, qui reste critique, sur les événements révolutionnaires en cours :

« Sitôt qu'il sera possible aux révolutionnaires de jeter un coup d'œil sur le chemin parcouru et de dresser le bilan de l'action, certaines conclusions familières aux anarchistes s'imposeront désormais à tous les esprits critiques. D'ores et déjà il en est de très importantes qui paraissent bien hors de doute. Et c'est :

La nocivité redoutable de l'autorité.

La nocivité de l'étatisme et de la centralisation autoritaire.

(D'où des maux inévitables sans doute et nécessaires, en période de transformation sociale : des maux que nous devons apprendre à accepter dans une assez large mesure, mais qui n'en sont pas moins des maux, ce qu'il importe de ne pas oublier.) On remarquera que c'est là, tout bonnement, la condamnation expérimentale des principes d'autorité, c'est-à-dire un des postulats essentiels de la philosophie anarchiste. »

Et l'anarcho-communiste de définir la mission spécifique des anarchistes, oscillant entre la défense des libertés individuelles et l'épanouissement des personnes, visant la marche vers l'homme total plutôt que le progrès du bien-être :

« Dans le mouvement révolutionnaire, les anarchistes représentent l'esprit de liberté, l'esprit critique, l'individualisme, l'éternelle recherche, en un mot, un tempérament et une conception de la vie. La révolution victorieuse, le pays pacifié, la dictature et l'État disparaîtraient et, au fur et à mesure que la société s'organiserait plus consciemment, d'aucuns se sentiraient peut-être satisfaits. Il faudrait pourtant aller plus avant, sans cesse, toujours. Vers quoi ? "Vers plus de bien-être", répondront les foules, non sans raison. Mais le rôle à ce moment-là des anarchistes sera décisif. Dans tous les domaines de l'activité sociale il leur appartiendra d'apporter à cette question leur réponse. "Vers plus de liberté. Vers le développement le plus complet de la personnalité." »

Dans son essai intitulé *L'Âme de l'homme sous le socialisme*, Oscar Wilde défend l'idée d'un socialisme antiautoritaire, fondé sur l'individualisme, dont l'art est « la plus intense manifestation ». C'est pourquoi, en tant qu'artiste, il se rallie à la vision anarchiste : « La forme de gouvernement qui convient le mieux à l'artiste est l'absence totale de gouvernement. » Sa critique du socialisme autoritaire est parfaitement résumée par cette phrase : « Il est regrettable qu'une portion de la communauté vive pratiquement en esclavage, mais il est enfantin de vouloir résoudre le problème en réduisant à l'esclavage la communauté tout entière. » Il prône le choix de la liberté individuelle contre tout système de contraintes (« système d'encasernement industriel » ou « tyrannie économique »), le choix de l'être contre l'avoir, de la vie contre la propriété : « L'abolition de la propriété privée nous rendra un individualisme vrai, beau et sain. Plus personne ne gâchera sa vie à accumuler les choses, et leurs symboles. Les hommes vivront. Vivre est la chose la plus rare qui soit. La plupart des gens se contentent d'exister. » Mais il reconnaît aussi que « la plupart des hommes de personnalité ont été contraints de devenir des rebelles » et qu'ils « ont usé à la lutte la moitié de leurs forces ». Il postule que « toute autorité est dégradante » en ce qu'« elle dégrade ceux qui l'exercent, et dégrade ceux sur qui elle s'exerce ». D'où son éloge de la désobéissance, qui permet aux rebelles de ne pas s'installer « dans une sorte de confort vulgaire » en menant une vie comparable à « celle des animaux domestiques » : « La désobéissance, pour qui connaît l'histoire, est la vertu spécifique de l'homme. C'est par la désobéissance qu'il a progressé, par la désobéissance et par la révolte. » On comprend que Wilde, qui estimait Kropotkine, ait pu déclarer : « Je pense que je suis un peu plus qu'un socialiste. J'ai quelque chose d'un anarchiste, je pense. » Ce qui importe, à le suivre, c'est de passer du « Connais-toi toi-même » au « Sois toi-même ». La révolte est le chemin qui mène à la liberté par l'authenticité. Mais l'invocation de l'authenticité, outre le fait qu'elle peut s'inscrire dans une rhétorique nationaliste ou raciste célébrant les identités « pures » ou « originelles » – voir l'essai de Theodor W. Adorno prenant pour cible la pensée de Heidegger, *Jargon de l'authenticité* (1964) –, n'échappe pas à des usages publicitaires, comme en témoigne le slogan des restaurants McDonald's en France : « Venez comme vous êtes. »

Connu surtout pour ses *Nouvelles de nulle part* (1890), son « roman d'utopie », William Morris (1834-1896), artiste et écrivain de sensibilité libertaire mais qui ne se reconnaissait pas dans le combat anarchiste, était passionné par les utopies socialistes. Ce lecteur de Marx – rebuté cependant par la « partie purement économique » du *Capital* – fut un critique impitoyable de la révolution industrielle et du libéralisme, et un défenseur du principe révolutionnaire « de chacun ses capacités, à chacun selon ses besoins ». Dans sa conférence prononcée le 19 février 1879, « L'art du peuple », Morris, qui était aussi artisan, définissait l'art, l'« art vrai », précisait-il (et non « l'art pour l'art »), comme « l'expression du bonheur que l'homme éprouve à travailler ». Cet artiste révolutionnaire ne cachait pas sa haine totale de la société industrielle : « Sans parler du désir de produire de belles choses, la passion dominante de ma vie a toujours été la haine de la civilisation moderne. » Il s'en est expliqué au début de sa conférence prononcée le 18 novembre 1894, intitulée « *Makeshift* » :

> « De même que l'on nomme certaines périodes de l'histoire l'âge de la connaissance, l'âge de la chevalerie, l'âge de la foi, etc., ainsi pourrais-je baptiser notre époque "l'âge de l'ersatz" [*age of makeshift*]. En d'autres temps, lorsque quelque chose leur était inaccessible, les gens s'en passaient et ne souffraient pas d'une frustration, ni même n'étaient conscients d'un manque quelconque. Aujourd'hui en revanche, l'abondance d'informations est telle que nous connaissons l'existence de toutes sortes d'objets qu'il nous faudrait mais que nous ne pouvons posséder, donc, peu disposés à en être purement et simplement privés, nous en acquérons l'ersatz. L'omniprésence des ersatz et, je le crains, le fait de s'en accommoder forment l'essence de ce que nous appelons civilisation. »

Dans *Travail utile, fatigue inutile* (1884), Morris confie son rêve de bonheur pour tous : « Notre vie tout entière pourrait être une fête si nous étions résolus à rendre tous nos travaux raisonnables et agréables. » C'est là une vision partagée par tout libertaire.

La trace d'Emerson dans l'anarchisme individualiste politique et culturel

Dans son poème intitulé « *Gnothi Seauton* » (1831) – « Connais-toi toi-même », célèbre précepte figurant sur le fronton du temple d'Apollon à Delphes avant d'être repris par Socrate –, Ralph Waldo Emerson (1803-1882) exprime sa pensée la plus profonde : « Et puisque l'âme des choses est en toi, / Tu n'as besoin de rien en dehors de toi. » Il en développe les implications dans son essai publié en 1841, *Self-Reliance*, expression qu'on traduit ordinairement par « confiance en soi » (ou encore par « confiance et autonomie »). La confiance en soi, qui implique l'indépendance et l'autonomie du sujet, est le principe de la morale d'Emerson : elle implique le non-conformisme, le rejet de la « servile conformité », car, affirme-t-il, « l'imitation est suicidaire ». D'où cette exhortation : « Fiez-vous à votre personnalité ; n'imitez jamais. » L'individu souverain est celui qui compte sur lui-même et ne compte que sur lui-même : « Croire à sa propre pensée, croire que ce qui est vrai pour soi dans le fond de son cœur est vrai pour tous les hommes – voilà le génie. [...] Aie confiance en toi [*Trust thyself*] : chaque cœur vibre à cette corde de fer. »

Sans craindre de paraître égocentrique, Emerson postule que « le seul bien est ce qui est conforme à ma constitution, le seul mal ce qui est contre ». Une de ses principales hantises porte sur le conformisme social, qui menace la confiance en soi : « Partout la société conspire contre l'humanité de chacun de ses membres. [...] La vertu qu'elle recherche le plus est le conformisme. [...] Qui veut être un homme doit être un non-conformiste. » L'individu souverain est celui qui se montre capable de se soustraire à la permanente tentation de la dépendance et de l'imitation : « Il faut avoir en soi quelque chose de divin quand on s'est défait des normes communes de l'humanité pour s'aventurer à compter sur soi-même comme maître. » Henry David Thoreau (1817-1862) tirait cette leçon politique de ses lectures d'Emerson : « Une minorité est impuissante tant qu'elle se conforme à la majorité ; mais elle devient irrésistible quand elle la bloque de tout son poids. » On comprend que Nietzsche ait pu noter à propos d'Emerson, en qui il voyait une « âme sœur » : « L'auteur le plus riche d'idées de ce siècle a été jusqu'alors un Américain. »

Quant au poète Walt Whitman (1819-1892), l'auteur de *Feuilles d'herbe* (1855), recueil de poèmes qui lui valut les félicitations d'Emerson (qu'il avait rencontré à plusieurs reprises), il s'est imprégné de la philosophie d'Emerson sans en être pour autant devenu un disciple – sa vision de la sexualité libre l'en éloignait. Il en a notamment retenu l'appel à revenir à soi-même par l'expérience de la solitude et le contact avec la nature. Dans son premier essai,

Nature, publié en septembre 1836, Emerson exposait ainsi les principes de son panthéisme :

> « En présence de la nature, l'homme est parcouru d'un sauvage frisson de délice, en dépit de la réalité de ses peines. [...] Debout sur le sol dénudé, la tête baignée par l'air vif, transporté par l'espace infini, tout égoïsme mesquin disparaît. Je deviens un globe oculaire transparent ; je ne suis rien ; je vois tout ; les courants de l'Être universel circulent à travers moi ; je fais partie intégrante de Dieu. [...] Le plus fort sentiment de délice que les champs et les bois procurent est de suggérer une relation occulte entre l'homme et le règne végétal. »

Pour Whitman, qui se situe dans le sillage d'Emerson, il s'agit de communier avec le rythme des saisons. On lit dans le « Chant de la grand-route » (*Feuilles d'herbe*) : « À présent je comprends le secret de fabrication des êtres supérieurs, / C'est de pousser en plein air et de manger et dormir avec la terre. »

Influencé par Emerson, surtout par le théoricien de la « confiance en soi », William Batchelder Greene (1819-1878), le premier disciple de Proudhon aux États-Unis, y crée les premières organisations anarcho-individualistes s'inspirant du mutuellisme proudhonien, impliquant l'autogestion de l'échange monétaire : il est le président, en 1869, de la Massachusetts Labor Union et le cofondateur (avec Ezra H. Heywood) de la New England Labor Reform League. C'est au cours des réunions de cette ligue que le jeune anarchiste Benjamin R. Tucker, fortement marqué par ses lectures d'Emerson et de Thoreau, et partisan d'un « socialisme sans État », découvre

Proudhon, dont il traduit *Qu'est-ce que la propriété ?* en 1876. Il publiera aussi en 1907 une traduction de *L'Unique et sa propriété*, de Stirner, et, en 1916, *Dieu et l'État*, de Bakounine. D'août 1881 à avril 1908, il publie le périodique anarcho-individualiste *Liberty*, dont chaque livraison porte en épigraphe le mot de Proudhon selon lequel la liberté est « non pas fille de l'ordre, mais MÈRE de l'ordre » (extrait de *Solution du problème social*, chap. II, « La Démocratie », 1848). Tucker déclare, après Thoreau, que « le meilleur gouvernement est celui qui gouverne le moins », mais ajoute, non sans humour, que « celui qui gouverne le moins n'existe pas ». En 1870, dans *Outrage à chefs d'État*, le théoricien anarchiste américain Lysander Spooner (1808-1887), qui collaborera plus tard à la revue de Tucker, n'hésite pas à affirmer que tout gouvernement n'est qu'« une association secrète de voleurs et d'assassins », que tout État est donc une imposture criminelle.

Dans son *Histoire de l'anarchisme aux États-Unis d'Amérique* (1981), le sociologue et historien des idées Ronald Creagh (1929-2023) souligne la principale leçon tirée par Greene de l'enseignement d'Emerson, dont il était devenu l'ami : « De son maître spirituel, il retiendra une conclusion qu'il retransmettra aux anarchistes : puisque l'individu contient sa propre foi et tout ce dont il a besoin pour se gouverner lui-même, la conscience personnelle doit être posée en absolu et refuser tout compromis avec quelque impératif extérieur que ce soit. » Emerson aura joué le rôle paradoxal d'un maître qui s'est efforcé d'enseigner qu'il était essentiel de se passer d'un maître. Dans l'histoire de l'anarchisme culturel, tout particulièrement, Emerson a exercé une influence diffuse mais constante. Nietzsche, qui avait beaucoup lu Emerson au cours de ses années de formation, s'est montré d'humeur émersonienne dans l'épigraphe du *Gai Savoir* (1882) :

> « J'habite ma propre maison,
> N'ai jamais imité personne,
> Et me suis moqué de tout maître
> Qui ne s'est pas moqué de soi. »

La diabolisation de l'État aux marges de la tradition anarchiste

Sans qu'on puisse les classer parmi les penseurs anarchistes, Léon Tolstoï (1828-1910) et Friedrich Nietzsche (1844-1900) semblent s'être inspirés de certains théoriciens de l'anarchisme dans leurs diatribes contre l'État. S'il s'élève contre les actes terroristes commis par les anarchistes ou les « nihilistes » de son temps, Léon Tolstoï rejoint ces derniers dans son antiétatisme radical : « Tout gouvernement est une institution malsaine, sanctifiée par la coutume et la tradition pour accomplir par la force et en toute impunité les crimes les plus révoltants. » Dans *Le salut est en vous* (tr. fr. anonyme, 1893), se réclamant de la morale chrétienne (distincte de la doctrine de l'Église), Tolstoï se déchaîne contre les gouvernements modernes :

> « Les gouvernements de notre époque, les plus despotiques comme les plus libéraux, sont devenus ce qu'a si bien nommé Herzen : *Gengis-Kan avec le télégraphe*, c'est-à-dire une organisation de la violence n'ayant pour principe que l'arbitraire le plus grossier et profitant, pour la domination et l'oppression, de tous les perfectionnements que la science

a créés pour la vie sociale pacifique des hommes libres et égaux. »

Il en va de même, sur la base de prémices différentes, pour Nietzsche, qui, lecteur de Proudhon et de Stirner, s'attaque dans un passage célèbre d'*Ainsi parlait Zarathoustra* (première partie, mai 1883) à la « nouvelle idole », à savoir l'État, ce « monstre » voué à mentir et à tromper les peuples, qui méritent souvent d'être trompés :

> « L'État, c'est le plus froid de tous les monstres froids. Il ment froidement et voici le mensonge qui rampe de sa bouche : "Moi, l'État, je suis le Peuple." C'est un mensonge ! Ils étaient des créateurs, ceux qui créèrent les peuples et qui suspendirent au-dessus des peuples une foi et un amour : ainsi ils servaient la vie. Ce sont des destructeurs, ceux qui tendent des pièges au grand nombre et qui appellent cela un État : ils suspendent au-dessus d'eux un glaive et cent appétits. Partout où il y a encore du peuple, il ne comprend pas l'État et il le déteste comme le mauvais œil et une dérogation aux coutumes et aux lois. [...] Beaucoup trop d'hommes viennent au monde : l'État a été inventé pour ceux qui sont superflus ! [...] Là où finit l'État, là seulement commence l'homme qui n'est pas superflu : là commence le chant de la nécessité, la mélodie unique, la nulle autre pareille. »

Ce rejet de l'État va de pair chez Nietzsche avec le mépris du « troupeau ». Mais le troupeau est redoutable. C'est pourquoi Nietzsche affirme qu'« il faut protéger les forts contre les faibles », formule qui a pu paraître énigmatique dans un âge démocratique où la « révolte des esclaves » est perçue comme la révolte légitime du grand nombre contre leurs maîtres illégitimes. Dans son *Histoire de la philosophie occidentale* (1945), Bertrand Russell note que, « malgré les critiques que Nietzsche adresse aux romantiques, sa pensée leur doit beaucoup ; c'est celle d'un anarchiste aristocratique comme Byron, et l'on n'est pas surpris de constater son admiration pour le poète anglais ». Le comte Manfred, personnage principal du drame de Byron publié en 1817 (*Manfred*), est une des premières figures qui inspirèrent à Nietzsche le type du Surhomme, dont le prologue d'*Ainsi parlait Zarathoustra* annonce la venue : « Je vous enseigne le Surhomme. L'homme est quelque chose qui doit être surmonté. » Dans sa réponse à l'abbé de Saint-Maurice, le héros romantique qu'est Manfred déclare fièrement : « J'ai dédaigné de faire partie d'un troupeau, – même de loups, eussé-je dû en être le chef. Le lion est seul, ainsi suis-je. » Nietzsche célébrera pour sa part le « sentiment exalté de la distance » animant celui qui, esprit libre et souverain, refuse de se confondre avec la « bête du troupeau ». Dans le paragraphe 287 de *Par-delà le bien et le mal* (1886), on lit : « L'âme aristocratique a le respect de soi. »

On connaît la thèse du pessimiste actif qu'est le nietzschéen français Georges Palante, qui, dans *La Sensibilité individualiste*, postule que la vie est un « éternel combat » et oppose l'individu à la société : « L'individualisme est l'éternel vaincu, jamais dompté. » Si Palante se prononce en faveur de l'individualisme, plus exactement de ce qu'il appelle la « sensibilité individualiste » – cette « forme permanente et indestructible de la sensibilité humaine » –, il s'élève contre l'anarchisme qui, premier moment de l'« esprit de révolte » individualiste, « le moment de la foi et de l'espérance, de l'action courageuse et confiante dans le succès », pèche par son optimisme, son progressisme, son intellectualisme ou son scientisme ainsi que par son moralisme. Il reconnaît qu'« en un sens, l'anarchisme procède de l'individualisme », et cite à ce propos un fragment posthume de Nietzsche : « L'anarchisme n'est qu'un moyen d'agitation de l'individualisme. »

Dans ses analyses, Palante présuppose l'existence d'une antinomie entre l'individu et la société, que les anarchistes méconnaissent, l'œil rivé sur l'antinomie entre l'individu et l'État. Ils imaginent naïvement pouvoir résoudre cette antinomie en abolissant l'État. C'est là l'illusion principale des théoriciens anarchistes, liée à leur vision optimiste et spontanéiste de la société, qu'ils imaginent vouée à se développer, une fois débarrassée de l'État, dans le sens d'une vie collective harmonieuse. La raison en est simple, et réside selon Palante dans une erreur d'appréciation : « La société [...] constitue un tissu serré de tyrannies petites et grandes, exigeantes, inévitables, incessantes, harcelantes et impitoyables, qui pénètrent dans les détails de la vie individuelle bien plus profondément et plus continûment que ne peut le faire la contrainte étatiste. » Et Palante de se référer positivement, sur ce point, à Proudhon, qui « a raison de dire que l'État n'est que le miroir de la société », et qu'« il n'est tyrannique que parce que la société est tyrannique ».

Cependant, comme les anarchistes qu'il critique, Palante néglige le fait sociohistorique capital, mis en évidence par Émile Durkheim (1858-1917), que l'État libère les individus-citoyens de la tyrannie du social communautaire (les réseaux secondaires de socialisation), de cet ensemble de contraintes qui pèsent sur les individus enfermés dans des groupes et livrés à la jungle des rivalités et des luttes dérivant des intérêts particuliers et des passions groupales tendant au sectarisme. Le sociologue, dans « La science de la morale positive en Allemagne » (1887), distingue trois types de contraintes : celle « qu'exerce un individu sur un autre individu », celle « qui est exercée d'une manière diffuse par la société tout entière sous la forme de mœurs, de la coutume, de l'opinion publique », et celle « qui est organisée et concentrée dans les mains de l'État » et qui, insiste-t-il, « assure la réalisation du droit ». Dans ses *Leçons de sociologie* des années 1890-1900 (leçon 5), Durkheim affirme que « toute société est despotique, si du moins rien d'extérieur à elle ne vient contenir son despotisme ». Le lien social exerce donc une contrainte « diffuse » et multidimensionnelle, et la société est « compressive ». Bref, l'État n'est nullement, sauf quand il est lui-même despotique, l'ennemi de l'individu en quête de liberté. C'est tout le contraire. La condition de l'avènement de l'individu doté de droits est le développement de l'État au cours de l'histoire. Durkheim va jusqu'à soutenir que l'individu est, « à certains égards, le produit même de l'État, puisque l'activité de l'État serait essentiellement libératrice de l'individu ». Le sociologue caractérise cet apparent paradoxe, en 1899, dans son article intitulé « Une révision de l'idée socialiste » : « La vérité, c'est que l'État a été bien plutôt le libérateur de l'individu. C'est l'État qui, à mesure qu'il a pris de la force, a affranchi l'individu des groupes particuliers et locaux qui tendaient à l'absorber : famille, cité, corporation, etc. L'individualisme a marché dans l'histoire du même pas que l'étatisme. » C'est là un phénomène historique de grande importance qui a été négligé par Palante.

Par ailleurs, Palante analyse ce qu'il pense constituer la contradiction interne de l'anarchisme, et qui en explique selon lui les échecs successifs : « L'anarchisme repose sur deux principes qui semblent se compléter, mais qui au fond se contredisent. L'un est le principe proprement individualiste ou libertaire [...] choisi par Stuart Mill comme épigraphe de son *Essai sur la liberté* : “Le grand principe est l'importance essentielle et absolue du développement humain dans sa plus riche diversité.” L'autre est le principe humaniste ou altruiste qui se traduit sur le terrain économique par le communisme anarchiste. » La pensée anarchiste oscille ainsi entre un pôle individualiste-libéral, qui vise la différenciation et accepte l'inégalité interindividuelle, et un pôle humaniste-communiste, qui « vise à l'assimilation de l'espèce humaine », c'est-à-dire, selon André Gide (1869-1951), à « faire de cette expression “nos semblables” une réalité », donc reconnaît l'égalité comme une valeur-norme fondamentale. On retrouve ainsi, dans l'analyse critique de Palante, la tension entre les deux positions extrêmes qui structurent le champ de la pensée anarchiste : la position individualiste intransigeante et la position à la fois collectiviste et internationaliste (ou communiste). L'anarchisme individualiste est fondamentalement antiétatique, alors que l'anarchisme communiste, sur la question de l'État, est traversé par des courants et des tentations idéologiques qui diffèrent et divergent.

Le philosophe libéral John Stuart Mill, dans son livre publié en 1859, *De la liberté*, aborde la question de la liberté civile ou sociale, en s'interrogeant plus précisément sur « la nature et les limites du pouvoir qui peut être légitimement exercé par la société sur l'individu ». Car, affirme le philosophe, « la lutte entre la liberté et l'autorité est le caractère le plus marquant des parties de l'histoire avec lesquelles nous nous familiarisons d'abord dans notre jeunesse ». Il propose de définir ainsi ce qu'on pourrait appeler la « liberté libérale » : « La seule liberté digne de ce nom est celle de poursuivre notre propre bien de notre propre façon, aussi longtemps que nous ne cherchons pas à priver les autres du leur ou à les entraver dans leurs efforts pour l'obtenir. » C'est présupposer, en partisan du pluralisme, la reconnaissance et la valeur de la diversité des biens ou des fins que poursuivent les individus. Mill s'élève avec fermeté contre le parti des adorateurs du pouvoir, qui préfèrent le pouvoir à la liberté, quitte à devenir les esclaves de l'État. Mais il reconnaît qu'il faut fixer des limites à la liberté individuelle.

Rappelons les questions fondamentales posées par les anarchistes et qu'un penseur libéral doit prendre au sérieux : la liberté consiste-t-elle, pour les individus, à vivre sans contraintes ? Toute contrainte est-elle un mal ? L'idéal d'autonomie individuelle implique-t-il, dans sa réalisation, le rejet ou l'abolition de toute contrainte ? La liberté absolue des libertaires intransigeants se définit par le rêve d'une totale élimination des contraintes, qui ferait surgir une société d'individus souverains, chacun étant le seul maître de son destin. Mais il s'agit d'une utopie. Pour descendre du ciel sur la terre, le critère pourrait être le suivant : les contraintes se justifient dès lors qu'elles favorisent réellement le développement libre de l'individu plus qu'elles ne le limitent. Voilà qui incite à la recherche permanente d'un équilibre et d'une harmonie dans les formes de la coexistence et de la coopération des individus.

Fonder une morale anarchiste : Kropotkine avec Guyau

Dans son *Esquisse d'une morale sans obligation ni sanction* (1885), Jean-Marie Guyau (1854-1888) propose une morale immanentiste et vitaliste se distinguant à la fois de l'utilitarisme et du kantisme. Il caractérise sa morale comme « anomique », en ce qu'elle ne comporte aucune règle ou loi fixe et universelle. Il s'oppose en cela à la morale kantienne, fondée sur l'autonomie du sujet obéissant à l'impératif catégorique. Il s'agit pour Guyau de fonder une « morale de la vie, qui a comme objectif non pas le bonheur, mais l'épanouissement de la vie même », comme le note Jordi Riba (1999). L'origine des sentiments et des devoirs moraux, pour Guyau, se trouve dans la « vie intense et expansive », dans l'« intensité de la vie » : « Le devoir n'est autre chose qu'une surabondance de vie qui demande à s'exercer, à se donner ; c'est en même temps le sentiment d'une puissance. » On comprend que l'ouvrage de Guyau ait pu être lu et annoté admirativement par Nietzsche, au moment où celui-ci écrivait *Par-delà le bien et le mal*, et cité élogieusement par Tolstoï comme par Kropotkine. Ce dernier, dans *La Morale anarchiste*

(1889), va jusqu'à reconnaître en Guyau un « anarchiste sans le savoir », lui accordant le titre de « jeune fondateur de l'éthique anarchiste (la science de la morale des sociétés) ».

Dans son essai publié en 1986, *Morale sans obligation ni sanction et morale anarchiste*, l'intellectuel anarchiste Jean Barrué (1902-1989) juge cependant qu'il serait abusif de voir dans l'*Esquisse* un exposé de la morale anarchiste mais reconnaît que « le livre de Guyau fonde la morale qui devra être celle d'une société anarchiste lorsque l'État et les contradictions économiques auront disparu ». Il lui accorde donc le statut d'une anticipation ou d'une utopie baignant dans une vision optimiste de la nature humaine et de l'évolution sociale. Sa morale est bien une morale de l'avenir, comme le suggère Barrué. Guyau faisait lui-même référence à « une époque idéale où l'égoïsme primitif sera de plus en plus reculé en nous ». La morale anomique de Guyau suppose en effet, pour pouvoir s'appliquer, l'avènement d'une société où la surabondance de vie poussera les individus à sortir de leur égoïsme pour s'associer, faisant ainsi prévaloir l'altruisme, dont une des manifestations se résume par la formule : « Mon plaisir à moi n'existe pas sans le plaisir des autres. » Il en va de même pour les sentiments : « Nous ne sommes pas assez pour nous-mêmes : nous avons plus de larmes qu'il n'en faut pour nos propres souffrances, plus de joies en réserve que n'en justifie notre propre existence. »

Ouvrons *Esquisse d'une morale sans obligation ni sanction*, dans la version corrigée publiée en 1889. Au début du livre premier, nous trouvons l'énoncé de la première thèse de Guyau : « L'intensité de la vie est le mobile de l'action. » Thèse ainsi commentée par l'auteur : « Une morale qui n'invoque que les *faits* ne peut présenter dès l'abord à l'individu pour premier mobile d'action le bien ou le bonheur de la *société*, car le bonheur de la société est souvent en opposition avec celui de l'individu. [...] Aussi la morale [...] doit être d'abord *individualiste* ; elle ne doit se préoccuper des destinées de la société qu'en tant qu'elles enveloppent plus ou moins celles de l'individu. » Suit cette définition, qui met l'accent sur la conservation et l'accroissement de la puissance vitale : « La partie de la morale fondée uniquement et systématiquement sur les faits positifs peut se définir : la science qui a pour objet tous les moyens de *conserver* et d'*accroître* la vie matérielle ou intellectuelle. » Et d'insister sur le champ d'application de cette morale vitaliste, qui ne s'arrête pas aux frontières de l'espèce humaine : « Les lois suprêmes de cette morale seront identiques aux lois les plus profondes de la vie même et, dans quelques-uns de ses théorèmes les plus généraux, elle vaudra pour tous les êtres vivants. » Guyau énonce ainsi la deuxième thèse de son naturalisme vitaliste, celle de la « fécondité morale » : « La plus haute intensité de la vie a pour corrélatif nécessaire sa plus large expansion. » On ne s'étonne donc pas de la phrase qui conclut l'ouvrage, émouvant appel à la puissance d'invention et de création des humains : « Nulle main ne nous dirige, nul œil ne voit pour nous ; le gouvernail est brisé depuis longtemps ou plutôt il n'y en a jamais eu, il est à faire : c'est une grande tâche, et c'est notre tâche. »

Dans *L'Irréligion de l'avenir* (1887), son dernier livre, Guyau revient sur la question, élargissant à la religion sa conception de la morale :

> « Nous avons ailleurs proposé comme idéal moral ce que nous avons appelé l'*anomie* morale, l'absence de règle apodictique, fixe et universelle. Nous croyons plus fermement encore que l'idéal de toute religion doit être de tendre vers l'*anomie religieuse*, vers l'affranchissement de l'individu, vers la rédemption de sa pensée, plus précieuse que celle de sa vie, vers la suppression de toute foi dogmatique sous quelque forme qu'elle se dissimule. *Au lieu d'accepter des dogmes tout faits, nous devons être nous-mêmes les ouvriers de nos croyances.* »

Dans *Éducation et hérédité*, ouvrage posthume de Guyau publié en 1889 par Alfred Fouillée (1838-1912), le philosophe applique ses idées à la pédagogie et à l'éducation morale : « Nous pourrions définir la pédagogie comme l'art d'adapter les générations nouvelles aux conditions de la vie la plus intense et la plus féconde pour l'individu et pour l'espèce. On s'est demandé si l'éducation a un but individuel ou un but social ; elle a ces deux buts à la fois : elle est précisément la recherche des moyens de mettre d'accord la vie individuelle la plus intense avec la vie sociale la plus extensive. » L'enjeu est d'importance, puisqu'il s'agit de créer l'avenir en favorisant et intensifiant l'épanouissement de la vie : « L'avenir, c'est nous qui le déciderons peut-être, par la manière dont nous aurons élevé les générations nouvelles. »

En 1889, dans ses réflexions sur la « morale anarchiste », Kropotkine s'inspire expressément de la pensée de Guyau :

> « Eh bien, nous ne craignons pas de renoncer au juge et à la condamnation. Nous renonçons même, avec Guyau, à toute espèce de sanction, à toute espèce d'obligation de la morale. Nous ne craignons pas de dire : "Fais ce que tu veux, fais comme tu veux" – parce que nous sommes persuadés que l'immense masse des hommes, à mesure qu'ils seront de plus en plus éclairés et se débarrasseront des entraves actuelles, fera et agira toujours dans une certaine direction utile à la société. »

Mais Kropotkine, tout « en laissant à chacun le droit d'agir comme bon lui semble », loin de proposer une morale de l'amour dérivée du christianisme, donne une justification anthropologique et morale à la haine, moteur de l'engagement dans les luttes sociales : « Nous ne renonçons pas à notre capacité d'aimer ce qui nous semble bon, et de haïr ce qui nous semble mauvais. Aimer – et haïr ; car il n'y a que ceux qui savent haïr qui sachent aimer. » Il désigne clairement les objets de sa haine, disons les ennemis de la morale anarchiste qui sont les « représentants » de la « société lâche et hypocrite », cette « société basée sur l'exploitation et la servitude », et qu'il s'agit d'« éliminer » : « L'État, l'Église, l'Exploitation ; le juge, le prêtre, le gouvernant, l'exploiteur. » Dans la conclusion de son essai, Kropotkine varie sur les thèmes chers à Guyau, en leur donnant cependant une coloration libertaire :

> « Sois fort, sois grand, sois énergique dans tout ce que tu feras. Sème la vie autour de toi. [...] Lutte ! La lutte c'est la vie d'autant plus intense que la lutte sera plus vive. Et alors tu auras vécu, et pour quelques heures de cette vie tu ne donneras pas des années de végétation dans la pourriture du marais. Lutte pour permettre à tous de vivre de cette vie riche et débordante, et sois sûr que tu retrouveras dans cette lutte des joies si grandes que tu n'en trouverais pas de pareilles dans aucune autre activité. »

Où trouver la conception libertaire de la puissance comme liberté et non comme domination mais aussi comme capacité créatrice et non comme désir d'exploitation, comme don gratuit ou dépense et non comme calcul de rentabilité ? Dans une pensée vitaliste de la « surabondance », pour parler comme William James (1842-1910) et Henri Bergson (1859-1941). On en trouve une belle illustration dans les écrits de Guyau. À cet égard, la prodigalité de la nature, avec son goût de l'inutile et du superflu, offre un modèle d'intelligibilité, dans lequel on pourrait trouver les principes d'une critique générale de l'économie, qu'elle soit capitaliste ou non. Dans son étude sur le pragmatisme de James parue en 1911 – sous la forme d'une préface à la traduction française du livre de ce dernier, *Le Pragmatisme*, reprise dans *La Pensée et le Mouvant* (1934) –, Bergson caractérisait ainsi la puissance de la nature, qui n'obéit pas au principe « Rien de trop » : « Tandis que notre intelligence, avec ses habitudes d'économie, se représente les effets strictement proportionnés à leurs causes, la nature, qui est prodigue, met dans la cause bien plus qu'il n'est requis pour produire l'effet. Tandis que notre devise à nous est *Juste ce qu'il faut*, celle de la nature est *Plus qu'il ne faut* – trop de ceci, trop de cela, trop de tout. La réalité, telle que James la voit, est redondante et surabondante. » C'est cet imaginaire de la surabondance qu'on rencontre chez nombre de penseurs anarchistes, au cœur de leurs éloges de la vie, comme vie libre, jaillissante, féconde, créatrice, ou comme « vraie vie » à inventer.

Eugénique néomalthusienne et libertaire

À la fin du XIXe siècle, les convergences du militantisme féministe, du mouvement néomalthusien et de la vague eugéniste sont observables en Europe comme aux États-Unis. Le contrôle des naissances et l'éducation sexuelle sont à l'ordre du jour, comme les préoccupations hygiénistes constitutives des projets de réforme sociale imaginés par les eugénistes néomalthusiens. Le projet d'une maîtrise de la procréation, qu'il s'agit d'arracher à l'empire du hasard comme en rêvent les partisans de l'eugénisme, trouve dans le néomalthusianisme un puissant vecteur idéologique, qui séduit nombre de féministes, de socialistes et d'anarchistes. Il s'agit à la fois de limiter les naissances et de soumettre ces dernières à une sélection, fondée sur le choix des procréateurs, en écartant les porteurs d'hérédités jugées défectueuses. En 1897, à l'occasion du débat commençant en France autour du néomalthusianisme, qui paraissait scientifiquement et politiquement lié au projet eugéniste, l'éducateur libertaire Paul Robin, fondateur de la Ligue de la régénération humaine (constituée à Paris, le 30 août 1896) et infatigable promoteur de la « prudence procréatrice » ou de la « génération consciente » – c'est-à-dire du contrôle ou de la limitation des naissances dans une perspective eugénique –, croit pouvoir faire cette prophétie optimiste : « Nous finissons le siècle des grandes découvertes scientifiques et industrielles, nous allons aborder celui de leur application à la félicité générale. Le XIXe siècle a été le siècle de la science oppressive, le XXe siècle va être celui de la science émancipatrice, du bonheur ! » Associant progrès scientifique et visée de l'émancipation du genre humain, Robin reconnaissait que seule sa conception d'une eugénique néomalthusienne pouvait lui laisser espérer la réalisation de son rêve révolutionnaire, avec à l'horizon le bonheur du genre humain « amélioré » dans ses aptitudes physiques et mentales.

Peu avant de lancer, en décembre 1896, la revue *Régénération*, Robin fit à un journaliste cette déclaration où il définissait la maîtrise de la procréation comme la condition de possibilité de tout changement social « révolutionnaire » :

> « Après avoir vu et secondé durant près de trente ans de nombreuses et minuscules tentatives révolutionnaires suivies de résultats nuls ou insignifiants, je suis convaincu qu'il ne faut ni prêcher ni provoquer la révolution sociale avant qu'un nombre élevé et toujours croissant d'individus aient réalisé chacun leur évolution personnelle, soient bien nés, bien soignés, bien élevés et ne reproduisent, très modérément, que des descendants ayant toute chance de valoir autant et mieux qu'eux-mêmes. De cette façon, on parviendra à effectuer le changement désiré. »

Dans *Le Néomalthusianisme. Prudence procréatrice. Bonne naissance* (1905), Robin argumente sur la base des valeurs et des normes utilitaristes en faveur de la « sélection artificielle », cette sélection sociale rationnelle destinée à suppléer la sélection naturelle défaillante. S'il est nécessaire, à ses yeux, de recourir à la sélection volontaire des procréateurs, c'est avant tout pour produire rationnellement et consciemment des humains de bonne qualité, dotés par là même d'une utilité sociale :

> « Il y a intérêt pour tous [...] à ce que les enfants naissent de la meilleure qualité possible. Cette vérité est admise pour toutes les espèces vivantes nécessaires à la nôtre, aussi bien végétales qu'animales, et la pratique des cultivateurs et des éleveurs est parfaitement conforme à la théorie de la sélection artificielle scientifique. Reproduction des sujets les meilleurs au point de vue recherché ; pour les chevaux de course, rapidité ; pour les animaux de boucherie, quantité et qualité de la viande [...]. Ce devrait être pour les humains un ensemble harmonique de qualités physiques, intellectuelles et morales. Pour notre race la solution de ce problème, le plus grave de tous, est laissée au hasard et on le complique follement par la sélection à l'envers, la destruction des meilleurs, la conservation, la reproduction des plus mauvais. »

Pour le théoricien et militant libertaire qu'est Robin, l'eugénique répond donc au souci du bien commun de l'humanité tout entière. Elle fait partie d'un vaste projet philanthropique éclairé par la science, qui doit se traduire par des politiques visant l'amélioration ou la « régénération » de la population considérée.

Or, la condition d'une politique eugéniste, c'est une éducation eugéniste. Celle-ci préoccupait beaucoup le polymathe britannique Francis Galton (1822-1911), créateur du néologisme *eugenics* (1883) et chef de file du mouvement eugéniste dans les pays anglo-saxons (voir ses *Essays in Eugenics*, 1909), suivi en cela par ses disciples, partout dans le monde occidental. « Génération consciente » : tel était le mot d'ordre des eugénistes néomalthusiens libertaires de la Ligue de la régénération humaine, fondée par Robin.

En France comme dans les pays anglo-saxons, le jumelage du néomalthusianisme et de l'eugénisme ne s'est transformé en un mouvement social d'importance qu'en étant porté par le militantisme féministe, dans lequel les libertaires étaient nombreuses. La maîtrise de la procréation apparaissant comme une des conditions de l'émancipation des femmes, les progrès de la contraception devenaient un des principaux aspects de leur progrès vers la liberté. C'est là ce qui explique les convergences entre la tradition de l'utopisme socialisant ou anarchisant, le féminisme et l'eugénique néomalthusienne (Pickens, 1968 ; Gordon, 1990 ; Franks, 2005). D'une certaine manière, les libertaires néomalthusiens s'inscrivaient dans la filiation de Charles Fourier qui, dans sa *Théorie des quatre mouvements et des destinées générales* (1808), avait énoncé ce principe : « Les progrès sociaux [...] s'opèrent en raison du progrès des femmes vers la liberté ; et les décadences d'ordre social s'opèrent en raison du décroissement de la liberté des femmes. »

L'individualisme libertaire radical est théorisé en 1910 par l'anarchiste pacifiste et néomalthusien

Manuel Devaldès (1875-1956) dans ses *Réflexions sur l'individualisme*. Dans ce court essai, il commence par distinguer l'« individualisme libertaire » de l'« individualisme bourgeois ou autoritaire » : « Alors que l'individualisme libertaire, l'individualisme réel, donne des armes aux faibles, non de manière à ce que devenus forts ils oppriment à leur tour les individus demeurés plus faibles qu'eux, mais de telle façon qu'ils ne se laissent plus absorber par les plus forts, – le prétendu individualisme bourgeois ou autoritaire s'efforce uniquement de légitimer par d'ingénieux sophismes et une fausse interprétation des lois naturelles les actions de la violence et de la ruse triomphantes. » Dans sa défense de l'individualisme libertaire, il refuse de choisir entre le capitalisme et le collectivisme, ces deux formes d'« association autoritaire », et prône, dans la lignée de Proudhon, l'association libre :

> « À l'association obligatoire, [l'individualisme] oppose l'association libre. L'individualiste ne veut point servir l'association considérée comme fin, sacrifier quoi que ce soit de son individualité à l'intérêt illusoire de l'association – principe socialiste et autoritaire. Mais il veut que l'association lui serve, à lui, individu se considérant comme fin ; il veut l'employer selon son intérêt réel – principe individualiste et libertaire. En résumé, l'association est pour lui un moyen de sa vie, et non le but de sa vie. »

Devaldès revient sur la question en 1927 dans *La Maternité consciente*, où il défend l'eugénique dans une perspective néomalthusienne. L'ouvrage commence par une brève exposition de la vision individualiste de la société et du problème social : « Il n'est dans le monde vivant qu'une réalité unique et autonome : l'individu. La société, qu'on oppose si souvent à ce dernier, n'a pas d'existence réelle par elle-même. Ce n'est qu'une abstraction exprimant le fait d'association d'individus. Et si nous voulons améliorer la société, nous devons attaquer le problème dans les unités qui la composent : les individus. » Car l'anarchiste Devaldès croit fermement au progrès dans l'histoire et au rôle décisif joué par la volonté humaine dans l'amélioration générale du genre humain. D'où l'importance attachée au contrôle de la procréation, les procréateurs devant se soucier de la qualité biologique des individus à naître, condition nécessaire du bien-être des générations futures : « Le problème de la régénération de l'individu et de l'amélioration de la race concerne cette jeune science, branche de la biologie, qu'on appelle l'eugénique et l'art à peine né qui en découle. » L'eugénique, fondée sur la « science de l'hérédité » (c'est-à-dire la génétique) et se proposant de soustraire la procréation au hasard pour la soumettre aux règles d'une « sélection rationnelle » des procréateurs, est présentée avec enthousiasme par Devaldès comme le seul remède efficace contre la « dégénération » ou la « dégénérescence » de l'espèce humaine.

La limitation des naissances doit donc être sélective. C'est pourquoi Devaldès, se référant notamment aux féministes néomalthusiennes ralliées au mouvement eugéniste, comme Marie Stopes (1880-1958), Margaret Sanger (1879-1956) ou Nelly Roussel (1878-1922), esquisse une « éthique de la maternité consciente ». Son principe premier est que « la faculté génératrice peut être, chez l'être humain, soumise à la maîtrise de sa volonté ». Or, si « le bonheur est le seul but rationnel que puisse se donner l'humanité en ce monde sans but, sinon sans lois », l'eugénique est vouée à jouer un rôle fondamental : « Sur l'avenue sans fin qui mène au bonheur, l'eugénique ouvre à l'humanité de grandes perspectives. La génération consciente, la maternité consciente peut réaliser ce qu'une révolution violente ne peut pas faire. »

Devenu anarchiste en 1888, Sébastien Faure (1858-1942) lance le 16 novembre 1895 l'hebdomadaire *Le Libertaire*. En 1903, il rejoint le mouvement néomalthusien dont Robin est alors la figure de proue. L'année suivante, ce pacifiste anticlérical ouvre une école libertaire près de Rambouillet, dans laquelle sont dispensés notamment des cours d'instruction civique et d'éducation sexuelle. Dans son article de 1920, « Les Anarchistes. Ce qu'ils sont, ce qu'ils ne sont pas », il propose cette définition large de l'anarchiste : « Il peut donc y avoir et, en fait, il y a plusieurs variétés d'anarchistes ; mais toutes ont un trait commun qui les sépare de toutes les autres variétés humaines. Ce point commun, c'est la négation du principe d'autorité dans l'organisation sociale et la haine de toutes les contraintes qui procèdent des institutions basées sur ce principe. Ainsi, quiconque nie l'autorité et la combat est un anarchiste. » À ceux qui critiquent les anarchistes en tant que rêveurs et utopistes, il répond : « Si nous sommes des utopistes, nous le sommes à la façon de tous ceux de nos devanciers qui ont osé projeter sur l'écran de l'avenir des images en contradiction avec celles de leur temps. » Et de préciser sa conception de l'anarchisme : « Utopistes, parce que nous voulons que l'évolution, suivant son cours, nous éloigne de plus en plus de l'esclavage moderne : le salariat, et fasse du producteur de toutes les richesses un être libre, digne, heureux et fraternel. Rêveurs, parce que nous prévoyons et annonçons la disparition de l'État, dont la fonction est d'exploiter le travail, d'asservir la pensée, d'étouffer l'esprit de révolte, de paralyser le progrès, de briser les initiatives [...] »

L'objectif des anarchistes est ainsi défini par Faure : « Le plus cher de nos rêves et notre but, c'est de supprimer tout ce qui dresse les hommes en une attitude de combat les uns contre les autres : propriété, gouvernement, Église, militarisme, police, magistrature. » La tâche est donc d'abord de détruire tout ce qui fait obstacle à la marche du genre humain vers le bonheur : « Nous voulons anéantir l'État, supprimer la propriété et éliminer de la vie l'imposture religieuse, afin que, débarrassés des chaînes dont la pesanteur écrasante paralyse leur marche, tous les hommes puissent enfin – sans dieu ni maître et dans l'indépendance de leurs mouvements – se diriger, d'un pas accéléré et sûr, vers les destinées de bien-être et de liberté qui convertiront l'enfer terrestre en un séjour de félicité. »

À suivre Faure, les anarchistes sont en route pour créer le paradis sur terre ! C'est là oublier une des principales caractéristiques de la civilisation occidentale moderne : son mobilisme permanent, la course de vitesse dans laquelle elle s'est engagée. Dans *Le Mur du temps* (1959), l'écrivain et penseur Ernst Jünger (1895-1998) a bien posé le problème : « L'Occident a des sciences en grand nombre et il sait faire science du plus infime objet, mais il lui manque la science du bonheur. Bien plus, on pourrait dire que partout où il pénètre avec ses méthodes et ses instruments, les énergies affluent il est vrai, mais le bonheur prend congé. [...] L'homme qui n'a pas le temps, et c'est là une de nos caractéristiques, ne saurait guère avoir de bonheur. » Le culte de la vitesse pour la vitesse semble incompatible avec le sentiment du bonheur.

Péguy libertaire ou « acratiste »

Les mots « acratie » et « acratisme » sont dérivés de l'espagnol *acracia* et *acratismo*, termes qui surgissent à partir de 1886 sous la plume du militant syndicaliste catalan Rafael Farga i Pellicer (1844-1890), cofondateur à Barcelone de la revue mensuelle *Acracia* (janvier 1886-juin 1888), qui se présente comme une « revue sociologique ». Le mot « acratie » désigne l'absence d'autorité ou de pouvoir (*a-kratos*), ce qui en fait un quasi-synonyme d'« anarchie », sans les connotations négatives portées par ce terme. Le mot « acratie » circule en France dans les années 1890 et 1900, son sens oscillant entre absence de souverain ou de souveraineté et rejet du pouvoir, de l'autorité, de la domination. Dans sa conférence prononcée en janvier 1904 à l'École des hautes études sociales, Charles Péguy (1873-1914), réputé « socialiste libertaire » (il se disait indifféremment un « véritable libertaire » ou un « véritable anarchiste »), défend l'acratisme et se dit « acrate » ou « acratiste ». Le témoignage de son ami Daniel Halévy (1872-1962) dans son article intitulé « Les nouveaux aspects du socialisme » (*Pages libres*, 2 octobre 1909) est à cet égard fort clair : « [Péguy] avait défini deux formes de l'autorité, la forme *cratie* et la forme *archie* ; celle-ci noble, celle-là dégradée. La *cratie*, disait-il, est l'autorité sans passé, sans principe et qui s'impose par la peur. L'*archie* est fondée sur des supériorités réelles, sur de longues expériences, sur des croyances, des nuances de consentement intime, des adhésions loyales [...] Il se déclarait lui-même *acratiste*, mais *archiste.* » Libertaires, mais non anarchistes et, plus précisément, libertaires et archistes : c'est ainsi que se considéraient Péguy et ses amis. Dans les milieux anarchistes militants, le mot « acratie » est parfois employé pour désigner le rejet global de l'autocratie, de la démocratie et de l'aristocratie.

L'idéal d'une « société sans » (sans *kratos*) est au cœur de l'imaginaire anarchiste, sous ses formes frustes ou sophistiquées – ces dernières pouvant être illustrées par les écrits de l'économiste et philosophe d'extrême gauche Frédéric Lordon, tels que *La Condition anarchique* (2018) ou *Vivre sans* (2019). Notons qu'à la suite de Jacques Rancière, auteur de *La Mésentente. Politique et philosophie* (1995), Lordon insiste sur la « différence profonde de l'*arkhé* et du *cratos* », le mot *arkhé* désignant le « principe premier, l'origine, le fondement », d'où l'autorité et le commandement, tandis que le mot *cratos* signifie « la force et la domination, donc le pouvoir, mais seulement comme pure puissance exercée ». Il y a là une justification conceptuelle de la distinction entre « anarchie » et « acratie ».

Mais si Péguy est libertaire ou acratiste, il est aussi socialiste et rêve d'une « cité harmonieuse ». Celle-ci ne se confond pas avec la cité parfaite, parfaitement harmonieuse, mais avec la cité « la mieux harmonieuse » possible. Péguy présente son utopie d'abord dans un article publié en août 1897 dans *La Revue socialiste* sous le titre « De la cité socialiste », puis dans *Marcel. premier dialogue de la cité harmonieuse*, livre paru en avril 1898. Le texte commence ainsi :

> « Quand Marcel vint me voir à Orléans, le dimanche 7 juin 1896, voici, ce me semble, comme il se représentait la cité dont nous préparons la naissance et la vie : *Je nomme ici cette cité* la cité harmonieuse, *non pas qu'elle soit toute harmonieuse, mais parce qu'elle est la mieux harmonieuse des cités que nous pouvons vouloir.* La cité harmonieuse a pour citoyens tous les vivants qui sont des âmes, tous les vivants animés, parce qu'il n'est pas harmonieux, parce qu'il ne convient pas qu'il y ait des âmes qui soient des étrangères, parce qu'il ne convient pas qu'il y ait des vivants animés qui soient des étrangers. »

Comment comprendre l'anti-intellectualisme de l'intellectuel Péguy, toujours méfiant et souvent fulminant à l'égard des titulaires du savoir supposé scientifique, les « intellectuels » ? Et des intellectuels engagés comme lui dans la défense de la cause dreyfusiste. Disons, pour aller vite, qu'il avait à l'esprit les positivistes, adeptes du principe « savoir pour prévoir, afin de pouvoir », donc « pour agir », résumant la première leçon du *Cours de philosophie positive* (tome I, 1830) d'Auguste Comte. Il voyait ces intellectuels arrogants fiers de leur savoir et donneurs de leçons, animés par le désir d'exercer eux-mêmes un pouvoir dans la société. Il avait découvert leur misérable petit secret et dévoilé ainsi leur hypocrisie. Péguy visait donc avant tout le comportement opportuniste et cynique de certains intellectuels ambitieux en quête de pouvoir intellectuel et politique, engagés dans ce qu'il appelait le « parti intellectuel » pour installer leur domination qu'ils jugeaient légitime, car ils se croyaient omniscients ou se disaient tels. Dans un entretien avec Jacques Julliard, publié en 1997 dans la revue *Mil neuf cent*, le spécialiste de Péguy qu'était Jean Bastaire (1927-2013) explique les raisons de cette polémique :

> « Cette querelle se définit essentiellement – et on retrouve sur ce point la racine libertaire de Péguy – comme une contestation du pouvoir employant et détournant les moyens de l'intelligence pour contraindre l'adversaire et imposer son point de vue. Ce que Péguy dénonce, c'est la contamination, l'utilisation de l'intelligence par la force. Péguy n'a rien – il en a même fait la théorie – contre l'autorité de compétence. Mais il s'insurge contre l'autorité de commandement, surtout lorsqu'elle se manifeste dans le domaine de la raison. »

Bastaire montre clairement que, dans sa mise en cause des « intellectuels » de son temps, Péguy esquisse un modèle général du comportement des arrivistes qui, dans le champ intellectuel, culturel et politique, instrumentalisent à leurs fins leurs justes et nobles engagements :

> « Cet "acratisme" dont [Péguy] se targue s'en prend bien sûr à l'aspect le plus grossier de l'appétit de pouvoir. À nous les prébendes, à nous les bonnes places, se sont écriés beaucoup d'intellectuels dreyfusistes après la

victoire de leur cause ! C'est ce que Péguy appelait la "politique des gendres" : on épouse la fille d'un intellectuel puissant pour avoir un poste en Sorbonne. Cela forme déjà un parti intellectuel, mais au sens mesquin du terme : un clan mafieux. Querelle salutaire, mais somme toute purgative et qui au fond ne nous intéresse plus, sinon pour l'histoire des mœurs. »

Il est difficile de ne pas recourir à ce modèle d'analyse critique pour caractériser le comportement de nombre d'intellectuels français (universitaires, journalistes, écrivains, etc.), dits « de gauche », dans l'après-68, par exemple. Après avoir acquis une certaine célébrité en Mai 68, moment durant lequel ils appelaient à la destruction immédiate du « vieux monde », ils se sont empressés par la suite de s'intégrer dans ce monde supposé détestable, en s'engageant, cette fois, dans une implacable « lutte des places » ou des « postes ».

Le Péguy libertaire est le penseur politique singulier qui ose déclarer qu'il n'a pas de système, pas de plan, pas de programme d'action. Ce rejet des systèmes fait de Péguy un anti-Comte. Rappelons le début du *Discours sur l'ensemble du positivisme* (1848), d'Auguste Comte : « Le positivisme se compose essentiellement d'une philosophie et d'une politique, qui sont nécessairement inséparables, comme constituant l'une la base et l'autre le but d'un même système universel. » Péguy, quant à lui, définit ainsi sa position en 1901, dans sa préface aux *Études socialistes*, de Jean Jaurès (1859-1914) : « Nous n'avons pas la présomption d'imaginer, de fabriquer, d'inventer une humanité nouvelle. Nous n'avons ni plan ni devis.

Nous voulons libérer l'humanité des servitudes économiques. Libérée, libre, l'humanité vivra librement. Libre de nous et de tous ceux qui l'auront libérée. »

En février 1900, dans « De la grippe », Péguy, ennemi du socialisme autoritaire étatiste, dénonce la « sauvage et barbare invention d'un monopole d'État collectiviste », destructeur des libertés individuelles : « Beaucoup de socialistes s'imaginent que la révolution sociale consistera sûrement à remplacer le patronat capitaliste par un certain patronat de fonctionnaires socialistes. Je m'imagine au contraire que la révolution sociale consistera sans doute à supprimer le patronat : aussi on me nomme anarchiste. » Son ami Jaurès lui-même, avant leur rupture en 1906, lui reprochera l'année suivante son anarchisme en le qualifiant de « moraliste ». En 2009, dans un article où il analyse des rapports de plus en plus tendus entre Péguy et Jaurès, le spécialiste de l'écrivain Géraldi Leroy (1940-2016) a justement désigné l'origine de leur désaccord : « Jaurès n'a cessé de se référer à la démocratie parlementaire et à son organisation en partis. Or, l'inspiration première de la pensée politique de Péguy est l'anarchisme libertaire, d'où un clivage qui ne pouvait que se creuser avec le temps. Le tribun ne s'y était pas trompé en cernant de façon très pertinente au début de 1901 les termes du désaccord. » Et de citer ce passage dans lequel Jaurès résume sa critique de l'« anarchisme moraliste » de Péguy :

> « Je ne crois pas, malgré les trésors de talent et de sincérité passionnée que Péguy dépense à sa thèse dans les *Cahiers de la Quinzaine*, qu'il nous suffise, en une

sorte d'anarchisme moraliste, de susciter, de conscience individuelle à conscience individuelle, la fierté du juste et du vrai. Il faut forger encore, à l'usage du prolétariat, l'outil de gouvernement et de législation. »

Péguy était-il donc coupable de « moralisme » ? À cette accusation, Jean Bastaire et Henri de Lubac (1896-1991), dans leur ouvrage sur Claudel et Péguy (2008), ont répondu simplement en rappelant les préoccupations d'ordre moral de l'écrivain engagé : « L'anarchisme de Péguy, c'est d'abord la franchise et l'élan de l'engagement personnel, sans tergiversation d'opportunisme. Avant d'être une conception politico-sociale, c'est une attitude morale. » Les « péguysmes » se sont multipliés en même temps que les « antipéguysmes ». Le fondateur de la revue *Esprit*, Emmanuel Mounier, qui voyait en Péguy l'inspirateur de sa revue, remarquait justement, dans *La Pensée de Charles Péguy* (1931), qu'« il y a, dans l'œuvre de Péguy, de quoi mécontenter tout le monde, tous les partisans de tous les partis ». Et d'ajouter : « Mais qu'importent les partisans : Péguy est celui que l'on ne peut annexer. »

Syndicalisme libertaire

C'est en s'alliant, à la fin du XIXe siècle, avec certains milieux syndicalistes, que les anarchistes, tirant les leçons de la vague d'attentats terroristes des années 1890 qui avait abîmé leur image, devinrent une force politique révolutionnaire, s'opposant aux tendances autoritaires, centralistes et étatistes des courants socialistes et communistes dominants. En France, Fernand Pelloutier (1867-1901) et Émile Pouget furent les pionniers du syndicalisme d'action directe. Présentant en 1910 les orientations de la Confédération générale du travail (CGT), Pouget affirme que « la révolution n'est plus considérée comme une catastrophe devant éclater en des jours proches ou lointains ; elle est tenue pour un acte se matérialisant journellement », la grève étant l'instrument privilégié de l'action directe, c'est-à-dire sans intermédiaires. Pouget précise que « l'action directe, manifestation de la force et de la volonté ouvrière, se matérialise, suivant les circonstances et le milieu, par des actes qui peuvent être très anodins, comme aussi ils peuvent être très violents », le choix des modes d'action étant « une question de nécessité, simplement ». Il souligne qu'« *il n'y a donc pas de forme spécifique à l'action directe* ». En 1912, dans « De l'action directe », la théoricienne anarchiste américaine Voltairine de Cleyre (1866-1912) insiste sur l'autonomie individuelle dans l'action directe, qu'elle soit violente ou non. Comme le note Francis Dupuis-Déri la commentant (2018), dans une action politique directe, « l'individu agit par lui-même sur la scène politique, sans obéir à un chef et sans représentant qui parle ou agit en son nom », et ce, conformément à l'esprit libertaire de la révolte individuelle.

La question des moyens et des fins ne cessera pas cependant de diviser les théoriciens et les stratèges anarchistes. Dans son intervention au Congrès anarchiste international d'Amsterdam tenu fin août 1907, Malatesta, en bon disciple de Bakounine, s'élève contre la thèse soutenue par le syndicaliste CGT Pierre Monatte (1881-1960), qui pense que l'anarchisme est réalisable grâce à l'action syndicaliste et se montre selon lui aveugle à la visée fondamentale de l'anarchisme :

> « Encore une fois, l'organisation ouvrière, la grève, la grève générale, l'action directe, le boycottage, le sabotage et l'insurrection armée elle-même, ce ne sont là que des moyens. L'anarchie est le but. La révolution anarchiste que nous voulons dépasse de beaucoup les intérêts d'une classe : elle se propose la libération complète de l'humanité actuellement asservie, au triple point de vue économique, politique et moral. »

Définissant le syndicat révolutionnaire comme le « laboratoire des luttes économiques », le syndicaliste anarchiste Pelloutier, note Jacques Julliard, aspirait à donner aux ouvriers la « science de leur malheur ». En 1930, dans son introduction à un volume de textes choisis de Proudhon, le philosophe et sociologue Célestin Bouglé (1870-1940) rappelle que, « lorsqu'un syndicalisme ouvrier se constitue, qui tient à se distinguer des partis socialistes, ses leaders relisent *De la capacité politique des classes ouvrières* [1865] : un Pelloutier, pour mieux défendre l'autonomie des Bourses du travail et de la Confédération générale du Travail, aime à s'appuyer sur Proudhon ».

Le sabotage est un des instruments de l'action directe, visant à nuire aux intérêts des employeurs (« patrons », « capitalistes », « exploiteurs »). Au IIIe Congrès de la CGT, tenu à Toulouse du 20 au 25 septembre 1897, il est reconnu, grâce aux efforts d'Émile Pouget, comme une forme de combat social, en même temps que le boycottage. Dans *Le Père Peinard*, le 19 septembre 1897, le sabotage est ainsi justifié : « Et foutre ! dans une kyrielle de cas où la grève est impossible, il peut rendre de sacrés services aux prolos. » Les défenseurs du sabotage répondent à ceux qui le critiquent – comme Jean Jaurès le 11 mai 1907 au Parlement – par telle ou telle variante du principe « La fin justifie les moyens ». Et la fin recherchée doit être dotée d'une haute valeur morale. C'est pourquoi les promoteurs du sabotage ajoutent, puisant dans la rhétorique progressiste en l'agrémentant de misérabilisme, que « le sabotage ouvrier s'inspire de principes généreux et altruistes » et qu'il est « l'arme du déshérité qui bataille pour son existence et celle de sa famille », ce qui fait de lui un « ferment de vie rayonnante et meilleure ».

Dans cette perspective, le sabotage apparaît comme une contre-violence légitime des dominés et des exploités qui se révoltent contre la violence première des dominants et des exploiteurs. En 1910, dans *Le Sabotage*, Pouget affirme que le sabotage « devient dans la guerre sociale ce que sont les guérillas dans les guerres nationales ». Saboter aujourd'hui pour préparer des lendemains qui chantent, tel est l'argument idéologique des anarchistes révolutionnaires. Lors du Ier Congrès de la Fédération communiste anarchiste, tenu le 4 juin 1911, est adopté le programme suivant, à mettre en œuvre dès le début de l'insurrection : « 1. Saboter immédiatement et complètement le réseau de l'État [...] ; 2. Saboter les autres réseaux partout où ce sera possible [...] ; 3. Arrêter immédiatement les préfets, les sous-préfets, maires, commissaires de police, magistrats, etc. »

Ces rêves de subversion s'effaceront durant la Première Guerre mondiale, notamment parce que l'Union sacrée, proclamée le 4 août 1914, aura pour effet de diviser profondément le mouvement anarchiste, comme en témoigne le « Manifeste des Seize » (février 1916), qui, corédigé par Kropotkine et Jean Grave, appelle à prendre parti pour le camp des Alliés et contre l'« agression allemande ». Mais l'idée du sabotage révolutionnaire persistera dans l'imaginaire politique libertaire. Le sabotage sera ainsi défini et justifié en 1934 dans *L'Encyclopédie anarchiste*, dirigée par Sébastien Faure :

> « Ils sabotent, et ils ont raison, ceux qui, pour un motif louable de solidarité ouvrière, coupent les fils téléphoniques et télégraphiques, éteignent les lumières,

suppriment toutes communications, entravent tous transports et font, par ces moyens, capituler exploiteurs et gouvernants. Ce genre de sabotage est aussi de l'action directe. [...] Le sabotage est donc de l'action directe puisqu'il s'attaque au patron sans l'intermédiaire de personne. »

Connu du grand public pour son *Manuel républicain de l'homme et du citoyen* (1848), le fervent quarante-huitard que fut le philosophe Charles Renouvier (1815-1903) aura été le penseur de la République le plus important peut-être du XIXe siècle, doublé d'un penseur de la liberté qui n'a jamais cessé de réfléchir aux moyens de surmonter les oppositions entre l'individuel et le social, en rejetant les doctrines illustrant soit l'individualisme égoïste, soit le collectivisme despotique ou le « socialisme autoritaire », fondé sur la toute-puissance de l'État. C'est dans cette perspective qu'il a cru trouver chez Charles Fourier et Pierre-Joseph Proudhon les éléments d'une philosophie politique fondée sur l'idée de l'association ou de la coopération volontaire entre des individus autonomes. S'il admire particulièrement Proudhon, c'est surtout parce que ce dernier a centré sa philosophie politique, sociale et morale sur l'idée de justice et qu'il a tenté de concilier les « tendances individualistes et fédéralistes », indépendamment de tout recours à un État organisateur et autoritaire. En 1903, dans *Le Personnalisme*, son dernier livre, Renouvier réaffirme son accord avec la vision proudhonienne et se risque à imaginer la société future née du mariage de la liberté individuelle et du désir de coopération :

« L'évolution coopérative, si jamais elle s'accomplit, sera comparable à ce que furent l'abolition de l'esclavage, et plus tard l'abolition du servage, et moralement supérieure, parce que les premières furent en grande partie spontanées, ou nécessitées en divers lieux par les circonstances, et que celle-là serait le triomphe de l'autonomie, la constitution de l'internationalisme, et la paix des nations, exigée par la solidarité mondiale des intérêts économiques organisés. »

Anarchisme et antifascisme : l'exemplaire Camillo Berneri

L'intellectuel anarchiste italien Camillo Berneri (1897-1937), philosophe de formation, s'est illustré surtout, au cours de sa courte vie ponctuée par des expulsions et des emprisonnements, par son engagement dans le combat antifasciste, d'abord contre Mussolini, auquel il consacre de nombreux articles à partir de 1921 et deux essais particulièrement éclairants (*Mussolini normalizzatore*, 1927, et *Mussolini gran attore*, 1931 ; voir *Contre le fascisme*, 2019), ensuite contre Franco durant la guerre d'Espagne (voir *Guerre de classes en Espagne*, 1977). Soulignant que Mussolini « conçoit la normalisation comme l'anéantissement total de l'opposition », il analyse notamment la « démagogie oratoire » du Duce, qu'il tient pour un « histrion » de génie. Dans un article publié le 28 mars 1936 sur le type du tribun dont Mussolini est une illustration, il rappelle que « l'histoire politique italienne est riche de tribuns pleins de faconde » et que « le dialogue avec la foule [...] remonte au forum de Rome », ajoutant : « Notre mal est un mal ancien, dont nous devons guérir. » Et de conclure en insistant sur le sens inséparablement politique et culturel, voire spirituel, du combat antifasciste : « Tant que les maîtres de la rue seront les tribuns, le Duce sera toujours imminent dans l'histoire de l'Italie. Il faut abattre le régime fasciste, mais il nous faut aussi guérir de la mystique fasciste, laquelle n'est qu'une manifestation pathogène de la syphilis politique des Italiens : la superficialité rhétorique. » Engagé dès la fin juillet 1936 dans la guerre d'Espagne, et cocréateur de la section italienne de la Colonne Ascaso, une colonne combattante, le philosophe anarchiste, qui a toujours dénoncé le « socialisme d'État » et le « jacobinisme léniniste », est assassiné par des agents staliniens à Barcelone le 5 mai 1937.

Tout en militant contre le fascisme, Berneri multiplie les interventions théoriques sur l'anarchisme – qui, se démarquant des idées reçues dans les milieux libertaires, y déclenchent souvent des polémiques – et, à partir de la fin des années 1920, collabore à *L'Encyclopédie anarchiste*, de Sébastien Faure. Il publie en février 1935, à Buenos Aires, un essai intitulé *El delirio racista*, traduction espagnole d'*Il delirio razzista* (*Le Délire raciste*). L'ouvrage est ainsi daté : « Paris, novembre 1934. » Maîtrisant l'allemand autant que le français, et postulant que le phénomène hitlérien ne saurait être compris sans la connaissance des idées racistes que le Führer a exploitées dans sa politique démagogique, il y analyse de nombreuses doctrines racistes (Arthur de Gobineau, Houston Stewart Chamberlain, Ludwig Woltmann, Hans F. K. Günther, etc.) et montre l'inconsistance de l'idée de « race pure ». Après avoir soumis à un examen critique les thèses d'Adolf Hitler et de ses comparses (notamment Joseph Goebbels, Hermann Goering, Alfred Rosenberg, Ernst Krieck et Julius Streicher), il rappelle l'importance du pangermanisme dans la genèse du national-socialisme et dénonce la doctrine nazie en précisant : « Le privilège de classe a été transformé en privilège de race, piétinant non seulement l'anthropologie mais aussi le bon sens. »

Berneri est aussi l'auteur d'un ouvrage étrange issu de sa thèse rédigée alors qu'il était emprisonné, *Le Juif antisémite*, publié à Paris en 1935, où, après le fameux essai de Theodor Lessing, *La Haine de soi juive* (1930) – qu'il ne connaissait pas –, il passe en revue de nombreux cas de Juifs antijuifs : les frères Lemann, Jacob Brafmann, Karl Marx, Otto Weininger, René Groos... Il ne cache pas son intérêt pour la psychanalyse et les questions sexuelles – il a écrit, par exemple, en 1927, une étude sur le « Léonard de Freud » –, et cite plusieurs fois Alfred Adler (1870-1937), tout en s'inspirant de Cesare Lombroso (1835-1909), qu'il admire. Il s'interroge donc sur le refus d'être juif qu'on rencontre chez certains Juifs, en tentant d'en identifier les diverses causes, sociales et psychologiques. Il présuppose la thèse suivante : « Le Juif n'existe pas mais les juifs sont là. » Il conclut ainsi son introduction :

> « Le phénomène du Juif antisémite me paraît explicable par un complexe d'infériorité qui tâche d'échapper à soi-même par un refoulement. La résistance à cette protestation me semble générer la haine antisémite. L'amour de ce qu'on voudrait être (amour né du dégoût de nous-mêmes) détermine la haine de ce qu'on

est. Mais puisqu'on n'a pas de haine envers soi-même, on arrive à avoir de la haine envers ceux qui sont ce qu'on ne voudrait pas être. Voilà, à mon avis, le mécanisme intime de l'antisémitisme juif. »

Il fait sienne la vision d'Élisée Reclus sur la « grande diversité anthropologique des Juifs » afin de réfuter la thèse selon laquelle le peuple juif constituerait une « race », alors que l'identité ressentie par les Juifs relève plutôt de la « communauté imaginée » (pour reprendre le concept de Benedict Anderson, 2005) : « Les Juifs constituent, à certains égards, une nation, puisqu'ils ont conscience d'un passé collectif de joies et de souffrances, le dépôt de traditions identiques ainsi que la croyance plus ou moins illusoire à une même parenté. » Soucieux de clarification conceptuelle, Berneri pose cette distinction fondamentale : « L'antisémitisme se présente comme une théorie raciste et comme une attitude sociale tandis que l'antijudaïsme et l'antimosaïsme sont essentiellement des attitudes théologiques ou philosophiques. » Se référant notamment au petit essai de Marx *Sur la question juive* (1844), il résume ainsi sa position critique : « Je considère Karl Marx comme un antisémite non à cause de ce qu'il a écrit sur les juifs mais à cause de ce qu'il n'a pas écrit et fait en faveur des juifs. » Et de définir ainsi sa vision libertaire du Juif révolutionnaire : « Un Juif peut lutter pour l'émancipation juive, mais il ne peut le faire qu'en étant contre la tradition religieuse et nationaliste du judaïsme et contre les tendances petites-bourgeoises qui prévalent chez les Juifs. » Les Juifs déjudaïsés seraient donc les seuls à pouvoir s'engager dans le combat révolutionnaire, qui ne peut qu'être internationaliste :

> « Les sans-patrie juifs me paraissent particulièrement destinés à fonder les bases de la grande famille humaine. Alors le Juif errant d'hier et d'aujourd'hui sera dans la Terre promise : promise à l'homme par sa volonté d'histoire de liberté et de justice. Ce n'est pas Dieu qui appelle : écoute Israël. C'est la douleur universelle. C'est le monde du Travail qui marche, malgré les fils barbelés des préjugés nationaux et de caste, vers un avenir meilleur. »

Berneri aura été l'un des intellectuels et militants anarchistes qui, dans l'entre-deux-guerres, ont frayé la voie à une gauche révolutionnaire antitotalitaire.

Des conseils ouvriers à l'autogestion

L'expérience des conseils ouvriers en Russie, au cours de la révolution de 1905 comme dans celle de 1917, a illustré ce que pouvait être une révolution libertaire. Comme le rappelle Daniel Guérin (1904-1988) dans *L'Anarchisme* (1965), ce sont les anarchistes russes qui, avant les bolcheviques, inscrivirent sur leur drapeau le mot d'ordre « Tout le pouvoir aux soviets ». Mais les bolcheviques ne tardèrent pas, entre novembre 1920 et août 1921, à liquider les compagnons de combat de l'anarchiste ukrainien Nestor Makhno (1888-1934). Le militant et théoricien anarchiste Voline (V. M. Eichenbaum, dit, 1882-1945), historien du mouvement makhnoviste, a vu dans la sanglante répression bolchevique la preuve que l'émancipation des travailleurs ne pouvait être confiée à un parti et à sa bureaucratie : « L'idée maîtresse de l'anarchisme est simple : aucun parti, groupement politique ou idéologique, se plaçant au-dessus ou en dehors des masses laborieuses pour les "gouverner" ou les "guider", ne réussira jamais à les émanciper, même s'il le désire sincèrement. » Et de préciser que « l'émancipation effective ne pourrait être réalisée que par une activité directe [...] des travailleurs eux-mêmes ». Dans sa brochure publiée en 1934, *Le Fascisme rouge*, Voline esquisse une comparaison entre le fascisme et le bolchevisme, montrant notamment que les deux systèmes ont en commun l'idée de « mener les masses par une "minorité", par un parti politique, un dictateur ».

Dans l'Espagne des années 1930, avant et pendant la guerre civile, les groupes anarchistes d'inspiration révolutionnaire furent à l'origine de nombreux soulèvements et participèrent activement aux combats contre les franquistes, avant de subir une impitoyable répression. Le souvenir de la Colonne Durruti, du nom de Buenaventura Durruti (1896-1936), est resté vivant dans les milieux libertaires et de la gauche radicale. Les situationnistes, en publiant en 1966 le *comic Le Retour de la Colonne Durruti*, ont repris le flambeau à leur manière, en faisant de la radicalité subversive un thème poétique.

Les anarchistes se rejoignent dans le rejet de tout processus électoral et, plus fondamentalement, de toute procédure prétendant représenter un corps social. Ils considèrent le système représentatif comme un processus intrinsèquement pervers, manipulateur et accapareur. « Le pouvoir est maudit et c'est pour cela que je suis anarchiste » : ainsi parlait l'institutrice anarchiste Louise Michel, qui avait participé activement à la Commune de Paris, où elle s'était illustrée en brandissant le drapeau noir (et non plus le drapeau rouge), adopté depuis lors par les anarchistes. La formule sloganisée de Louise Michel n'a cessé d'être mise en avant dans les réunions des groupes anarchistes. Les anarchistes militants la commentent habituellement comme suit : « Les anarchistes ne luttent pas pour la conquête du pouvoir, ils luttent pour son abolition. » Ce rejet absolu du pouvoir implique une hantise du compromis, qui ne peut être que compromission, ainsi que de toute délégation, vouée à la bureaucratisation et à la captation de pouvoir. Les anarchistes n'y voient que des obstacles placés sur la route qui mène à la libération et à l'émancipation du genre humain.

On connaît le mot de l'humoriste Coluche (1944-1986) : « La dictature, c'est "ferme ta gueule" ; la démocratie c'est "cause toujours". » C'est là, en effet, une des faiblesses de la démocratie qui, sous toutes ses formes, est le régime de la « discussion perpétuelle » dénoncé par le penseur traditionaliste contre-révolutionnaire Juan Donoso Cortés (1809-1853) au XIXe siècle, puis par Carl Schmitt (1888-1985) au XXe. Cette « démocratie des bavards » était dénoncée par Bakounine comme une « pédantocratie ». De son côté, dans ses *Réflexions sur la violence* (1908), Georges Sorel fustigeait le socialisme parlementaire, « ce socialisme bruyant, bavard et menteur qui est exploité par les ambitieux de tout calibre », qui « savent combiner, dans leurs discours pompeux, fougueux et nébuleux, l'intransigeance la plus absolue avec l'opportunisme le plus souple ». Au bavardage parlementaire promettant la « conciliation des contraires dans le galimatias par les *savants officiels* », Sorel opposait le syndicalisme révolutionnaire, « qui s'efforce [...] de ne rien laisser dans l'indécision » et ne cherche pas à « diluer les doctrines dans un fleuve de commentaires embrouillés ».

Vouloir réaliser à tout prix la communauté des égaux, où chacun aurait un égal droit à la parole et à la prise de décision, c'est rêver d'une démocratie directe parfaite, visant un accord de tous avec tous sur tous les sujets débattus. Or c'est là demander ou espérer l'impossible. Si les expériences d'autogestion, dont l'horizon était la création d'une société nouvelle comme « association libre de producteurs », ont fini par échouer, en Catalogne-Aragon (1936-1939) comme dans la Yougoslavie de Tito (juin 1950-1989), c'est notamment parce qu'elles se sont perdues dans des débats interminables. Mais, en dépit de leurs échecs, ces expériences autogestionnaires se sont inscrites comme des lieux de mémoire dans la mythologie des groupes libertaires. L'utopie de l'auto-organisation et de l'autogouvernement reste au cœur de la mythologie libertaire.

Supprimer les partis politiques : Simone Weil

La philosophe Simone Weil (1909-1943), engagée en 1927, à l'âge de 18 ans, dans le syndicalisme révolutionnaire, collabore à *L'École émancipée* (revue fondée en 1910, où prédominaient les syndicalistes révolutionnaires), à *La Révolution prolétarienne* (lancée en janvier 1925), de Pierre Monatte, et à *La Critique sociale* (créée en mars 1931), de Boris Souvarine (Boris Lifschitz, dit, 1895-1984) – animateur antistalinien du Cercle communiste démocratique –, témoignant ainsi de son intérêt militant pour les courants du socialisme antiautoritaire, donc antibolcheviques, et les milieux du syndicalisme libertaire. Elle rejoint en 1934-1935 le monde du travail en milieu industriel et agricole pour comprendre la « condition ouvrière ». En août 1936, elle part en Espagne, où elle s'engage dans la Colonne Durruti, malgré sa santé défaillante. C'est à Londres, en 1943, alors qu'elle travaille pour les services de la France libre, qu'elle rédige sa *Note sur la suppression générale des partis politiques*, qui sera publiée en février 1950 à La Table ronde. Elle part d'une conviction fondée sur ses observations personnelles : « Les partis sont des organismes publiquement, officiellement constitués de manière à tuer dans les âmes le sens de la vérité et de la justice. »

Son analyse met en évidence trois caractères essentiels des partis politiques : un parti politique est d'abord une « machine à fabriquer de la passion collective », ensuite une « organisation construite de manière à exercer une pression collective sur la pensée de chacun des êtres humains qui en sont membres », enfin il vise « sa propre croissance, et cela sans aucune limite ». Elle ajoute que, « par ce triple caractère, tout parti est totalitaire en germe et en aspiration ». Or « l'influence des partis a contaminé toute la vie mentale de notre époque ». C'est pourquoi il faut supprimer les partis, comme elle le propose dans la conclusion de son essai, qu'on peut considérer comme un manifeste libertaire :

> « Presque partout […] l'opération de prendre parti, de prendre position pour ou contre, s'est substituée à l'obligation de la pensée. C'est là une lèpre qui a pris origine dans les milieux politiques, et s'est étendue, à travers tout le pays, presque à la totalité de la pensée. Il est douteux qu'on puisse remédier à cette lèpre, qui nous tue, sans commencer par la suppression des partis politiques. »

Dans un de ses derniers livres, *De l'esclavage et de la liberté de l'homme*, publié en français en 1946, le philosophe chrétien Nicolas Berdiaeff reconnaissait à l'anarchisme une « vérité religieuse », celle de rappeler avec force que la liberté humaine est incompatible avec la soumission à un État :

« L'anarchisme se rattache au problème de l'ordre métaphysique et religieux. La vérité religieuse de l'anarchisme consiste dans son affirmation que le pouvoir de l'homme sur l'homme est un péché et un mal, que l'état parfait est celui de l'absence de pouvoir, de l'anarchie. Le royaume de Dieu est celui de l'anarchie et de la liberté, un état auquel ne s'applique aucune des catégories de domination. C'est une vérité qui trouve sa justification dans la théologie apophatique. La vérité religieuse de l'anarchisme est une vérité apophatique. L'État, le pouvoir sont inséparables du péché et du mal et incompatibles avec un état de perfection. Libérer l'homme de l'esclavage, c'est le soustraire à tout pouvoir, que ce soit celui de l'État ou celui de la société. »

Mai 68 : contre l'ennui, pour le bonheur ici et maintenant

L'envers du sublime de l'émancipation, c'est la violence, fréquemment esthétisée par les penseurs « radicaux »», adeptes souvent sans le savoir du romantisme de la violence. En 1967, dans son *Traité de savoir-vivre à l'usage des jeunes générations*, le situationniste Raoul Vaneigem n'hésitait pas à prophétiser : « Du nouveau prolétariat sortiront les maîtres sans esclaves », avant d'affirmer, s'inspirant de Bakounine autant que de Marx, que « la violence insurrectionnelle des masses n'est qu'un aspect de la créativité du prolétariat ». Deux ans plus tard, après l'expérience de Mai 68 – qui fut un moment d'anarchisation des esprits, faisant de la révolte l'objet de la passion politico-culturelle dominante –, le même Vaneigem, dans *L'Internationale situationniste* (n° 12, septembre 1969), commentait un fragment de Charles Fourier (« Avis aux civilisés relativement à la prochaine métamorphose sociale », §6, 1808) appelant à parcourir passionnément le « cercle immense des jouissances » possibles en ne sacrifiant « point le bien présent au bien à venir » :

> « C'est un des grands mérites de Fourier d'avoir montré qu'il faut réaliser sur-le-champ – et pour nous cela signifie dès le début de l'insurrection généralisée – les conditions objectives de l'émancipation individuelle. Pour tous, le début du moment révolutionnaire doit marquer une hausse immédiate du plaisir de vivre ; l'entrée vécue et consciente dans la totalité. »

L'émancipation signifie dès lors une promesse de bonheur, du moins si l'on croit, comme Fourier, que « le bonheur est d'avoir le maximum de passions et de pouvoir les satisfaire ». Mais le premier critère de l'accès au bonheur, c'est d'échapper à l'ennui, qui caractérise la « survie » dans la société marchande, laquelle est une société du spectacle. Concept critique, la « survie » se définit comme la « vie réduite aux impératifs économiques » ou encore la « vie réduite au consommable » (*Traité de savoir-vivre...*). Telle est la redéfinition situationniste de la vie aliénée, principal objet de la critique du jeune Marx, notamment dans les *Manuscrits de 1844* – dont une traduction française avait été publiée en 1962 par Les Éditions sociales –, lus avec enthousiasme par les étudiants révolutionnaires. C'est pourquoi Vaneigem, dans son *Traité*, qu'il présente comme une « simple contribution parmi d'autres à la réédification du mouvement révolutionnaire international », rejette totalement ce « monde où la garantie de ne pas mourir de faim s'échange contre le risque de mourir d'ennui ».

S'inspirant des écrits situationnistes, les Enragés de Nanterre-La Folie (René Riesel, Patrick Cheval, Gérard Bigorgne, etc.) criaient et griffonnaient au printemps 1968 : « Mort à la survie ! », ainsi que : « L'ennui est contre-révolutionnaire. » Leur obsession était d'en finir avec l'ennui et les passions tristes. D'où l'éloge du jeu et de la fête, à condition que le ludique festif soit « révolutionnaire ». Mais était-ce là un projet politique ? Dans son « Toast aux ouvriers révolutionnaires », publié en octobre 1972, Vaneigem appellera les révolutionnaires à ne plus se complaire dans une critique radicale qui tourne en rond et se réduit à des postures : « La critique radicale n'a fait qu'analyser le vieux monde et ce qui le nie. Elle doit maintenant se réaliser dans la pratique des masses révolutionnaires ou se renier contre elle. » La vraie vie est ailleurs, dans l'accès à la jouissance qui seule peut mettre fin à l'ennui : « Quiconque ne découvre pas dans la révolution la passion pivotale qui permet toutes les autres n'a que les ombres du plaisir. [...] Pour un monde de jouissances à gagner, nous n'avons à perdre que l'ennui. »

Le « cauchemar climatisé » dénoncé en 1945 par Henry Miller (1891-1980) s'est incarné dans la société démocratique consensuelle couronnée par un État-providence veillant à répartir d'une façon égalitaire l'accès à l'ennui sécurisé, malgré la production croissante de moyens de divertissement. Dès lors, tout est bon pour y échapper, à commencer par la multiplication des conflits et l'engagement dans une « politique de la provocation » (Rahel Süß, 2021) incitant à des « soulèvements » de divers types, comme ceux suscités par les mouvements *Occupy Wall Street*, *Black Lives Matter* ou *Extinction Rebellion*, ou encore, en France, Nuit debout ou les ZAD, sans oublier les black blocs, qui, depuis les années 1970-1980 et avec une intensité croissante depuis les années 2000, s'attaquent violemment aux symboles du capitalisme et de l'État, en particulier aux forces de police (Dupuis-Déri, 2005 ; Vincent, 2022). Ces mobilisations anticapitalistes, héritières du mouvement altermondialiste, oscillent dans leurs inspirations et leurs aspirations entre l'action directe (parfois violente, comme dans les émeutes) et la démocratie directe dans un cadre communautaire.

Mais trouve-t-on dans ces mouvements une véritable inspiration libertaire ? On a des raisons d'en douter, même si le modèle de l'action directe semble s'appliquer aux formes de leurs interventions militantes. On n'observe pas dans leur discours de revendications explicitement libertaires, ni, dans leurs comportements, l'esprit ludique et festif hérité de Mai 68. Leur anticapitalisme s'inspire plutôt de l'antifascisme fabriqué par la propagande soviétique puis repris par la plupart des variétés du gauchisme communisant : avec un grand esprit de sérieux, ils se croient en lutte contre toutes les figures de la « bête immonde ». En outre, le sectarisme jargonnant de ces activistes et leur mentalité autoritaire, mal dissimulée derrière un antiautoritarisme verbal ne visant que ce qu'ils appellent le « libéralisme autoritaire », les éloignent de la tradition libertaire. Cependant, dans les pratiques contestataires de ces mouvements, l'absence d'une organisation hiérarchique témoigne d'une orientation anarchiste, non théorisée comme telle. Mais on peut tout autant y voir, et avec plus de vraisemblance, l'indice d'une rémanence du vieil égalitarisme révolutionnaire, auquel s'ajoute l'écho des valeurs-normes wokistes (diversité, équité, inclusion), importées des États-Unis saisis par une vague néopuritaine centrée sur la défense des identités « minoritaires ».

Mai 68 : contre le travail, pour la fête

Engagés corps et âme dans leur combat pour la liberté et la justice, et emportés par la joie de détruire le « vieux monde », les anarchistes ont trop souvent oublié le bonheur, idéal peu susceptible d'éveiller le sentiment du sublime. Seuls ceux qui ont prôné le « droit à la paresse » – titre du pamphlet publié en 1880 par Paul Lafargue (1842-1911) – ou pris au sérieux le slogan de Guy Debord « Ne travaillez jamais » (1953) semblent s'être souciés du bonheur, mais d'un bonheur « ici et maintenant », et non pas projeté dans un avenir lointain. Dans un article intitulé « Nanterre : ici, maintenant », publié en avril 1970 dans *Les Temps modernes*, le philosophe Jean-François Lyotard caractérisait ainsi ce qu'il appelait l'« attitude du ici-maintenant », qui « rompt avec le spontanéisme comme avec le bolchevisme » : « Elle-même ne vaut que comme exemple d'une rupture avec la répression première, celle qui nous a désappris à inventer, décider, organiser, exécuter. Je l'appelle a-pédagogie parce que toute pédagogie participe de cette répression. » Il y avait là l'esquisse de la critique, dite « postmoderne », des

« grands récits » ou des « métarécits » modernes censés donner un sens global, mais illusoire, à l'histoire. C'est en 1979 que Lyotard, qui fit partie des universitaires engagés aux côtés des étudiants de Nanterre en Mai 68, publiera aux Éditions de Minuit son livre titré *La Condition postmoderne. Rapport sur le savoir*, qui deviendra aussitôt l'un des textes fondateurs de la *French Theory*. On peut y voir un indice de l'influence intellectuelle et culturelle exercée par Mai 68.

À la guerre contre Dieu et l'État, il faut dès lors ajouter la guerre contre le travail, par-delà la critique du travail aliéné. À cet égard, il reste difficile d'égaler en virulence le texte pamphlétaire publié en 1924 par l'anarchiste hollandais Hermann J. Schuurman (1897-1991), *Le travail est un crime*, dans lequel on lit : « Le travail est le plus grand affront et la plus grande humiliation que l'humanité ait commis contre elle-même. [...] Le travail est la grande malédiction. Il produit des hommes sans esprit et sans âme. [...] *Quand nous cesserons de travailler, enfin la vie commencera pour nous.* » La conclusion révolutionnaire est un appel à détruire le capitalisme : « *Nous ne voulons pas crever à cause du capitalisme : voilà pourquoi le capitalisme doit crever à cause de nous.* »

Paru en 1957, le texte fondateur de l'Internationale situationniste, « Rapport sur la construction des situations », signé par Guy Debord, se présente comme le manifeste d'une « avant-garde révolutionnaire » ou d'une « avant-garde internationale » : « Nous pensons d'abord qu'il faut changer le monde. Nous voulons le changement le plus libérateur de la société et de la vie où nous nous trouvons enfermés.

Nous savons que ce changement est possible par des actions appropriées. » Sa conclusion est la suivante : « Nous devons présenter partout une alternative révolutionnaire à la culture dominante. » En 1963, dans son texte intitulé « Les situationnistes et les nouvelles formes d'action dans la politique ou l'art », Debord définit d'entrée de jeu les trois visées du « mouvement situationniste » : « Le mouvement situationniste apparaît à la fois comme une avant-garde artistique, une recherche expérimentale sur la voie d'une construction libre de la vie quotidienne, enfin une contribution à l'édification théorique et pratique d'une nouvelle contestation révolutionnaire. »

Les situationnistes et les libertaires soixante-huitards, notamment à Strasbourg, à Nanterre et à Paris, ont illustré à leur manière un courant anarcho-marxiste célébrant la jeunesse en révolte, l'imagination créatrice, la passion du jeu comme activité gratuite et la fête en tant que traits constitutifs des moments révolutionnaires. En novembre 1966 est publié à Strasbourg, sans nom d'auteur, un pamphlet-manifeste rédigé dans le style situationniste, *De la misère en milieu étudiant considérée sous ses aspects économique, politique, psychologique, sexuel et notamment intellectuel et de quelques moyens pour y remédier*, qui se caractérise par son lyrisme révolutionnaire mais aussi par son emploi de clichés d'origine surréaliste et hégéliano-marxiste. On peut y reconnaître notamment l'influence de la pensée du dernier Henri Lefebvre (1901-1991), celui de *Critique de la vie quotidienne II* (1961) comme celui qui avait théorisé la « fête » révolutionnaire, sur le modèle de la Commune de Paris (*La Proclamation de la Commune*, 1965), mais aussi celle de Herbert Marcuse (1898-1979), dont le livre *Éros et civilisation*, paru en 1955 et traduit en français en 1963, esquissait le projet d'un anarcho-communisme festif et hédoniste.

Le pamphlet situationniste qu'est *De la misère en milieu étudiant*, écrit par le militant tunisien révolutionnaire Mustapha Khayati, ancien étudiant d'Henri Lefebvre, a été publié à Strasbourg en novembre 1966, rappelons-le, par l'Unef (Union nationale des étudiants de France), qui venait d'être conquise par les situationnistes locaux. En mai 1967, ce texte d'une haute intensité polémique, comportant cependant des développements théoriques, est distribué par des étudiants anarchistes durant un cours d'Henri Lefebvre à la faculté de Nanterre-La Folie. On trouve dans ce manifeste du genre pamphlétaire un postulat historico-philosophique fondamental : le prolétariat « ne peut se supprimer sans réaliser, en même temps, l'art et la philosophie ». Cet énoncé, plagiat d'une formule célèbre du jeune Marx dans sa *Contribution à la critique de la philosophie du droit de Hegel* (1843) – « Le prolétariat ne peut s'abolir sans que la philosophie ne devienne réalité » –, a été repris dans les milieux « pro-situs » sur le mode d'une croyance dogmatique.

Les voies de l'émancipation espérée

L'autosuppression du prolétariat est ainsi pensée par Khayati comme un dépassement ouvrant la voie à la libération totale et à l'émancipation finale : « Transformer le monde et changer la vie sont, pour [le prolétariat], une seule et même chose, les mots d'ordre inséparables qui accompagnent sa suppression en tant que classe, la dissolution de la société présente en tant que règne de la nécessité et l'accession enfin possible au règne de la liberté. » L'avenir radieux sera festif et ludique, ouvrant l'ère du plaisir sans limites : « Les révolutions prolétariennes seront des fêtes ou ne seront pas, car la vie qu'elles annoncent sera elle-même créée sous le règne de la fête. Le *jeu* est la rationalité ultime de cette fête, vivre sans temps mort et jouir sans entraves sont les règles qu'il pourra reconnaître. »

Le célèbre slogan « Vivre sans temps mort, jouir sans entraves » a donc été extrait de la conclusion du pamphlet. Sa leçon est claire : il ne s'agit pas de promettre des moments de fête ou de plaisir, il s'agit de les vivre, « ici et maintenant » – selon un autre cliché soixante-huitard. Impatients et pressés, tels sont en effet les anarchistes, incrédules face aux promesses d'un lointain avenir radieux. Tout et tout de suite ! Telle est leur exigence. Ils abandonnent volontiers aux « bourgeois », aux « propriétaires » et aux marxistes-léninistes la patience, la prudence et la temporisation.

Un tract situationniste distribué à Strasbourg le 30 mai 1968 annonce pour bientôt la révolution prolétarienne mondiale : « Ce que nous avons fait en France hante l'Europe et va bientôt menacer toutes les classes dominantes du monde, des bureaucrates de Moscou et Pékin aux milliardaires de Washington et Tokyo. Comme nous avons fait danser Paris, le prolétariat international va revenir à l'assaut des capitales de tous les États, de toutes citadelles de l'aliénation. » Comment ne pas avoir ici en mémoire cette note de Proudhon datée du 1er janvier 1850 : « La révolution vient à pas de loup : dansez, chantez, amusez-vous, belles ! Comme on n'y comprend rien, elle fera mal aux gens : l'expérience ne vient pas aux peuples d'une autre manière. À quoi donc sert de pleurer ? »

Spécialiste des utopies et de l'histoire des villes, Thierry Paquot, dans *Utopie et utopistes* (2007), insiste justement sur l'entrecroisement du désir de réduire au minimum le temps de travail et du désir de donner au travail un contenu qui le rendrait désirable. Il s'agit de donner du sens au travail comme à l'après-travail, toujours menacé par l'ennui. En mai 1968 a pris forme le rêve d'une paresse active ou d'une oisiveté festive et créatrice :

> « La révolution culturelle de Mai 68 se révèle être également une contestation du travail salarié et un appel

> à jouir de l'instant, à paresser, à devenir maître de son temps, à refuser de vieillir, à faire de son existence une œuvre. Les nombreuses communautés néorurales et urbaines qui se créent après Mai 68 et perdurent quelques années reposent sur un idéal libertaire, en ce qui concerne la liberté tant de son corps – et de sa sexualité – que de son temps – et par conséquent de ses activités. »

Faut-il rappeler, avec un zeste d'ironie, que l'impitoyable machiavélien Lénine a lui-même déclaré, vraisemblablement dans un moment d'égarement : « Il faut rêver. » ? Mais il a aussi et surtout, dans *La Maladie infantile du communisme (le « gauchisme »)* (1920), forgé et popularisé le mot « gauchisme » pour stigmatiser un révolutionnarisme abstrait et jusqu'au-boutiste, perdu dans ses rêves de radicalité.

Pour comprendre le sens profond de la brève révolte-révolution de Mai 68, il faut peut-être la considérer comme un dévoilement et un avènement, par lequel un travail préparatoire socialement invisible trouve sa conclusion historique dans le surgissement brutal d'un événement imprévu. Sous cette hypothèse, il n'est pas incongru de rappeler cette observation de Hegel : « Toutes les révolutions importantes et qui sautent aux yeux doivent être précédées dans l'esprit de l'époque d'une révolution secrète, qui n'est pas visible pour tous et encore moins observable par les contemporains et qu'il est aussi difficile d'exprimer par des mots que de comprendre. »

Dans son livre fortement documenté publié en 2012, *Le Mouvement situationniste. Une histoire intellectuelle*, Patrick Marcolini propose une analyse des effets destructeurs de Mai 68 sur l'Internationale situationniste, alors même que les thèmes situationnistes étaient descendus dans la rue et circulaient dans les médias. Tout s'est passé comme si le triomphe soixante-huitard de l'Internationale situationniste avait signé sa mort. On peut voir dans cette disparition paradoxale une illustration exemplaire de la manière dont finissent les sectes politico-intellectuelles, le processus commençant par une autoépuration et se terminant par une autodissolution :

> « 1968 est l'année d'un paradoxe pour l'Internationale situationniste : au moment même où ses idées semblent avoir trouvé un début de confirmation et de réalisation dans un mouvement social sans précédent en France depuis les grèves de 1936, l'organisation entre dans une phase de crise interne, d'abord dissimulée puis, dans un second temps, renforcée par l'afflux dans ses rangs de jeunes recrues issues de ses partisans en milieu étudiant. Témoignage de cette crise, le long processus de délibérations et de questionnements de l'IS sur elle-même, entamé en 1969, se résout par une série de démissions et d'exclusions, dont le point final sera en 1972 l'autodissolution de l'IS prononcée par ses derniers membres en exercice, Guy Debord et Gianfranco Sanguinetti, à travers la circulaire publique *La Véritable Scission dans l'Internationale*. »

Une anthropologie optimiste et ses faiblesses

L'anarchisme, dans la plupart de ses variantes idéologiques, présuppose une anthropologie optimiste qu'on peut juger naïve, et qui forme l'envers de sa vision pessimiste du processus de civilisation. Elle semble s'inspirer de la vulgate rousseauiste, centrée sur le mythe du bon sauvage. Son postulat premier est que l'homme est bon par nature, et que le mal en lui ne vient que des structures sociales fondées sur la domination et l'exploitation, l'inégalité et l'injustice. Autrement dit, la méchanceté des humains ne serait qu'un vernis, qui disparaîtrait en même temps que la société « mauvaise », structurée par un ordre hiérarchique (supérieurs/inférieurs, forts/faibles, riches/pauvres, etc.) et les passions négatives, telles que la convoitise et le désir de puissance, qui poussent à la lutte de tous contre tous.

La bonté et la liberté seraient des traits originels du genre humain que l'irruption des religions et des États dans l'histoire aurait empêchés de se développer. D'où les proclamations du type de celle-ci, citée par Jacques Ellul : « C'est la police qui provoque les voleurs, si vous supprimez la police, le vol disparaîtra. » Une fois la police jetée dans les « poubelles de l'Histoire », les délinquants et les violents deviendraient des citoyens vertueux et pacifiques. Il suffirait donc d'abolir le pouvoir politique et le pouvoir religieux pour que le genre humain sorte de son état de soumission, de servitude et d'aliénation, et cesse d'être animé par des passions négatives (haine, mépris, envie, jalousie, ressentiment).

Même si l'on refuse de définir l'homme comme l'« animal méchant », on ne peut rationnellement adhérer à cette vision idéalisée de la société anarchique du futur, qui prendrait inévitablement la figure d'une dys-société dans laquelle les individus ne pourraient être que des prédateurs ou des proies. L'illusion anarchiste consiste à croire que la liberté individuelle peut s'exercer pleinement indépendamment de la sécurité, que seul peut procurer un ordre politique fondé sur l'autorité et la force légitimes d'un État non despotique. Les libertaires soixante-huitards ont hérité de leurs grands ancêtres, Proudhon, Bakounine ou Kropotkine, le rêve grisant d'une société sans État, rêve qui s'est traduit logiquement par l'absence d'une théorie de l'État dans les doctrines anarchistes.

On a souvent vu dans le moment Mai 68 l'expérimentation éphémère d'une forme de « communisme utopique », en négligeant l'orientation hyper-individualiste des courants non marxistes du mouvement étudiant. Le sociologue de gauche Alain Touraine (1925-2023), analysant à chaud le phénomène dans son livre *Le Mouvement de Mai ou le communisme utopique* (1968), note : « Le grand mot d'ordre des technocrates qui dirigent la société est :

adaptez-vous. Le mouvement de Mai a répondu : exprime-toi. » Contre l'utopie technocratique, note justement Touraine, le mouvement de Mai a « créé lui-même, en même temps qu'une force de combat contre la classe dominante, une contre-utopie libertaire et antiautoritaire, communautaire et spontanéiste ». Cette visée antitechnocratique, associée à la critique de la bureaucratie stalinienne développée par la revue *Socialisme ou barbarie*, a été théorisée par Henri Lefebvre autant que par Guy Debord, avant d'être traduite par les slogans de Mai 68.

S'il est vrai que l'imaginaire communiste réunissait alors la plupart des courants dits « contestataires » mais qui se voulaient révolutionnaires, la dimension utopique de ce communisme d'atmosphère non orthodoxe, résolument antistalinien, tenait à son orientation libertaire, définie par le grand désir antiautoritaire fixé sur le « sans État », impliquant la liberté d'expression et de création ainsi qu'une totale liberté sexuelle. S'affirmant contre l'autorité et le pouvoir (donc contre la police, la justice, etc.), les soixante-huitards voulaient, comme les surréalistes, « changer la vie » et « transformer le monde », en quoi ils ne faisaient pas preuve d'originalité. Leur originalité fut de tourner leur regard de rebelles vers la vie quotidienne, s'inspirant ici encore de Lefebvre – dont ils avaient lu l'essai intitulé *Critique de la vie quotidienne* (tome I, 1947 ; tome II, 1961), suivi par *La Vie quotidienne dans le monde moderne* (publié le 12 juin 1968) –, et d'appeler, à la suite des situationnistes, à créer des « situations nouvelles », manière de réaliser les idéaux esthétiques dans la vie de tous les jours.

En 1963, dans son texte intitulé « Les situationnistes et les nouvelles formes d'action dans la politique ou l'art », cité *supra*, Guy Debord définissait son projet fondamental, celui d'une fusion d'une révolution culturelle-esthétique et d'une révolution politique. Ce double appel à la désaliénation et à la créativité sera entendu par les étudiants révolutionnaires de mai-juin 1968.

Les soixante-huitards, en dépit de leurs emprunts au langage marxisant, se distinguaient clairement des militants marxistes-léninistes, leurs rivaux en même temps que leurs compagnons de combat occasionnels, par leur refus d'une révolution violente pour prendre le pouvoir. C'est seulement sur les ruines de tout pouvoir d'État qu'ils imaginaient possible la réalisation de leur rêve de libération ou d'émancipation : l'auto-organisation et l'autogestion généralisées, avec pour toute morale l'impératif immoraliste du « jouir sans entraves », sans attendre l'avènement d'un « avenir radieux », en s'installant donc dans le perpétuel présent d'une contestation permanente en vue d'obtenir tout et tout de suite. Leur fougueux optimisme les poussait à croire qu'une vie heureuse attendait les humains dans une société sans État, donc sans hiérarchie ni frontières, ces sources sataniques de conflits. Vision irénique d'un bonheur pour tous dans une paix universelle. C'est là croire, non sans naïveté, que la suppression de l'État, donc de l'appareil policier, conduit à la fin de la violence dans les rapports sociaux.

Dans son grand livre de 2002, *The Blank State*, traduit en 2005 sous le titre *Comprendre la nature humaine*, le psychologue cognitiviste Steven Pinker a parfaitement posé le problème, en référence à de nombreuses expériences historiques : « Quand la loi n'est plus en vigueur, toutes sortes de violences éclatent : pillages, vieux règlements de comptes, nettoyages ethniques, et affrontements entre gangs, seigneurs de guerre et mafias. On en a eu la preuve après l'effondrement de la Yougoslavie et de l'Union soviétique et dans certaines parties de l'Afrique dans les années 1990, mais cela peut aussi arriver dans des pays qui ont une longue tradition de civilité. » Pinker raconte comment, devant le spectacle de la violence généralisée née d'un court moment d'absence des autorités policières, le jeune anarchiste qu'il était à la fin des années 1960 a pris conscience de sa naïveté et de son angélisme :

> « Jeune adolescent en plein romantisme des années 1960, dans ce Canada si fier de son pacifisme, je croyais sincèrement à l'anarchisme de Bakounine. Je ne prenais pas mes parents au sérieux quand ils disaient que si le gouvernement déposait les armes, ce serait une pagaille monstre. Nous avons eu l'occasion de vérifier nos prédictions respectives et contradictoires le 17 octobre 1969 à 8 heures du matin, quand la police de Montréal s'est mise en grève. À 11 h 20, première attaque de banque. À midi, la plupart des magasins du centre-ville avaient fermé à cause des pillages. Quelques heures plus tard, des chauffeurs de taxi avaient mis le feu au garage d'un service de limousines qui leur disputait les clients de l'aéroport, un tireur isolé avait abattu un officier de police provinciale, des émeutiers avaient fait irruption dans plusieurs hôtels et restaurants, et un médecin avait tué un cambrioleur dans sa maison de banlieue. Au total à la fin de la journée, six

banques dévalisées, une centaine de magasins pillés, quarante camions de vitrines brisées et trois millions de dollars de dégâts sur des biens personnels, jusqu'au moment où les autorités de la ville ont dû faire appel à l'armée et, bien sûr, à la police montée pour rétablir l'ordre. Ce test empirique décisif a fait voler en éclats mes opinions politiques (et m'a donné un avant-goût de ce que pourrait être une vie de scientifique). »

Violence ou non-violence

L'horizon des anarchistes n'a cessé d'être l'autogouvernement des travailleurs et l'autogestion au sein de petites communautés autonomes rassemblant des individus libres et égaux. Ni maîtres ni contremaîtres, donc. Mais les moyens d'y parvenir n'ont jamais fait l'objet d'un consensus. Sur la question décisive du recours à la violence, notamment, ils n'ont cessé d'être divisés, les uns prônant la violence révolutionnaire pour accoucher de la société nouvelle, les autres la refusant par principe et prêchant, dans le sillage de Tolstoï et de son disciple Gandhi, la non-violence. Pour ces partisans de la non-violence, l'ordre social libertaire ne peut être que le produit d'une révolution spirituelle et morale, et non d'une révolution politique prenant le visage d'une insurrection armée. Bakounine considérait quant à lui que la violence était inévitable en toute révolution. Il procédait ainsi à une fatalisation de la violence dans l'Histoire, comme dans ce texte publié en 1868 : « Il ne faudra pas s'étonner si dans le premier moment [de la révolution] le peuple insurgé en tue beaucoup [d'hommes]. Ce sera un malheur inévitable, peut-être, aussi futile que les ravages causés par la tempête. » Lorsque, pour justifier les violences révolutionnaires, Lénine lancera avec cynisme qu'« on ne fait pas d'omelettes sans casser des œufs », il ne fera que réinventer l'argument de Bakounine. Contre les justifications cyniques du principe selon lequel « la fin justifie les moyens », Gandhi réagissait par cette phrase imagée : « On ne peut avoir une rose en plantant une mauvaise herbe. » Les moyens employés redessinent la fin.

Gustav Landauer (1870-1919), poète et journaliste, socialiste libertaire militant et théoricien de l'anarchisme, fonde en 1891, avec un groupe de jeunes contestataires du Parti social-démocrate allemand, l'hebdomadaire *Der Sozialist*, qu'il dirige à partir de 1893, et où il esquisse les contours d'une sorte d'anarcho-socialisme ou d'anarcho-communisme, proche des idées de Kropotkine (dont il est le traducteur). Dans « Quelques mots à propos de l'anarchisme » (1897), Landauer écrit : « L'anarchie de l'avenir ne viendra que si les hommes du présent sont des anarchistes et non pas des partisans de l'anarchisme. » Et de préciser la distinction : « Il y a une grande différence entre le fait d'être un partisan de l'anarchisme et le fait d'être un anarchiste. N'importe quel philistin ou petit-bourgeois peut être le partisan d'un édifice théorique quelconque ; une transformation de l'essence des individus est nécessaire. » Il ne cache pas qu'il combat le marxisme, « fléau de notre ère et malédiction du mouvement socialiste ». Voyant en lui « l'un des principaux théoriciens de l'anarchisme en Allemagne à la fin du XIXe siècle » (*Dictionnaire de l'anarchie*, 2008), Michel Ragon rappelle qu'il fut surnommé en 1898 « le Chevalier teutonique de l'anarchie » par *La Revue blanche*, revue littéraire et artistique de sensibilité anarchiste fondée en 1889 et à laquelle collaboraient de nombreux écrivains libertaires (Félix Fénéon, Octave Mirbeau, Zo d'Axa).

Mais, comme le souligne la militante et théoricienne anarchiste Emma Goldman dans son autobiographie (*Living my Life*, 1931), Landauer s'éloigne en 1900 de Kropotkine « pour se rapprocher de l'individualisme de Proudhon ». Encore faut-il ne pas oublier son retour à Stirner. D'où une nouvelle conception de la stratégie politique : « À l'action directe révolutionnaire de masse, il préférait la résistance passive et préconisait l'action culturelle et collective qu'il considérait comme le seul moyen constructif de réaliser des transformations sociales fondamentales. » Son projet politique est dès lors de construire des communautés nouvelles, alternatives, « par la séparation », en se détournant notamment des appareils et des institutions politiques, et ce, sans attendre un quelconque Grand Soir. Devenu tolstoïen, Landauer opte en effet pour une révolution non violente. Il compte sur l'association des individus créateurs qui, retrouvant en eux-mêmes l'aiguillon révolutionnaire, sont réunis par des intérêts et des projets partagés, pour enfin fonder une fédération de communautés. Dans cette perspective, la révolution comme destruction et construction ne peut qu'être permanente.

Dans ses « Pensées anarchistes sur l'anarchisme » (1901), Landauer dénonce l'erreur des anarchistes révolutionnaires qui consiste à « penser que l'on peut atteindre l'idéal de non-violence par la violence ». Il soutient que la seule violence à laquelle l'anarchiste puisse consentir est une violence contre lui-même, pour l'anéantissement de son moi – la « mort mystique » – en vue de renaître dans la communauté humaine. Il est convaincu que les anarchistes authentiques « ne tueront personne d'autre qu'eux-mêmes dans cette mort mystique qui, par l'immersion la plus profonde en soi, conduit à renaître à la vie nouvelle ». Et d'ajouter : « Ils pourront dire d'eux-mêmes avec les mots de Hofmannsthal : "Aussi complètement que la terre sous mes pieds, j'ai retiré de moi ce qu'il y avait de commun et de vulgaire." » Avec une touche à la fois stirnérienne et nietzschéenne, Landauer ajoute : « Il ne s'agit point de la lutte de classes des non-possédants contre les possédants, mais du fait que des êtres libres, moralement forts et maîtres d'eux-mêmes, se séparent des masses pour s'unir dans de nouveaux liens. »

Dans un article publié en 1911, « Individualisme », Landauer rejette non seulement le révolutionnarisme messianique mais aussi le réformisme qui renforce le rôle de l'État et de sa « police sociale » : « La liberté ne peut être créée, elle ne peut qu'être expérimentée. Il ne faut pas dire : aujourd'hui, nous ne sommes pas libres, mais demain, par on ne sait quel coup de baguette magique, nous serons libres ; il faut dire : nous avons tous sans exception la liberté en nous et nous devons seulement la faire passer dans la réalité extérieure. »

Sébastien Faure, dans l'article « Anarchiste » de *L'Encyclopédie anarchiste*, qu'il a dirigée (1931-1934), définit ce qu'il faut bien appeler le « cœur » ou l'« essence » de l'anarchisme par la négation totale du principe d'autorité et le refus absolu des contraintes :

> « Il n'y a, il ne peut y avoir ni Credo, ni Catéchisme libertaires. Ce qui existe et ce qui constitue ce qu'on peut appeler la doctrine anarchiste, c'est un ensemble de principes généraux, de conceptions fondamentales et d'applications pratiques sur lesquels l'accord s'est établi entre individus qui pensent en ennemis de l'Autorité et luttent, isolément ou collectivement, contre toutes les disciplines et contraintes politiques, économiques, intellectuelles et morales qui découlent de celle-ci. Il peut donc y avoir et, en fait, il y a plusieurs variétés d'anarchistes mais toutes ont un trait commun qui les sépare de toutes les autres variétés humaines. Ce point commun, c'est la négation du principe d'Autorité dans l'organisation sociale et la haine de toutes les contraintes qui procèdent des institutions basées sur ce principe. Ainsi, quiconque nie l'Autorité et la combat est anarchiste. [...] L'anarchiste considère que, dans la société actuelle, l'Autorité revêt trois formes principales engendrant trois groupes de contraintes : 1° la forme politique : l'État ; 2° la forme économique : le Capital ; 3° la forme morale : la Religion. La première : l'État, dispose souverainement des personnes ; la deuxième : le Capital, règne despotiquement sur les objets ; la troisième : la Religion, pèse sur les consciences et tyrannise les volontés. »

Dans la conclusion de l'article, on trouve précisé ce programme d'action :

> « Nous ne voulons pas seulement abolir toutes les formes de l'Autorité, nous voulons encore les détruire toutes simultanément et nous proclamons que cette destruction totale et simultanée est indispensable.

Pourquoi ? Parce que toutes les formes de l'Autorité se tiennent ; elles sont indissolublement liées les unes aux autres. Elles sont complices et solidaires. [...] Cette vérité est de celles que Élisée Reclus, incomparable géographe et anarchiste convaincu, a merveilleusement condensées en écrivant : “Aussi longtemps que la Société sera basée sur l'Autorité, les Anarchistes resteront en état perpétuel d'insurrection.” Il faut anéantir l'Autorité. Tel est le “*delenda Carthago*” des Anarchistes. »

Mais s'il est vrai, selon le mot de Chamfort (1740-1794), qu'« on ne peut pas nettoyer les écuries d'Augias avec un plumeau », alors le recours à la violence apparaît comme inévitable. L'action anarchiste implique le terrorisme, qu'on le baptise « révolte », « rébellion » ou « insurrection ».

Les anarchistes, comme tous les courants idéologiques identifiés en tant que révolutionnaires, refusent la thèse de l'équivalence de toutes les violences et hiérarchisent ces dernières selon des critères variables. La hiérarchisation la plus courante, fondée sur la distinction entre trois types de violence, les violences dites respectivement « institutionnelle » (se confondant avec l'injustice), « révolutionnaire » (la révolte des opprimés) et « répressive », a été ainsi présentée dans les années 1960 par Dom Hélder Câmara (1909-1999), évêque catholique brésilien adepte de la théologie de la libération, qui disait « prêcher contre la misère » et prônait la non-violence, croyant aux effets positifs d'une « pression morale libératrice » :

« Il y a trois sortes de violence. La première, mère de toutes les autres, est la violence institutionnelle, celle

> qui légalise et perpétue les dominations, les oppressions et les exploitations, celle qui écrase et lamine des millions d'hommes dans ses rouages silencieux et bien huilés. La seconde est la violence révolutionnaire, qui naît de la volonté d'abolir la première. La troisième est la violence répressive, qui a pour objet d'étouffer la seconde en se faisant l'auxiliaire et la complice de la première violence, celle qui engendre toutes les autres. Il n'y a pas de pire hypocrisie de n'appeler violence que la seconde, en feignant d'oublier la première, qui l'a fait naître, et la troisième qui la tue. »

Une des dimensions fondamentales de la pensée et de la sensibilité anarchistes est l'antimilitarisme, en ce que l'armée est un des principaux instruments du pouvoir d'État. Mais l'antimilitarisme libertaire peut être soit pacifiste, soit révolutionnaire. Le pacifisme consiste à poser la recherche de la paix comme objectif prioritaire de l'action politique et géopolitique. S'il y a des anarchistes antimilitaristes et pacifistes, comme Sébastien Faure ou Louis Lecoin (1888-1971), il en est d'autres qui, tel Bakounine, sont antimilitaristes sans être pacifistes. D'où la grande division observable dans les milieux anarchistes entre ceux qui acceptent la logique de la violence révolutionnaire et ceux qui la récusent inconditionnellement, leur antimilitarisme et leur pacifisme les faisant rejoindre les rangs des partisans de la non-violence, de Tolstoï et Gandhi à Martin Luther King (1929-1968). L'itinéraire du militant anarchiste et syndicaliste révolutionnaire Louis Lecoin, qui fut à plusieurs reprises emprisonné pour ses idées antimilitaristes et pacifistes, est à cet égard emblématique. Lecoin est secrétaire de la Fédération anarchiste communiste qui publie en octobre 1912 son manifeste intitulé « Aujourd'hui insoumis, demain réfractaire, plus tard déserteur ». Le 13 septembre 1939 est diffusé le tract « Paix immédiate ! », rédigé par Lecoin. Après la Seconde Guerre mondiale, Lecoin milite pour faire reconnaître le droit à l'objection de conscience et rendre acceptable le principe du désarmement. Alors que son nom est proposé pour le prix Nobel de la paix en 1964, il se retire pour laisser plus de chances à Martin Luther King. À l'automne 1967, il est le cofondateur du Comité pour l'extinction des guerres.

Contre l'armée et la patrie

Dans les groupes anarchistes, dont les militants sont convaincus que l'armée est l'« école du crime », l'antimilitarisme, souvent associé à l'antipatriotisme et à l'internationalisme, est fortement mobilisateur, notamment lorsqu'il s'articule à un anticapitalisme centré sur le thème du capitalisme fauteur et profiteur de guerre, thème accusatoire qu'on rencontre également dans les milieux pacifistes (qui ne sont pas toujours antimilitaristes), socialistes et communistes. Dans sa lettre à Marcel Cachin publiée le 18 juillet 1922 dans *L'Humanité*, le socialiste antimilitariste Anatole France, estimé notamment par l'anarchiste Jean Grave, qui dirige *Les Temps nouveaux*, écrit : « On croit mourir pour la patrie ; on meurt pour des industriels. » Le patriotisme est directement, et avec une grande virulence verbale, dénoncé comme une imposture criminelle par de nombreux polémistes d'extrême gauche autour de 1900.

Dans *Leur patrie*, publié en 1905, le socialiste atypique Gustave Hervé (1871-1944) – qui se présente comme « agrégé de l'Université, professeur révoqué » –, militant antimilitariste, antiparlementaire et antipatriote, s'emploie à démystifier la patrie : « Les patries des mères ! Allons donc, des marâtres cruelles que tous leurs fils déshérités ont le droit et le devoir d'exécrer. » Ce socialiste révolutionnaire, qui se dit partisan du « socialisme intégral », se veut internationaliste et prône l'action directe tout en refusant d'être étiqueté comme « anarchiste » (mais en témoignant sa « reconnaissance aux camarades anarchistes pour avoir conservé intacte la pure doctrine socialiste révolutionnaire en matière d'internationalisme »), lance avec l'anarchiste Miguel Almereyda (1883-1917), en décembre 1906, l'hebdomadaire *La Guerre sociale*, où il signe « Un sans patrie ». À partir de 1909, il y prône le sabotage. Il est surnommé « le Nouveau Blanqui », en ce que, comme le socialiste révolutionnaire Auguste Blanqui, il s'oppose aux élections démocratiques « bourgeoises ». Attaqué par *Le Libertaire* le 25 mars 1911 pour son « autoritarisme collectiviste », ce qui ne l'empêche pas d'évoquer avec sympathie et quelques réserves, en avril 1912, les actions anarcho-terroristes de Ravachol, Henry, Vaillant ou Caserio, il finit, en 1914, par se transformer en patriote germanophobe déchaîné et préconise un « socialisme national » opposé au « vieux socialisme boche de lutte de classes ». En janvier 1916, il donne un nouveau titre à *La Guerre sociale* : *La Victoire*. En 1919, il crée le Parti socialiste national, qu'il refonde en 1927, sans grand succès. En 1936, il lance sa célèbre formule qui donne son titre à un essai paru aux Éditions de La Victoire : « C'est Pétain qu'il nous faut ! » De l'antipatriotisme radical au nationalisme et au pétainisme, tel fut le parcours chaotique de Gustave Hervé – étudié par Gilles Heuré (1997).

En cas de conflits armés, les anarchistes se trouvent confrontés à un dilemme : fuir au nom d'un pacifisme intégral, au risque de paraître lâches ou déserteurs, ou bien s'engager dans la guerre pour la patrie (ou pour le camp opposé), en trahissant ainsi les idéaux pacifistes et antipatriotiques.

Après l'épisode terroriste : de nouvelles perspectives

À la fin du XIXe et au début du XXe siècle, la multiplication des attentats terroristes spectaculaires, notamment en Russie et en France, a favorisé l'inscription de la diabolisation des anarchistes dans le discours politique ordinaire et les analyses savantes. Le contraste est net avec le traitement de faveur dont bénéficient les anarchistes et leurs idées dans le monde littéraire et plus largement culturel « fin de siècle », où l'on se dit volontiers « anarchiste » pour les raisons les plus diverses, qu'on joue la carte de l'individualisme radical, celle de l'anticapitalisme, celle de l'antibourgeoisisme ou celle de l'antimilitarisme. On peut distinguer, parmi les anarchistes politiques, trois grandes postures : ceux qui se disent de gauche ou révolutionnaires (majoritaires), ceux qui se disent de droite ou conservateurs (ultra-minoritaires) et ceux qui se reconnaissent dans le « ni droite ni gauche » (et que leurs critiques identifient comme étant de droite ou d'extrême droite).

Il faut souligner le fait que nombre de mouvements féministes et écologistes se sont inspirés des valeurs et des normes de l'anarchisme. La révolutionnaire d'origine russe Emma Goldman, qui fuit l'URSS en décembre 1921 pour finir par s'installer aux États-Unis, fut une des figures fondatrices de l'anarcho-féminisme (dit aussi « féminisme libertaire » ou « anarcha-féminisme »). Dénonçant l'institution du mariage, elle prêche l'amour libre et l'union libre, comme Victoria Woodhull (1838-1927), Louise Michel ou Virginia Bolten (1876-vers 1960 ?) avant elle. Leur héritage est parfaitement résumé par ce slogan : « Ni Dieu ni maître ni patron ni mari ». John Edgar Hoover (1895-1972), l'ancien directeur du FBI, a déclaré que Goldman était la « femme la plus dangereuse d'Amérique ».

Le géographe libertaire Élisée Reclus avait placé en épigraphe des six volumes de son grand livre *L'Homme et la Terre* (1905) cette formule résumant sa vision de l'unité du monde humain et du monde naturel : « L'homme est la nature prenant conscience d'elle-même. » Quant à cet autre géographe qu'était Kropotkine, il est un de ceux qui ont ouvert la voie à l'approche libertaire des questions écologiques, illustrée au cours de la seconde moitié du XXe siècle par les écrits du philosophe et militant états-unien (d'origine russe) Murray Bookchin ou par ceux de Jacques Ellul, de Bernard Charbonneau (1910-1996) ou d'Ivan Illich (1926-2002), dont les pensées ont été analysées notamment par José Ardillo (2014), Philippe Pelletier (2020) ou Patrick Chastenet (2023). S'opposant aux théoriciens de l'écologie profonde, Bookchin, dans *Écologie et pensée révolutionnaire* (1964), pose en principe que « l'obligation faite à l'homme de dominer la nature découle directement de la domination de l'homme sur l'homme ». S'il appelle à respecter la nature, Bookchin refuse le biocentrisme égalitariste des écologistes antispécistes, qui, postulant l'égalité de toutes les espèces vivantes, en arrivent à professer une misanthropie radicale :

> « Les êtres humains ne sont pas une forme de vie parmi d'autres, qui se serait simplement "spécialisée" pour occuper une des niches écologiques du monde naturel ; ce sont des êtres qui ont la potentialité de rendre l'évolution biotique consciente et auto-dirigée. [...] Ce qui nous rend uniques, c'est que nous sommes capables d'intervenir dans la nature avec un degré de conscience et de flexibilité inconnu des autres espèces. »

Il faudrait également évoquer l'influence de penseurs inclassables comme Paul Goodman (1911-1972) ou Theodore Roszak (1933-2011), figures majeures de la contre-culture américaine des années 1960, fortement marquée par les thématiques libertaires. En août 1968, George Woodcock (1912-1995) disait n'apercevoir aucun signe d'une renaissance de l'anarchisme aux États-Unis. Il disait voir seulement des militants pacifistes pris pour de nouveaux anarchistes. À le suivre, le fantôme de l'anarchisme n'était pas de retour. Mais on pouvait aussi, comme Michael Lerner (1941-2023) deux ans plus tard, voir dans la contre-culture américaine une forme de réémergence de l'idée anarchiste. Écrivain et penseur politique anarchiste, poète, essayiste et critique littéraire, praticien de la Gestalt-thérapie, Goodman, que le succès de son essai publié en 1960, *Direction absurde*, avait rendu célèbre, fut un des maîtres à penser de la gauche contestataire américaine des années 1960 et 1970.

Prônant en politique un « désordre créateur » (grève, désobéissance civile, objection de conscience) afin de déstabiliser les institutions étatiques, Goodman, inspiré par la pensée de Martin Buber (*Je et Tu*, 1923 ; *Le Problème de l'homme*, 1943), exprimait ainsi sa foi libertaire : « L'esprit de liberté est à ce point indivisible et prompt à renaître qu'un combat engagé sur un seul terrain produit un effet tonique sur l'ensemble de la société. » L'historien américaniste Bernard Vincent (1976) résume la pensée politique de Goodman en trois mots : décentralisation, autogestion et communauté.

Il faut souligner, à la suite de Thierry Paquot, que Goodman fut un des inspirateurs d'Ivan Illich, dont il était devenu l'ami. Opposant la « convivialité » à la « productivité », Illich s'inspirait directement de Goodman. Dans un article publié en mars 1972 dans la revue *Esprit*, sous le titre programmatique « Inverser les institutions », Illich définissait ce qu'il entendait par « convivialité » :

> « Je veux dire par là des rapports autonomes et créateurs entre les personnes d'une part et des rapports entre les personnes et leur environnement d'autre part. Ceci s'oppose à la réponse conditionnée et efficace des personnes aux exigences de leur entourage et de leur cadre de vie. Je considère que la convivialité, c'est la liberté individuelle réalisée dans une interdépendance mutuelle et personnelle, et ayant, comme telle, une valeur éthique intrinsèque. Je crois que sans convivialité la vie perd son sens et les hommes dépérissent. »

Dans son livre publié en 1973, *La Convivialité*, Illich revient sur ce qu'il appelle la « société conviviale » : « J'appelle *société conviviale* une société où l'outil moderne est au service de la personne intégrée à la collectivité, et non au service d'un corps de spécialistes. Conviviale est la société où l'homme contrôle l'outil. » Pour s'opposer efficacement à la « gestion bureaucratique de la survie humaine » et empêcher l'« installation du fascisme techno-bureaucratique » visant le « contrôle planétaire », Illich propose de faire le choix de l'« inversion politique », qui implique la position de limites au développement techno-scientifique incontrôlable tel qu'il est illustré par la société industrielle : « Un processus politique qui permette à la population de déterminer le maximum que chacun peut exiger, dans un monde aux ressources manifestement limitées ; [...] un processus d'encouragement de la recherche radicale de sorte qu'un nombre croissant de gens puissent *faire toujours plus avec toujours moins.* »

En 1969, en publiant *Vers une contre-culture*, Roszak a offert à la jeunesse américaine contestataire un manifeste exprimant avec force l'esprit de révolte ou de rébellion des années 1960. Ce qu'il voit alors comme une « dissidence » de la jeunesse est centré sur une révolte antitechnocratique, impliquant une critique du culte de la science et de la technique dont l'effet est de fabriquer en série des citoyens qui sont de « joyeux robots », selon l'expression du sociologue C. Wright Mills (1916-1962). Lecteur de Nietzsche, d'Arnold Toynbee, d'Aldous Huxley, de José Ortega y Gasset ou de Jacques Ellul, Roszak, dans sa critique globale de la société technocratique comme dans sa vision de la contre-culture, se réclame de penseurs tels Herbert Marcuse, Norman Brown,

Allen Ginsberg, Ronald D. Laing, Alan Watts ou Paul Goodman. Dans son introduction à la réédition du livre en 1995, il caractérise la « contre-culture » comme un « mouvement de contestation fondé paradoxalement, non pas sur l'échec, mais sur le triomphe d'une économie hautement industrialisée », et précise qu'au moment où il rédigeait son livre, il était « parvenu à la conclusion que c'était la faiblesse même des idéologies politiques traditionnelles dans le pays qui conférait à la contre-culture américaine sa singulière lucidité ». De la contre-culture comme mouvement, Roszak déclare admirer la « profondeur philosophique » des questions qu'elle a diffusées dans la jeunesse, alors sous l'emprise des « valeurs » de la société de consommation : « Son importance réside dans sa profondeur et non dans son ampleur. Jamais auparavant un mouvement n'avait soulevé des questions d'une telle profondeur philosophique, sondant le sens même de la réalité, de la raison et des finalités de l'existence humaine. » C'est ainsi, ajoute-t-il, que la contre-culture « donna naissance au plus ambitieux programme de réévaluation des valeurs culturelles jamais mis en œuvre par une société ». Et de citer, parmi les « réussites durables » de la contre-culture, les mobilisations écologistes, féministes, antiracistes, etc.

Quant au célèbre linguiste Noam Chomsky (né en 1928), créateur de la grammaire générative, il n'a cessé, depuis les années 1960, d'être un défenseur du « socialisme libertaire ». Dans un entretien avec Peter Jay pour la BBC le 11 mai 1976, il chante les louanges des kibboutz comme un type de petite communauté ayant brillamment illustré l'idéal anarchiste :

« L'exemple le plus spectaculaire est sans doute celui des kibboutz en Israël, qui ont longtemps fonctionné sur des bases anarchistes, c'est-à-dire l'autogestion et l'autonomie ouvrières, la synthèse de l'agriculture, de l'industrie et des services, ainsi que la participation des individus aux tâches administratives. Et à l'aune de presque tous les critères qu'on aurait pu leur imposer, ils [...] furent extraordinairement concluants. [...] Comme institutions socialistes libertaires fonctionnelles [...], ils fournissent un modèle intéressant et hautement pertinent pour les sociétés industrielles avancées, à un degré que n'ont pas atteint certains autres exemples similaires qui ont existé dans le passé. »

En mai 1995, dans un entretien accordé à Kevin Doyle de la revue *Red and Black Revolution*, il est ainsi revenu sur la question :

« Je me suis senti attiré par l'anarchisme dès le début de l'adolescence, c'est-à-dire dès l'instant où j'ai commencé à m'ouvrir au monde, et je n'ai jamais trouvé de raison de réviser mes positions depuis. Je pense qu'il est bien naturel de rechercher et d'identifier les structures d'autorité, de hiérarchie et de domination dans tous les aspects de la vie, et de les remettre en question ; à moins qu'elles puissent être justifiées, elles sont illégitimes et devraient être démantelées, de façon à faire place à une plus grande liberté humaine. »

Au début de sa *Conférence d'Albuquerque*, prononcée le 16 février 2000, Noam Chomsky formule ainsi son credo libertaire, fondement de sa philosophie de l'histoire : « On peut sans exagération affirmer que la tentative pour prendre le contrôle de nos propres vies est un trait essentiel de l'histoire du monde, qui a connu un crescendo au cours des derniers siècles, marqués par des changements spectaculaires tant dans les relations humaines que dans l'ordre mondial. »

Pour Chomsky comme pour d'autres intellectuels anarchistes ou d'esprit libertaire, les kibboutz ont été ce que John Stuart Mill appelait des « expérimentations existentielles » (« *experiments of living* »). Ce qui reste en discussion, c'est le jugement global qu'on peut porter sur le mouvement des kibboutz en tant que « révolution vivante », comme l'a justement caractérisé James Horrox dans son beau livre sur *Le Mouvement des kibboutz et l'anarchie*, publié aux États-Unis en 2009. Car ce mouvement a été une longue expérimentation de l'utopie d'un « socialisme sans État ». Doit-on considérer cette utopie comme ayant réussi ou comme ayant échoué ? À la question ainsi posée, il n'y a pas de réponse simple. Ce que les kibboutz ont prouvé, c'est que la vie dans des petites communautés autogérées était possible et qu'elle pouvait être heureuse.

Insoumission et subversion côté culture

Dans *L'Anarchisme au* XXe *siècle* (1979), l'historien Henri Arvon opposait à juste titre les échecs politiques de l'anarchisme à ses succès dans la sphère culturelle, et ce, depuis la fin du XIXe siècle :

> « L'anarchisme a beau subir de cuisantes défaites sur le plan politique et social, il y a au moins un domaine où il ne cesse de remporter d'éclatantes victoires, c'est celui des arts et des lettres. [...] L'anarchisme ne s'applique qu'avec une extrême difficulté aux problèmes politiques et sociaux ; il n'abandonne qu'à contrecœur la conception d'une souveraineté individuelle pour laquelle l'engagement politique et social, dût-il être contracté en vue de son maintien ou de sa reconquête, implique nécessairement le renoncement au moins provisoire à ses prérogatives. L'anarchisme exerce, en revanche, une indiscutable fascination sur les artistes et les écrivains ; leur génie créateur trouve dans l'autonomie personnelle qui leur est reconnue la justification d'une œuvre se déployant en toute liberté, hors des sentiers battus et des normes contraignantes. »

Dans sa préface à un recueil de textes du « barde anarchiste » Charles d'Avray (1878-1960), publié dans les années 1920, Sébastien Faure rappelle ce fait culturel souvent négligé ou sous-estimé : « Tous les grands courants qui ont forgé, forgent et forgeront l'Histoire de l'Humanité, ont eu, ont et auront leurs chants, par lesquels ils s'affirment. Pas un Culte qui n'ait eu ses cantiques ! Pas une Patrie qui n'ait eu ses chants nationaux ! Pas une grande Idée qui n'ait son hymne. » Dans une histoire de l'anarchisme culturel français, on ne saurait oublier le chansonnier libertaire montmartrois dont on chante encore les compositions, le « poète paysan » Gaston Couté (1880-1911), dreyfusard qui collabora en 1899 au *Libertaire* puis au *Journal du peuple* de Sébastien Faure, et, en 1910, à *La Guerre sociale*. C'est dans cet hebdomadaire révolutionnaire que, le 12 avril 1911, il publia « Sérénade à M. Vautour », composée sur l'air de « Sérénade du pavé » :

> « Si nous chantons sous ta fenêtre
> À pleines gueules : "ça ira !
> À la lanterne il faut les mettre
> Les Proprios on les pendra !"
> C'est pour te donner une idée
> De l'affreux terme qu'un beau jour
> Aux mains d'une foule excédée
> Tu devras payer à ton tour !... »

Les autres chansonniers libertaires de la Belle Époque, comme Paul Paillette (1844-1920) ou Charles d'Avray, sont aujourd'hui oubliés. Cofondateur en 1922 et animateur de *La Muse Rouge. Revue de propagande révolutionnaire par les arts*, Charles d'Avray était un libertaire néomalthusien proche de

Sébastien Faure. La chanson qu'il écrivit à 23 ans, « Le triomphe de l'anarchie » (1901), témoigne de son engagement enthousiaste :

« Tu veux bâtir des cités idéales,
Détruis d'abord les monstruosités
Gouvernements, casernes, cathédrales,
Qui sont pour nous autant d'absurdités.
Dès aujourd'hui, vivons le communisme
Ne nous groupons que par affinités.
Notre bonheur naîtra de l'altruisme,
Que nos désirs soient des réalités !

[Refrain :]
Debout, debout, compagnon de misère !
L'heure est venue, il faut nous révolter.
Que le sang coule et rougisse la terre
Mais que ce soit pour notre liberté.
C'est reculer que d'être stationnaire,
On le devient de trop philosopher.
Debout, debout, vieux révolutionnaire,
Et l'anarchie enfin va triompher ! »

Il faut aussi évoquer Aristide Bruant (1851-1925), pionnier de la chanson réaliste française, qui, entre 1880 et 1905, après s'être passionné dans sa jeunesse pour la poésie de François Villon, a rendu populaire l'intégration de l'argot populaire dans des textes violemment antibourgeois où il se proposait de crier « la haine menaçante des pauvres et des révoltés [...] ainsi que la douleur blottie dans les bas-fonds ». Le rejet de l'ordre établi, illustrant la posture antisystème des anarchistes, est présent dans les textes du Bruant chansonnier montmartrois, par exemple dans « Plus d'patrons » :

« D'abord faut pus d'gouvernement,
Pis faut pus non pus d'République.
Pus d'Sénat et pus d'Parlement
[...]
Pus d'lois, pus d'armées, pus d'église.
Faut pus d'tout ça... faut pus rien !
Alors c'est nous qui s'ra les maîtres,
C'est nous qui f'ra c'que nous voudrons,
Y'aura pus d'chefs, pus d'contremaîtres,
Pus d'directeurs et pus d'patrons ! »

L'esprit libertaire s'est aussi manifesté dans la création cinématographique. Dans la seconde moitié des années 1920, Jacques Prévert (1900-1977) passe par le surréalisme, mais s'en éloigne en 1930, ne supportant pas la tutelle de Breton. Après avoir rencontré en 1936 le réalisateur Marcel Carné (1906-1996), il en devient le scénariste. De leur collaboration naît une série de films justement célèbres : *Drôle de drame* en 1937, *Quai des brumes* en 1938, *Le jour se lève* en 1939, *Les Enfants du paradis* en 1945, *Les Portes de la nuit* en 1946, etc. Prévert et Carné vont devenir les icônes de l'école du réalisme poétique. Dans le recueil *Spectacle* (1951), comme s'il avait retenu l'enseignement moral et politique de Breton, Prévert relie poétiquement vérité et liberté : « Quand la vérité n'est pas libre la liberté n'est pas vraie. » Interrogé en 2012 à propos de son spectacle *Trois poètes libertaires : Prévert, Vian, Desnos*, Jean-Louis Trintignant se déclare lui-même anarchiste :

« J'ai découvert Prévert à 14 ans. Il m'a initié à la poésie. Et puis il correspondait à mes idées, étant anarchiste. Ça me plaisait. Jamais un poète n'avait tiré un recueil [*Paroles*] à autant d'exemplaires en France. On se l'arrachait. » Et d'ajouter : « Je voyais les poètes libertaires comme des anarchistes pacifistes, mais ils sont aussi très violents, amoureux, passionnés. Je suis moi-même un anarchiste. »

En France, au cours de la seconde moitié du XXe siècle, les « anarchistes » ou les « libertaires » déclarés se sont multipliés dans la sphère culturelle. Dans les milieux littéraires et artistiques, les non-conformistes déclarés et les anticonformistes claironnés se disent volontiers « anarchistes », jouant sur un mélange d'antiautoritarisme, d'antimilitarisme, d'anti-intellectualisme et d'individualisme surafﬁrmé, à la Stirner. Le chanteur-poète Léo Ferré (1916-1993) adhéra à la Fédération anarchiste en 1949 et ne cessa d'illustrer sur scène l'esprit libertaire (« Graine d'ananar », « Les Anarchistes », « Ni Dieu ni maître »). Sa profession de foi est aussi claire que lyrique : « Divine Anarchie, adorable Anarchie, tu n'es pas un système, un parti, une référence, mais un état d'âme. Tu es la seule invention de l'homme, et sa solitude, et ce qui lui reste de liberté. » L'anarchie était pour lui l'« avoine du poète ». Il imaginait la poésie, sur le modèle de l'anarchie, comme « ce no man's land où les chiens n'ont plus de muselière, les chevaux de licol, ni les hommes de salaires ». Quant au chanteur-poète Georges Brassens (1921-1981), militant lui-même à la Fédération anarchiste entre 1946 et 1948, il fut secrétaire de rédaction, correcteur et chroniqueur (sous divers pseudonymes) au *Libertaire* (organe hebdomadaire de la Fédération anarchiste) avant d'enregistrer son premier disque en 1952 et de publier deux ans plus tard *La Mauvaise Réputation*, un recueil de ses textes. Plus que d'autres parmi leurs contemporains, ces deux poètes de la chanson française ont fortement contribué à diffuser dans le grand public une image positive de l'anarchisme, associée à la défense intransigeante de la liberté individuelle, menacée autant par les bourgeois bien-pensants que par les révolutionnaires violents.

Quant à Jean Dubuffet (1901-1985), admirateur de Céline et théoricien de l'art brut, il assume son anarchisme individualiste dans son pamphlet *Asphyxiante culture* (1968) : « L'important est d'être *contre* [...] L'esprit de subversion m'apparaît dans une collectivité des plus désirables, des plus vivifiants [...] Pris comme antithétique du consensus de groupe et de la raison d'État, l'individu se définit essentiellement par l'objection [...] Max Loreau oppose avec une grande pertinence subversion et révolution. Révolution, c'est retourner le sablier. Subversion est tout autre chose : c'est le briser, l'éliminer. » Et d'indiquer la source de cet esprit d'objection et de subversion : « Il n'y a de vérité que chacun la sienne, qui demande à être bien soigneusement préservée. » S'affirmant individualiste, Dubuffet refuse d'assigner la moindre fonction sociale à l'art : « Je considère que mon rôle d'individu est de m'opposer à toute contrainte occasionnée par les intérêts du bien social. Les intérêts de l'individu sont opposés au bien social. »

La police et l'armée, en tant que bras armés de l'État, cette « abstraction dévorante de la vie populaire » (Bakounine, 28 avril 1869), sont des cibles privilégiées pour les anarchistes, militants ou non. À la fin du XIXe siècle, en France, le cri « Mort aux vaches ! », visant la police, surgit en co-occurrence avec les slogans « Mort aux bourgeois ! », « Mort aux lois ! », « Vive l'anarchie ! » ou « Vive la commune ! ». L'armée n'est pas mieux traitée. À cet égard, les diatribes antimilitaristes de Jean Grave dans *La Société mourante et l'anarchie* (1893), qui lui valurent d'être condamné à deux ans de prison, sont emblématiques :

> « Impossible de parler de la Patrie et du Patriotisme, sans toucher à cette plaie affreuse de l'humanité : le militarisme. [...] Il faut avoir endossé l'uniforme pour savoir tout ce qu'il recouvre de bassesse et d'idiotie. [...] Si vous voulez rester hommes, ne soyez pas soldats ; si vous ne savez pas digérer les humiliations, n'endossez pas l'uniforme. Mais, pourtant, si vous avez commis l'imprudence de le revêtir, et qu'un jour vous vous trouviez dans cette situation de ne pouvoir vous contenir sous l'indignation... n'insultez, ni ne frappez vos supérieurs... ! ... Crevez-leur la peau : vous n'en paierez pas davantage. »

On rencontre chez Georges Brassens, sous une forme tamisée, ce mélange d'antimilitarisme et d'antipatriotisme qui fait partie de l'héritage libertaire. En témoigne notamment « La mauvaise réputation », chanson interdite d'antenne lors de sa sortie, en 1952 : « Le jour du quatorze juillet / Je reste dans mon lit douillet / La musique qui marche au pas / Cela ne me regarde pas. »

Brassens a fait aussi de la haine phobique des flics l'un de ses thèmes, comme dans cette phrase recourant à la litote : « Un anarchiste est un homme qui traverse scrupuleusement entre les clous, parce qu'il a horreur de discuter avec les agents. » À quoi faisait écho l'humoriste Pierre Desproges (1939-1988), ne cachant pas son scepticisme : « J'ai beaucoup de tendresse pour les anarchistes. Ce sont des rêveurs, des utopistes. Ils croient encore qu'on peut fonctionner sans les flics ! Moi pas... » Le même Desproges ne ménageait pas non plus les militaires : « Il ne faut pas désespérer des imbéciles. Avec un peu d'entraînement, on peut arriver à en faire des militaires. » Dans « Hécatombe » (1952), Brassens raconte joyeusement une bagarre entre ménagères et gendarmes (« cognes », « guignols », « pandores ») sur le marché de Brive-la-Gaillarde :

> « Or, sous tous les cieux sans vergogne,
> C'est un usag' bien établi,
> Dès qu'il s'agit d'rosser les cognes
> Tout l'monde se réconcilie.
> Ces furies, perdant tout' mesure,
> Se ruèrent sur les guignols,
> Et donnèrent, je vous l'assure,
> Un spectacle assez croquignol.
> En voyant ces braves pandores
> Être à deux doigts de succomber,
> Moi, j'bichais, car je les adore
> Sous la forme de macchabées. »

L'historien australien James Cannon, dans son article sur « La zone entre classes laborieuses et classes dangereuses : les marges parisiennes de la Belle Époque à la fin des années 1970 » (2017), étudie comment s'est fabriquée la représentation politico-culturelle du « zonard » dans la foulée du moment contestataire de Mai 68 :

> « La défaite politique sinon culturelle de Mai 1968 conforte l'idée – héritée de l'anarchisme du XIXe siècle – que toute révolution se doit d'être menée par les couches les plus marginalisées de la société et incite d'aucuns à faire l'apologie du crime, de la violence, voire du terrorisme. Dans le même temps, le terme de zonard commence à embrasser non plus seulement des jeunes de banlieue mais aussi d'autres jeunes qui, à la faveur de Mai 1968, reprennent à leur compte la contestation sociale en rejetant les principes du capitalisme, en intégrant des squats et en errant de quartier en quartier, voire de ville en ville. Certes, une telle existence peut être subie autant que revendiquée à une époque de chômage accru, et peut vite devenir un carcan lorsque s'y mêlent alcool et drogues dures. »

C'est l'auteur-compositeur-interprète Renaud qui va jouer le plus spectaculairement le rôle du jeune zonard de charme, type néoromantique du marginal révolté : « L'artiste qui incarne le mieux le zonard des années 1970, c'est sans doute Renaud, qui en fait un véritable personnage de scène, qui marie tout au long de ses premiers albums la révolte des jeunes de banlieue avec celle des jeunes héritiers de Mai 1968, et qui réactualise le mythe des "classes laborieuses et classes dangereuses" non pas pour critiquer l'ouvrier mais pour faire peur au bourgeois. » Le chanteur et compositeur Renaud n'a cessé de puiser dans l'héritage politico-culturel de divers courants anarchistes tout en intégrant dans ses textes le parler argotique des classes populaires :

> « Renaud [...] écrit ses premières chansons en mai 1968 à l'âge de seize ans, après avoir feuilleté les écrits de Bakounine – grand théoricien russe de la violence révolutionnaire des marges – et rejoint les anarchistes sur les barricades du Quartier latin. Par la suite, dans un bistrot situé dans ce même quartier, il se lie d'amitié avec une bande de zonards originaires d'Argenteuil dont les us et coutumes ainsi que l'argot lui fourniront le matériau brut de ses premières chansons à succès [...] Parallèlement, avec un ami accordéoniste, il commence à réinterpréter le répertoire dit *réaliste* inauguré par Bruant et qui, après avoir servi à épater le bourgeois pendant les années 1880 et 1890, est devenu partie intégrante de la culture ouvrière depuis son association avec l'accordéon musette vers 1905. »

Le film de Jean-Pierre Mocky (Jean-Paul Adam Mokiejewski, dit, 1929-2019) *La Grande Lessive (!)*, comédie subversive sortie le 15 novembre 1968, témoigne joyeusement de l'imaginaire libertaire réveillé par Mai 68. S'y entrecroisent une critique de la télévision comme machine à décerveler et un pamphlet drolatique contre la police, ridiculisée pour sa bêtise et son inefficacité. Mocky puise ici clairement dans la mémoire anarchiste les thèmes polémiques qu'il met en scène. Résumons l'histoire. Défenseur passionné de la langue française et en particulier de l'écrit, l'idéaliste Armand Saint-Just (joué par Bourvil), professeur agrégé de lettres dans un lycée, découvre avec exaspération que ses élèves dorment en classe, plongés dans un état de léthargie car assommés par une consommation immodérée d'images télévisuelles. Plutôt que de s'indigner et de se lamenter, et de continuer de diffuser des pétitions restées sans effet, l'incorruptible engagé décide de passer à l'action directe et part en croisade contre les méfaits de la télévision. Aidé par Missenard (joué par Roland Dubillard), professeur de gymnastique, et Benjamin (joué par Jean Tissier), vieux chimiste anarchiste, auxquels s'ajoute le dentiste miteux et dragueur Loupioc (joué par Francis Blanche), avec lesquels il forme un commando, Saint-Just grimpe sur les toits, commence par saboter les antennes des parents d'élèves, et provoque des orages magnétiques qui brouillent la réception des programmes. Ces sabotages, commis « dans l'intérêt des enfants » et destinés à les « protéger », provoquent la colère des parents et la fureur de Jean-Michel Lavalette, le directeur autoritaire de l'ORTF (joué par Jean Poiret), qui fait appel au commissaire Aiglefin (joué par René-Jean Chauffard), qui, flanqué des inspecteurs Toilu et Barbic, tournent en rond dans leurs investigations. Menaçant Lavalette de priver la France entière de télévision, Saint-Just peut enfin, grâce à ce chantage, s'exprimer sur le petit écran et repart avec ses comparses sans être arrêté. Il est finalement convié à discuter avec le président de la République. L'opération a donc parfaitement réussi. Le sabotage est justifié de la façon la plus classique : « On ne fait pas d'omelettes sans casser des œufs. » Mais les saboteurs sont ici de joyeux lurons soucieux d'être de bons éducateurs, et non pas de froids stratèges prêts à tout pour détruire « le système ». Par ce film provocateur illustrant un cas de désobéissance civile, Mocky l'inclassable a justifié sa réputation d'être le desperado du cinéma français.

Les rappeurs d'aujourd'hui sont moins élégants que Brassens et moins drôles que Mocky dans l'expression de leur hostilité à la police (les « poulets », la « volaille », les « condés », les « keufs »). Dans son clip « Bavure », mis en ligne en août 2016, le jeune rappeur parisien Jo Le Pheno (Jois Ndjibu, dit) prétend dénoncer les « bavures policières » en ces termes : « Les condés, c'est des petits cons qui méritent de se faire plomber [...] Où sont les condés ? On va les dompter. Combien de décédés ? On peut plus compter. » Dans l'argot des banlieues utilisé par les rappeurs, on dit par exemple « Nique les keufs ! » ou « Je kiffe pas les keufs ». On trouve un avatar contemporain de la tradition anarchiste dans la haine militante vouée à la police, comme l'illustrent les slogans « Tout le monde déteste la police » et « La police tue » remplaçant le fameux « Mort aux vaches ! » ou le refrain indigné : « Police partout, justice nulle part. » La dénonciation des « violences policières » par les milieux d'extrême gauche accompagne désormais les actions des forces de l'ordre au cours des émeutes urbaines, surtout depuis les manifestations du printemps 2016 contre la loi Travail. Diffusé en 2023, le dernier slogan antipolice est d'un cynisme provocateur difficilement dépassable : « Flic suicidé à moitié pardonné. »

En 2021, un pamphlet antipolice à plusieurs voix (les intellectuels néogauchistes Jérôme Baschet, Elsa Dorlin, Serge Quadruppani *et alii*) est publié à Paris aux Éditions Divergences sous un titre dénué d'ambiguïté : *Défaire la police*. Le texte de présentation du livre, tel qu'on le trouve en première page de couverture, résume fort bien son contenu :

> « "Faut-il en finir avec la police ?" La question se pose avec une nouvelle intensité depuis le mouvement mondial déclenché par la mort de George Floyd aux États-Unis. Alors que les violences policières sont de plus en plus visibles, l'image du gardien de la paix et l'idée que la police serait un service public tendent à s'effriter. Il est maintenant entendu que l'institution policière est la garante d'un certain ordre, d'un certain régime de domination. Dans le contexte de défiance et de surenchère qui est le nôtre, il paraît moins pertinent de réfléchir à une énième réforme que de se demander comment résoudre nos conflits sans elle, comment la neutraliser, la priver de sa légitimité et de ses moyens. Défaire la police examine ces questions épineuses à partir des expériences, des problèmes et des débats qu'elles ont suscités. »

L'article emblématiquement virulent qui ouvre ce pamphlet antipolice, cosigné par Serge Quadruppani et Jérôme Floch, « Pourquoi les flics sont-ils tous des bâtards ? », reprend en écho un slogan très répandu sur les réseaux sociaux, en particulier Instagram : « *All Cops Are Bastards* » (hashtag #acab). *Bastard* a le sens de « salaud » ou de « salopard », appliqué à une classe d'individus ne méritant que le mépris et la haine, dont témoigne cet autre slogan : « Tout le monde déteste la police. » Bref, la police est dénoncée comme une institution nuisible au service d'un pouvoir étatique haïssable qu'il s'agit de détruire afin d'émanciper le genre humain. La conclusion de l'article témoigne d'un retour de l'imaginaire utopiste tel qu'il mobilisait naguère les anarchistes optimistes, rêvant de révolution salvatrice et rédemptrice : « Résoudre le problème de la police [...] cela implique d'être capable de la repousser, de s'y soustraire, d'éparpiller et de désorienter ses forces comme l'ont fait les milliers de ronds-points occupés, de rendre son existence encore plus intenable et honteuse qu'elle ne l'est déjà et *d'abord et surtout de faire exister les liens et les mondes au sein desquels elle n'aura plus jamais sa place.* » On reconnaît le refrain révolutionnaire, légèrement retouché : en finir avec le vieux monde pour faire naître non plus seulement le meilleur des mondes, mais les meilleurs des mondes possibles. Des mondes sans forces de l'ordre puisqu'ils incarneraient des ordres sociaux librement créés par des individus libres et égaux se respectant et s'aimant les uns les autres. Des mondes désirables où les violents et les méchants se seraient volatilisés et dans lesquels le bonheur serait accessible à tous, au sein d'une parfaite harmonie sociale. C'est là bien sûr croire aux miracles. La promesse du paradis sur terre continue de faire rêver.

Le 21 mars 2016, paraît dans des médias alternatifs une tribune d'inspiration libertaire signée notamment par Daniel Colson, Éric Hazan, Frédéric Lordon et Serge Quadruppani, « Pourquoi nous appuyons la jeunesse », soutenant les « actions de rue » contre la loi Travail, dite « El Khomri » :

> « "On ne fait pas d'omelette sans casser des banques", écrivent avec esprit les lycéens sur les vitrines fracassées des agences bancaires. Ce qui s'exprime dans les

slogans, dans les cortèges, dans les tags, dans les occupations, dans les affrontements avec la police, a trait à la situation générale du pays. Ce qui s'exprime là est un ras-le-bol diffus, une rage commune, une révolte transgénérationnelle. »

Cet état des lieux est suivi par un appel à un soulèvement populaire impliquant des actions violentes :

« Le désastre social, économique, écologique, existentiel, ou pour le dire d'un mot : la crise de civilisation que nous traversons, ne trouvera pas d'issue dans la politique classique. Aussi, la question qui se pose au mouvement en cours n'est-elle pas celle de la loi El Khomri, mais bien celle d'un soulèvement. La destitution du gouvernement et du régime ne se fera pas par l'adjonction à un mouvement de jeunesse d'un mouvement syndical de salariés et de fonctionnaires. Ce ne peut être que le fait d'un vaste mouvement populaire. Voilà qui ne se fera pas sans violence, ni sans stratégie. [... Nous] avons appris ces dernières années que les occupations de places à elles seules ne suffisent pas à bloquer le fonctionnement des institutions. [... Elles] doivent donc plutôt servir de base depuis lesquelles prendre les lieux d'où les "représentants du peuple" prétendent pouvoir le gouverner, et à l'occasion le matraquer. Mairies, conseils divers, assemblées soi-disant régionales ou nationales, tout cela mérite d'être investi, repris, assiégé ou bloqué. Nous devons viser le blocage organisé du pouvoir politique. »

Les violences contre les élus, telles qu'elles se multiplient dans la France contemporaine, sont encore un héritage de la stratégie anarchiste qu'est la « propagande par le fait », laquelle consiste, dans la tradition bakouninienne, à substituer les actes aux paroles, les actions concrètes aux discours de propagande. On ne discute pas avec les élus, on refuse les médiations, on les agresse en misant sur l'exemplarité stimulante de l'action plus ou moins violente, comme dans les violences antipolicières. C'est là compter sur la force entraînante de la provocation.

Désobéir

La tradition antiautoritaire n'a jamais cessé de se manifester par des appels à la désobéissance et à la transgression socialement visibles, en concurrence avec des appels à la désertion, au « lâcher tout ». Partisans d'une « révolution par en bas », les animateurs du Living Theatre, Julian Beck (1925-1985) et Judith Malina (1926-2015), déclaraient vouloir détruire le « principe d'autorité ». Dans leurs entretiens, publiés en 1969, avec le promoteur du *happening*, Jean-Jacques Lebel (né en 1936), ils définissaient ainsi leur vision du « théâtre aléatoire » : « Le but du théâtre révolutionnaire est d'intensifier la violence jusqu'à ce qu'il se brise ou que le "système" contre lequel il s'est révolté soit brisé. »

L'Américain John Cage (1912-1992) était un musicien expérimentateur, intelligemment provocateur, aux intérêts et aux talents multiples (il était aussi poète et plasticien), doté d'un grand humour et nourri des pensées de l'Orient. Ses œuvres (ou ses non-œuvres) étaient irréductibles à une tradition musicale bien définie. Arnold Schönberg (1874-1951), rencontré par Cage à la fin des années 1930 aux États-Unis, avait dit de lui avec perspicacité : « Cage n'est pas un compositeur, c'est un inventeur de génie. » Cage plaidait pour une politique et une création artistique anarchistes, c'est-à-dire non autoritaires, qui donc devaient se montrer hostiles à toute police. Considéré par certains critiques comme un pionnier du *happening* depuis l'exécution de *4'33"* (de silence) par le pianiste David Tudor le 29 août 1952 à Woodstock (État de New York), Cage a cru bon de faire cette claire mise au point, qui a largement circulé en 1968 : « Lorsque je vais à un *happening* qui me semble régi par une intention, je pars en disant que cela ne m'intéresse pas. Aussi, je n'ai pas aimé que l'on me dise, dans *18 Happenings in 6 Parts*, d'aller d'une pièce dans une autre. Car bien que je ne sois pas engagé dans la politique, j'ai en tant qu'artiste une certaine intuition du contenu politique de l'art et il ne contient pas la police. »

L'inventeur-bricoleur du « piano préparé » n'était pas dépourvu de pensée critique et, en politique, il se présentait souvent comme « anarchiste ». Il affirmait par exemple que « l'économie doit redevenir naturelle, c'est-à-dire non financière ». Lecteur de Thoreau, de Stirner et de Tolstoï, le musicien ne cachait pas son orientation politique, par exemple en s'interrogeant rhétoriquement lui-même dans son *Journal (1965-1967)* publié en 1969 : « Êtes-vous marxiste ? Réponse : je suis anarchiste. » C'est selon le principe d'anarchie que Cage pensait son activité artistique, censée « se réveiller à son vrai destin : la vie » : « Je suis pour la multiplicité, l'attention dispersée et la décentralisation, et ainsi je me rangerais du côté de l'anarchisme. » Il prônait le recours à une

« harmonie anarchiste », en avançant en 1989 ces explications : « Il n'y a plus [de] hiérarchie ; les sons ne sont pas dans un système de lois. [...] Comme Thoreau a dit : la meilleure forme de gouvernement, c'est : pas de gouvernement. Nulle harmonie, c'est l'harmonie. Autrement, sans anarchie, on ne peut pas avoir l'art. L'art est la preuve de la *practicalité* de l'anarchie. » Et de souligner le rôle du hasard dans ses œuvres : « Par quelque manière de travailler à tous les sons, je peux utiliser les opérations de hasard afin de mettre ensemble quelques sons qui sont hors de mes intentions. Et, en revenant ensemble, ils produisent d'eux-mêmes une harmonie non hiérarchique. Simplement par leur coexistence. Et, [de] plus, cette harmonie est aussi *mobile and changing...* »

Quelques années plus tard, dans *Politique du rebelle. Traité de résistance et d'insoumission* (1997), Michel Onfray, lecteur de Stirner, de Nietzsche et de Bakounine, mais aussi d'Albert Camus, déclare d'entrée de jeu sa « fibre anarchiste », qu'il caractérise ainsi : « L'autorité m'est insupportable, la dépendance invivable, la soumission impossible. » En épigraphe de l'essai, cette phrase extraite du *Gai Savoir* (« Plaisanterie, ruse et vengeance », 33) : « Il m'est odieux de suivre autant que de guider. » Le théoricien de l'individualisme hédoniste est indissociablement anarchiste : « Je tiens que, pour moi, l'hédonisme est à la morale ce que l'anarchisme est à la politique : une option vitale, exigée par un corps qui se souvient. » Cette orientation libertaire et antiautoritaire coexiste chez lui, non sans tensions, avec une vision souverainiste, expression d'une fibre patriotique et « populiste » ou « démophile » expliquant son rejet du pouvoir des élites en place. Il paraît difficile cependant de surmonter l'antithèse entre la défense d'une société sans État et celle de l'État-nation qu'implique le choix souverainiste. Dans le sillage de Camus, auquel il a consacré un ouvrage aussi imposant que passionné, *L'Ordre libertaire* (2012), Onfray bouscule les étiquetages idéologiques convenus, ce qui multiplie ses ennemis. C'est le propre d'un esprit libre.

La *Beat Generation* des années 1950-1970, dont les pionniers furent le « rebelle sans cause » Jack Kerouac (1922-1969), William S. Burroughs (1914-1997) et Allen Ginsberg (1926-1997), baignait dans un anarchisme diffus, non théorisé, pour ainsi dire atmosphérique, dont les principales orientations idéologiques dérivaient de postures antisystème, symbolisées par le refus de la société de consommation qui s'installait alors aux États-Unis et l'engagement en faveur de la libération sexuelle. À certains égards, Henry Miller avait frayé la voie. Dans *Le Monde du sexe* (1940), essai d'un esprit libre, Miller voit dans l'élimination de la peur la condition de la liberté sexuelle :

> « Ce que sera la vie du sexe quand la nouvelle race d'hommes et le nouvel ordre de vie se mettront de la partie, dépasse l'imagination. Nous avons une idée de la liberté, de la frénésie qui caractérisaient le paganisme orgiaque ; une idée de la délivrance que trouvent les peuples primitifs dans les rites et les fêtes du sexe ; une idée de la façon dont se comportent Eskimos et Polynésiens en ce domaine ; une idée de ce qui se passe, même aujourd'hui, parmi les castes de prêtres aux

> Indes et au Tibet ; une idée du grand art, de l'extrême délicatesse qui régissent le rituel de la prostitution en Chine et au Japon. Mais a-t-on jamais vu chose inouïe comme un peuple libéré de la superstition, du rituel, de la religion, de l'argent, de la peur et du remords ? Il y en a eu de libres à tel ou tel égard. Mais d'entièrement émancipés, non. Avec l'élimination de la peur, qui est à la racine de toutes les formes restrictives et inhibitrices de vie sous lesquelles l'homme a ployé jusqu'ici, on peut concevoir que la vie sexuelle se mette à bourgeonner au-delà de nos rêves les plus fous. »

Mais Miller reconnaît aussi que « toute explosion de liberté traîne inévitablement son cortège de massacres, de rapines, de viols, etc. ».

Une des origines littéraires et culturelles de la *Beat Generation* n'était autre que la tradition libertaire et individualiste américaine incarnée notamment par le philosophe et poète Henry David Thoreau, l'auteur de *Walden ou la Vie dans les bois* (1854), qui dénonçait le matérialisme de son époque et prêchait la « désobéissance civile », légitimant ainsi, dans une conférence faite en 1848 (« Les droits et les devoirs de l'individu face au gouvernement »), l'insoumission du citoyen face à un État dont il conteste les lois ou les décisions : « Si la machine gouvernementale veut faire de nous l'instrument de l'injustice envers notre prochain, alors je vous le dis, enfreignez la loi. Que votre vie soit un contre-frottement pour stopper la machine. Il faut que je veille, en tout cas, à ne pas me prêter au mal que je condamne. » Tolstoï et Gandhi entendront et diffuseront le message, longtemps avant les poètes révoltés de la *Beat*

Generation. Quant à Martin Luther King, il rendra ainsi hommage à Thoreau, salué comme le fondateur d'une « tradition de contestation créatrice » : « Au cours de mes études, je lus pour la première fois l'essai sur la désobéissance civile de Thoreau. Fasciné par l'idée de refuser de collaborer avec un système mauvais, je fus tellement bouleversé que je relus l'ouvrage plusieurs fois. Ce fut mon premier contact intellectuel avec la théorie de la résistance non violente. » Cette inspiration libertaire, par son pacifisme humanitariste, se situe aux antipodes de celle qu'on rencontre dans les écrits des anarchistes s'inspirant de Stirner, de Bakounine et de Nietzsche. C'est ainsi que Michel Onfray, dans sa *Politique du rebelle*, ironise sur les « fadaises non violentes du siècle, de Martin Luther King à Gandhi ».

Dans son article publié en 1970, « *The Old Anarchism and the New* », le sociologue et politologue David E. Apter voyait dans l'anarchisme, tout à la fois, un cri de rage et « un paratonnerre face à la colère mais aussi plus que cela », c'est-à-dire une incitation à la violence. C'est cet effet paradoxal d'attraction-répulsion qui rend l'anarchisme si intéressant à étudier :

> « L'anarchisme en tant que doctrine exerce une fascination particulière sur les érudits. Il repousse et attire à la fois. Il attire parce qu'il incarne la rage – la rage particulière qu'éprouvent les gens lorsqu'ils voient l'homme comme un obstacle à leur propre humanité. C'est l'expression ultime de la façon dont la condition humaine peut être scandaleuse. Mais c'est précisément parce que l'homme ne vit pas seulement de

rage, mais doit la maîtriser en découvrant des moyens immédiats de résoudre les problèmes ordinaires de la vie quotidienne, que l'anarchisme repousse. Cela semble, au mieux, un luxe romantique – un cri de douleur pour l'avenir, tout comme la nostalgie l'est pour le passé et, comme la nostalgie, cela ne peut manquer d'être attrayant. C'est peut-être pour cette raison que l'anarchisme n'est pas un simple reflet de la colère mais aussi une source contributive. C'est donc plus qu'un paratonnerre pour la colère qui existe. L'anarchisme est associé à la déraison et aux bombes, à la violence et à l'irresponsabilité. »

La violence n'est pourtant pas l'horizon de la culture libertaire qui se réinvente aux cours des années 1960 et 1970. Dans *L'Aplatissement du monde* (2022), Olivier Roy revient sur le moment marqué par l'articulation de la culture narcissique, de l'individualisme et de l'esprit libertaire soixante-huitard, analysé notamment par le très lucide Christopher Lasch (1932-1994) dans *La Culture du narcissisme* (1979). Plaçant l'individu désirant au centre du champ des passions politico-culturelles, l'idéologie du désir devient alors hégémonique, et fournit ses nouvelles orientations « philosophiques », disons plutôt philosophico-religieuses ou néognostiques centrées sur le plaisir ou la jouissance, aux utopies de la libération qui fleurissent d'abord aux États-Unis. Non seulement « la culture de l'individu désirant est devenue dominante », mais, « pour la génération des années 1950, et c'est ici la grande nouveauté par rapport aux Lumières, le désir remplace la raison comme fondement de l'autonomie et de la liberté, ce qui induit un tout autre projet d'émancipation. La jouissance est légitime en soi. » Roy note justement à ce propos qu'il y a là un « changement de paradigme culturel, voire de paradigme anthropologique ».

La culture libertaire, dans la France des années 1970, frappe par son austérité. José Bové, syndicaliste paysan, militant pacifiste et antimilitariste d'esprit libertaire, adepte de la « désobéissance civique », expression qu'il affectionne – voir José Bové et Gilles Luneau (2004) –, a fait irruption dans l'espace public au cours des dix années de luttes (1971-1981) pour défendre le plateau du Larzac, où l'État français projetait d'installer un camp militaire. Ce disciple de Jacques Ellul doublé d'un lecteur de Thoreau, de Bakounine et de Gandhi fut le porte-parole de la Confédération paysanne (qu'il avait cofondée, en avril 1987) avant de devenir une des figures de proue de l'altermondialisme et un prophète médiatique annonçant qu'« un autre monde est possible » car « le monde n'est pas une marchandise ». Sa critique du productivisme le conduit à la vision du monde résumée par le slogan « Penser global, agir local ». L'éleveur de brebis acquiert une notoriété mondiale en démontant le 12 août 1999, à Millau (Aveyron), un restaurant McDonald's pour exprimer son rejet de la « malbouffe » à l'américaine et sa colère devant la surtaxe du roquefort imposée par les États-Unis (« Roquefort d'abord, McDo *go home* »). Convaincu que les organisations politiques sont impuissantes à transformer la société, Bové en déduit que « le problème principal est la construction d'un contre-pouvoir, libéré de la question de l'État » (*Politis*, 24 février 2000). En juin 2003, il est condamné à dix mois de prison ferme pour ses actions anti-OGM, mais il bénéficie du décret d'amnistie du 14 juillet. Son nom reste attaché aux campagnes contre les OGM.

« Face à une dictature ou à des lois injustes ou discriminatoires (racistes, sexistes, etc.), nul ne peut mettre en question le principe de la désobéissance civile. Le problème à la fois juridique, politique et philosophique est, dans une démocratie constitutionnelle, celui du passage du droit moral de résister à l'oppression (reconnu par la Déclaration des droits de l'homme et du citoyen de 1789, article 2) à la reconnaissance du droit à la désobéissance civile, dont la conséquence serait de légitimer des actes délictueux. Le problème devient particulièrement aigu lorsque des groupes contestataires prônant l'action directe exigent que la désobéissance civile soit comprise et reconnue comme un droit et une liberté dans une démocratie pluraliste fonctionnant selon les règles d'un État de droit. Le risque est ici de justifier un processus d'autodestruction de la démocratie, comme l'a suggéré le sociologue Albert Ogien dans son article « La désobéissance civile peut-elle être un droit ? » (2015) :

"En démocratie, la validité de la désobéissance civile comme forme d'action politique reste contestée. C'est que l'on ne voit pas bien pourquoi l'expression d'un désaccord devrait prendre les allures d'un refus de se plier à la règle commune dans un régime où les libertés individuelles (de vote, d'opinion, de manifestation, de grève, de conscience et d'association, d'orientation sexuelle) sont garanties ; où des mécanismes de 'dialogue social' ont été institués (dans le travail parlementaire, le paritarisme ou les négociations collectives) ; et où la défense des droits fondamentaux est une réalité juridique. De plus, un tel refus est un comportement qui contient une menace pour la démocratie, au sens où il remet en cause son principe même, à savoir le fait que la minorité s'engage à accepter les décisions prises par une majorité." »

« Anarchistes de droite » : une catégorie problématique ?

Le cercle des anarchistes présumés est bien sûr beaucoup plus large que celui des anarchistes encartés, le plus souvent situés à gauche ou à l'extrême gauche. Prenons l'exemple du romancier célèbre qu'était Georges Simenon (1903-1989), « romancier de génie » selon Gide (1939). Simenon confiait à Francis Lacassin (*in* Francis Lacassin, *Conversations avec Simenon*, 2002) : « Je ne sais pas ce que je serais devenu si j'étais né dans une H.L.M. des environs de Paris. Mais je serais certainement devenu, non pas l'anarchiste… comment dirai-je, cérébral que je suis, non pas anarchiste d'instinct, mais anarchiste lanceur de bombes et peut-être un tueur. » À Henri-Charles Tauxe (*Georges Simenon. De l'humain au vide*, 1983) lui demandant quel est selon lui « "l'honnête homme" du XXe siècle », Simenon fait cette réponse : « C'est l'anarchiste ! Je me considère comme un anarchiste non violent, car l'anarchie n'est pas nécessairement violente, celui qui s'en réclame étant un homme qui refuse tout ce qu'on veut lui faire entrer de force dans la tête. » Simenon, qui disait avoir fréquenté des anarchistes dès l'âge de seize ans, était-il ce qu'on appelle un « anarchiste de droite » ? Il faut reconnaître que la catégorie est aussi floue qu'attrape-tout, et que son principal usage est polémique, en ce qu'il permet d'étiqueter ceux qui, se disant « anarchistes », se sont illustrés par leurs critiques virulentes de « la gauche » ou des gauches, ou encore par leur rejet de l'égalitarisme ou du progressisme.

Pour la gauche bien-pensante, traiter un individu d'« anarchiste de droite », c'est l'insulter, le désigner comme un personnage inquiétant, dangereux, infréquentable. On y range donc les supposés « anarchistes » qui restent quand on en a fini avec les anarcho-syndicalistes, les communistes ou les socialistes libertaires, et plus généralement tous les anarchistes se réclamant de la tradition révolutionnaire non jacobine. Simenon rejoindrait donc, dans la catégorie « anarchisme de droite », des personnages aussi divers que Jean Anouilh, Philippe Ariès, Michel Audiard, Claude Autant-Lara, Marcel Aymé, Georges Bernanos, Léon Bloy, Alphonse Boudard, Louis-Ferdinand Céline, Pierre Desproges, Pierre Gripari, Pascal Jardin, Jacques Laurent, Léo Malet, Félicien Marceau, Jean-Pierre Melville, Philippe Muray, Roger Nimier ou Albert Paraz, liste à laquelle certains ajoutent Brigitte Bardot, Georges Brassens, Jacques Dutronc, Michel Sardou ou Jean Yanne – voir : Pascal Ory, *L'Anarchisme de droite* (1985) ; François Richard (1988 et 1997) ; « Les Anars de droite », dossier paru dans *Valeurs actuelles*, hors-série n° 40, 2024. On se trouve donc devant des bouquets d'auteurs qui appartiennent à l'histoire de la littérature française et plus largement à celle des productions culturelles hexagonales, élitaires ou

« grand public ». Ce sont tous des inclassables sur le plan politique mais qui sont néanmoins classés à droite parce qu'ils ne sont pas connus pour être engagés à gauche ou parce qu'ils ont osé critiquer la gauche. L'argument est simple : s'ils ne sont pas de gauche, c'est qu'ils sont de droite. Les listes d'« anars de droite » sont donc inévitablement hétéroclites.

Dans sa biographie de Simenon (1992), Pierre Assouline se montrait dubitatif : « En dépit de ses tardives professions de foi "anarchistes", Simenon a été, est et restera viscéralement un homme de droite [...] d'une mentalité antiparlementaire, anticapitaliste et antilibérale. » Mais pourquoi mettre en doute l'auto-identification du romancier comme « anarchiste » parce qu'il serait un « homme de droite » ? Il y a bien des anarchistes qui se situent ou qu'on situe à droite et à gauche, à l'extrême gauche et à l'extrême droite.

Mais il faut ici rappeler l'essentiel pour notre propos : être anarchiste présuppose, outre un rejet plus ou moins radical de l'État, un refus de principe du clivage droite-gauche, qui n'a de sens que pour ceux qui acceptent le cadre de la démocratie parlementaire. Les « anarchistes de droite » sont les anarchistes qu'on ne peut vraiment pas classer à gauche, notamment en raison de leur pessimisme, de leur cynisme, de leur capacité de mépris, de leur antiégalitarisme, ou encore de leur nihilisme esthétisé, dont le dandysme est une des manifestations. Ce sont des anarchistes de tempérament, pas de doctrine. Mais il est vrai aussi que lesdits « anarchistes de droite », bien ou mal nommés, ne forment pas des groupes militants, ni des courants idéologiques, encore moins des mouvements politiques. Ils sont avant tout des individus qui se caractérisent, à leurs yeux et à ceux d'autrui, comme dotés d'un tempérament anarchiste. Ils se situent dans la filiation d'un Stirner, et non dans celle d'un Bakounine. Leur individualisme antiétatique devrait permettre de les regrouper sous l'étiquette « ni droite ni gauche », catégorisation équivoque et instable grosse de tous les extrémismes.

Si ces anarchistes hyper-individualistes et non organisés sont dits « de droite », c'est parce qu'ils sont des critiques virulents, voire des ennemis déclarés de « la gauche » ou des gauches organisées en partis ou en mouvements. Ils ne sont pas pour autant disposés à s'engager dans les luttes politiques, encore moins à s'inscrire dans un parti politique, éteignoir de la liberté de l'esprit. Ils s'en tiennent à la provocation et donnent volontiers dans le discours pamphlétaire – comme l'a montré Marc Angenot dans ses travaux sur la question (1982). La droite parlementaire ne les attire pas, elle suscite plutôt leur ironie ou leurs sarcasmes. Ils ne croient pas au salut par la politique, qui forme le noyau dur de la religion des modernes. Ils ne sont pas des militants, contrairement aux anarchistes organisés en groupes révolutionnaires. Ils ont même horreur du militantisme, forme d'embrigadement insupportable à leurs yeux. Ils ne croient pas non plus à la discussion comme méthode démocratique de résolution des conflits politiques. Ils sont trop misanthropes pour adhérer aux idéaux démocratiques ou croire aux promesses de bonheur prodiguées par les professionnels de l'optimisme libéral. Aussi peut-on les dire « antipolitiques ».

Quant à ceux qui récusent l'idéologie du progrès et croient à la décadence de la France, de l'Europe ou de l'Occident, ils rejoignent les antimodernes les plus radicaux, qui sont les traditionalistes, les vrais « réactionnaires ». Mais, contrairement à ces derniers, ils n'aspirent pas à un retour en arrière, qu'ils croient impossible. L'espérance est à leurs yeux une faiblesse et une source d'illusions. C'est pourquoi ces désillusionnés, emportés par leur hyper-lucidité, se transforment si facilement en nihilistes. Comme le disait Cioran avec son humour singulier : « Soyons confiants, misons sur la catastrophe. » Ils donnent aussi volontiers dans la raillerie marquée de mépris, que mérite à leurs yeux le misérable ordre établi. La conclusion de Jean Yanne, dans sa comédie satirique *Moi y en a vouloir des sous* (1973), illustre l'installation dans la dérision : « Le monde est fait d'imbéciles qui se battent contre des demeurés pour conserver une société absurde. » Il y a là du Bernanos, du Céline et du Camus. Dans la presse de gauche ou dans les études d'universitaires engagés à gauche, friandes d'amalgames polémiques, ces écrivains ou ces comédiens anarcho-nihilistes sont souvent dénoncés comme des « réactionnaires » situés « à l'extrême droite » et supposés atteints de cette nouvelle maladie psychosociale qu'est la « panique morale ».

Mentionnons au passage une curiosité philosophico-littéraire, rencontrée sous la plume de Gilles Deleuze, philosophe dont certains anarchistes contemporains perçoivent les écrits comme une source d'inspiration (Daniel Colson, 2001). Dans un passage de *Mille plateaux* (1980), où ils se penchent sur le livre d'Antonin Artaud publié en 1934, *Héliogabale ou l'anarchiste couronné*, Gilles Deleuze et Félix Guattari esquissent une définition apparemment paradoxale de l'anarchie : « L'anarchie et l'unité sont une seule et même chose, non pas l'unité de l'Un, mais une plus étrange unité qui ne se dit que du multiple. » On abandonne volontiers aux fins exégètes deleuziens la lourde tâche d'expliciter cette proposition de style métaphysique, qui ressemble fort à un logogriphe.

Dans *La Psychanalyse du feu*, Gaston Bachelard note que « l'homme est une création du désir, non pas une création du besoin ». Selon qu'on affirme le primat du besoin ou celui du désir, on opte pour le socialisme ou le communisme marxiste, partageant le célèbre « à chacun selon ses besoins » prisé par les matérialistes en tout genre, ou bien pour l'anarchisme, du moins lorsque ses adeptes, ayant en tête telle ou telle version du « nouveau monde amoureux » imaginé par Charles Fourier, s'orientent vers l'hédonisme, un hédonisme esthétisé ou poétisé, plutôt que vers l'utilitarisme. En ce sens, l'anarchisme représente un humanisme moralement neutre centré sur l'homme du désir, celui qui imagine librement et se voue à la création. C'est pourquoi l'idée libertaire n'a cessé de séduire écrivains et artistes, sans jamais se confondre avec leurs engagements politiques codifiés (droite-gauche, conservateurs-révolutionnaires, etc.).

On connaît le mot d'esprit des dissidents de l'Est communiste : « Si on n'est pas communiste à vingt ans, c'est qu'on n'a pas de cœur. Si on l'est toujours à quarante ans, c'est qu'on n'a pas de tête. » Il est possible que la formule reste pertinente si l'on remplace le mot « communiste » par « anarchiste » – on retrouverait ainsi une variante de la formule de Georges Clemenceau citée en épigraphe dans le présent ouvrage. Mais il faut nuancer le propos, tant il y a de manières différentes d'être anarchiste. Qu'il ait vingt ou quarante ans, un anarchiste de tempérament ne perd ni son cœur ni sa tête. Il n'en va pas de même pour un anarchiste idéologisé, dont la trajectoire se résume souvent au passage d'une révolte romantique de jeunesse à un sectarisme de groupe militant enfermé dans ses slogans et ses rituels. Avoir l'esprit anarchiste ne se confond pas avec l'adhésion à une organisation militante se réclamant de l'anarchisme. Il est légitime de s'interroger sur la compatibilité entre une sensibilité libertaire et un engagement dans un quelconque mouvement sur des bases idéologiques dites « anarchistes ».

Il est difficile de ne pas reconnaître qu'« anarchisme de droite » ne constitue pas une catégorisation rigoureuse mais un étiquetage polémique destiné soit à séduire le public, soit à disqualifier les personnages ainsi catégorisés ou épinglés. Ces derniers ont en commun d'être des figures de rebelles, de révoltés, de non-conformistes, de provocateurs visibles à leur panache, animés par des passions comme le mépris ou la colère, voire la haine, visant les manières de vivre et l'idéologie censée être dominante (le « progressisme » et l'« égalitarisme ») dans la civilisation de masse moderne. Lesdits « anars de droite » détestent particulièrement les intellectuels, en lesquels ils voient des fabricants et des propagateurs d'idées qui se réduisent à des « nuages » ou à des « mirages », voire à des mensonges. L'intellectuel de gauche incarne à leurs yeux le type du charlatan.

Les auteurs identifiés comme « anars de droite » ne produisent pas des critiques froides et argumentées des sociétés modernes, mais des charges polémiques plus ou moins talentueuses contre ces dernières, recourant à la satire, à l'ironie, à l'humour, à la moquerie, à la dérision et plus généralement à l'écriture pamphlétaire. Ils illustrent, chacun à sa manière, ce qu'on a appelé la « littérature de combat ». Il faut lire à ce propos le beau livre de Marc Angenot, *La Parole pamphlétaire* (1982).

Disons qu'ils sont ce qu'on appelle aujourd'hui des individus « antisystème », que ce soit au nom du peuple (mais pas du prolétariat ou de la classe ouvrière), du bon sens ou du génie créateur. Ils sont nombreux à pouvoir être caractérisés paradoxalement comme des moralistes immoraux ou « immoralistes » à la nietzschéenne. Ils aiment souvent, en effet, citer telle ou telle pointe du wagnérien déçu qu'était Nietzsche, qui voyait de haut le triste état du monde et la médiocrité du « dernier homme ». Leur antiégalitarisme est leur boussole. Mais ils peuvent aussi prendre la posture du bretteur ou du « mousquetaire », car ils aiment les duels à l'épée rhétorique, par nostalgie des combats pour l'honneur.

Les problèmes de caractérisation et de catégorisation rencontrés à propos de la désignation « anars de droite » se rencontrent aussi à propos des « anarchistes chrétiens », dès lors qu'on prend au sérieux la définition anarchiste de la position anarchiste : « Ni Dieu ni maître. » Pourtant, il y a bien des chrétiens, tel Jacques Ellul, qui se sont reconnus comme anarchistes ou dans l'anarchisme.

Certaines désignations contradictoires, dès lors qu'elles passent dans le langage ordinaire ou dans une langue savante, fonctionnent comme si elles avaient un sens clair et une référence déterminée, et permettaient de construire des types idéaux. Il en va ainsi des désignations suivantes : « révolution conservatrice », « modernisme réactionnaire », « droite révolutionnaire », « gauche réactionnaire », « conservatisme de gauche », etc. On peut identifier certains anarchistes comme des « révolutionnaires conservateurs » ou des « révoltés traditionalistes » (qu'on pense au Proudhon du « Cercle Proudhon » des années 1911-1914), ce qui complique et brouille plus encore le tableau. Eu égard à certains de ses écrits, Georges Sorel, fortement marqué par la pensée de Proudhon, peut être considéré comme un anarcho-traditionaliste révolutionnaire.

L'histoire des idées politiques doit travailler sur et avec des notions qui ne sont pas claires mais remplissent la fonction d'étiquettes distinctives ou d'abréviations de longues descriptions. C'est leur commodité qui fait qu'on les utilise, en dépit des paradoxes et des ambiguïtés qu'elles comportent et colportent, se traduisant dans les débats idéologico-politiques par des dialogues de sourds et des malentendus, mais aussi par des instrumentalisations allant dans tous les sens.

C'est à partir d'un tel constat qu'on peut comprendre le malaise surgissant dans la définition du phénomène, caractérisable comme style de vie, de pensée et d'écriture plutôt que comme doctrine, système de pensée ou programme politique. Mais cette caractérisation s'applique tout autant à l'anarchisme en général. La dimension droitière de la posture des « anars de droite » s'avère, quant à elle, paradoxalement apolitique, voire impolitique ou antipolitique. Disons qu'elle exprime paradoxalement, le plus souvent, soit une indifférence à la question politique, soit une forte hostilité à tout ce qui est perçu comme « politique ». Dans l'anarcho-droitisme, il y a bien un geste de rejet, qui relève du jugement de goût et prend la forme passionnelle du mépris, du dégoût ou de la phobie. Mais l'objet de ce rejet n'est pas nécessairement l'État comme instance d'autorité ou source du pouvoir, et ce rejet ne s'accompagne pas d'un programme d'action en vue de prendre le pouvoir. C'est pourquoi les prétendus « anars de droite » ne se mobilisent pas, sauf exception, en s'engageant dans les formes de résistance au pouvoir en place. Ils interviennent le plus souvent dans l'espace culturel et médiatique comme des sceptiques souriants (Marcel Aymé, 1902-1967) ou ricanants (Céline, 1894-1961) qui donnent dans un pessimisme plus ou moins sombre, sans sombrer toutefois dans la dépression, marque de faiblesse.

Encore faut-il distinguer les intempestifs aristocratiques d'inspiration nietzschéenne, les « pères peinards » qui désirent seulement qu'on ne les « emmerde pas », ces petits-bourgeois égocentriques et bougons qui déclarent : « Foutez-moi la paix, laissez-moi dire et faire ce que je veux. » Le degré zéro de l'anarcho-droitisme ordinaire est ainsi atteint. Mais on l'observe tout autant dans les milieux de l'anarcho-gauchisme qui, cultivant pathologiquement le désir de « jouir sans entraves », basculent dans l'hyper-individualisme des « pépères » égoïstes et jouisseurs.

La posture anarcho-droitiste n'exprime pas une sous-idéologie ni une doctrine, mais un *ethos*, lequel est fortement individualisé, ou, plus précisément, stylisé. Mais on pourrait en dire autant de la posture anarchiste en général, qui est aussi un *ethos*. C'est par leur style de vie et de pensée que les « anars de droite » se reconnaissent. Ils ne se regroupent pas, en effet, dans des sectes militantes pour préparer le « Grand Soir », ils agissent en croisés solitaires ou font la fête en bandes de copains, déblatérant contre tout et tous. Leur « anarchie », ou celle qu'on leur prête, n'a rien à voir avec la vieille typologie des régimes politiques (monarchie ou règne d'un seul, aristocratie ou règne d'une minorité, démocratie ou règne de la majorité). Il ne s'agit pas pour eux de défendre ou de prôner un nouveau régime politique qui serait l'anarchie, définissable comme un ordre sans pouvoir d'État qui s'établirait au sein de petites communautés autogérées et fédérées. Ils abandonnent ces petites utopies communautaires doucereuses aux anarcho-gauchistes, qui, quant à eux, sont généralement des militants politiques à part entière. Les anarcho-droitistes se singularisent par leur tempérament, qui fait d'eux des réfractaires antimodernes. Mais ils ne forment pas une école de pensée ni une communauté militante. C'est tel ou tel trait de leur commune sensibilité et leur goût de l'excentricité ou de la provocation qui permettent de les reconnaître. Ils restent des dilettantes ou des amateurs, certes plus ou moins éclairés, qui se distinguent par leur dandysme des anarcho-gauchistes intervenant et se mobilisant « sur le terrain » avec le plus grand sérieux comme des militants professionnels. Si ces derniers risquent de sombrer dans l'esprit de sérieux, voire l'esprit de lourdeur, donc dans la bêtise, les anarcho-droitistes sont menacés en permanence de dériver vers la provocation pour la provocation ou de donner sans mesure dans le discours de l'insulte ou de l'injure, se transformant ainsi en professionnels de l'invective blessante, expression d'un mépris de classe et d'une méchanceté ritualisée.

Pascal Ory a choisi de sous-titrer son livre sur l'anarchisme de droite *Du mépris considéré comme une morale*, donnant ici encore dans le paradoxisme, qui surprend et pousse à penser. L'idée forte est qu'il y a une interprétation anarcho-droitiste de la formule pascalienne : « La vraie morale se moque de la morale. » À la morale de l'amour prêchée par le moralisme chrétien ou le vertuisme conventionnel centré sur l'altruisme ou le « respect de l'autre », l'anarcho-droitiste oppose sa surmorale du mépris, de facture élitaire ou aristocratique, directement opposée au néomoralisme égalitariste des modernes, partagé notamment par les révolutionnaires communistes et anarchistes. Sa morale se moque de la morale ordinaire, celle des gens ordinaires. Point d'empathie universelle ni d'altruisme sans frontières chez les « anars de droite ». Pas plus que de « lendemains qui chantent ». L'avenir ne les passionne point. Ils vivent émotionnellement dans le passé et le présent, sous « l'autorité de "l'éternel présent" » (Max Weber) et le scintillement de l'instant. Ils se distinguent souvent par leur goût de l'aventure, ou du voyage non organisé. Le tourisme de masse leur fait horreur. Leur cynisme affiché s'accommode d'une posture esthétique, la splendeur des paysages les ravissant non moins que la diversité des humains et des cultures. L'uniformité, voilà l'ennemi.

Mais ce « diversitarisme » n'est nullement un trait distinctif de l'anarcho-droitisme. Il faut rappeler ici le mot du fulminant Bakounine qui rejetait l'« unité disciplinaire » : « L'uniformité, c'est la mort, la diversité, c'est la vie. » Le dénonciateur de l'État comme l'« abstraction dévorante de la vie populaire » combattait tout autant l'abstraction indifférenciante et uniformisante de l'égalitarisme niveleur. Dans son *Catéchisme révolutionnaire*, l'anarchiste russe précisait sa vision de l'égalité, qu'on pourrait dire « différentialiste » ou « diversitaire » : « L'égalité n'implique pas le nivellement des différences individuelles, ni l'identité intellectuelle, morale et physique des individus. Cette diversité des capacités et des forces, ces différences de races, de nations, de sexes, d'âges et d'individus, loin d'être un mal social, constituent au contraire la richesse de l'humanité. » Il y a là une vision que pourraient partager nombre d'idéologues et de militants situés à droite, voire à l'extrême droite. Mais Bakounine ne professait pas pour autant, bien entendu, un culte des inégalités ou des hiérarchies. Et, dans son *Catéchisme révolutionnaire*, il rejetait l'idée conservatrice des bienfaits des héritages : « La justice autant que la dignité humaine exigent que chacun soit uniquement le fils de ses œuvres. »

L'anarchiste dit « de droite » devrait être décrit, quant à lui, comme un paradoxal anarchiste conservateur à visage provocateur, ce qui définit son style, exprimant une rébellion plutôt qu'un désir révolutionnaire. Il n'est « de droite » que pour autant qu'il veut préserver un héritage, menacé de destruction par le mouvement corrupteur et prédateur de la modernité. L'insolence, la raillerie ou la désinvolture provocatrice sont des postures empanachées qu'arborent, anars ou non, les ennemis du monde moderne, qu'ils fantasment comme une machine folle à robotiser, égaliser et bureaucratiser. D'où leur rejet méprisant ou phobique de la démocratie, règne de l'« homme-troupeau » ou de l'« homme-masse », incarnation d'une humanité enlisée dans une médiocrité telle que le goût et le sens de la liberté lui sont devenus étrangers. Être un « anar de droite », c'est cultiver l'art et le plaisir de provoquer et de déplaire, jusqu'à faire scandale et devenir infréquentable. Mais, selon les critères en cours dans le discours médiatique, la plupart des « anars de droite » sont en réalité des « anars d'extrême droite », voire des « fachos », ce qui permet de les disqualifier sans peine ou de les attaquer sans prise de risque.

On connaît la phrase par laquelle on résume la pensée attribuée à Ivan Karamazov par Dostoïevski dans son roman *Les Frères Karamazov* (1880) : « Si Dieu n'existe pas, alors tout est permis. » Pour définir l'illusion de la liberté absolue qu'on rencontre chez les plus illuminés de ces fanatiques de la liberté que sont les anarchistes, on peut reformuler le mot de Dostoïevski de la façon suivante : si Dieu est mort et que les maîtres ont été jetés dans les « poubelles de l'Histoire », alors tout est permis. L'anarchiste radical s'imagine être devenu un homme-dieu. Remaniée, la formule dostoïevskienne censée définir le nihilisme des modernes athées permet d'identifier ceux qui prétendent incarner une surhumanité. Comme souvent dans l'histoire, Prométhée le rebelle renaît de ses cendres sous d'imprévisibles figures.

La dimension esthétique du choix anarcho-droitiste constitue l'un des principaux traits distinctifs de celui-ci. La posture du mépris ne joue pas seulement le rôle d'une surmorale qui se moque de la morale « du troupeau ». Elle indique un souci esthétique. Ce qui distingue l'« anar de droite », c'est le choix en faveur du Beau, qui suspend l'intérêt pour le Vrai, le Juste, le Bien. Le culte du Beau et du Sublime occupe l'espace tout entier des valeurs positives. Le méprisable est avant le laid. La laideur, dans toutes ses figures, est l'antivaleur par excellence. Il ne s'agit pas pour l'« anar de droite » de changer le genre humain ou d'améliorer le monde, abandonnés à leur triste destin. Il se contente d'incarner le type de l'individualiste hédoniste soucieux du grand style, jouissant de transgresser, de provoquer et de choquer avec raffinement, sans cacher son mépris. Il s'agit là d'une jouissance esthétique. Par contraste, on comprend mieux en quoi l'anarcho-gauchisme se caractérise par sa forte dimension morale ou politico-morale, au point de pouvoir être défini comme un moralisme révolutionnaire, dont le projet est de « changer la vie » et de « transformer le monde », comme l'espéraient les surréalistes, qui oscillaient entre la pensée libertaire (poétisée à leur manière) et la pensée marxiste (à la mode trotskiste).

Si les « anars de gauche », porteurs de messages annonçant un avenir meilleur, sont des progressistes désireux de rééduquer le genre humain, les « anars de droite » s'affirment en tant qu'individus souverains sans délivrer le moindre message d'espoir et se réjouissent de porter un regard méprisant ou dégoûté sur l'état du monde, qu'ils jugent irrémédiablement en déclin ou en décadence. Ils ne croient pas aux méthodes de salut. Ce sont des réfractaires par tempérament. Ils résistent à l'esprit du temps, en ennemis déclarés du grégarisme ambiant. Ils sont sortis du « temps des prophètes » (Paul Bénichou, 1978), ce temps où la littérature était promue au rang de pouvoir spirituel, où elle offrait des utopies futuristes et des doctrines messianiques comportant des promesses d'émancipation totale, de « paix perpétuelle » et de bonheur universel susceptibles de justifier et d'alimenter l'espérance des peuples. Les « anars de droite » ne croient plus à ces promesses, ils les dénoncent avec une virulence stylisée comme des illusions ou des impostures. On peut les voir comme des « défroqués » de l'anarchisme doctrinaire, religion politique ou séculière parmi d'autres.

S'il est vrai que la notion d'« anarchisme de droite » est un fourre-tout qui joue le rôle d'une Samaritaine conceptuelle en ce qu'on y « trouve de tout », il faut lui reconnaître le mérite d'attirer l'attention sur une pléiade bariolée de personnages inspirés en lutte contre leur époque et leurs contemporains, sans prétendre ni même espérer les améliorer, ou les convaincre de nuancer leurs positions. Cette notion polémique, aussi problématique soit-elle, rappelle l'existence de ces inclassables de la vie intellectuelle et culturelle en France depuis le milieu du XIXe siècle, inclassables qui prennent souvent la figure de marginaux ou de réprouvés, à la fois inquiétants et séduisants. C'est pourquoi elle conserve une certaine utilité, à condition de ne pas la prendre naïvement pour un concept opératoire, un idéal-type ou un modèle d'intelligibilité. Il n'y a pas de profil type de l'« anar de droite ». Les anarcho-droitistes ne peuvent former une école de pensée, un mouvement littéraire ou un parti politique. Chacun d'eux affirme et cultive sa singularité.

Étant vaguement descriptive ou indicative, la notion d'« anarchisme de droite » doit donc être redéfinie dans tous ses contextes d'emploi, où elle se réfère à une œuvre, un auteur ou un personnage, saisis dans leurs singularités respectives. Mais l'anarchisme, avant de se présenter d'une façon académique comme une vision ou une orientation politique, dite « de droite » ou « de gauche », ne se distingue-t-il pas par le sens aigu des singularités dont font preuve ceux qui s'en réclament ?

Céline anarchiste ?

On connaît le cliché : Céline serait un « anarchiste de droite ». Mais l'écrivain qui se disait « homme à style et non à idées » a aussi été qualifié d'« anarchiste de gauche ». Céline s'est parfois lui-même présenté comme « anarchiste », tout en avançant certaines réserves sur le comportement des anarchistes. Faut-il prendre au sérieux cet étiquetage ? Si oui, on doit bien constater que cet « anarchiste » n'a cessé d'osciller entre des postures reconnues comme de droite ou de gauche, sans jamais les assumer pleinement. Il s'est installé dans l'ambiguïté et a joué la carte de l'ambivalence, non sans faire preuve d'un goût immodéré de la provocation et prendre la posture du non-conformiste inclassable. Ne faut-il pas dès lors renoncer à situer Céline dans le champ politique structuré par le clivage entre droite et gauche ? Mais le « ni droite ni gauche » peut conduire aussi bien à l'anarchisme qu'au fascisme. L'itinéraire de Céline semble en avoir donné une illustration.

En juillet 1916, dans une lettre envoyée d'Afrique à Simone Saintu, son amie d'enfance, le jeune Louis Destouches lui fait cette confidence : « J'ai une horreur prénatale pour la contrainte. » On pouvait en inférer qu'il était d'humeur libertaire. C'est ce que semble confirmer sa lettre du 7 juillet 1916, où il confie à sa « chère Simone », sans montrer une grande maîtrise de la ponctuation ni de l'orthographe, comme on peut le constater : « La grande liberté est une chose bien grisante. Quoiqu'elle malmène souvent durement ses amants Mais c'est pour moi, la maîtresse la plus chère, et l'unique. » Dans sa fameuse lettre à Élie Faure (neveu d'Élisée Reclus) datée du 18 mars 1934, l'écrivain déjà célèbre Louis-Ferdinand Céline – en tant qu'auteur du *Voyage au bout de la nuit* (1932) – confiait à celui qu'il qualifiait de « bien cher ami » et qui le pressait de le rejoindre à gauche après les émeutes du 6 février 1934 : « Je me refuse absolument, tout à fait, à me ranger ici ou là. Je suis anarchiste, jusqu'aux poils. Je l'ai toujours été, je ne serai jamais rien d'autre. Tous m'ont vomi, depuis les [*Izvestia*] jusqu'aux nazis officiels. » C'est ainsi que Céline s'efforçait de justifier son refus de rejoindre l'Association des écrivains et des artistes révolutionnaires, d'orientation communiste. Et d'ajouter : « Mon bon ami, je ne trahis personne, je ne demande rien à personne. On me fusillera peut-être [...] » C'était suggérer que le révolté authentique prenait courageusement le risque de devenir une victime innocente d'un système social et politique aussi exécrable que conformiste. Mais l'écrivain ne s'en tient pas là et, donnant dans la philosophie à sa manière, résume sa vision pessimiste du genre humain : « Je proclame haut, émotivement et fort toute notre dégueulasserie commune, de droite et de gauche *d'Homme*. » Être « anarchiste », pour Céline, c'est avant tout, et peut-être simplement, refuser tout embrigadement. Et ce, par dégoût irrémédiable pour « l'Homme ».

Revenant sur la question dans sa lettre du 14 [avril ? (mois illisible ou précision manquante)] 1934 au même Élie Faure, Céline s'oppose avec virulence aux écrivains embrigadés et ose poser en modèle de l'écrivain libre, affirmant : « Je suis anarchiste depuis toujours, je n'ai jamais voté, je ne voterai jamais pour rien ni pour personne. Je ne crois pas aux hommes. » Or, ajoute-t-il, « tout est permis sauf de *douter de l'Homme* ». C'est là une manière de se déclarer politiquement inclassable, en insistant sur sa posture « ni droite ni gauche », ou plus précisément « ni extrême droite ni extrême gauche ». Il se voulait étranger à tous les mondes politiques bien-pensants, et se donnait l'allure d'un ennemi de la bien-pensance de droite comme de gauche. Singulier « anarchiste » que cet homme qui méprise les hommes et se méfie d'eux, comme il le déclare en 1936 dans *Mea culpa* : « L'Homme est la pire des engeances ! [...] L'Homme il est humain à peu près autant que la poule vole. » Dans *Voyage au bout de la nuit*, on trouvait un clair résumé de sa vision pessimiste du genre humain : « C'est des hommes et d'eux seuls qu'il faut avoir peur, toujours. » Il ne reviendra jamais sur cet aveu public de son anthropophobie. C'est pourquoi son premier roman a été souvent lu comme un pamphlet contre une humanité fondamentalement corrompue, parce que soumise au pouvoir de l'argent. En témoigne par exemple, en 1933, l'article consacré à *Voyage* dans *La Revue anarchiste* : « Un pamphlet contre l'argent, qui tient les fils de toutes les marionnettes, de la putain au général, du curé à la tapette, les leviers de toutes les formes d'oppression, de la caserne à la maison de fous, de l'hôpital à la prison : voilà le fond du livre. »

Pour le misanthrope Céline, les malheurs des humains ne proviennent ni de l'ordre social, ni de l'État : « L'homme n'a jamais eu, en l'air et sur terre, qu'un seul tyran : lui-même ! » Comment dès lors croire qu'en supprimant l'État les humains seraient libres et heureux ? Le 24 mars 1938, Céline n'en écrit pas moins à son ami le docteur Auguste Bécart, lui annonçant son intention de se retirer de l'académie Duchesne dans laquelle ce dernier l'avait introduit : « Il me serait bien agréable de vous délivrer d'un si piètre associé ! De toi à moi on ne me reverra jamais aux repas et séances. Tout ceci, je t'avais bien prévenu est incompatible, irréductible à mon anarchisme fondamental. » Comme l'a noté Annick Duraffour en 2017 dans *Céline, la race, le Juif* (ouvrage que j'ai cosigné), Céline emploie le terme d'« anarchisme » au sens psychologique, comme équivalent d'« individualisme », pour expliquer à un ami son refus de le suivre dans un « collectif », qu'il soit médical ou politique. À la fin de sa vie, dans *Nord* (1960), l'écrivain réaffirme sa déclaration d'identité pseudo-politique : « Anarchiste suis, été, demeure, et me fous bien des opinions !... »

La question est de savoir s'il faut prendre à la lettre ces déclarations tonitruantes de l'écrivain, qui aimait poser à l'inconformiste et au « poète maudit », sur le modèle d'un François Villon. On a bien des raisons de se montrer sceptique sur son « anarchisme », qui ressemble fort à une posture esthétisante ou à une « couverture ». On hésite entre l'hypothèse d'une stratégie de voilement de ses véritables opinions politiques et celui d'une forme de dandysme littéraire exaltant la liberté totale de l'écrivain, son indépendance farouche qui serait attestée par son refus de tout engagement. Or, comme on le sait, Céline s'est bien engagé dans un camp politique à partir de *Bagatelles pour un massacre*, fin 1937. L'année suivante, dans *L'École des cadavres*, il ne cache pas son admiration pour le Führer : « Hitler est un bon éleveur de peuples, il est du côté de la Vie, il est soucieux de la vie des peuples, et même de la nôtre. C'est un Aryen. » Il est assurément plus que difficile de soutenir que de tels propos flagorneurs sont ceux d'un anarchiste.

À prendre au sérieux les arguments avancés par Céline pour se présenter comme un « anarchiste », on serait conduit à conclure qu'à ses yeux est « anarchiste » un individu dénué d'opinions politiques et refusant de s'engager dans un camp ou un parti politique ainsi que de voter aux élections. Un individu qu'on peut donc dire « apolitique » sans être « révolutionnaire » pour autant, car l'espérance révolutionnaire se réduit à espérer « que la merde va se mettre à sentir bon » (lettre du 18 mars 1934 à Élie Faure). Il écrit à Pierre Boujut en 1936 : « Il ne faut pas, voyez-vous s'occuper de l'homme. Il n'est rien. »

Depuis *Voyage au bout de la nuit*, qui lui valut une réputation fallacieuse d'antimilitariste, voire de pacifiste, Céline a construit, diffusé et exploité son personnage d'insoumis, de révolté, de rebelle, idéalisant et masquant à la fois, par son autoprésentation comme « anarchiste », son comportement banal de petit-bourgeois individualiste et égocentrique en quête de reconnaissance par le milieu littéraire. Dans son bref article sur *Voyage au bout de la nuit* paru le 9 décembre 1932 dans *L'Humanité*, l'intellectuel communiste Paul Nizan (1905-1940) a pointé l'ambiguïté de l'écrivain révolté refusant de s'encarter et de prendre le parti de la révolution prolétarienne : « Céline n'est pas parmi nous : impossible d'accepter sa profonde anarchie, son mépris, sa répulsion générale qui n'exceptent point le prolétariat. Cette révolte pure peut le mener n'importe où : parmi nous, contre nous ou nulle part. Il lui manque la révolution. [...] Nous verrons où ira cet homme qui n'est dupe de rien. » Mais sa « profonde anarchie » n'a nullement fait de Céline un véritable anarchiste, aspirant à un « ordre sans État ». Sa « révolte haineuse » l'a conduit au contraire, dès la fin de 1937 – avec la publication de *Bagatelles pour un massacre* –, à se rallier au totalitarisme nazi, puis à sombrer dans la collaboration. Un anarchiste peut prendre de multiples visages, sauf celui d'un adorateur de l'État, d'un statolâtre.

Dans sa lettre à son ami Albert Paraz (1899-1957) datée du 14 novembre 1949, Céline glisse en conclusion : « Vive l'Anarchie nom de Dieu. Pour être sûr d'être un bon anarchiste il faut avoir tenu bon en tôle – impeccablement – Qu'on a une boussole personnelle, *indéréglable*. » Le lendemain, s'adressant encore à son « cher Vieux », il revient sur la question, en émettant certaines réserves, assorties de remarques allusives : « J'aime bien les anarchistes mais cette idolâtrie des *grandes figures* est niaise. C'est de l'impuissance mentale. Ils remarquent ceux qui ont souffert pour la cause deux siècles *trop tard* et encore *tout de travers* ! ou pas souffert du tout ! On est dans la connerie. On n'en sort pas. » Il faut rappeler ici qu'Albert Paraz fut un polémiste réputé anarchiste qui préfaça en 1950 *Le Mensonge d'Ulysse* du protonégationniste Paul Rassinier (1906-1967), alors proche des libertaires pacifistes et lui-même admirateur déclaré de Céline. Lancée par ce dernier dans sa lettre à Paraz, l'exclamation « Vive l'Anarchie nom de Dieu » n'aura été qu'une posture qui, visant à marquer une connivence avec un allié idéologique, n'a été accompagnée d'aucun engagement militant, ni d'aucune réflexion consistante sur ce qu'est l'anarchisme.

En janvier 1950, l'hebdomadaire *Le Libertaire*, sous-titré « Organe de la Fédération anarchiste » – animé alors par André Prudhommeaux (1902-1968) –, demande à ses lecteurs ce qu'ils pensent du procès intenté à Céline. Publiées entre le 13 et le 27 janvier 1950 sur trois numéros du *Libertaire*, les réponses à l'enquête « Que pensez-vous du procès Céline ? », lancée par l'anarchiste et poète lettriste Maurice Lemaître, admirateur de Céline, témoignent de la grande diversité des réactions d'écrivains, de journalistes ou de peintres plus ou moins célèbres de l'époque. On y trouve notamment des textes signés André Breton, Jean Dubuffet, Louis Pauwels, Marcel Aymé, Jean Dubuffet, Gaëtan Picon, Albert Camus, René Barjavel, Albert Paraz, Paul Rassinier, Benjamin Péret, Albert Béguin ou Jean Paulhan. Ce dernier, écrivain, critique littéraire et éditeur très respecté, conclut ainsi sa réponse, publiée le 13 janvier 1950 : « Si l'anarchisme est un crime, qu'on le fusille. Sinon, qu'on lui foute une fois pour toutes la paix. » Dans sa livraison du 20 janvier 1950, *Le Libertaire* ne manque pas de reproduire, dans un encadré placé à la une, la lettre que Céline, informé de l'enquête réalisée par la publication anarchiste, vient d'adresser à Maurice Lemaître :

> « Cher Ami,
>
> Voilà qui fait du bien dans l'état crevant où je me trouve ! et la meute au cul nom de Dieu ! Quel hallali ! Dix ans qu'on me traque. Pante, voué à toutes les routes du monde ! Quelle vie ! de cachots en huttes glacées !
>
> Ah, "Hors la loi", cher Libertaire, c'est moche ! Surtout vioque – cinquième fois grand-père, vous imaginez !
>
> Ils vont quand même me passer bientôt au pal, j'imagine. – Je suis promis à la foule – animal d'Arène – la foule, la plus grande hypocrite du monde.
>
> Je voudrais me traîner là-bas pour voir, si je peux... mais je suis à bout... à plus tenir debout... même pour la curée faut encore une bête à peu près sur pattes ! Je voudrais pourtant les voir en face...
>
> Votre bien amical,
>
> L.-F. Céline. »

Le 27 janvier 1950, l'enquête du *Libertaire* se clôt notamment sur une ferme mise au point signée par cinq militants du groupe anarchiste Sacco-Vanzetti, qui s'indignent de l'importance accordée à la « défense de L.-F. Céline » et énumèrent les cinq « raisons » de leur « indignation ». La quatrième est la suivante :

> « En admettant même que Céline ait "la meute au cul", cette meute ne nous paraît pas comparable à celle

qui s'acharne contre les persécutés sociaux d'Espagne, de Bulgarie, de Bolivie, de Grèce, d'Europe orientale, des Indes, du Vietnam ou, sans aller si loin, d'Afrique du Nord et de France (voir mineurs, déserteurs, etc.), ce sont ceux-là, ces lampistes, ces révolutionnaires, ces inconnus sans panache, qu'il est dans la tradition du *Libertaire* de défendre et non ceux qui ont le mépris de la masse, ceux qui sont bien assez grands pour se tirer des mauvais draps dans lesquels ils se mettent. »

En 1949, Paul Rassinier avait publié son premier livre, *Passage de la ligne*, témoignage qui se voulait objectif sur les camps nazis de Dora et de Buchenwald, où il avait été déporté du 29 janvier 1944 au printemps 1945. En décembre 1949, il avait publié son premier article dans *Défense de l'homme*, revue pacifiste libertaire animée par Louis Lecoin. Il était donc perçu comme un camarade de combat par une partie de la Fédération anarchiste. De 1950 à 1961, Rassinier fut une des figures du mouvement libertaire français. La réponse de l'ancien déporté, publiée le 13 janvier 1950 par *Le Libertaire*, montre que celui qui est alors présenté comme « ex-concentrationnaire » épouse sans réserve la cause de Céline, en faisant écho à l'autoprésentation victimaire de l'écrivain :

« Je suis mal placé pour en parler étant donné que je suis *à fond*, à 150 % pour lui. D'une manière générale, je déteste le procès politique qui ne signifie rien : on condamne des hommes comme traîtres à la Patrie et on les hisse sur un piédestal parce qu'ils trahissent l'humanité... Ces choses me dépassent. Mon opinion est : 1° Que le procès que l'on fait à Céline est une saloperie. 2° Que le sort qui lui est fait est inhumain. 3° Que les deux choses servent des intérêts de classe, notamment les gens qui le frustrent de ses droits d'auteur et l'État français qui lui a supprimé sa pension après avoir confisqué ses livres. 4° Que c'est le procès des bénéficiaires de l'opération qu'il faut faire. »

Céline voit aussitôt le parti qu'il peut tirer de ce mouvement de soutien conduit par un Lemaître dont il connaît la judéité, comme en témoigne cette lettre à Paraz du 15 janvier 1950 : « Tu as raison ce *Libertaire* est léonin ! Il ne me défend pas à bout de pincette ! Eh foutre je ne vais pas défriser de si vaillants partisans ! [...] Non mais orchestreles [*sic*] ! et si tu peux constituer ce groupe de *juifs amis* ! ah vas-y ! ne gratte pas ! » Céline répond ici à une lettre de Paraz dans laquelle celui-ci lui faisait cette suggestion : « Il faudrait absolument orchestrer ta défense. [...] Fonder, rapidement, une société des "Israélites amis de Céline", qui iraient dire au procès leur indignation. » Céline met en scène son auto-victimisation, qui devient dans sa correspondance un thème obsessionnel : « Je suis le patriote persécuté pacifiste », écrit-il dans sa lettre à Paraz datée du 23 février 1950.

La bande-annonce du deuxième livre de l'ex-déporté devenu témoin et anarchiste-pacifiste, *Le Mensonge d'Ulysse*, paru en octobre 1950 avec une préface de Paraz, comportait une citation de l'écrivain-prophète, auquel son admirateur Rassinier avait envoyé un exemplaire dédicacé : « "Les légendes qui basculent". Louis-Ferdinand Céline. » Quant à la dédicace de Rassinier sur un exemplaire hors commerce et numéroté de son livre, elle était dénuée d'ambiguïté : « À Louis-Ferdinand Céline. Le portrait de ses juges. Ceux-ci ont chié dans les draps pardessus le marché ! En témoignage d'admiration, et de solidarité. Le 13 octobre 1950. » Comment ne pas s'interroger sur la signification d'un tel hommage ? Le 9 octobre 1950, alerté probablement par Paraz, Céline avait passé une commande : « Veux-tu me faire envoyer quatre mensonges d'Ulysse ? Ça me semble un ouvrage splendide et digne des meilleurs salons. »

Le principal problème est de savoir ce qu'on entend par « anarchisme » lorsqu'on emploie le terme pour caractériser le personnage Céline, sa position politique (aussi variable qu'indéterminée), sa manière de penser ou son comportement. Céline était-il un « ennemi de l'autorité » ? Refusait-il par principe tout ordre fondé sur un pouvoir d'État ? Il est difficile de répondre sans tenir compte des variations de ses déclarations, liées à des contextes ou des moments différents, et habituellement orientées par l'image qu'il désirait donner de lui à ses interlocuteurs ou à son public. Ceux qui privilégient ses publications et sa correspondance entre 1937 et 1944, période où son engagement pronazi est clair, mettent l'accent sur le goût de l'ordre et de l'autorité exprimé par l'écrivain engagé dès 1940 dans les milieux collaborationnistes. Et l'ordre dont il rêve est un ordre raciste et antijuif, comme il le précise en 1941 dans *Les Beaux Draps*. Son idéal politique est alors celui d'un ordre totalitaire – « les juifs exclus bien entendu » –, couronné par un « papa dictateur » : « Une seule famille, un seul papa, dictateur et respecté. » Un ordre social imaginé comme une famille unie par « la race » et dans laquelle « c'est tous pour un et un pour tous ». Le pamphlétaire raciste se dit partisan de l'égalité, mais seulement au sein de la famille-race. Dans sa lettre de mars 1942 à Jacques Doriot (1898-1945), Céline prêche pour la création d'un parti unique dont il propose le nom : « *L'Aryen Socialiste Français*, avec Commissaires du Peuple, très délicats sur la doctrine, idoines et armés. » Le soi-disant « anarchiste » et « antimilitariste » dévoile ici ses penchants pour le contrôle totalitaire et la force armée.

Autre zone d'ambiguïté et d'incertitude : identifier Céline en tant qu'anarchiste peut relever du blâme ou de l'éloge, ce traitement n'ayant pas le même sens pour les acteurs de droite et de gauche. Le stigmatiser comme anarchiste peut signifier, par exemple, qu'on le juge égocentrique et irresponsable, ou perpétuel « râleur », « rouspéteur », voire imprécateur. D'où son image d'un insatisfait méprisant et d'humeur colérique. Le célébrer en tant qu'anarchiste peut signifier au contraire qu'on l'admire comme un esprit rebelle ou révolté particulièrement lucide et courageux, par exemple pour son « antimilitarisme » ou son « pacifisme » supposés, expressions de son individualisme contestataire ou de son non-conformisme plutôt que d'un « humanisme » qu'il méprise. Car il a souvent exprimé avec véhémence son pessimisme anthropologique et historique radical, non sans ironiser sur la thèse rousseauiste de la bonté naturelle et originelle de l'homme, thèse présupposée par la plupart des théoriciens de l'anarchisme, adeptes d'une vision optimiste du genre humain et de l'Histoire universelle. « Les hommes, je les emmerde tous, ce qu'ils disent n'a aucun sens », écrit-il à Élie Faure le 2 mars 1935. Le dire « anarchiste de droite » suppose qu'un individu puisse croire à la fois ou en même temps à la bonté et à la méchanceté originelles de l'homme. Ou encore faire comme si la misanthropie pouvait faire cause commune avec la philanthropie.

Dans son essai sur Céline, *L'Art de Céline et son temps* (1984), Michel Bounan présente l'écrivain pamphlétaire comme un conservateur antisémite et réactionnaire qui se serait sciemment « déguisé » en anarchiste pour mieux véhiculer ses idées. Dans son article « Céline et la question de l'anarchie » (2011), le célinologue Charles-Louis Roseau corrige ainsi légèrement le tir : « Sans tomber dans les excès d'une telle démonstration, il ne me semble pas déplacé de retenir la thèse du travestissement utilitaire. Comme il le fit pour son statut d'ancien combattant, Céline se serait donc fabriqué, ou simplement contenté d'entretenir, une image d'écrivain anarchiste. » Questionné sur l'anarchisme de Céline, son ancien ami le peintre Gen Paul (1895-1975), dans une interview télévisée diffusée les 8 et 18 mai 1969, répond : « Il n'a jamais été anar ! Pourquoi anar ? » On ne peut que suivre sur ce point Annick Duraffour, spécialiste de Céline :

> « Personne n'est plus éloigné de l'anarchisme que Céline qui vitupère toutes les utopies de gauche, le syndicalisme et la démocratie – forcément enjuivée –, Céline qui respecte la force militaire, et déclare que le peuple français mérite la trique d'un dictateur. Dans l'utopie élémentaire que déroulent *Les Beaux draps* (1941), il faut à la famille France reconstruite sur des bases racistes-communautaires "un seul papa, dictateur

et respecté". Qu'est-ce sérieusement qu'un anarchiste qui se rallie à Hitler et rêve d'une société à base raciale, organisée sur le modèle de la famille, soumise à un dictateur respecté ? »

Un certain nombre de spécialistes des écrits céliniens ont formulé l'hypothèse selon laquelle cet écrivain « réactionnaire », « fascisant », « fasciste » ou « pronazi » se serait travesti en « anarchiste » pour diverses raisons. Son « anarchisme » revendiqué n'aurait relevé que d'une stratégie de camouflage, lui permettant d'éviter qu'on puisse le situer clairement dans le champ politique. Car l'écrivain s'est toujours refusé à s'engager dans un groupe anarchiste. Et pourtant, il a mangé à la table des occupants nazis et des collaborationnistes dans les années 1940-1944. Il fut ainsi, à sa manière, un écrivain engagé. Il paraît donc avoir simplement usé de l'autoqualification d'« anarchiste » pour s'identifier comme un individu absolument libre et « inconformiste » (pour parler comme Julien Freund, 1965), et ainsi occulter ce qui était devenu le « misérable petit secret » de cet antijuif exalté, à savoir son engagement dans le camp nazi.

La célébrité en moins, le pamphlétaire tout-terrain Urbain Gohier (1862-1951) peut être rapproché de Céline dans l'art de brouiller les pistes conduisant à son identification politique. Gohier se dit « monarcho-syndicaliste », antimilitariste et dreyfusard dans les années 1890, passe à l'antisémitisme militant en 1905 en publiant *La Terreur juive*, avant de lancer en octobre 1917 sa revue *La Vieille France* puis de diffuser *Les Protocoles des Sages de Sion* en 1920, de dénoncer dans la foulée le « métèque » Maurras, de devenir la plume de l'anticommuniste François Coty et, pour finir, de se convertir à l'hitlérisme et de collaborer activement à la presse collaborationniste (*La France au travail*, *Au pilori*). Est-il un « anar de droite » régulièrement oublié ou écarté en raison de son itinéraire exagérément sulfureux ? Voilà qui donne à penser qu'il existe des sulfureux jugés convenables ou admirables, et d'autres méritant la damnation éternelle.

Oxymore séduisant mais trompeur, l'« anarchisme de droite » supposé de Céline a surtout permis à ses admirateurs pieux et à ses commentateurs embaumeurs de neutraliser, jusqu'au début des années 2010, les accusations fondées, car désormais largement documentées, portant sur son ralliement au nazisme. Il aurait pu aussi bien être identifié comme un « populiste de droite » ou un « populiste réactionnaire », le terme « populisme » étant tout autant chargé de sens divers et contradictoires, son attractivité résultant précisément de la confusion qu'il sème dans les esprits. Ce qui est sûr, c'est que, attribué à Céline comme à bien d'autres écrivains tentés par le pamphlet, le flamboyant « anarchisme de droite », insaisissable derrière ses multiples visages, demeure indéfinissable.

Ernst Jünger et la figure de l'anarque

L'écrivain et penseur Ernst Jünger est souvent décrit comme un « anarchiste conservateur », oxymore suggestif qui appelle à la réflexion. Son *ethos* est en effet conservateur, et se révèle notamment lorsqu'il décrit avec un dégoût hautain l'uniformisation du monde ou le nivellement généralisé, en y voyant le triomphe de la norme, sous la forme de l'organisation totale. Il écrit en 1960 dans *L'État universel* : « L'uniformisation actuelle des sexes est l'un des symptômes de l'aspiration où s'annonce l'avènement d'un État universel. Ce n'est pas le seul. Il faut comprendre dans ce contexte le nivellement des races, des états et des classes, et aussi des grandes divisions naturelles, comme les saisons, ou le jour et la nuit. Ceux-ci sont subordonnés au jour abstrait du travail, qui compte vingt-quatre heures. » La mondialisation, qu'il analyse comme l'âge de la « mobilisation totale » à l'échelle de la planète, lui apparaît ainsi comme une machine à uniformiser, à indifférencier, en ce qu'elle soumet la diversité culturelle à des normes universelles.

Peut-on pour autant le classer parmi les « anarchistes de droite », catégorie aux frontières floues ?

Certains commentateurs, se référant à ses écrits des années 1920 et du début des années 1930, continuent de l'identifier comme un des représentants de la « Révolution conservatrice » allemande, ce qui ne permet pas d'éclairer son itinéraire politique et intellectuel dans sa totalité. Dans *L'État universel*, Jünger s'efforce de définir les idées-forces de l'anarchisme, sans les épouser : « Nier l'État, le dépeindre comme source de tout mal et comme falsification de l'humain, fut de tout temps l'opinion maîtresse des anarchistes. » Il fait partie de ceux qui insistent sur le postulat rousseauiste de l'anarchisme, selon lequel l'homme serait « né libre », mythe fondateur, lui-même lié à l'utopie futuriste de la renaissance et du réveil de la liberté originelle perdue de l'individu humain, une fois ses « fers » brisés : « L'anarchiste, sous sa forme pure, est celui dont la mémoire remonte le plus loin, jusqu'à des ères préhistoriques, voire pré-mythiques – et qui croit que l'homme a rempli dans ces temps lointains sa vocation authentique. Il en perçoit encore la possibilité dans la nature humaine et en tire les conclusions. En ce sens, l'anarchiste est l'archi-conservateur, l'extrémiste qui cherche à saisir la bénédiction et la malédiction de la société dans leur racine même. » Telle est selon Jünger la fable première qui enchante et mobilise les anarchistes, et qu'il évoque avec une certaine empathie. Comment ne pas citer ici ce passage de Paul Valéry (1871-1945) dans sa « Petite lettre sur les mythes » (1930) : « Au commencement était la Fable ! Ce qui veut dire que toute origine, toute aurore des choses est de même substance que les chansons et que les contes qui environnent les berceaux. » On trouve des traces de cet imaginaire du paradis perdu dans de nombreux écrits anarchistes. Toujours dans *L'État universel*, Jünger précise que, si l'anarchiste est l'« archi-conservateur », il « se distingue du conservateur en ce que son effort s'attache à l'état d'homme en soi, mais non à une classe qui s'est greffée sur lui dans le temps ou l'espace ». Car « le conservateur a la tradition : il “se maintient” en elle, ce qui rend son rôle douteux à une époque où tout est en mouvement ».

Dans le même essai, Jünger insiste aussi sur le refus anarchiste des limites dans le temps et l'espace. Ce qui caractérise l'anarchiste, c'est son goût immodéré de la désobéissance historique et géographique : « L'anarchiste ne connaît ni tradition ni cloisonnement. Il ne veut pas être requis ni asservi par l'État et ses organismes ; on ne peut l'imaginer, ni comme citoyen, ni même comme membre d'une nation. Les grandes institutions, Églises, monarchies, classes et États, lui sont étrangères et lui semblent détestables ; il n'est ni soldat, ni travailleur. S'il est logique avec lui-même, il faut qu'il rejette aussi et avant tout le Père. » D'où le destin tragique de l'anarchiste, pris entre les deux mâchoires de l'étau, celle des conservateurs aguerris et celle des révolutionnaires calculateurs de style léniniste : « L'anarchisme n'entre pas seulement en conflit avec le conservateur muni d'un attirail politique incomparablement supérieur. Il se heurte aussi au révolutionnaire intelligent, qui reconnaît en l'État un instrument de puissance et triomphe nécessairement, tant du conservateur que de l'anarchiste. »

Jünger discerne chez les anarchistes un jeunisme farouche qui se manifeste par une négation totale de l'ordre établi, un jeunisme dont il pointe les dérives utopistes, obéissant à une logique d'inversion. L'anarchiste passe du refus de l'État au rêve d'une société totalement organisée sur des bases rationnelles ou supposées telles, d'où un glissement fatal vers une utopie de style totalitaire, dont les principales figures sont celles de la ruche, de la termitière et de la caserne. C'est la revanche de la pensée organisatrice sur la passion de la révolte :

> « La doctrine anarchique cherche ses allégories idéales dans la jeunesse de l'individu ; et c'est pourquoi les traits d'enfance frappent souvent chez ses principaux représentants. L'anarchiste sait fort bien ce qu'il ne veut pas, comme le dit déjà son nom. Toutefois, il quitte le domaine de sa force lorsqu'il doit incarner dans la pratique sa volonté. Il lui faut alors recourir à une pensée qui lui répugne fondamentalement. D'où la fâcheuse ressemblance des grandes utopies sociales avec la manière dont la vie, dans les ruches et les casernes, est réglée jusqu'en ses moindres détails. Les tentatives de les faire passer dans la réalité échouent donc dès leurs débuts. »

Jünger ne manque pas de souligner le surgissement, dans les moments révolutionnaires de haute intensité, de l'illusion éphémère que tout est possible, en des moments d'espérance inévitablement suivis de moments de déception, voire de désespoir : « Les grands bouleversements sont aussitôt suivis d'un état de licence, d'un ébranlement qui affecte les fondations mêmes et fait que tout semble possible. C'est alors que se découvrent aussi les anarchistes, objets d'une vive attention, à qui s'attachent de grands espoirs. Leur passage sur scène ne dure que peu de temps et finit mal pour eux. [...] Il ne s'agit là que d'un bref interrègne. »

Dans son roman *Eumeswil*, qu'il publie en 1977 à l'âge de 82 ans, Jünger se déclare « anarque », se distinguant ainsi des anarchistes. Comme l'a noté Michel Ragon (2008), « par bien des côtés, *Eumeswil* peut [...] passer pour une critique de l'anarchisme et, pour se différencier des anarchistes pour lesquels [Jünger] montre une évidente fascination, il se dit “anarque” ». Le néologisme « anarque » n'est pas une création de Jünger : on le trouvait employé par Gustav Landauer ou Benjamin De Casseres (1873-1945). L'anarque est solitaire, ce en quoi il se distingue de l'anarchiste : « Une différence entre l'anarchiste et l'anarque : celui-là suit le prince à la trace, comme son ennemi mortel ; tandis que l'anarque entretient avec lui des rapports de neutralité objective. » Dans *Eumeswil*, Jünger se réfère surtout à Stirner, qu'il cite à plusieurs reprises, mais également à Bakounine, John Henry Mackay (disciple de Stirner et défenseur de la cause homosexuelle), Fernand Pelloutier et Emma Goldman. C'est l'occasion pour lui de rappeler son interprétation « rousseauiste » sur le « fond » anarchiste involontaire et ineffaçable des humains : « Anarchique, chacun l'est, c'est justement ce qu'il a de normal. Toutefois, dès son premier jour, son père et sa mère, l'État et la société lui tracent des limites. Ce sont là des rognements, des mises en perce de l'énergie innée auxquels nul n'échappe. Il faut bien s'y résigner. Pourtant, le principe d'anarchie reste au fond, mystère dont le plus souvent son détenteur même n'a pas la moindre idée. Il peut jaillir de lui sous forme de lave, peut le détruire ou le libérer. » Une des thèses les plus provocatrices de Jünger est que « l'histoire mondiale est mue par l'anarchie ». Dans le même sens, il affirmait dans *L'État universel* : « Le type de l'anarchiste a joué un rôle décisif dans la préparation des grands bouleversements ; ils seraient inconcevables sans son apport. » Il développe cette vision de l'histoire dans *Eumeswil*, en multipliant les exemples et les paradoxes :

> « Il s'agit ici de marquer les différences : l'amour est anarchique, le mariage non. Le guerrier est anarchique, le soldat non. L'homicide est anarchique, mais non l'assassinat. Le Christ est anarchique, saint Paul ne l'est pas. Comme cependant l'anarchie, c'est la normale, elle existe aussi en saint Paul et explose parfois violemment en lui. Ce ne sont pas là des antithèses, mais des degrés. L'histoire mondiale est mue par l'anarchie. En un mot : l'homme libre est anarchique, l'anarchiste ne l'est pas. »

Insistant sur le critère de la volonté, Jünger distingue la figure (*Gestalt*) de l'anarque du type de l'anarchiste :

> « L'anarchiste vit dans la dépendance – d'abord de sa volonté confuse, et secondement du pouvoir. Il s'attache au puissant comme son ombre ; le souverain, en sa présence, est toujours sur ses gardes. Comme Charles Quint se trouvait avec sa suite au sommet d'une tour, un capitaine se mit à rire, et, assailli de questions, il reconnut avoir soudain songé que s'il enlaçait l'empereur et sautait avec lui dans l'abîme, son nom serait inscrit d'une

> encre ineffaçable au livre de l'histoire. L'anarchiste est le partenaire du monarque qu'il rêve de détruire. En frappant la personne, il affermit l'ordre de la succession. Le suffixe "isme" a une acception restrictive : il accentue le vouloir, aux dépens de la substance. »

L'opposition entre la figure du monarque et celle de l'anarque permet de mieux caractériser la figure de ce dernier : « La contrepartie positive de l'anarchiste, c'est l'anarque. Celui-ci n'est pas le partenaire du monarque, mais son antipode, l'homme que le puissant n'arrive pas à saisir, bien que lui aussi soit dangereux. Il n'est pas l'adversaire du monarque, mais son pendant. Le monarque veut régner sur une foule de gens, et même sur tous ; l'anarque sur lui-même, et lui seul. Ce qui lui procure une attitude objective, voire sceptique envers le pouvoir, dont il laisse défiler devant lui les figures – intangible, assurément, mais non sans émotion intime, non sans passion historique. »

Le rebelle (*Waldgänger*) est le solitaire qui a « recours aux forêts », thème que Jünger développe en 1951 dans *Traité du rebelle ou le recours aux forêts*, où il affirme que, « dans le recours aux forêts, ce que nous examinons, c'est la liberté de la personne dans ce monde ». Or cette quête de la liberté ne peut aboutir que si les humains arrivent à se délivrer de la peur, c'est-à-dire, en dernière analyse, de la peur de la mort. Dans *Eumeswil*, il revient ainsi sur la question, en multipliant les oppositions typologiques :

> « Le recours aux forêts confirme l'autonomie de l'anarque, qui, au fond, est toujours ou partout un

rebelle, que ce soit dans les fourrés ou dans la métropole, dans la société ou hors d'elle. De même qu'entre le rebelle et le partisan, il faut faire la distinction entre l'anarque et le criminel : distinction fondée sur leur rapport à la loi. Le partisan veut la modifier, le criminel l'enfreindre ; l'anarque ne veut ni l'un ni l'autre. Il n'est ni pour, ni contre la loi. Même s'il refuse de la reconnaître, il cherche pourtant à la connaître, comme on fait des lois naturelles, et à modeler sur elle sa conduite. »

Dès lors, la figure de l'anarque, pratiquant l'indifférence vis-à-vis des idéologies et des utopies politiques, se distingue clairement du type de l'anarchiste militant, qui s'engage avec passion pour faire triompher sa cause en vue de créer un « monde meilleur » : « L'anarque, ne reconnaissant aucun gouvernement, mais refusant aussi de se bercer, comme l'anarchiste, de songeries paradisiaques, possède, pour cette seule raison, un poste d'observateur neutre. L'historien qui est en lui voit les hommes et les forces pénétrer dans l'arène comme les verrait un arbitre. Le temps ronge tout pouvoir, et plus vite même ceux qui sont bons. »

La figure de l'anarque ne saurait être confondue non plus avec celle de l'individu égoïste telle qu'on la trouve élaborée dans *L'Unique et sa propriété*, de Max Stirner, dont la lecture a cependant stimulé les réflexions de Jünger sur la question : « L'anarque n'est pas non plus un individualiste. Il ne veut s'exhiber, ni sous les oripeaux du “grand homme”, ni sous ceux de l'esprit libre. Sa mesure lui suffit ; la liberté n'est pas son but ; elle est sa propriété. Il n'intervient ni en ennemi, ni en réformateur ; dans les chaumières comme dans les palais, on pourra s'entendre avec lui. La vie est trop courte et trop belle pour qu'on la sacrifie à des idées, bien qu'on ne puisse toujours éviter d'en être contaminé. Mais salut aux martyrs ! » À sa manière, Jünger reprend l'opposition entre le rebelle et le révolutionnaire, l'anarchiste comme l'anarque s'opposant au type du partisan ou du révolutionnaire visant à réaliser son utopie d'un ordre social nouveau, supposé meilleur que les anciens : « Le nihiliste anarchique ne doit pas être confondu avec le socialiste révolutionnaire. Son aversion ne s'en prend pas à tel ou tel ordre, mais à tout ordre quel qu'il soit. Asocial, apolitique, il représente l'action destructrice de la nature, et voudrait en accélérer l'effet. »

Libertaires et libéraux face à l'État

Si l'on se donne pour objectif de défendre la liberté et de garantir les libertés des citoyens, faut-il supprimer tous les pouvoirs ou les séparer pour les équilibrer ? La question revient à savoir s'il faut choisir de suivre le libertaire Bakounine ou de se rallier au « libéral » ou « modéré » Montesquieu, qui appelle à distinguer et à séparer strictement les trois pouvoirs, le législatif, l'exécutif et le judicaire (*De l'esprit des lois*, 1748, I, livre XI), afin d'empêcher le surgissement d'un régime despotique ou d'une dictature. Le présupposé commun du penseur libertaire et du penseur « libéral » (ou aristocratico-libéral) est que le pouvoir tend au pouvoir absolu. Car « tout homme qui a du pouvoir est porté à en abuser » et « va jusqu'à ce qu'il trouve des limites » (II, livre XI, chapitre IV). D'où la proposition de Montesquieu (*ibid.*) : « Pour qu'on ne puisse abuser du pouvoir, il faut que, par la disposition des choses, le pouvoir arrête le pouvoir. » Mais cette thèse implique de reconnaître comme un fait politico-social irrécusable l'existence du pouvoir ainsi que sa légitimité, ce qu'aucun anarchiste ne saurait accepter.

Au tout début de son *Traité de la violence* (1996), le sociologue Wolfgang Sofsky esquisse un récit de fondation, relevant du mythe, des sociétés humaines, en s'inspirant du fameux chapitre XIII du *Léviathan* (1651), de Thomas Hobbes : « Quand les hommes étaient libres et égaux, chacun avait tout à craindre d'autrui. La vie était brève, la peur était immense. Aucune loi ne mettait à l'abri des agressions. Tout le monde se méfiait de tout le monde et devait se protéger d'autrui. Car même le plus faible était encore assez fort pour blesser ou tuer plus fort que lui, par ruse ou par entente avec un tiers. Les hommes conclurent donc une alliance pour assurer leur commune sécurité. » Mais l'expérience de l'ordre social va enseigner aux humains que, « fondé sur la peur de la violence, l'ordre crée lui-même à nouveau peur et violence ». Dès lors, le mythe va prendre la forme d'une explication de la formation des sociétés et des voies de leur destruction. Si les humains sont poussés à se rassembler, ce n'est pas en raison d'un « besoin irrésistible de sociabilité », ni par l'effet des « nécessités du travail » : « C'est l'expérience de la violence qui réunit les hommes. La société est un dispositif de protection mutuelle. Elle met fin à l'état d'absolue liberté. Désormais, tout n'est plus permis. »

Mais le rêve d'un état de nature dans lequel les individus humains étaient libres et égaux persiste au sein de diverses utopies libertaires, rejetant toutes le postulat énoncé par Plaute : *Homo homini lupus*. Le mythe de fondation de l'ordre social doit dès lors être revu et corrigé. Si l'homme n'est pas un loup pour l'homme, s'il n'est pas un animal méchant ou cruel, alors les individus peuvent vivre libres sans être voués à la peur, la première liberté étant celle d'être libéré de la peur. Supposant la bonté naturelle de l'homme, les anarchistes pensent que cela est possible sans en passer par des institutions dirigeantes, des gouvernements, des États monopolisant l'exercice de la violence légitime. Ils rejettent les États en tant que porteurs eux-mêmes de violence, en ce qu'ils seraient incapables de limiter leur pouvoir. D'où la renaissance du mythe d'un âge d'or, d'un état social d'avant l'État, projeté dans l'avenir. Le mythe se transforme en utopie futuriste.

Ce rousseauisme vague, aussi naïf qu'il puisse paraître, inspire toutes les constructions de communautés utopiques dans lesquelles les individus sont censés pouvoir vivre libres et égaux dans la paix, la fraternité et la coopération volontaire – la fameuse « libre association des travailleurs », chantée par les anarchistes comme par les marxistes, ces derniers cependant du bout des lèvres. À la statophobie qu'on rencontre dans l'utopisme libertaire fait écho la hantise des penseurs libéraux qui, tel John Stuart Mill dans *De la liberté* (1859), n'hésitent pas à projeter dans la nature humaine la tendance à limiter toujours plus le domaine de la liberté humaine : « Il n'est pas difficile de montrer, par de nombreux exemples, qu'étendre les limites de ce qu'on peut appeler la police morale, jusqu'à ce qu'elle empiète sur la liberté la plus incontestablement légitime de l'individu, est, de tous les penchants humains, l'un des plus universels. »

Anarchistes et libéraux se rejoignent dans l'affirmation du principe de non-nuisance – « la liberté de faire ce qu'on veut de sa propre vie du moment qu'on ne nuit pas à autrui » (Ruwen Ogien, 1947-2017) –, qui vaut dans la sphère morale comme dans la sphère politique. Tel était le message de John Stuart Mill, qui défendait « la liberté des goûts et des occupations, la liberté de tracer le plan de notre vie conformément à notre propre caractère, la liberté de faire ce qui nous plaît et de risquer les conséquences qui peuvent s'ensuivre sans être empêchés par nos semblables tant que nous ne leur nuisons pas ». Mais si les anarchistes veulent détruire l'État, les libéraux se contentent de rêver d'un État minimum, limité ou « veilleur de nuit ». L'aspiration « minarchiste » au moins d'État possible ne se confond pas avec le désir anarchiste d'éliminer l'État.

Le théoricien politique Nicolas Tavaglione, dans *Gare au gorille* (2010), définit ce qu'il appelle le « libéralisme de la prudence » en le distinguant du « libéralisme de la peur » de la philosophe et théoricienne politique Judith Shklar (1928-1992), qui pense le libéralisme politique comme une « recette de survie » plutôt que comme un « projet de perfectionnement de l'humanité » (Corey Robin), dont les adeptes seraient les membres du « parti de l'espoir ». Elle s'efforce de penser les conditions d'une résistance à la terreur ou à la tyrannie et d'une ferme défense de la liberté, mais sans donner dans les illusions véhiculées par les utopies modernes. Dans son fameux article de 1989, « Le libéralisme de la peur », présupposant la vision commune du libéralisme comme une pensée politique dont l'objectif est avant tout de garantir les libertés individuelles menacées par les États autoritaires ou totalitaires, Shklar part de la peur suscitée chez les individus par le pouvoir politique incarné par l'État, perçu comme capable de les traiter avec cruauté, la cruauté étant le pire des vices humains en ce qu'elle nie la dignité humaine – leçon qu'elle a retenue de ses lectures de Montaigne (Shklar, 1984). Elle ne cache pas sa « conviction, née dans l'horreur, que la cruauté est le mal absolu ». Dans sa conception du libéralisme, qu'on a caractérisé comme un « libéralisme d'en bas » (selon la formule du philosophe Alex Honneth), elle se place du point de vue des victimes potentielles, parce que faibles et vulnérables, de la cruauté des pouvoirs mais aussi des autres humains. Shklar définit la cruauté comme « le fait, par quelqu'un qui se trouve en position de force, d'infliger délibérément un mal, physique mais aussi émotionnel, à une personne ou à un groupe plus faible, et ce à des fins tangibles ou non ».

La peur de l'État, perçu comme instrument de domination et de répression capable de cruauté, détruit le sentiment de sécurité (censé être dispensé par l'État) ainsi que la confiance en soi et dans les autres. Cette peur nourrit l'indifférence à l'égard d'autrui ainsi qu'une méfiance réciproque et permanente entre les individus, ce qui est une condition d'impossibilité de la liberté individuelle. La lutte contre la cruauté doit donc être placée au cœur de la pensée libérale. Elle va de pair avec la lutte contre la peur, qui est au fond une peur de la cruauté, laquelle engendre une insécurité existentielle et une peur de l'avenir. Shklar avance cet argument supplémentaire en faveur de sa vision du libéralisme : « Parce que la peur de la cruauté systématique est […] universelle, les revendications morales basées sur son interdiction ont un attrait immédiat et peuvent être admises sans grand argument. » Par cette lutte intellectuelle et politique doublée d'enjeux moraux, il s'agit de revivifier et d'intensifier l'altruisme et l'empathie, mais aussi la confiance dans les relations interindividuelles. Pour ce libéralisme modeste, résolument non prométhéen, l'objectif est d'abord d'éviter le pire, c'est-à-dire l'ensemble des situations dans lesquelles les individus humains se trouvent traités cruellement par des États despotiques et leurs supposés semblables.

Bien qu'il se dise lui-même de sensibilité libertaire, Nicolas Tavaglione refuse la solution anarchiste, qui consiste à vouloir supprimer l'État, considéré non seulement comme dénué de justification mais encore et surtout comme nuisible, en ce qu'il ne serait qu'un instrument de coercition et de contrainte voué à abolir les libertés individuelles. À suivre l'argumentation anarchiste, la sécurité que les citoyens attendent de l'État leur ferait oublier ou négliger les dangers d'une machine de pouvoir incapable d'autolimitation et donc tendant vers l'omnipotence. Telle est la conception hypercritique de l'État comme une instance de domination sans limites, doté de pouvoirs illimités, visant toujours plus de pouvoir : « L'État ne serait qu'un fauve enragé à mettre à mort le plus vite possible. » Mais la fin de l'État espérée par les anarchistes n'implique pas nécessairement la « fin des pouvoirs menaçants », car elle peut ouvrir la porte à des groupes criminels qui exerceraient eux-mêmes un pouvoir sans limites sur les individus, ou encore plonger la société dans un état de guerre civile permanente, chaque individu voyant dans tous les autres des adversaires potentiels à supprimer préventivement. Bref, l'État ne doit pas être considéré comme l'ennemi numéro un de l'individu en quête de liberté. Pour Tavaglione, le remède ne serait donc pas la suppression de l'État, mais l'établissement de l'État de droit, c'est-à-dire d'un État aux pouvoirs limités. Telle est la voie du « libéralisme de la prudence » qu'il oppose à la voie libertaire, ce qui le rapproche du « libéralisme de la peur » défini par Shklar. L'objectif est de créer les conditions permettant aux individus de mener librement leur vie conformément à leurs propres convictions, un objectif partagé par les libéraux et les libertaires, mais susceptible d'être atteint par les voies les plus diverses.

Reposons la question : qu'est-ce donc qu'être libre ? Le philosophe Ruwen Ogien se présentait comme un défenseur des « idéaux politiques libertaires et égalitaires » et, plus précisément, comme prônant une « société beaucoup plus égalitaire du point de vue économique et social, mais aussi beaucoup plus libertaire du point de vue des mœurs ». On ne saurait être plus concordataire ni plus vertueux quand on se situe à gauche, tendance gauchiste. Mais la vision libérale de la liberté qu'Ogien promouvait, notamment dans son essai intitulé *L'État nous rend-il meilleurs ?* (2013), était celle de la liberté dite « négative » – délimitée par le philosophe libéral Isaiah Berlin (1909-1997) dans sa conférence du 31 octobre 1958 –, qu'il définissait ainsi sommairement : « Être libre n'est rien d'autre et rien de plus que le fait de ne pas être soumis à la volonté d'autrui. » Ou, si l'on préfère, c'est la possibilité de faire ce que l'on veut sans rencontrer d'obstacles externes, ainsi que la possibilité de refuser de faire ou de penser ce qu'on ne veut pas faire ou penser. C'est assurément un peu court, et rester dans le cadre confortable des utopies abstraites. Car, en ce bas monde, on ne saurait jamais faire ce que l'on veut sans la moindre contrainte. Pour les défenseurs libéraux de la liberté négative, la question de l'égalité ne fait pas partie du tableau, sinon en tant qu'égalité des chances. Défendre exclusivement la liberté négative implique le refus de se soumettre à des lois, et, minimalement, le « silence de la loi ». Mais on ne voit plus où se situe la frontière entre vision libertaire et vision libérale.

L'anarchisme, comme le fascisme ou l'« extrême droite » – si mal nommée, l'expression fonctionnant comme une catégorie d'amalgame destinée à identifier des « infréquentables » –, peut être caractérisé sommairement par le fameux « ni gauche ni droite » (Zeev Sternhell, 1978 et 1983). Car il se définit d'abord par le refus d'un clair positionnement sur l'axe gauche-droite, ce présupposé idéologique de la « démocratie bourgeoise » qu'il rejette globalement. La violence révolutionnaire de type communiste ou anarchiste n'a rien à envier à la violence, qui se veut elle-même révolutionnaire, de certains courants dits « d'extrême droite », qu'ils soient nationalistes, fascistes (y compris nazis ou néonazis), racistes ou suprémacistes. La révolte, plus ou moins violente, contre l'ordre politique établi constitue le geste commun à l'anarchisme et au fascisme. Si, par exemple, à la suite de Zeev Sternhell (2012), on définit le fascisme comme une « révolte contre la société bourgeoise, ses valeurs morales, ses structures politiques et sociales, son mode de vie », on ne voit pas bien ce qui le distingue de l'anarchisme. Seuls les objectifs visés permettent de distinguer ces deux « ismes » : dans le cas du fascisme, l'objectif de la révolte-révolution est d'établir un ordre autoritaire incarné par un chef charismatique – un dictateur –, alors que, dans le cas de l'anarchisme, il s'agit d'éliminer la possibilité même d'un ordre autoritaire.

Dans *La Fabrique de nos servitudes* (2023), le psychopathologue et psychanalyste Roland Gori part du phénomène social « inimaginable » qu'il a fini par apprendre à voir, pour ensuite s'efforcer d'en analyser les causes et les conséquences, à savoir que « l'horizon vers lequel se dirige notre société », qui se présente comme démocratique et libérale, est « une société de contrôle total des comportements ». Et de préciser : « Non à proprement parler un contrôle total des individus, mais un contrôle total des informations », étant donné que, dans cette situation, « les individus deviennent les supports des informations qu'ils produisent, en le sachant ou sans le savoir ». Gori cite judicieusement à ce propos un passage éclairant de Bertolt Brecht (*Écrits sur la politique et la société*, 1967) :

> « Rien n'est pire que l'asservissement *occulte*. Car si l'asservissement est manifeste, s'il est reconnu comme tel, il existe – au moins en idée – un autre état : celui de la liberté. Mais si l'esclavage effectif est appelé par tous : liberté – la liberté n'est même plus pensable : non seulement l'asservissement devient un état naturel, mais la liberté devient un état non naturel. »

Compte tenu du caractère systémique de la violence symbolique qui se déploie dans les « sociétés de contrôle » que sont les sociétés contemporaines dites

« libres », l'émancipation des individus passe nécessairement par leur abolition. Une telle conclusion appelant le recours à la violence destructrice paraît inévitable aux esprits intransigeants qui, confrontés à n'importe quel problème social ou politique, se nourrissent de solutions « radicales ». Mais c'est là risquer de se contenter, une fois de plus, de ces rêves irréalisables que sont les utopies, qui servent à compenser les malheurs du présent en fournissant de douteuses raisons d'espérer.

L'anarchisme peut être considéré comme une forme d'extrémisme ou comme une illustration parmi d'autres de la « radicalité politique ». Le critère de la « radicalité » retenu par la plupart des spécialistes de science politique et de sociologie politique est le suivant : une volonté, une attitude ou une conduite de « rupture avec le système politique, économique, social et culturel, et plus largement avec les normes et les mœurs en vigueur dans la société » (Olivier Galland et Anne Muxel, 2018), ou, si l'on préfère, une rupture avec l'ordre établi ou la société d'appartenance. Cette rupture se traduit à la fois par un refus plus ou moins théorisé du « système », c'est-à-dire, dans les pays occidentaux, de la démocratie libérale, et un engagement dans des « formes non conventionnelles d'action politique éventuellement illégales voire violentes » (Isabelle Sommier, 2017), qui comprennent l'usage de la violence contre des biens, des symboles ou des personnes physiques. L'objectif recherché est de trois types : la déstabilisation du pouvoir en place (la stratégie du chaos, mise en œuvre notamment par des actions terroristes), la prise du pouvoir par une révolution (programme communiste) ou l'élimination de tout pouvoir, de toute autorité politique (projet anarchiste, qui relève de l'imaginaire utopiste). L'assimilation ou la réduction du projet anarchiste à un récit utopiste se présente sous deux aspects différents : d'une part, comme une grille de lecture parmi d'autres des textes produits par les anarchistes, et, d'autre part, comme un argument privilégié par les critiques de l'anarchisme.

Dans l'article « Anarchiste » de son *Encyclopédie anarchiste*, Sébastien Faure, répondant aux critiques de ceux qui accusent les anarchistes d'être des utopistes et ainsi de n'être que des « rêveurs », met l'accent sur le vieux thème progressiste de l'« avenir meilleur » comme objet d'espoir collectif et motif d'action. Les utopistes que sont les anarchistes se caractérisent selon lui par leur capacité d'imaginer et de pressentir le surgissement d'une vie humaine libérée de la dictature des intérêts sordides et des passions négatives, ce qui n'exclut nullement qu'ils s'engagent à leur manière, en dehors du jeu des partis politiques, dans le grand combat pour l'émancipation :

> « Si nous sommes des utopistes, nous le sommes à la façon de tous ceux de nos devanciers qui ont osé projeter sur l'écran de l'avenir des images en contradiction avec celles de leur temps. Nous sommes, en effet, les descendants et les continuateurs de ces individus qui, doués d'une perception et d'une sensibilité plus vives que leurs contemporains, ont pressenti l'aube, bien que plongés dans la nuit. Nous sommes les héritiers de ces hommes qui, vivant une époque d'ignorance, de misère, d'oppression, de laideur, d'hypocrisie, d'iniquité et de haine, ont entrevu une Cité de savoir, de bien-être,

de liberté, de beauté, de franchise, de justice et de fraternité et qui, de toutes leurs forces, ont travaillé à l'édification de cette Cité merveilleuse. »

Dans la perspective anarchiste ainsi définie, les utopistes sont des individus décidés à réaliser leurs idéaux de liberté et de bonheur : « Utopistes, parce que nous voulons que l'évolution, suivant son cours, nous éloigne de plus en plus de l'esclavage moderne : le salariat, et fasse du producteur de toutes les richesses un être libre, digne, heureux et fraternel. »

Héritages, dévoiements, contradictions

Pointant l'échec des anarchistes dans leurs tentatives de soulever les masses populaires alors même que les thèmes libertaires étaient présents aux débuts du mouvement ouvrier, Emmanuel Mounier, dans ses réflexions sur l'anarchie et le personnalisme (*Esprit*, avril 1937), faisait cette remarque éclairante : « Depuis l'infusion à l'anarchisme européen du nihilisme russe et le réveil, avec Tolstoï, des vieilles utopies champêtres, on a pu voir foisonner côte à côte un anarchisme idyllique et un anarchisme frénétique, ceux-ci moins excentriques que l'égoïsme stirnérien (qu'on se rappelle la vogue des phalanstères de tout acabit et des attentats), mais cependant bien extérieurs encore, au moins en France, à l'âme populaire, et qui n'y poussèrent pas des racines durables. » Mounier notait néanmoins : « Trois notions me semblent exprimer ce que l'anarchisme a senti de plus profond sur l'homme : celles de dignité, de révolte, d'émancipation. »

Ce qui reste, c'est l'esprit de révolte, que Jean Maitron, en 1975, définissait comme « esprit de résistance à toute contrainte, matérielle ou morale », avant de le célébrer en ces termes : « Permanente manifestation de tout esprit libre, il irrite parfois mais il est le sel de toute société, il est la Vie même. » Les anarchistes, bien qu'ils l'aient porté à son plus haut degré d'incandescence, ne peuvent assurément pas prétendre monopoliser l'esprit de révolte, mais, en nombre de ses manifestations sociales, politiques et culturelles, on peut percevoir un parfum libertaire. L'esprit anarchiste survit ainsi clandestinement, dans les marges et sous des masques divers. Plutôt que de déclarer hâtivement, en s'en réjouissant ou en s'en désolant, que « l'anarchisme est mort », il semble plus judicieux d'en reconnaître les traces ou les échos en tout acte de rébellion contre l'esprit grégaire et les conformismes sociaux. Jean Maitron, pour sa part, s'en remettait à l'avenir : « L'avenir dira si l'anarchisme, idéologie parmi d'autres, qui sut parfois, mieux que d'autres, traduire cet esprit de révolte, fut, de nos jours, la plus apte à le comprendre et à l'exprimer. »

André Breton et un groupe de surréalistes publient le 12 octobre 1951 un texte intitulé « Surréalisme et anarchisme : déclaration préalable », qui appelle à une collaboration entre surréalistes et anarchistes. Au début des années 1950, Breton souligne les convergences entre les surréalistes et les anarchistes dans le combat révolutionnaire qu'ils mènent sur deux fronts : contre le capitalisme et contre le stalinisme. La « déclaration » commence par définir brièvement l'ennemi commun dans ses principales figures : « SURRÉALISTES, nous n'avons cessé de vouer à la trinité : État-travail-religion, une exécration qui nous a souvent amenés à nous rencontrer avec les camarades de la Fédération anarchiste. Ce rapprochement nous conduit aujourd'hui à nous exprimer dans *Le Libertaire*. Nous nous en félicitons d'autant plus que cette collaboration nous permettra, pensons-nous, de dégager quelques-unes des grandes lignes de force communes à tous les esprits révolutionnaires. » Il s'agit ensuite de penser la « libération de l'homme » par-delà le terrain politique et économique. C'est l'occasion pour Breton de rappeler l'importance, pour les surréalistes, de l'éthique : « Nous estimons qu'une large révision des doctrines s'impose d'urgence. [...] La libération de l'homme ne saurait, sous peine de se nier aussitôt, être réduite au seul plan économique et politique, mais elle doit être étendue au plan éthique (assainissement définitif des rapports des hommes entre eux). »

Face à la « guerre impérialiste » qui se prépare entre les « deux blocs », il s'agit à la fois, pour Breton et ses amis, de l'empêcher et de rendre possible la révolution : « Nous n'attendons que de l'action autonome des travailleurs l'opposition qui pourra l'empêcher et conduire à la subversion, au sens de refonte absolue, du monde actuel. » Si remplacer et transformer de fond en comble l'ordre social et culturel reste la double visée de la lutte révolutionnaire, l'objectif final de cette dernière se confond avec celui des anarchistes : « La lutte pour le remplacement des structures sociales et l'activité déployée par le surréalisme pour transformer les structures mentales, loin de s'exclure, sont complémentaires. Leur jonction doit hâter la venue d'un âge libéré de toute hiérarchie et de toute contrainte. »

L'expression « anarcho-capitalisme » a été perçue comme un oxymore par les milieux de gauche, à commencer par les libertaires postulant que leur engagement impliquait un anticapitalisme intransigeant. D'où le surgissement de polémiques plutôt vives. Mais les représentants de l'école dite « néolibérale » par ses ennemis sont aussi entrés dans le débat, critiquant dans son principe l'utopie de la « société sans État ». Des économistes libéraux comme Ludwig von Mises (1881-1973) – *Le Libéralisme*, 1927 –, Friedrich A. Hayek (1899-1992) – article « Libéralisme », 1973 – ou James M. Buchanan (1919-2013) – *Les Limites de la liberté*, 1975 –, qui prônent un État minimal (qu'ils définissent de diverses manières), font grief aux anarchistes de fantasmer sur la nature humaine et de croire naïvement, en conséquence, qu'une société sans État (même minimal) ni coercition est possible. Les anarchistes font confiance aux humains en misant sur l'intérêt commun, les échanges équitables, la « libre association » et la solidarité pour surmonter les conflits et faire surgir, spontanément, une organisation sociale harmonieuse. Mais si l'idéal anarchique se confond avec le projet d'un autogouvernement pur d'individus altruistes, libres et égaux, rejetant la propriété privée, l'anarchisme n'est qu'une utopie abstraite présupposant des humains idéaux qui existent aussi peu que les anges. Les humains réels sont tout autres. Comme le note Buchanan, « l'anarchie est idéale pour des hommes idéaux ; des hommes passionnés doivent être raisonnables ». C'est pourquoi ils sont voués « à trouver et à maintenir un consensus parmi eux ». Au cours des tentatives faites pour lui donner corps dans la réalité sociale, l'auto-organisation rêvée prendrait inévitablement le visage de la guerre de tous contre tous, celui de la guerre civile.

Si l'idéal de la « société sans État » est partagé, dans des perspectives différentes, par les libertariens radicaux, qui, tel Murray N. Rothbard (1926-1995), auteur de *For a New Liberty : The Libertarian Manifesto* (1973) et considéré comme le chef de file du courant anarcho-capitaliste, ont à l'esprit une société s'autorégulant strictement par des relations de marché, et les anarchistes, qui croient à la possibilité d'un ordre social juste dérivant seulement de la libre association, le philosophe libertarien modéré Robert Nozick (1938-2002), dans *Anarchie, État et utopie* (1974), s'en tient à l'exigence d'un « État minimal », voire « ultra-minimal », ni interventionniste ni coercitif, dont la fonction se limiterait à assurer la protection (« contre la violence, le vol, la fraude ») et la coexistence pacifique des individus souverains aux options morales différentes mais coopérant librement entre eux sur la base de leurs affinités. L'État « veilleur de nuit » doit se contenter de protéger les droits individuels et de veiller à ce que les contrats soient appliqués et que les transactions commerciales soient volontaires. Mais qu'ils soient radicaux ou modérés, les libertariens croient à la société automatique, leur utopie étant celle du marché libre censé régler tous les problèmes. C'est là une vision caricaturalement impolitique, faisant l'impasse sur la conflictualité inhérente au politique, dont les exigences ne sauraient être réduites à un mélange de règles économiques et de normes morales ou juridico-morales.

Le libertarien états-unien Elon Musk, farouche défenseur des libertés individuelles (libertés d'expression et d'entreprise) et admirateur de l'économiste ultralibéral Milton Friedman (1912-2006) – « *Milton Friedman was the best* » –, est aussi un adepte du cosmisme russe – utopie scientifique théorisée par Constantin Tsiolkovski (1857-1935), auquel on prête l'affirmation provocatrice selon laquelle « la Terre est le berceau de l'humanité, mais on ne passe pas sa vie entière dans un berceau » – et du transhumanisme, idéologie prométhéenne dont l'objectif est de transformer l'être humain par la technologie afin d'améliorer ses performances. Cette inspiration néo-eugéniste ne l'empêche nullement d'être résolument nataliste. Son libertarianisme extrême le conduit, d'une part, à un antiétatisme radical proche de celui des anarchistes individualistes et, d'autre part, à un rejet de toute bureaucratie, celle des régimes socialistes ou sociaux-démocrates comme celle des dictatures communistes. Ces positions idéologiques sont rhétoriquement traduites par des diatribes contre « le système » et contre « les élites » supposées « de gauche » et woke – disons, pour Musk, les élites politiques, administratives et culturelles états-uniennes se reconnaissant dans le Parti démocrate. Hostile à l'emprise croissante de l'appareil étatique, Musk est aussi protectionniste et fermement anti-immigrationniste, ce qui ne l'empêche pas de prôner une politique hautement sélective de l'immigration, visant à attirer aux États-Unis les meilleurs spécialistes dans tous les domaines. Mais ce qui le caractérise le mieux, c'est son goût frénétique de l'innovation, lié à son hyper-élitisme, inséparable de sa quête de la richesse. De l'innovation pour l'innovation et à tout prix, selon le principe du « toujours plus »... Sa passion du nouveau et du changement est inséparable de son désir de déréglementation et de totale liberté d'expression : sur la plateforme X, qu'il possède désormais, racistes, suprémacistes, antisémites et néonazis s'expriment librement, tout comme les islamistes hespérophobes, antijuifs et jihadistes. Les mensonges et les affirmations fausses y sont accueillis avec le même statut que les vérités. Toute modération lui paraît relever d'une censure, qu'il rejette par principe. Il semble convaincu que les humains peuvent faire indéfiniment reculer les limites du possible parce que rien n'est pour eux impossible. On comprend aisément que ses rêves d'exploration spatiale et de colonisation de la planète Mars puissent peupler son imaginaire utopiste, proche de la science-fiction.

On peut voir en Ayn Rand (Alissa Zinovievna Rosenbaum, dite, 1905-1982), romancière et philosophe états-unienne qui refusait d'être étiquetée « anarchiste » ou « libertarienne », une théoricienne de l'individualisme vitaliste oscillant entre la pensée libérale et la pensée libertaire, mais ne désavouant aucunement la rationalité : « Ma philosophie conçoit essentiellement l'Homme comme un être héroïque dont l'éthique de vie est la poursuite de son propre bonheur, la réalisation de soi son activité la plus noble, et la Raison son seul absolu. » Nombre d'anarchistes individualistes se reconnaîtraient dans cette brève définition de sa philosophie. Rejetant l'étatisme sans proposer l'abolition de l'État, Rand défend une forme de « minarchisme », qui consiste à préconiser un État minimal. Elle affirme aussi qu'un individu humain a besoin de la « certitude inviolable que son esprit est compétent pour penser et que sa personne est digne du bonheur ». C'est pourquoi, dans son essai paru en 1964, *La Vertu d'égoïsme*, où elle défend un « égoïsme rationnel », elle récuse les morales prônant l'altruisme et le sacrifice de soi. Chercher à se réaliser pleinement et à se surpasser en permanence, dans l'éthique individualiste de Rand, va de pair avec le refus de se comparer aux autres et d'entrer avec eux en concurrence, la moindre inégalité perçue étant jugée insupportable. Dans une société d'individus où l'idéologie égalitariste est l'idéologie dominante, c'est-à-dire dans les sociétés démocratiques modernes, la rivalité mimétique – telle qu'elle a été analysée par René Girard (1923-2015) – devient une machine à produire des passions tristes : envie, jalousie, ressentiment. Sur ce point, Rand refait les chemins d'un Giambattista Vico (1668-1744), qui, dans ses *Principes d'une science nouvelle* (1744), affirmait : « Les hommes veulent d'abord la liberté des corps, puis celle des âmes, c'est-à-dire la liberté de pensée, et l'égalité avec les autres ; ils veulent ensuite dépasser leurs égaux ; et finalement, placer leurs supérieurs au-dessous d'eux. » Mue par le ressentiment et la jalousie, la volonté de vengeance et de revanche surgit inévitablement derrière les pieuses revendications égalitaristes accompagnant les rituelles expressions bruyantes de la volonté de jouissance, que font taire les brutales résurgences de la volonté de puissance.

Évoquons, pour marquer le contraste, la figure d'une intellectuelle militante française dont les passions n'ont nullement troublé la lucidité ni amoindri l'honnêteté intellectuelle. Françoise d'Eaubonne (1920-2005), après quelques années passées au Parti communiste français (1945-1956) dans la foulée de son entrée en résistance contre l'occupant nazi et sa participation aux mobilisations contre la guerre d'Algérie, est devenue une militante libertaire et féministe qui, dès le début des années 1970, s'est engagée dans le combat écologiste. Elle aura été, en France, l'une des pionnières de l'écoféminisme et du mouvement pour la décroissance, refusant de séparer la question de l'exploitation de la nature par l'homme et celle de l'exploitation de la femme par l'homme. Membre de ce qui va s'appeler le Mouvement de libération des femmes (MLF), né en 1970 de plusieurs groupes féministes indépendants, elle y anime à partir de 1972 le groupe Écologie et féminisme, avant de fonder l'association Écologie-Féminisme, en 1978. Elle dénonce l'« illimitisme » du « système mâle », c'est-à-dire de la société productiviste, patriarcale et capitaliste, dont le fonctionnement se traduit par la surpopulation et l'épuisement des ressources naturelles. Sa vision politique est orientée par l'idée d'une autogestion généralisée. Si l'objectif de cette militante autogestionnaire est de mettre fin au « pouvoir patriarcal », ce n'est pas pour installer un « pouvoir matriarcal ». L'écoféminisme doit selon elle viser la « gestion égalitaire d'un monde à renaître », comme elle l'affirme en 1974 dans *Le Féminisme ou la mort*. Elle s'est montrée parfaitement consciente de l'inscription de ses combats dans la tradition anarchiste, en affirmant qu'en tant que femme elle était « contre la garde du pouvoir, y compris par nous-mêmes, parce que nous savons très bien que le pouvoir corrompt tous ceux qui s'en emparent ». Et d'ajouter : « Ce point de vue n'est pas neuf, d'ailleurs, c'est le vieux point de vue des anarchistes. »

Les mouvements contestataires de la fin des années 1960 dans les pays occidentaux, et en particulier Mai 68 en France – dont le principal leader étudiant, Daniel Cohn-Bendit, était un militant anarchiste (membre de la Liaison des étudiants anarchistes) –, ont été le point de départ d'une repolitisation des thèmes anarchistes sur deux principaux fronts, non sans engendrer des effets pervers. D'une part, en ajoutant à l'antiétatisme et à l'anticapitalisme des Pères fondateurs l'idée d'un respect quasi religieux de la nature ou de l'environnement, principe premier de la gnose anarcho-écologiste, et, d'autre part, en radicalisant les revendications féministes et en en élargissant le champ par les mobilisations contre la « haine anti-LGBTQIA+ », ce qui a eu pour effet de renverser dans son contraire le projet libertaire d'en finir avec tout ordre moral. Les revendications puristes des écologistes radicaux et des néoféministes aboutissent, en effet, à légitimer de nouveaux dogmatismes ou sectarismes, mais surtout, au nom de la lutte pour la planète et contre la haine, à un renforcement sans fin des dispositifs de répression de la liberté de pensée et d'expression, non sans légitimer des actes délictueux, voire criminels, relevant du sabotage ou du terrorisme – d'où ce qu'on appelle l'« écoterrorisme » ou l'« écovandalisme ». Reprenant à leur compte certaines formes de l'action directe de tradition anarchiste, les écologistes radicaux prônent notamment des actions de sabotage, ouvrant la voie à un « écoterrorisme » qui a ses activistes et ses théoriciens, tel le géographe suédois marxiste Andreas Malm, auteur de *Comment saboter un pipeline* (2020). Malm prône l'engagement dans des actions violentes pour combattre ce qu'il appelle le « capitalocène ». Le premier objectif de lutte contre le réchauffement climatique est pour lui la « démolition de l'économie fossile ». Il y a là une nouvelle vision de la « guerre juste ». Ceux qui se réclament de cette nouvelle théorisation de l'action directe, comme les militants des Soulèvements de la Terre, devraient cesser de se dire partisans de la non-violence. Ils cesseraient ainsi d'être ridicules.

Par l'effet d'une dialectique négative, les rejetons les plus remuants du projet libertaire se transforment en croisés engagés dans une guerre sans merci contre les humains, ou plus exactement contre certains humains, ceux qu'ils jugent pollueurs, nuisibles et violents – eux-mêmes se reconnaissant comme vertueux, respectueux et bienveillants. Ils deviennent ainsi, en tant que fanatiques habillés de bons sentiments et de bonnes intentions, les pires ennemis de la liberté, donc de l'idée libertaire.

On peut considérer que ces bruyants héritiers trahissent le message anarchiste, illustrant ainsi ce phénomène banal qu'est la corruption idéologique des idéaux. La misandrie, comme haine du mâle humain, et la misanthropie, comme haine du genre humain, sont les produits de cette corruption idéologique, machine à fabriquer deux figures de nuisibles, de parasites-prédateurs. Si l'idée anarchiste reste vivante, malgré ses excès, ses dévoiements et ses dérives, c'est en ce qu'elle joue le double rôle d'un puissant aiguillon de la pensée critique et d'un projet normatif, celui, qu'on peut qualifier d'« humaniste », qui consiste à favoriser l'épanouissement des facultés humaines en écartant les obstacles empêchant l'exercice des libertés individuelles. Certes, l'idée anarchiste peut être considérée comme dangereuse. Mais, comme le disait Oscar Wilde, « une idée qui n'est pas dangereuse ne mérite pas d'être appelée une idée ». Les anarchistes, à quelques exceptions près, ont proclamé leur projet d'en finir avec le religieux et le sacré. Ce projet s'est avéré irréalisable. Dans la pensée anarchiste, c'est la liberté qui incarne le sacré et occupe la place des fins dernières. Mais sacraliser la liberté peut paraître un geste moins scandaleux que sacraliser l'autorité. Question de goût et de tempérament.

Quels éléments de l'héritage libertaire trouve-t-on dans le champ des gauches françaises, et plus particulièrement dans celles qui ont une représentation parlementaire ? Considérons la gauche en France depuis les années 1970, telle qu'elle se présente, gravitant autour du Parti socialiste (PS), avec ses étiquettes devenues usuelles. On trouve d'abord la « première gauche » (« socialiste » et jacobino-marxisante, puis « nationale-républicaine »), ensuite la « deuxième gauche » (« sociale-démocrate », décentralisatrice et réformiste, s'inspirant notamment, très sagement, de Mai 68, donc de thèmes libertaires), enfin la « troisième gauche », la dernière-née, se définissant selon l'impératif « pragmatique » de l'adaptation à l'état de l'opinion – désormais sensible, d'une façon croissante, aux thèmes de l'insécurité et de l'immigration non maîtrisée, thèmes mobilisateurs qu'il s'agit de ne pas abandonner à la droite et à l'extrême droite. Il faut y ajouter les extrêmes gauches radicalement anticapitalistes, révolutionnaires (marxistes ou marxisantes, comme le Nouveau Parti Anticapitaliste) ou populistes flirtant avec les thématiques woke, comme La France insoumise (LFI), et la configuration écologiste, en perpétuelle refondation, intégrant dans sa gnose biocentrique des motifs empruntés aux diverses « radicalités » mises sur le marché idéologique, certains d'entre eux provenant de l'héritage libertaire, d'autres de la religion woke. Il faut souligner que la première gauche, quant à elle, s'est montrée à la fois étrangère et hostile aux thématiques libertaires.

Il n'en va pas de même avec la deuxième gauche. Issue de divers courants de gauche rejetant à la fois le communisme soviétique (ou le « collectivisme ») et la SFIO de Guy Mollet, la deuxième gauche, depuis le congrès de Nantes des 17-18 juin 1977, s'est incarnée dans le rocardisme, qui s'est inspiré de certaines composantes de l'héritage libertaire, revu par Mai 68, à commencer par la thématique de l'autogestion, elle-même adoptée par la Confédération française démocratique du travail (CFDT) lors de son congrès de 1970. L'ancien leader du Parti socialiste unifié (PSU, fondé en 1960), Michel Rocard, rallié au PS en 1974, définissait ainsi en juin 1977 la culture de cette nouvelle gauche, antijacobine et antiétatique, en l'opposant à celle de la gauche socialiste alors dominante au sein du PS : « La deuxième gauche, décentralisatrice, régionaliste, héritière de la tradition autogestionnaire, qui prend en compte les démarches participatives des citoyens, en opposition à une première gauche, jacobine, centralisatrice et étatique. »

La mise en avant du thème autogestionnaire avait une fonction polémique, qui était de disqualifier le « social-étatisme » de la première gauche, quitte à donner dans l'utopisme gauchiste assignant à l'autogestion le rôle de l'arme anticapitaliste par excellence, censée pouvoir mettre fin à l'aliénation, qui, de concept critique forgé par les penseurs révolutionnaires de tradition marxiste – de Georg Lukács (1923-1971) à Herbert Marcuse, Lucien Goldmann (1913-1970) et Henri Lefebvre –, était devenue un mythe répulsif, exprimant un rejet total de la société capitaliste, marchande et consumériste, dont l'horizon se réduisait à un mélange d'individualisme hédoniste, de techno-bureaucratisme et de productivisme. Choisir l'autogestion, c'était alors s'engager sur la voie de la désaliénation. Manière de retrouver l'optimisme historique perdu après la grande désillusion poststalinienne et postmaoïste, et ainsi de redonner vie au romantisme révolutionnaire, mais en le dépouillant de ses mythes héroïques. Car poser l'autogestion comme objectif à réaliser implique de descendre du ciel des idées nobles et des abstractions séduisantes pour affronter des problèmes concrets d'organisation du travail.

Les anarchistes sont pris entre deux feux, qui expriment des tentations contraires face à la démocratie, ou entre les deux mâchoires de la tenaille : l'hyper-démocratisme et l'antidémocratisme. D'une part, leurs revendications démocratiques radicales, comme l'autogouvernement et les exigences de liberté ou d'égalité, sont saisies par le « toujours plus ». Mais, ce faisant, ils restent dans l'espace des valeurs et des normes démocratiques modernes, orienté par l'individualisme, où ils risquent cependant de se diluer, perdant ainsi toute identité politique distinctive. Se vouloir plus individualistes que les autres dans le monde moderne, où l'individualisme est la règle, ne suffit pas pour fonder une identité de groupe. Et, jusqu'à nouvel ordre, au contraire de tous les autres extrémismes, l'extrémisme individualiste ne fait peur à personne. Il demeure donc socialement imperceptible, et surtout politiquement invisible. D'autre part, leur désir de radicalité et d'intransigeance, aiguisé par la peur de trahir la cause ou de se trahir, les conduit à une sortie de la modernité démocratique – c'est-dire du gouvernement représentatif ou du régime parlementaire impliquant l'existence de partis politiques concurrents –, voire à un rejet total et virulent du démocratisme, qu'ils perçoivent comme un ensemble de masques et de ruses de l'ennemi autoritaire et étatiste. Ils sont donc conduits à prendre une position globalement antidémocratiste, symbolisée par le rejet des élections, des partis et du clivage droite-gauche.

Cette contestation radicale du régime ou du système démocratique moderne, à laquelle s'ajoute un anticapitalisme rabique, a poussé certains anarchistes, d'une façon plus ou moins claire, à rejoindre le camp des antimodernes, à côtoyer des contre-révolutionnaires (par antijacobinisme) ou, lorsqu'ils étaient anti-individualistes, syndicalistes révolutionnaires et fédéralistes, à se rapprocher de certains traditionalistes ou traditio-nationalistes (l'Action française notamment), comme à l'époque du Cercle Proudhon (1911-1914), esquisse à la française d'un mouvement révolutionnaire conservateur qui, malgré son échec, est resté dans les mémoires, qu'elles soient fascistes ou antifascistes. C'est sous l'égide de ce grand lecteur de Proudhon qu'était Georges Sorel, incarnation de cet oxymore idéologico-politique qu'est un conservatisme ou un traditionalisme révolutionnaire (on pourrait caractériser la pensée politique de Sorel comme un anarcho-traditionalisme révolutionnaire), que s'esquissèrent, dans les années 1909-1913, ces convergences dans lesquelles on a pu voir, dans la figure floue d'une « droite révolutionnaire » (Zeev Sternhell, 1978), le surgissement d'un préfascisme ou d'un protofascisme.

Les humains ont diverses raisons de se sentir humiliés. Le philosophe Avishaï Margalit, théoricien de ce qu'il appelle la « société décente » (1996), la définit comme « une société qui combat les conditions constituant aux yeux de ses membres une raison de se sentir humiliés ». Comme le souligne Margalit, les anarchistes avancent que « l'existence même d'institutions dirigeantes est une raison de se sentir humilié ». L'argument est ainsi développé : « Toute société fondée sur des structures de domination est par définition humiliante », et « ainsi toute société dotée d'institutions permanentes se divise nécessairement en gouvernants et gouvernés et être gouverné offre une raison valable de se sentir humilié ». Cette « conception extrême » peut être rejetée en remarquant simplement que « les institutions dirigeantes n'humilient pas forcément les gens, mais en sont capables ». Cela suffit cependant à alimenter le soupçon et la défiance envers les gouvernants. Telle est la posture qu'on peut dire « anarchiste » ou « libertaire », alors même qu'elle n'est liée à aucune vision doctrinale. En réagissant de la sorte, en se sentant humiliés par la seule existence de gouvernants, c'est-à-dire d'un pouvoir, les anarchistes prouvent qu'ils ne peuvent reconnaître aucune société politique comme « décente ». Ils peuvent dès lors être accusés de sombrer dans l'« impolitique » telle que Julien Freund l'a définie en 1987, à savoir la tendance à substituer aux fins de la politique de tout autres fins, empruntées à la morale, à l'art ou la religion, ce qui conduit à « faire la pire des politiques ». Rappelons brièvement que, pour Freund (1965), le domaine proprement politique repose sur trois caractéristiques principales qu'il appelle ses « présupposés » : la relation du commandement et de l'obéissance, la relation du privé et du public, la relation de l'ami et de l'ennemi.

Refusant par principe de se fonder sur une théorie du pouvoir, les visions anarchistes du monde sont en effet inspirées par des orientations morales, des tendances esthétiques ou des croyances religieuses. D'où le goût des anarchistes pour les utopies, prospectives ou rétrospectives, inséparable de leur appétit pour l'impossible supposé possible. La critique de l'anarchisme par Enrique Dussel (1934-2023), qu'on peut considérer comme le principal représentant latino-américain de la « philosophie de la libération », se fonde notamment sur le principe de ce qui est « réalisable », principe non reconnu par les anarchistes, qui prétendent selon lui réaliser l'impossible, en quoi ils sont des utopistes.

Si l'on aborde l'anarchisme comme une philosophie politique dont la cohérence n'a cessé de poser divers problèmes, ce qui conduit à la soumettre à un examen critique, on ne peut éviter d'identifier l'opposition la plus profonde qui la structure et la déstructure tout à la fois : l'opposition entre ceux qui recherchent l'égalité à tout prix, ce qui les rapproche des socialistes et des communistes, et ceux qui veulent avant tout étendre et garantir les libertés de l'individu, ce qui les rapproche des libéraux. Les libertaires oscillent ainsi entre deux tentations : la tentation socialo-communiste et la tentation individuo-libérale. Il y a cependant un point d'accord ou de rencontre entre les deux orientations : la volonté de créer une société dans laquelle les individus seraient également libres. Mais il faut aussitôt souligner que cette égale liberté des individus s'inscrit dans un ensemble de valeurs et de normes totalement étranger à celui dans lequel s'inscrit la recherche de l'égalité des conditions. La quête libertaire de l'égale liberté est incompatible avec les projets utopiques d'inspiration égalitariste visant à réaliser l'égalité totale des représentants du genre humain dans tous les domaines. Entre la pensée libertaire et l'utopie communiste, en dépit de certains rapprochements ou croisements occasionnels fondés sur des idées fausses ou confuses, il y a un abîme.

« L'égalité ou la mort ! » crient les égalitaristes. « La liberté ou la mort ! » proclament les libertaires. Mais la « mort » évoquée peut être soit la mort de l'autre (du contradicteur, de l'opposant, de l'ennemi), soit la mort du militant combattant jusqu'au-boutiste. Dans le premier cas (l'autre doit mourir pour la victoire de ma cause), on a affaire à un acte criminel commis au nom de la valeur suprême invoquée ; dans le second (j'accepte de mourir pour ma cause), on se trouve devant une action héroïque, un sacrifice de soi consenti ou volontaire. Mais il faut souligner le fait que, dans le premier cas, les ennemis de l'égalité et de la liberté sont traités comme des humains en trop, jugés indignes de vivre. On doit dès lors reformuler ainsi les deux devises révolutionnaires : « L'égalité ou leur mort ! » et « La liberté ou leur mort ! ». Ce sont là deux expressions du fanatisme exterminateur. Il faut reconnaître que les penseurs anarchistes n'ont pas toujours reconnu l'existence d'une telle dérive d'esprit totalitaire, contredisant leur désir de liberté individuelle comme objet d'une exigence universelle.

Ordre et désordre, nature humaine et liberté

Dans *La Crise de l'esprit* (1919), Paul Valéry s'interroge sur la figure de l'« Hamlet européen » : « Il songe à l'ennui de recommencer le passé, à la folie de vouloir innover toujours. Il chancelle entre les deux abîmes, car deux dangers ne cessent de menacer le monde : l'ordre et le désordre. » Trop d'ordre, et surgit l'ennui de la vie ordonnée et routinisée. Trop de désordre, et jaillit la peur du désordre, celui qu'engendre le changement perpétuel ou la guerre permanente. Les humains sont pris dans les mâchoires de la tenaille, menacés par l'inertie anesthésiante comme par l'accélération ou la transformation accélérée, destructrice de tout ordre établi. Disons donc plutôt que ce qui menace le monde, c'est l'excès d'ordre et l'excès de désordre. Il n'est point de société humaine vivante et vivable sans un ordre respecté et un désordre toléré. C'est pourquoi la recherche de l'équilibre est une des lois de l'action politique. La complexité est une combinaison variable d'ordre et de désordre, qui implique une succession non maîtrisable de déséquilibres et de rééquilibrages. Dans son *Dialogue sur la nature humaine*

(2000) avec Boris Cyrulnik, Edgar Morin réinterprète ainsi la thèse de la double menace : « Le désordre pur, c'est la dissolution générale, l'ordre pur, c'est la congélation générale. [...] Ce sont sans conteste les deux fléaux pour nous, humains. Avec tous les risques que la liberté engendre. Car la liberté, c'est l'autonomie, c'est la capacité d'initiative et créative, mais c'est aussi la capacité de crime. »

Concernant la hantise du désordre, une hypothèse séduisante a été avancée par le psychothérapeute Paul Watzlawick dans son livre *L'Invention de la réalité* (1981) : si le chaos est refusé, c'est parce qu'il est insupportable. Compte tenu de la structure de l'esprit humain, le chaos est donc impensable : « La construction de la réalité probablement la plus universellement acceptée repose sur la supposition que le monde ne peut pas être chaotique – non pas que nous ayons les moindres preuves pour cela, mais l'idée d'un monde chaotique nous serait tout simplement insupportable. »

On connaît la devise positiviste des admirateurs brésiliens du positivisme comtien : « Ordre et progrès ». La formule développée par Auguste Comte est la suivante : « L'amour pour principe, l'ordre pour base, et le progrès pour but. » On la trouve dans son *Système de politique positive*, paru en juillet 1851, au début de la conclusion générale du « Discours préliminaire sur l'ensemble du positivisme ». Rappelons qu'à propos de la devise brésilienne, on cite souvent le mot ironique du baron de Rio Branco, José Maria da Silva Paranhos Júnior (1845-1912), le père de la diplomatie brésilienne : « Il n'y a que deux choses bien organisées au Brésil : le désordre et le carnaval ! » Valéry, à la fin de son texte intitulé « Orient et Occident » (1928), complique la question en affirmant : « Il est clair que la tradition et le progrès sont deux grands ennemis du genre humain. »

L'idée anarchiste se confond avec un idéal, celui d'un ordre social sans État, c'est-à-dire sans hiérarchie ni pouvoir coercitif. La thèse anarchiste est que, pour vivre librement, les humains ne doivent pas être gouvernés. Ils peuvent et doivent donc se passer de l'État. Il y a là un fondamental rejet de la dimension politique de l'existence humaine, telle qu'elle a été conceptualisée par les penseurs européens. Pour les anarchistes, une société sans État est à la fois possible, nécessaire et désirable. L'auto-organisation, la libre association et la coopération des individus, dans toutes les sphères de l'existence, doit être la seule règle.

Comment imaginer la réalisation de l'idéal du « vivre sans contraintes » ? À cette question, une des réponses les plus rigoureuses et les plus séduisantes fut donnée par Rabelais dans sa description de l'abbaye de Thélème, utopie qu'on trouve dans son *Gargantua* (1534, chapitre 57), que nous avons déjà citée. Le vrai problème, et le plus difficile, concerne les conditions de possibilité d'une société d'individus libres, indépendants et autonomes, capables de vivre sans se soumettre à un pouvoir étatique. Cette capacité ne peut se trouver que dans la nature humaine, dont on sait qu'elle ne cesse de faire l'objet de controverses, certains idéologues allant jusqu'à en nier l'existence. Les plus optimistes des penseurs libertaires ont mis en avant l'existence des instincts sociaux et de l'altruisme. À suivre Bakounine, les anarchistes avaient « pleine confiance dans les instincts des masses populaires » (« Programme de [la Fraternité internationale] », 1872). C'est ainsi que, pour fonder sa vision de la société harmonieuse de l'avenir, Kropotkine postulait la bonté fondamentale des humains. Mais que faire face aux passions négatives et aux comportements antisociaux ? La violence, comme fait anthropologique majeur, reste le grand obstacle. C'est pourquoi la fuite toujours recommencée dans les utopies pacifistes joue le rôle d'un remède illusoire, certes consolateur, mais porteur de dures désillusions, tant il est vrai que, par exemple, les appels à la solidarité internationale pour stopper les guerres restent sans effet.

Pour ces rêveurs d'absolu que sont les anarchistes, l'anarchisme est inséparablement l'expression d'un tempérament ou d'un état d'esprit, une idéologie et une utopie, disons une manière d'être au monde avant d'être une vision du monde. L'idéal anarchiste est à la fois une flamme capable d'incendier les cœurs et un rêve porté par l'aspiration à une inaccessible liberté. Il y a bien quelque chose comme un destin tragique des anarchistes, sur lequel a justement insisté l'historien de la philosophie Jean Préposiet dans les conclusions de son *Histoire de l'anarchisme* (1993) :

> « Depuis toujours, la politique se traduit inévitablement en termes de pouvoir. Pouvoir imposé, pouvoir consenti. Les anarchistes sont les seuls à refuser d'entrer dans le jeu. Autant dire que la vocation de la réussite politique leur fait entièrement défaut. [...] Irremplaçables comme levain de l'histoire, les anarchistes sont condamnés à lutter toujours pour les

autres. Ils sèment et ne récoltent pas. Tel est leur destin. Et pourtant, la liberté fabuleuse dont ils rêvent et pour laquelle ils combattent hantera éternellement l'imagination des hommes. »

La tentation du prophétisme demeure, et nombreux sont ceux qui, libertaires ou socialistes, sont encore prêts à croire à un avenir radieux tel qu'annoncé par Saint-Simon disant : « Le jour viendra où je ferai de la terre un paradis. » Mais, si le désir d'espérance est toujours présent, la crédulité n'est plus ce qu'elle a été. Pourtant, l'anarchie continue de séduire de brillants esprits. Les plus lucides d'entre eux attendent du progrès des connaissances qu'il permette de repenser sur des bases rationnelles le projet libertaire, et appellent simultanément à procéder à des expérimentations sociales, notamment en créant de petites communautés autogérées. Sur la question, je donne volontiers la parole à Chomsky disant dans son entretien de mai 1995, avec une prudence méritoire pour un « radical » :

« La nature humaine, quelle qu'elle soit, nous empêche-t-elle de parvenir à des formes de vie anarchistes ou nous y conduira-t-elle ? Nous n'avons pas encore assez de connaissances pour répondre à cette question qui devrait inciter à l'expérimentation et à la découverte, et non à des prises de position qui seraient vides de sens. »

La « nature humaine » : voilà bien une notion que les intellectuels contemporains et les acteurs politiques, convertis pour la plupart au relativisme culturel après avoir abandonné la doctrine « progressiste » de la table rase (*blank slate*) – un des grands mythes modernes –, ont oubliée ou rejetée depuis longtemps. Leur grande erreur est de croire que la plasticité ou la malléabilité de la nature humaine est sans limites, que la nature humaine peut être déconstruite et construite selon nos désirs, autrement dit que la nature humaine n'existe pas. Pour certains, il n'existe pas de nature humaine qui soit indépendante de la culture, ce qui implique qu'il y a autant de natures humaines que de cultures. Tel est le relativisme culturel radical. Pour d'autres, les différences entre les personnes comme entre les groupes se réduisent à des créations ou à des inventions plus ou moins arbitraires, et toujours provisoires. Tout est alors question de choix et de construction sociale ou sociopolitique, ou encore de tri génétique. C'est ce prométhéisme qui, sous différentes formes, inspire depuis plus de deux siècles les élites dirigeantes des nations occidentales. Mais le constat des échecs répétés des projets politiques les plus divers pourrait bien nous conduire à nous demander si ces derniers ne se sont pas heurtés à ce roc négligé qu'est la nature humaine dans son invariance et son universalité, recouverte et occultée par le flot des idéaux et des modèles normatifs que nous ne cessons de déverser sur elle.

Repenser la politique sans se perdre dans les illusions et les idées fausses, c'est commencer par oser repenser la nature humaine, dans la voie ouverte par le psychologue cognitiviste Steven Pinker, notamment dans *Comprendre la nature humaine* (2002) – et quelques autres savants éclaireurs. Dans ce livre, Pinker argumente d'une façon rigoureuse contre le mythe de la table rase, selon lequel, pour parler comme John Locke dans son *Essai philosophique concernant l'entendement humain* (1689, livre II, chap. 1, paragraphe 1er), « au commencement, l'âme est ce qu'on appelle une table rase [*tabula rasa*], vide de tous caractères, sans aucune idée, quelle qu'elle soit », toutes nos idées venant de l'expérience et de la réflexion sur les données de l'expérience. Le psychologue commence par ces simples remarques :

> « Tout le monde a une théorie de la nature humaine. Comme chacun doit prévoir le comportement de l'autre, nous avons tous besoin d'une théorie sur ce qui fait réagir l'individu. Notre approche de l'autre répond à une théorie tacite sur la nature humaine, à savoir que les comportements sont dictés par les pensées et les sentiments. Nous étoffons cette théorie en regardant à l'intérieur de nous-mêmes et en supposant que nos congénères sont comme nous, et l'observation de leurs comportements nous permet d'effectuer des généralisations. »

Pinker s'attaque notamment au mythe moderne du bon sauvage, qu'on rencontre sous diverses formes dans les courants révolutionnaires ou contestataires depuis le milieu du XIXe siècle :

> « L'être humain, comme la fourmi, a peut-être un gentil superorganisme qui lui fait tout faire pour la colonie. L'idée que l'individu est instinctivement communautaire est un précepte important de la doctrine romantique du bon sauvage. Elle figurait dans la doctrine d'Engels et de Marx, pour qui "le communisme primitif" était le premier système social, dans l'anarchisme de Piotr Kropotkine ("Les fourmis et les termites

ont renoncé à la 'guerre hobbesienne' et elles ne s'en portent que mieux"), dans l'utopie de la grande famille de l'homme des années 1960, et dans les écrits des scientifiques radicaux contemporains, comme Richard Lewontin et Noam Chomsky. Certains d'entre eux imaginent que la seule alternative est un individualisme dans lequel chaque homme est une île. »

Pinker indique une piste différente : « La véritable alternative au collectivisme romantique n'est pas "l'orientation libertaire de droite", mais la notion que la générosité sociale vient d'une série complexe de pensées et d'émotions ancrées dans la logique de la réciprocité. Cela lui confère une psychologie très différente du partage communautaire que pratiquent les insectes sociaux, les familles humaines et les cultes qui essaient de se faire passer pour des familles. » Si l'idée de nature humaine doit être démythisée, débarrassée de sa gangue mythique, elle ne doit pas pour autant être rejetée comme un vestige symbolique d'une époque révolue.

Sautons les étapes de la démonstration, qui relèveraient d'un autre livre. Disons simplement qu'en dernière analyse, la capacité de résister aux dictatures trouve ses racines dans la nature humaine. C'est de cette dernière que ne cessent de ressurgir le goût de la liberté et le sens de la justice. Et aussi ce que certains appellent, d'un mot désormais à la mode, la « résilience ». Comme l'a souligné Chomsky dans un important article publié en 1970 (« *Language and Freedom* »), « l'action politique et sociale doit être animée par une vision de la société future et par des jugements de valeur explicites, qui doivent découler d'une conception de la nature humaine ». La raison en est claire : « Si l'esprit humain était dépourvu de structures innées, nous serions des êtres indéfiniment malléables, et nous serions alors parfaitement appropriés au formatage de notre comportement par l'État autoritaire, le chef d'entreprise, le technocrate ou le Comité central. » Et Chomsky d'ajouter : « Ceux qui ont une certaine confiance dans l'espèce humaine espéreront qu'il n'en va pas ainsi et ils essaieront de déterminer les traits intrinsèques qui servent de cadre au développement intellectuel, à celui de la conscience morale, aux réalisations culturelles et à la participation à une communauté libre. »

Pinker commente les conceptions politiques de Chomsky en partant du fait que le linguiste engagé « décrit sa vision politique comme "socialiste libertaire" et "anarcho-syndicaliste", le type d'anarchisme qui met en avant la coopération spontanée (par opposition à l'anarcho-capitalisme qui met l'accent sur l'individualisme) ». Or cette vision, selon lui, « repose sur une tradition cartésienne qui comprend l'opposition de Rousseau à la tyrannie, à l'oppression et à l'autorité établie [...], la défense de la liberté de Kant, le libéralisme précapitaliste de Humboldt avec son insistance sur le besoin fondamental humain de liberté de création dans le cadre de l'association volontaire, et la critique de Marx de l'aliénation du travail fragmenté qui transforme l'homme en machine en le privant de son "caractère d'espèce", de son "activité de liberté de conscience" et de sa "vie productive" avec ses camarades ». Pinker conclut que « les croyances politiques de Chomsky s'accordent avec sa croyance scientifique que l'être humain est doté de façon innée d'un désir de communauté et d'un besoin de liberté d'expression créatrice, le langage en étant l'exemple caractéristique. Cela fait espérer de voir l'avènement d'une société organisée par la coopération et la productivité naturelle plutôt que par le contrôle hiérarchique et la motivation du profit ».

Le réalisme en la matière exclut autant l'optimisme que le pessimisme. Il engage à reconnaître dans la nature humaine une lutte des contraires, qui peut prendre la forme d'une oscillation ou d'une ambivalence : amour et haine, Éros et Thanatos, altruisme et agressivité, coopération et compétition. Contrairement au dogme idéologique largement répandu par des anthropologues hyper-relativistes postulant qu'il existe autant de natures humaines que de cultures, l'idée de nature humaine ne se réduit pas à une « illusion occidentale », contrairement à ce qu'affirme l'anthropologue Marshall Sahlins (1930-2021) dans son livre sur la nature humaine, publié en 2008.

Ce qui est vrai, c'est que certains philosophes et scientifiques occidentaux ont mis l'accent, d'une façon qu'on peut juger aujourd'hui arbitraire, sur l'égoïsme, l'agressivité et la compétition dans leurs définitions de ce qui fait l'essence de l'humain. C'est cette vision intrinsèquement négative de la nature humaine qui relève à la fois de l'erreur et de l'illusion. Une illusion dangereuse, en ce qu'elle conduit à justifier les régimes despotiques. L'argument est bien connu : les humains ainsi définis ont besoin d'un maître. Et mieux vaut un mauvais maître que pas de maître du tout. Disons les choses autrement : une dictature vaut mieux qu'un désordre. C'est à ce jeu d'évidences que les penseurs anarchistes se sont attaqués, chacun à sa manière, car l'anarchisme n'est pas une école de pensée transmettant et diffusant les principes et les dogmes d'une doctrine bien définie, même s'il est vrai que les militants anarchistes se contentent souvent de répéter des poncifs, des clichés et des slogans.

Dans la conclusion de son livre, Sahlins affirme justement que « nous ne sommes pas condamnés [...] à une nature humaine irrépressible, qui nous pousserait à chercher toujours notre avantage aux dépens d'autrui, et au risque de détruire notre existence sociale ». Ajoutons que l'image de l'homme comme « singe tueur » est la plus trompeuse de toutes. La nature humaine se définit avant tout par des invariants tels que la recherche de la liberté, l'altruisme et le goût de la coopération avec les autres. Soutenir cette thèse n'est pas faire preuve d'angélisme, sauf aux yeux de ceux qui définissent essentiellement l'humain par le désir de posséder et de posséder toujours plus, de gagner par tous les moyens, d'exercer un pouvoir sans limites ou d'éliminer l'autre comme adversaire ou ennemi, traits négatifs qu'ils ont tendance à mettre en scène et à donner en spectacle, comme s'il y avait une secrète jouissance à privilégier la face sombre du genre humain, dont il n'est bien sûr pas question pour autant de nier l'existence.

Dans l'avant-propos de son livre paru en 1990, *La Domination et les arts de la résistance*, l'anthropologue d'inspiration anarchiste James C. Scott (1936-2024) fonde son approche des situations de domination sur la distinction entre « texte caché » et « texte public », et ce, à travers l'analyse de nombreux exemples sociohistoriques. Il élabore à partir d'elle un modèle pour penser les relations de pouvoir, c'est-à-dire les relations entre groupes dominants et groupes dominés :

> « Tout groupe dominé produit, de par sa condition, un “texte caché” aux yeux des dominants, qui représente une critique du pouvoir. Les dominants, pour leur part, élaborent également un texte caché comprenant les pratiques et les dessous de leur pouvoir qui ne peuvent être révélés publiquement. La comparaison du texte caché des faibles et des puissants, et de *ces deux* textes cachés avec le texte public des relations de pouvoir permettra de renouveler les approches de la résistance à la domination. »

C'est à partir de ses observations et de ses hypothèses interprétatives sur la manière dont les dominants et les dominés produisent un texte caché et un texte public que Scott a développé sa réflexion sur les situations de domination et de dépendance. Sa stratégie analytique « s'appuie sur le présupposé que des formes de domination structurellement similaires partageront les unes avec les autres un certain air de famille ». Scott ajoute que de telles similarités sont « assez flagrantes dans le cas de l'esclavage, de la féodalité et des systèmes de castes ». Il formule également l'hypothèse selon laquelle, si « les structures de domination opèrent de manière similaire, elles tendront, toutes choses égales par ailleurs, à provoquer des réactions et des modes de résistance qui seront relativement comparables ». Il en arrive ainsi à décrire et à conceptualiser la politique souterraine des dominés comme l'« infra-politique des dominés ». Cette dernière se traduit dans les pratiques sociales, à certains moments dits ordinairement « de crise », par diverses formes de révolte, de rébellion ou d'insurrection, et bien sûr par des révolutions dont l'objectif déclaré est de détruire les structures de domination.

Dans un entretien avec Yascha Mounk publié en 2021 (puis le 3 septembre 2024, après sa mort), Scott affirme qu'il se considère comme une sorte d'« anarchiste à moitié fait » (« *half-assed anarchist* ») en ce qu'il ne pense pas que l'État puisse être aboli. Critique radical de l'État, Scott reconnaît néanmoins, sur le tard, que l'État-providence, apparu récemment – en Europe – dans l'histoire des sociétés humaines, a des vertus émancipatrices, en quoi il se distingue du modèle le plus courant du pouvoir étatique, l'État autoritaire, qui ne se soucie pas du bien-être de la population. Dans son entretien avec Mounk, Scott attire l'attention sur les conditions de possibilité de l'apparition du type de l'État « bienveillant » :

> « Ce qu'il faut retenir à propos de l'État-providence et de ses mesures émancipatrices, c'est qu'il n'y est parvenu qu'avec un pistolet sur la tempe. C'est-à-dire que la Révolution française a éliminé les cités et créé l'idée d'égalité des citoyens. Le New Deal était essentiellement un effort pour sauver le capitalisme des pressions révolutionnaires venues d'en bas à cause de la Grande Dépression. Donc : les États prennent-ils des mesures émancipatrices ? Oui, ils le font. Mais ils ne le font qu'avec un pistolet sur la tempe. Et nous devons comprendre que c'est ainsi que ces mesures émancipatrices se produisent. »

En 2004, l'anthropologue anarchiste David Graeber (1961-2020), a publié un brillant petit essai intitulé *Fragments of an Anarchist Anthropology* (2004), traduit en français sous le titre *Pour une anthropologie anarchiste*, en 2018. Au début de son introduction, Graeber souligne le retour des thèmes anarchistes dans les mouvements protestataires et contestataires contemporains qui, alors portés par la vague altermondialiste, s'éloignent de la vision marxiste-léniniste de la prise du pouvoir par une révolution politique :

> « L'anarchisme, en tant que philosophie politique, est véritablement en plein essor. Des mouvements anarchistes ou inspirés de l'anarchisme se développent partout dans le monde. Alors qu'ils étaient à la base de l'organisation dans le mouvement altermondialiste, les principes anarchistes traditionnels – autonomie, association volontaire, autogestion, entraide, démocratie directe – jouent maintenant ce rôle dans des mouvements radicaux de toutes sortes. [...] La plupart, il est vrai, ne vont pas jusqu'à utiliser le mot “anarchiste”. Mais, comme l'a récemment souligné Barbara Epstein, l'anarchisme a déjà largement pris la place qu'occupait le marxisme dans les mouvements sociaux des années 1960 : même ceux qui ne se considèrent pas comme anarchistes sentent qu'ils doivent se définir par rapport à l'anarchisme et s'inspirent de ses idées. »

Graeber fait ici référence à l'article de l'historienne de gauche Barbara Epstein, « *Anarchism and the Anti-Globalization Movement* », qui, publié en septembre 2001, mettait l'accent, dans la nouvelle vague anarchiste ou anarchisante, sur l'anticapitalisme, l'égalitarisme, la solidarité et la centration sur l'« ici et maintenant » plutôt que sur les « lendemains qui chantent » :

> « De nombreux jeunes militants radicaux d'aujourd'hui, en particulier ceux qui sont au cœur des mouvements antimondialisation et anti-entreprises, se qualifient eux-mêmes d'anarchistes. Mais la perspective intellectuelle et philosophique qui prévaut dans ces cercles pourrait être mieux décrite comme une sensibilité anarchiste que comme un anarchisme en soi. Contrairement aux radicaux marxistes des années 1960, qui dévoraient les écrits de Lénine et de Mao, les militants anarchistes d'aujourd'hui ne se penchent probablement pas sur les œuvres de Bakounine. Pour les jeunes militants radicaux contemporains, l'anarchisme signifie une structure organisationnelle décentralisée, fondée sur des groupes d'affinité qui travaillent ensemble de manière *ad hoc*, et sur la prise de décision par consensus. Il signifie également égalitarisme, opposition à toute hiérarchie, suspicion à l'égard de l'autorité, en particulier celle de l'État, et engagement à vivre selon ses valeurs. Les jeunes militants radicaux qui se considèrent comme anarchistes sont susceptibles d'être hostiles non seulement aux entreprises, mais aussi au capitalisme. Beaucoup envisagent une société sans État fondée sur de petites communautés égalitaires. Pour certains, la société du futur reste une question ouverte. Pour eux, l'anarchisme est important surtout en tant que structure organisationnelle et en tant qu'engagement en faveur de l'égalitarisme. C'est une forme de politique qui s'articule autour de la révélation de la vérité plutôt que de la stratégie. C'est une politique résolument dans l'instant. »

À la question du journaliste Joseph Le Corre, « Y a-t-il un auteur que vous recommanderiez pour bousculer ses certitudes ? », l'écrivain Gaspard Koenig répondait (*Le Point*, 2 août 2025) : « David Graeber. À chaque fois que je lis un de ses livres, je commence en me disant : “Oh là là, c'est loin de moi tout ça… ce n'est pas ce que je pense”, et puis il arrive à me faire douter ou changer d'avis, que ce soit sur la dette, la bureaucratie, les entreprises, les *bullshit jobs*, la démocratie… »

Les penseurs anarchistes nous offrent une critique radicale de la statolâtrie jacobine, socialiste, communiste et fasciste, donc des étatismes autoritaires et totalitaires. Mais l'envers de cette critique qui s'accompagne d'un programme de suppression de l'État, c'est l'absence d'une véritable théorie de l'État, que celle-ci prenne une forme sociologique ou une forme philosophique, et qu'elle porte sur les États-nations ou sur les Empires. Les imprécations et les formules incantatoires dirigées contre l'État relèvent de la littérature pamphlétaire, et non de la pensée politique. Défendre la démocratie dans une perspective libertaire, c'est défendre telle ou telle version radicale de la démocratie participative, récusant le principe même de la représentation – donc le modèle de la démocratie représentative ou de la République de tradition jacobine –, ce qui favorise les mouvements politiques qu'on peut caractériser comme « anarcho-populistes ». Bakounine, qui ne cessait de déclarer la totale confiance qu'il accordait aux « instincts » du peuple, a pu être identifié comme le théoricien d'un « anarchisme populiste » (Hepner, 1950). Mais il faut rappeler que Proudhon, qui était loin de donner dans la démolâtrie et se montrait un ennemi résolu de la démagogie, prônait la démopédie, condition de possibilité de la démocratie réelle. Le peuple lui-même devait être éduqué pour pouvoir s'émanciper par ses propres forces.

Une autre limite théorique se rencontre dans la tradition anarchiste : la faiblesse de ses approches théoriques de la guerre, en dépit des écrits de Proudhon sur la question. L'engagement en faveur d'un pacifisme vague, moralisateur et déclamatoire revient à prendre des slogans pour des pensées. Enfin, face à l'idée de progrès, les analyses et les positions des théoriciens anarchistes oscillent entre une conception nécessitariste du progrès dans l'histoire, au demeurant sans originalité, et une critique démystificatrice des visions progressistes dogmatiques, alimentée depuis un demi-siècle, d'une façon croissante, par divers courants de l'écologie politique.

On peut définir l'abstentionnisme électoral comme une forme d'action politique normative, emblématique de l'identité anarchiste. Les militants qui transgressent la norme antiélectorale subissent la désapprobation de leur groupe libertaire d'appartenance, comme l'a montré le politiste Simon Luck (2010) sur l'exemple de la Fédération anarchiste. Cette organisation anarchiste, bien que fondée sur une vision antiautoritaire d'inspiration proudhonienne et rendant un culte à la liberté, exige donc de ses militants qu'ils respectent ses normes et se montrent en conséquence disciplinés, voire conformistes. Les militants libertaires, se voulant libres et rebelles, n'échappent pas au devoir de respect des valeurs-normes qui structure toute association. La désobéissance a ses limites, même pour ceux qui font profession de désobéir pour affirmer leur liberté. Transgresser les normes du groupe d'appartenance, qu'il soit libertaire ou non, c'est trahir ses idéaux fondateurs, et s'exposer ainsi à être sanctionné, notamment par l'exclusion du groupe. Voilà qui suffit à illustrer l'indétermination et la fragilité de l'éthique libertaire se heurtant en permanence aux dures réalités sociologiques.

L'imaginaire anarchiste est également présent aujourd'hui, sans être toujours reconnu comme tel, dans une configuration idéologique informelle aux frontières floues qu'a étudiée l'historien des idées politiques Amaury Giraud dans *Penser le conservatisme à gauche* (2024), une configuration peuplée de formations idéologiques paradoxales ou oxymoriques, où l'on rencontre des anticapitalistes antimodernes et antiprogressistes, des démocrates socialistes et antilibéraux, des défenseurs de gauche du principe de la continuité historique et du désir d'enracinement, d'une pensée non traditionaliste de la conservation ou de la préservation, tous soucieux de poser des limites face à la menace de l'illimitation qui est le nouveau visage de l'*hubris*, de la démesure dangereuse.

Ces conservateurs de gauche, socialistes conservateurs, antimodernes ou antiprogressistes sont anticapitalistes sans être communistes ou marxistes, ils combattent les illusions du progrès et de la croissance sans fin, ils sont en lutte contre les libéraux-libertaires soixante-huitards, contre les chantres du déracinement ou du nomadisme et contre le sans-frontiérisme. Mais cette gauche conservatrice n'est pas pour autant réactionnaire, elle ne cherche pas à rétablir un passé idéalisé, elle ne se réfugie pas dans une vision confortable de la décadence, elle ne se complaît pas dans une nostalgie lacrymale. Elle veut agir dans le présent.

Dans un entretien publié le 13 mars 2024, Amaury Giraud précise son modèle interprétatif :

> « Je pense, de ce point de vue, que le concept critique de “modernité liquide” ou de “présent liquide” théorisé par Zygmunt Bauman résume très bien cette tension dialectique qui consiste à combattre la puissance transformatrice et métamorphosante d’un capitalisme moderne dont la fuite en avant dans la technologisation et l’innovation comme horizons indépassables rendrait *de facto* impossible toute forme de stabilité, de continuité, de permanence et de sauvegarde (ce que Jaime Semprun désignait comme “le sentiment d’une continuité cumulative dans le temps”). »

Comment, dès lors, comprendre ce conservatisme qui reste à bonne distance des milieux conservateurs de droite et d’extrême droite ? Et comment définir sa spécificité idéologique ? Amaury Giraud répond à ces questions en énumérant un certain nombre de traits distinctifs :

> « Ce “conservatisme” entend “conserver”, par exemple, les solidarités horizontales des classes populaires (la fameuse “*common decency*” d’Orwell), les acquis de l’État-providence, les modes de vie traditionnels permettant d’échapper au consumérisme de masse ou encore ce que Marcel Gauchet décrit comme l’idée de “précédence” contre le mouvement de “détraditionnalisation” permanent qu’impliquerait le capitalisme

modernisé. Dans cette optique, et à titre d'exemple, le "patriotisme" défendu par ce "courant informel" n'est donc pas un nationalisme d'extrême droite mais un "patriotisme de compassion", un patriotisme affectif et sentimental, un attachement sensible à l'égard d'"une chose belle, précieuse, fragile et périssable" (Simone Weil). »

Tel est le chemin que peut suivre une pensée libertaire visant à en finir avec l'utopie de la « table rase » et appelant à reconnaître en valeur le fait de la continuité historique et l'importance fondamentale de la transmission culturelle comme condition de toute création. Cette pensée libertaire, inséparablement politique, morale et esthétique, serait à la fois une pensée de l'enracinement et une pensée des limites.

L'anarchisme : entre *ethos* et éthique

Ce qui fait toujours problème, depuis que s'exerce l'influence diffuse du darwinisme sur les idéologies politiques comme sur les sciences sociales, c'est le primat accordé aux pulsions égoïstes et à la « lutte pour la vie » dans les relations interindividuelles et intergroupales, dont la lutte des classes et la lutte des peuples ou des « races », voire la lutte des sexes, sont des traductions sociopolitiques. Mais peut-être n'est-ce là qu'une manière de conjurer la violence polymorphe perceptible dans le champ de ce qu'on appelle les « relations internationales », dominées par les rivalités, les luttes d'influence et les conflits armés. Devons-nous attendre des religions qu'elles calment le jeu, en tant que messagères d'amour et de paix ? On a des raisons d'en douter. C'est une des leçons qu'on peut retenir de la plupart des penseurs anarchistes, qui, hostiles à la religion comme au pouvoir (« Ni Dieu ni maître »), prônaient l'athéisme ou l'agnosticisme. « Dieu, c'est le mal », affirmait Proudhon en 1846 dans sa *Philosophie de la misère*. Quant à Bakounine, il offrait ce syllogisme dans *L'Empire knouto-germanique et la révolution sociale*

(1870-1871) : « Si Dieu est, l'homme est esclave ; or l'homme peut, doit être libre, donc Dieu n'existe pas. » Après avoir cité, dans ses *Réflexions sur l'individualisme* (1910), « la fière boutade de Bakounine : "Si Dieu existait, il faudrait l'abolir !" », Manuel Devaldès élargit le problème : « À quoi sert de tuer Dieu si nous enfantons *le divin*. Tant que l'homme sera persuadé de l'existence de causes supérieures à la sienne propre, il sera fatalement, et pour ainsi dire légitimement, privé d'autonomie réelle ; son unicité ne sera qu'un mot : le fantôme Dieu, dans ses divers et coexistants avatars, lui ravira la joie. »

Le physicien lauréat du prix Nobel (1979) Steven Weinberg (1933-2021), dans son article « *Religion and Science* » publié dans *Science* le 11 juin 1999, a mis le doigt sur un paradoxe apparent : « Avec ou sans religion, les bonnes personnes peuvent bien se comporter et les mauvaises peuvent faire le mal ; mais pour que les bonnes personnes fassent le mal, la religion est nécessaire. » Mais il n'y a pas que les religions traditionnelles qui jouent ce triste rôle : les religions politiques ou séculières constituent de puissants facteurs de mobilisation de leurs croyants, qui peuvent ainsi, avec bonne conscience, se transformer en inquisiteurs, en épurateurs ou en exterminateurs. Le doute sceptique et l'esprit critique constituent assurément les meilleurs boucliers contre de telles dérives, qui n'ont pas épargné nombre d'idéologues et de militants anarchistes.

Ceux qui ont le mieux compris ce processus producteur de tragique furent des libéraux et des libertaires – disons plutôt certains libertaires –, ces fanatiques de la liberté dont les rendez-vous manqués s'expliquent par leurs positions incompatibles sur l'économie de marché, mais aussi, au moins en partie, par la rivalité mimétique. Car libéraux et anarchistes ont participé les uns et les autres à la défense intransigeante de la liberté d'expression. Leur clairvoyance sur les effets pervers des actions révolutionnaires, qui reviennent à remplacer un pouvoir despotique par un autre, nous oblige à faire preuve de gratitude à leur égard. Mais les anarchistes ont toujours pris leurs distances vis-à-vis du mode de pensée utilitariste qui a prévalu dans la plupart des courants libéraux. Ils se soucient moins de respecter le principe de non-nuisance (John Stuart Mill) que de rendre possible l'épanouissement des individus sans attendre la création du meilleur des mondes. Pour réaliser leurs rêves, les libéraux rêvent du moins d'État possible, les libertaires de la disparition de l'État. Il y a là une petite différence qui fait toute la différence entre la « minarchie » et l'anarchie. Mais cet écart n'interdit nullement le dialogue entre « minarchistes » et anarchistes, ni la formation de positions hybrides. Leur ennemi commun est l'étatisme, à visage autoritaire ou totalitaire.

Dans l'imaginaire des anarchistes, la révolution ne doit pas être une prise du pouvoir par la force, mais une fête annonciatrice d'autres fêtes. Dans leur vision de la révolution viennent au premier plan des exigences esthétiques et morales, ce qui les oppose aux révolutionnaires machiavéliens dont le seul objectif est de prendre le pouvoir et de le conserver à tout prix, en professant que la fin justifie les moyens. C'est par leur romantisme révolutionnaire et leur goût de la liberté, qui les engage à défier tous les pouvoirs, que les anarchistes se distinguent des stratèges cyniques et des chefs autoritaires dont a accouché le marxisme-léninisme. Ils n'ont jamais hésité à « se mouiller » ni à se compromettre aux yeux des orthodoxes et des dogmatiques en tout genre. Leurs écrits, les théoriques comme les polémiques, restent un précieux remède contre la paresse intellectuelle, le dogmatisme et l'esprit de soumission aux pouvoirs établis comme aux opinions dominantes. S'ils se sont parfois laissé bercer par des illusions lyriques, ils n'ont pas cherché à plaire et n'ont jamais craint de déplaire.

Si l'on considère l'état de la jeunesse étudiante engagée à gauche et à l'extrême gauche en Europe de l'Ouest et aux États-Unis, le contraste est net entre le climat idéologique et culturel des années 1960 et 1970, et celui des années 2010 et 2020. Au cours des années 1960, dans les sociétés occidentales, on a assisté, sous diverses formes, à la renaissance de l'esprit libertaire qui a fini par diffuser largement les normes du libéralisme culturel : la libération sexuelle, « l'imagination au pouvoir », le désir de création libre, la liberté de pensée et d'expression, et ce, contre tout ordre moral, contre tout conformisme culturel et social. Hors du camp formé par les groupes révolutionnaires marxistes (maoïstes, trotskistes, castristes, communistes orthodoxes, etc.), figés dans leur sectarisme et leurs rêves de prise du pouvoir par la force, ce qui dominait dans les mouvements étudiants et marquait la nouveauté du moment, c'était l'antiautoritarisme, la tolérance et la curiosité intellectuelle, ainsi que le désir d'expérimenter de nouvelles formes de vie.

Aujourd'hui domine un esprit à la fois antilibéral et antilibertaire se traduisant par le politiquement correct et sa systématisation autoritaire par les adeptes du wokisme ou de la « religion woke » (selon l'expression juste de Jean-François Braunstein), qui a imposé un nouvel ordre moral fondé sur la surveillance du langage, l'inquisition permanente, la censure (*cancel culture*) et l'autocensure qu'elle engendre, la délation, les sanctions visant les mauvais sujets et la mort sociale qu'elles impliquent pour ces derniers. Le tableau de la situation répulsive se brosse en quelques mots : intolérance, vertuisme et néo-puritanisme triomphants, conformisme langagier, idéologique et comportemental. Le jargon de bois des néogauchistes woke reste celui de leurs ancêtres staliniens : les nouveaux stigmatisés et exclus, cibles d'une chasse aux sorcières, sont inévitablement « réactionnaires », « d'extrême droite », « fascistes », « racistes » ou « sexistes ».

Pour les esprits libres, qu'ils soient de gauche ou de droite, qu'ils se disent conservateurs ou révolutionnaires, libéraux ou socialistes, la question est désormais de savoir comment faire face à ce nouvel ordre politico-moral qui s'est installé dans les mentalités comme dans les institutions en bénéficiant de la corruption idéologique de mouvements comme le féminisme, l'antiracisme ou l'antifascisme, lesquels, fondés sous le signe de la défense des libertés, se sont retournés en redoutables machines à les broyer. La vague d'intolérance qui se couvre aujourd'hui du drapeau du « progressisme » est-elle vouée à s'étendre, disqualifiant la recherche de la vérité et le souci de l'établissement des faits, emportant le goût du libre débat et de la discussion sur des bases rationnelles, chassant le savoir au profit de dogmes ? Les seules armes qui peuvent nous permettre d'affronter ces menaces sont l'amour de la vérité et celui de la liberté. Elles nous engagent à tout faire pour éviter d'opposer l'intolérance à l'intolérance, le mensonge au mensonge, le dogmatisme au dogmatisme, les slogans aux slogans.

À la question « Êtes-vous anarchiste ? », l'écrivain Gaspard Koenig, esprit libre, répondait début août 2025 en incitant ses contemporains à cesser d'ignorer les auteurs anarchistes et à lire leurs écrits :

> « J'évite de me dire "iste". Mais je trouve que c'est important qu'il y ait des auteurs anarchistes dans leur vraie tradition. Il faut les lire. L'anarchie, c'est un peu l'utopie suprême, qui est une pensée du consensus et de la paix. Les anarchistes sont tout sauf anarchiques. C'est une pensée de la règle : comment la règle peut-elle émerger de manière organique ? C'est extrêmement séduisant. Aujourd'hui, il y en a très peu. Personne ne revendique cette étiquette. Il y a encore quelques groupes militants qui dessinent des "A" dans des ronds, mais au niveau intellectuel, je ne vois pas trop où elle est… En France, nulle part, à part peut-être Michel Onfray qui y a touché… C'est une pensée très utile, très importante, complètement sous-estimée. »

Rationaliste, sceptique et joyeux, tel était Bertrand Russell, qui définissait ainsi dans ses *Essais sceptiques*, en 1928, la morale libertaire : « Nous avons besoin d'une morale fondée sur l'amour de la vie, sur la joie de la croissance et des accomplissements positifs et non sur la répression et l'interdiction. On devrait considérer un homme comme un homme "de bien" s'il est heureux, expansif, généreux et joyeux du bonheur des autres. » Le bonheur ne doit pas être pensé comme un objectif final, atteignable dans un avenir lointain, il doit être vécu comme une expérience individuelle, mais partageable et partagée. C'est pourquoi les moments de bonheur sont des moments de fête. Nombreux sont les penseurs anarchistes qui ont insisté sur la dimension festive d'une vie véritablement humaine.

La liberté, affirme Emma Goldman en décembre 1934, est la « pierre angulaire de l'anarchisme ». Les anarchistes, ajoute-t-elle, estiment que « l'individu est au cœur de la société et qu'il doit penser par lui-même, agir librement et vivre pleinement », ce qui implique qu'il soit « libéré de l'interférence et de l'oppression d'autrui ». Et, précise-t-elle, « le but de l'anarchisme est que tout individu dans le monde puisse en faire autant ». Si l'on peut voir dans cette vision de l'anarchisme une forme d'individualisme, cette dernière n'a rien à voir avec un « individualisme prédateur », celui qu'on trouvait célébré par les théoriciens du « darwinisme social » libéral, qui voyaient dans la « guerre de tous contre tous » le principal facteur du progrès humain. Ce à quoi aspirent les anarchistes, comme l'affirme encore Goldman en 1934, c'est à une vie « régénérée par la liberté ». En 1911, elle concluait ainsi son essai intitulé *L'anarchisme, ce dont il s'agit vraiment* : « C'est la philosophie de la souveraineté de l'individu. C'est la théorie de l'harmonie sociale. » L'existence d'individus autonomes est la condition même de l'harmonie sociale.

On définit souvent l'anarchisme comme une idéologie politique, une pensée utopiste, une religion politique ou séculière, le réduisant ainsi à un ensemble de représentations, de croyances et de valeurs ou d'idéaux susceptibles de se traduire par des projets et des comportements politiques. Une telle approche est méthodologiquement légitime et possède une valeur opératoire, en ce qu'elle permet notamment d'inscrire l'anarchisme dans le champ des grandes idéologies politiques du monde moderne (libéralisme, socialisme, nationalisme, etc.) et, ainsi, d'autoriser des analyses comparatives éclairantes. C'est là oublier cependant que, pour recourir aux catégories de l'ancienne rhétorique (d'inspiration aristotélicienne), l'anarchisme est plus un *ethos* qu'un *logos*, plus une manière d'être ou de paraître qu'un discours théorique, plus l'expression d'un jeu de réactions instinctives ou pulsionnelles et d'intuitions qu'un enchaînement de concepts. Il faut ajouter qu'il implique aussi le recours au *pathos*, c'est-à-dire à des stratégies de séduction, de persuasion et de mobilisation. Dans sa lettre, citée *supra*, adressée en avril 1848 à son compagnon de combat Georg Herwegh, Bakounine affirme que « la révolution est un instinct plutôt qu'une pensée » et fustige « les philosophes littérateurs et politiciens qui ont leurs petits systèmes tout faits » et « manquent entièrement de cet instinct », ce pour quoi ils se montrent « sots et débordés ». C'est pourquoi Daniel Guérin, dans *L'Anarchisme* (1965), a proposé cette définition : « L'anarchisme est, avant tout, ce qu'on pourrait appeler une révolte viscérale. »

Les anarchistes se reconnaissent à un certain nombre de traits communs qui forment leur *ethos*, leur image ou leur représentation d'eux-mêmes, au point de faire surgir, d'une part, un style anarchiste, et, d'autre part, un type anarchiste et des sous-types. La mise en scène de soi est ici centrale, comme le rappelle l'importance, dans l'histoire de l'anarchisme, des maîtres à penser qui sont souvent d'abord des maîtres de vie, des figures inspiratrices ou des exemples de vie à imiter, des guides dotés de charisme et déclenchant l'enthousiasme. Dans ses *Mémoires*, Kropotkine insistait sur le prestige personnel dont bénéficiait Bakounine dans les milieux libertaires : « Ce qui m'a le plus frappé, c'est que l'influence de Bakounine était beaucoup moins ressentie comme celle d'une autorité intellectuelle que comme celle d'une personnalité morale. » Dans cette perspective, on peut caractériser l'anarchisme comme une manière d'être et de pensée stylisée, identifiable et affirmée dans l'espace social, plutôt que comme une construction doctrinale se présentant comme un système philosophique ou une théorie explicative et prédictive. « De système, je n'en ai pas, je n'en veux pas », déclarait Proudhon. Comme en écho, l'aventurier révolutionnaire Bakounine déclarait : « Je n'adhère à aucun système », et affirmait que chaque être humain porte en lui « le goût de la liberté, la passion de l'égalité, l'instinct sacré de la révolte ». Mais ces maîtres à penser ne sont d'aucune manière les « initiateurs » des révolutions, ainsi que le souligne Proudhon en 1849. Propulsées par une « force mystérieuse », les révolutions « se sont accomplies par la spontanéité du peuple », car « le peuple, quand il est livré à son seul instinct, voit toujours plus juste que lorsqu'il est conduit par la politique de ses meneurs ».

Le discours anarchiste est repérable à partir d'un petit nombre de mots suremployés, de thèmes récurrents et d'arguments dans lesquels prévalent les positions critiques de l'ordre sociopolitique existant, ce qui en fait un discours à la fois polémique et utopiste, le faisant apparaître comme un discours révolutionnaire. « C'est par la révolte que l'homme acquiert son humanité », affirmait Bakounine. L'humanisation des humains supposait selon lui un « acte de désobéissance ». Et Pelloutier précisait dans un texte daté du 12 décembre 1899 : « Nous sommes les révoltés de toutes les heures, [...] et les amants passionnés de la culture de soi-même. » Le message est clair : la désaliénation et l'émancipation s'accomplissent dans et par la révolte, qui rend possible, par la destruction qu'elle accomplit, la libre construction de soi ou du « nous ». Car, comme Bakounine l'affirmait souvent, « le besoin de détruire est aussi un besoin créateur ».

Cette rhétorique de combat multidimensionnel contre le « vieux monde » tourne autour d'une idée-norme qui forme le noyau dur ou le cœur de l'anarchisme et lui confère une dimension utopiste : l'idée-norme d'une auto-organisation, dans tous les domaines, d'individus libres, égaux et solidaires, dotés d'une capacité d'autoémancipation. Le rejet de l'État en découle, puisque l'État illustre « le gouvernement de l'homme par l'homme », qui est « la servitude » (Proudhon, *Confessions d'un révolutionnaire*). Or, comme l'écrivait Louise Michel en 1898 dans son histoire de la Commune de Paris, « le pouvoir est maudit, et c'est pour cela que je suis anarchiste ». En découle aussi le rejet d'une hiérarchisation des individus et des groupes sociaux ainsi que celui de « l'exploitation de l'homme par l'homme » (Proudhon, 1849).

En dépit de l'expérience historique douloureuse, au XXe siècle, du totalitarisme dans ses versions fascistes et communistes, rares sont ceux qui ont entendu la mise en garde lancée naguère par Max Weber : « Celui qui cherche le salut de l'âme, de la sienne et de celle des autres, ne devrait pas le chercher dans les avenues de la politique. » Si ce message n'a toujours pas été entendu à une époque pourtant marquée par un individualisme croissant, et ce, même par ceux qui prétendent défendre la démocratie et les libertés qu'elle est censée garantir, c'est parce qu'il s'est heurté au mur formé par de puissantes passions idéologisées et des promesses trompeuses : l'intransigeance idéologique s'exprimant par des croyances dogmatiques, la haine totale de l'ennemi absolu, le refus phobique du compromis, le fanatisme poussant au jusqu'au-boutisme et le désir de réaliser sans tarder le paradis sur terre, en postulant que « la fin justifie les moyens », c'est-à-dire les pires cruautés (exterminations de masse, génocides). En outre, l'individualisme devenu idéologie et culture dominantes n'est pas orienté vers la conquête de l'autonomie, mais vers la quête de la consommation et le souci de soi. Le désir d'émancipation s'est transformé, certains diraient perverti, en une recherche du plaisir à tout prix et dans tous les domaines, faisant surgir une culture hédoniste de masse s'accompagnant d'un narcissisme immodéré.

Dans son imposante synthèse sur les gauches françaises (2012), Jacques Julliard note que, « de Proudhon à Simone Weil, en passant par Sorel et

Pelloutier, les libertaires furent, selon la formule de ce dernier, “les amants passionnés de la culture de soi-même”, acquis à une conception héroïque de l'existence ». Et de conclure que, « de toutes les pensées de gauche, le libertarisme est [...] celle qui s'apparente le plus à une éthique ». Encore faut-il ne pas oublier l'envers du décor : la culture et le culte de l'individualisme hédoniste du « jouir sans entraves ». Les composantes de cet individualisme hédoniste, étranger et opposé à toute forme de vie héroïque, se sont propagées dans la foulée des révoltes étudiantes des années 1967-1968 aux États-Unis et en Europe. Dans la dernière grande vague libertaire qui a balayé le dernier demi-siècle, on trouve des mélanges idéologiques paradoxaux et instables entre, d'une part, des orientations égoïstes, narcissiques, hédonistes et consuméristes, et, d'autre part, des orientations altruistes, marquées par le souci de la justice et se traduisant par des engagements risqués en faveur de diverses causes.

La question demeure, insistante : faut-il vouloir à tout prix réaliser les utopies ou simplement espérer qu'elles se réalisent, en mettant modestement la main à la pâte ? Pour de nombreux adeptes du progressisme nécessitariste, l'évidence est que « le progrès est la réalisation des utopies », comme le dit Oscar Wilde en 1891 dans *L'Âme de l'homme sous le socialisme*. Bertrand Russell, quant à lui, appelait plutôt à espérer et à agir, sans vouloir créer ou faire advenir un monde parfait. Ainsi que le rappelle Rutger Bregman dans *Utopies réalistes* (2016), Russell écrivait en 1917 dans *Idéaux politiques* : « Nous ne devons pas aspirer à une utopie achevée mais à un monde travaillé par une imagination et des espérances bien vivantes. » Et d'affirmer sa conviction que « la vie la meilleure est celle dans laquelle les pulsions créatrices occupent la plus grande place et les pulsions de possession la plus petite ». Plus tard, dans *Philosophy and Politics* (1947), le philosophe définira ainsi, avec simplicité, la voie qui mène au bonheur : « L'homme a besoin, pour être heureux, non seulement de jouir de ceci ou de cela, mais d'espérer, d'entreprendre et de changer. »

Pourquoi ne pas interpréter cette philosophie du bonheur comme un humanisme libertaire ? L'historien britannique Edward P. Thompson (1924-1993), militant socialiste et pacifiste, était partisan d'un « communisme libertaire » qu'il présentait comme une forme d'humanisme. D'où sa critique du marxisme structuraliste et antihumaniste de Louis Althusser et de ses disciples, cibles de son essai polémique paru en 1978, *The Powerty of Theory* – traduit en 2015 sous le titre *Misère de la théorie* –, faisant écho au pamphlet de Marx contre Proudhon, *Misère de la philosophie*, publié en 1847. On trouve dans la pensée d'Albert Camus nombre d'éléments susceptibles de fournir des orientations philosophiques à cet humanisme libertaire qu'il a incarné à sa manière, à partir de ses réflexions sur l'expérience du non-sens de la vie, c'est-à-dire de l'absurde, qu'il a dépassé par la révolte, puis par l'amour comme acquiescement à la vie et affirmation de sa valeur. Son choix fut de rester fidèle à la terre, « notre premier et notre dernier amour », tant il est vrai qu'on n'aime que ce qui est. Mais son humanisme athée était nourri de doutes et d'incertitudes, et n'avait rien à voir avec une confiance naïve en l'humanité, ni avec une vision optimiste, d'inspiration prométhéenne, de la marche de l'histoire. Son humanisme non dogmatique était le fruit d'un combat difficile contre l'absurde et le nihilisme, sans jamais cesser de se nourrir du sentiment du tragique. Dans une conférence prononcée en 1948, il affirmait ainsi : « Je dirai que pessimiste quant à la destinée humaine, je suis optimiste quant à l'homme. Et non pas au nom d'un humanisme qui m'a toujours paru court, mais au nom d'une ignorance qui essaie de ne rien nier. »

Par leur projet de supprimer l'État et les institutions comme l'armée et la police qui impliquent un usage de la force, les anarchistes s'exposent à être critiqués pour leur irréalisme ou leur utopisme. Tous ne sont pas des inventeurs d'utopies abstraites, mais la plupart d'entre eux en manifestent le goût. Ils prennent ainsi leurs rêves de bonheur universel ou d'harmonie sociale pour des réalités à venir. Leur fanatisme de la liberté et leur haine de l'ordre établi les conduisent à une suspension de la décevante réalité. D'où leur posture intransigeante dans leur projet de détruire l'ordre social existant et de rompre totalement avec le passé, ce qui les plonge dans une attente de l'avenir colorée d'impatience, d'inquiétude et d'enthousiasme. Si certains anarchistes, adeptes d'utopies concrètes, choisissent de vivre « ici et maintenant » dans des communautés, à l'écart de la société existante, d'autres, disons les « radicaux », ne se contentent pas d'exiger la réalisation du possible, ils veulent l'impossible. C'est pourquoi ils sont et se disent révolutionnaires. Dans leur perspective, rien ne peut ni ne doit limiter le champ d'exercice de la libre volonté humaine. Le fameux slogan de Mai 68 en témoigne : « Soyez réalistes, demandez l'impossible. » En quoi ces anarchistes sombrent dans l'impolitique, consciemment ou non. On rencontre aussi chez certains d'entre eux la tentation de l'intolérance et du sectarisme qui anime ceux qui se veulent des « purs », en ce qu'ils ne seraient pas contaminés par « le système », face auquel ils lancent avec délectation l'imprécation soixante-huitarde : « Crève salope ! » Ils aiment avant tout l'aventure et le geste provocateur.

Les anarchistes ont entendu l'appel au « Doute absolu » et à l'« Écart absolu » lancé en 1808 par Charles Fourier au début de sa *Théorie des quatre mouvements et des destinées générales*. Pour certains d'entre eux, et surtout certaines d'entre elles, il s'agissait, toujours dans le sillage de Fourier le grand précurseur, d'inventer à la fois un « nouveau monde social » et un « nouveau monde amoureux ». Mais ils ne l'ont pas suivi dans son « utilitarisme obsessionnel dans le calcul des plaisirs », ni dans son « inquiétante volonté de transparence du social », ni bien sûr dans ses tendances à l'« hyperorganisation sociale » (Chantal Guillaume, 2013).

Dans son article publié en octobre 1981, « La modernité, un projet inachevé », le philosophe Jürgen Habermas insistait justement sur la dimension esthétique de la subversion anarchiste, trop souvent négligée ou sous-estimée par les acteurs comme par les commentateurs et les historiens : « L'anarchisme, en manifestant l'intention de briser la continuité de l'histoire, révèle la force subversive d'une conscience esthétique qui se dresse contre les effets normalisateurs de la tradition, qui tire son énergie de sa rébellion contre toutes les normes et neutralise tout à la fois le bien moral et l'utilité pratique. » D'où la séduction exercée par l'anarchisme sur les artistes et les poètes. Herbert Read (1893-1968), poète, historien de l'art et critique littéraire anarchiste britannique, dans son essai publié en 1938, *Poetry and Anarchism*, s'est efforcé d'expliquer le rapprochement souvent fait entre la création artistique et l'esprit anarchiste : « Pour créer, il est nécessaire de détruire, et l'agent de cette destruction dans la société est le poète. Je crois que le poète est nécessairement un anarchiste et qu'il doit s'opposer à toutes les conceptions organisées de l'État, non seulement celles léguées par le passé, mais aussi celles imposées au nom de l'avenir. » C'est la nature esthétique de la radicalité anarchiste qui permet de comprendre les ambiguïtés, les ambivalences et les oscillations idéologiques du discours libertaire.

Dans les sociétés démocratiques contemporaines, depuis la fin du XXe siècle, on a assisté à la réalisation pathologique de certains idéaux anarchistes, à commencer par ceux de l'émancipation et de l'autonomie individuelles. C'est là un phénomène social, culturel et psychologique qu'a analysé le philosophe allemand Axel Honneth, continuateur de Jürgen Habermas, dans ses travaux sur les effets négatifs du culte démocratique moderne de la liberté individuelle, qui s'ajoutent à ceux de la religion du progrès. Dans son livre publié en 2001, et traduit en français en 2008, sur les « pathologies de la liberté individuelle », qui n'est que l'une des « pathologies sociales » ou des « pathologies du social » qu'il a prises pour objets, Honneth s'interroge sur les causes et les effets de l'hyperindividualisme hédoniste et narcissique illustrant cet « individualisme négatif » (Robert Castel, 1995) dont la banalisation a été analysée et critiquée par de nombreux auteurs. De son côté, en 1979, dans *La Culture du narcissisme*, l'historien non conformiste Christopher Lasch avait bien compris que le culte de l'ego impliquait la perte du sens de la continuité historique et l'installation dans le présent avec pour seul horizon le bien-être : « Vivre dans l'instant est la passion dominante. » Ce qui caractérise cet individualisme culturel, c'est notamment le fait qu'il abolit le lien social lorsque le sujet individuel s'abandonne au désir insatiable d'authenticité, à ce désir fou d'être soi qui engendre inévitablement une insatisfaction profonde – on en connaît les formulations sloganiques : « être soi-même » ou « rester fidèle à soi-même ».

L'anarchisme ou l'indispensable aiguillon

On connaît la formule d'inspiration vaguement hégélienne devenue slogan mis à toutes les sauces pour défendre les causes les plus diverses : « Les idées mènent le monde. » Mais si elles le gouvernent, elles le bouleversent tout autant. Chez Tolstoï, dans *La Guerre et la Paix*, on trouve de ce cliché l'esquisse d'une critique démystificatrice : « Ce sont les savants qui écrivent l'histoire ; aussi leur est-il naturel et agréable de croire que l'activité de leur corporation anime le mouvement de l'humanité entière. » Mais ces producteurs officiels d'idées, les savants reconnus comme tels, sont aussi, bien souvent, ceux qui se mettent au service des vainqueurs pour écrire l'histoire selon les normes ou les exigences de ces derniers. Dès lors, les idées qui sont censées mener le monde sont les idées des vainqueurs et seulement elles, celles donc qui sont associées aux succès politiques, économiques ou militaires observables dans l'histoire. À cette aune, l'importance historique des anarchistes apparaît comme modeste, voire négligeable, car ils ont toujours été du côté des perdants, des vaincus, des marginalisés. Ils n'ont guère à leur actif que des échecs politiques cuisants, partout où ils ont tenté de mettre en pratique leurs idéaux. Ils ont non seulement été écrasés par des ennemis supérieurs en nombre, mais ils ont dû aussi subir l'hostilité de mouvements révolutionnaires concurrents, notamment marxistes. Et leurs dérives terroristes spectaculaires, exploitées par leurs ennemis, ont fortement détérioré leur image, devenue répulsive. Mais, comme l'ont justement fait remarquer les historiens James Joll (1918-1994) ou Paul Avrich (1931-2006), épouser la vision des vainqueurs « rétrécit singulièrement notre vision du monde ». L'importance d'un mouvement politique ne saurait s'évaluer seulement selon le critère de ses succès. Les libertaires peuvent se féliciter d'avoir d'exercé une influence diffuse sur de nombreux mouvements politiques et d'avoir inspiré un grand nombre de courants intellectuels ou culturels.

Gaetano Manfredonia, dans les dernières lignes de son *Histoire mondiale de l'anarchisme* (2014), aussi érudite que passionnée, définit ainsi le cœur de la révolte anarchiste : « C'est [...] seulement en restant fidèle à lui-même, à ses pratiques d'action directe et à son refus de l'institutionnalisation des luttes émancipatrices, que l'anarchisme pourra continuer à jouer avec profit son rôle d'aiguillon au sein des mouvements sociaux à venir. » La métaphore de l'aiguillon, chère à Rabelais et à nombre d'anarchistes, permet en effet de bien caractériser la fonction positive de l'anarchisme ainsi que la tâche principale des anarchistes dans la vie sociale et politique : réveiller les endormis et empêcher les défaillants de s'endormir. Le but des anarchistes ne saurait être de prendre le pouvoir politique pour l'exercer. Faire prendre conscience des problèmes et mobiliser le peuple en vue de les résoudre leur suffit. Il ne s'agit pas pour eux de gouverner à la tête d'un État, mais de ne cesser de réactiver le désir d'émancipation des individus et des groupes sociaux avec pour horizon poético-utopique le « changer la vie » de Rimbaud et de Breton.

C'est en cela que les anarchistes se distinguent des socialistes, leurs concurrents toujours mieux placés qu'eux dans l'espace politique, en permanente lutte pour parvenir au pouvoir et y rester le plus longtemps possible. Concernant les socialistes, qui n'ont rien d'un « aiguillon », on hésite pour les caractériser entre les trois métaphores animales suivantes : l'anguille, le renard et le caméléon. Ils glissent comme les anguilles, rusent comme les renards et changent de couleur comme les caméléons. Ils se présentent, en effet, soit comme des socialistes révolutionnaires projetant de transformer le monde, soit comme de paisibles et prudents réformistes – dont les variétés sont innombrables –, soit encore comme des socialistes plus ou moins libéraux, ou des libéraux ayant le sens du social. Les socialistes savent aussi, dans tel ou tel contexte, s'affirmer comme de sages conservateurs sous diverses figures (pour le courant « national-républicain », il s'agit de conserver les « traditions républicaines ») ou de fervents patriotes soucieux de célébrer la « mémoire nationale » tout en défendant d'une façon intransigeante la souveraineté nationale, quitte à se métamorphoser, lorsque le vent tourne, en partisans d'une rupture totale avec « le système » et d'un passage résolu à l'âge postnational, à visage mondialiste, cosmopolite ou européiste.

Un autre problème difficile a été posé par les penseurs libertaires soucieux avant tout de défendre et d'étendre les libertés, lorsqu'ils ont été confrontés au détournement de ce noble objectif par des démagogues, des gouvernants cyniques ou des législateurs saisis par l'*hubris*. Rappelons qu'en 1867, à la fin de *Fédéralisme, socialisme et antithéologisme*, Bakounine exposait brièvement sa vision de la liberté comme identique au bien : « Il n'est point de bien en dehors de la liberté, et la liberté est la source et la condition absolue de tout bien, qui soit véritablement digne de ce nom, le *bien n'étant autre chose que la liberté*. » Mais l'on peut professer publiquement une telle opinion dans une société démocratique (ou se disant telle) tout en restreignant le champ d'exercice de la liberté. Ce problème est resté le nôtre, du moins celui des citoyens des nations démocratiques s'inquiétant des restrictions progressives du champ des libertés individuelles au nom de grands principes détournés de leur sens ou soumis à une corruption idéologique. Face à la multiplication des normes juridico-morales et à l'augmentation de l'arsenal législatif répressif dans le monde contemporain, qui, censés protéger, au nom de la morale et du bien commun, les libertés, les limitent, les grignotent, voire les annulent, que faire ? La question se pose particulièrement en France, atteinte de frénésie législative sur fond d'un grand désir de politiquement et moralement correct, visant à supprimer les opinions intolérables parce que jugées intrinsèquement intolérantes. C'est dans un tel contexte que l'esprit libertaire peut à la fois éclairer la question et indiquer une autre voie que le « toujours plus » de censure et d'interdits, s'accompagnant de sanctions d'une sévérité croissante et d'une banalisation de l'indignation morale hyperbolique face à tout événement déplaisant, ce qui alimente le catastrophisme ambiant.

Les actions terroristes sont souvent les prétextes avancés pour justifier les lois liberticides, qui s'attaquent notamment aux libertés d'opinion et d'expression en ce qu'elles profiteraient aux propagandistes, lesquels sont censés « armer » la main des criminels ou des terroristes. Dans les démocraties contemporaines, au nom d'impératifs sécuritaires, sont ainsi adoptées des législations répressives aux effets liberticides. Rappelons la position de Spinoza dans son *Traité théologico-politique* (1670), qui, dans le sous-titre du chapitre XX, affirme que « dans un État libre [ou une "libre République"] chacun a le droit de penser ce qu'il veut et de dire ce qu'il pense ». C'est là rejeter toute police de la pensée.

Les démocraties libérales pluralistes sont aujourd'hui les seules illustrations de la notion d'un « État libre ». Or elles tendent à s'éloigner de plus en plus d'un tel idéal indissociablement politique, juridique et moral. Dans son *Catéchisme révolutionnaire*, Bakounine s'interrogeait sur la bonne manière de défendre la liberté contre toute forme de censure dont il dénonçait lucidement les effets pervers :

> « La liberté ne peut et ne doit se défendre que par la liberté ; et c'est un contresens dangereux que de vouloir y porter atteinte sous le prétexte spécieux de la protéger ; et, comme la morale n'a pas d'autre

source, d'autre stimulant, d'autre cause, d'autre objet que la liberté, et comme elle n'est elle-même rien que la liberté, toutes les restrictions qu'on a imposées à cette dernière dans le but de protéger la morale ont toujours tourné au détriment de celle-ci. »

À cet égard, la pensée libertaire peut et doit agir comme un aiguillon, qui intensifie, vivifie, stimule l'esprit critique face aux promesses extravagantes et trompeuses des censeurs prétendant défendre la liberté en promulguant des lois aux effets liberticides. Suivre Bakounine dans son argumentation et en tirer les conséquences, c'est notamment prendre pour objet d'analyse les effets pervers des législations antiracistes et antisexistes contemporaines, dont le champ ne cesse de s'élargir. Cette extension illégitime et dangereuse implique, par exemple, de criminaliser et de sanctionner tous les actes d'intolérance, en ne faisant aucune distinction entre les actes verbaux (ou scripturaux), relevant de la violence symbolique, et les violences physiques. À l'expression de l'intolérance s'ajoute celle des passions négatives (haine, mépris, etc.). On sait que les « discours de haine » sont devenus des objets privilégiés de haine.

Mais peut-on sérieusement croire qu'on puisse interdire totalement et sanctionner efficacement les expressions de l'intolérance, de la haine ou du mépris ? Les passions négatives peuvent-elle être éliminées du paysage social ? Le premier pas dans l'engrenage consiste à comptabiliser par exemple, comme on le fait ordinairement, les « actes antisémites », les « actes antichrétiens », les « actes antimusulmans », les « actes anti-LGBTQIA+ », etc., en mélangeant et en mettant sur le même plan, par exemple, les invectives et les agressions physiques. L'opérateur de l'amalgame est la banalisation de la désignation des « faits anti-x » ou des « actes anti-x », qu'on rencontre notamment dans les enquêtes d'opinion, les baromètres et les radiographies du phénomène condamné et dénoncé. Un des indices de cette confusion est l'emploi à contresens, devenu ordinaire, de l'expression « passage à l'acte » pour dénoncer un propos ou une inscription (un « tag ») qu'on juge condamnable en raison de l'« intolérance » ou de la « haine » qu'on y perçoit. Entendre ou voir inscrit sur un mur tel ou tel slogan suffit à susciter un « ressenti » comportant un sentiment de peur, souvent mêlé d'indignation et de colère. Ce primat du « ressenti » engage à s'affoler en présence de ce qu'on appelle d'une manière allusive un « anti-x » (ou « anti-isme », « x-phobie », etc.) « d'atmosphère ».

C'est ainsi, par exemple, que, parmi les cibles du discours antiraciste contemporain, l'« antisémitisme d'atmosphère » – expression forgée sur le modèle de l'« islamisme d'atmosphère » ou du « jihadisme d'atmosphère » (Kepel, 2021) – a succédé à l'antisémitisme dit « de salon » ou « ambiant » (ou encore « d'ambiance »), supposé flotter « dans l'air du temps », et qu'on mesure avec les moyens du bord, qui varient selon les camps idéologico-politiques. On pourrait parler tout autant d'un « climat » antisémite, qui, pour filer la métaphore, serait perçu comme « irrespirable ». Alimenté aujourd'hui par divers discours de propagande dits « antisionistes », notamment islamistes ou islamo-palestinistes et gauchistes, cet antisémitisme s'impose et se propage à la manière d'une mode culturelle et médiatique. Mais cet « antisémitisme d'atmosphère », échappant aux tentatives pour le mesurer, n'engage à rien sinon à rabâcher des slogans anti-israéliens ou antijuifs, ne se traduit pas nécessairement par des mobilisations et demeure dans le monde des croyances et des représentations, quitte à se dévoiler dans des discours mal ou non maîtrisés, qui choquent et indignent les uns, tandis qu'ils ravissent les autres.

Ses effets sur la population juive ciblée sont quant à eux bien réels : poussés par la peur ou la panique, ne se sentant plus en sécurité dans la société française, de nombreux Juifs français ont choisi de rejoindre Israël (+ 76 % de départs pour Israël en 2023 et 2024). D'autres, parmi ceux qui sont restés en France, s'efforcent de cacher leur judéité, en évitant notamment de porter des signes visibles de leur religion. Les réactions dites « antiracistes » à cet ensemble de phénomènes sociaux anxiogènes sont dominées par une grande peur qui se traduit par la demande de sanctions plus fortes (il s'agit de faire peur à ceux qui nous font peur : exiger une « tolérance zéro » à l'égard de toute forme d'antisémitisme) et l'étrange thèse d'aspect sociohistorique selon laquelle l'« explosion des actes antisémites » dans un « contexte inflammable » serait le « signe annonciateur de l'effondrement des démocraties », ce qui revient à déplacer le problème, comme si s'inquiéter de la « montée de l'antisémitisme » devait conduire à s'inquiéter surtout des menaces pesant sur la démocratie. Lier le destin des Juifs à celui des démocraties pourrait jouer le rôle, chez certains, d'un aveu : celui de croire que les Juifs comme tels ne sont plus défendables d'une façon efficace et qu'il faut associer désormais leur défense à celle de la démocratie.

Il est clair que les affiches ou les tags « Free Palestine » appellent à la destruction d'Israël, identifié comme un État illégitime car colonisateur, accusé de « racisme » (et en particulier d'« apartheid ») et, depuis la riposte militaire israélienne au pogrom du 7 octobre 2023, de « génocide des Palestiniens de Gaza ». Cette vision indistinctement antijuive et anti-israélienne (ou « antisioniste »), mal nommée « antisémitisme » puisque « les Sémites » n'en constituent pas la cible, est, nous dit-on, « dans l'air du temps », ou se confond avec l'« air du temps », qui apparaît « empoisonné » dès lors que ledit antisémitisme est pathologisé par des métaphores polémiques telles que « virus », « poison » ou « cancer » – employées, rappelons-le, par les idéologues et les propagandistes antisémites du XIXe siècle et de la première moitié du XXe. Il y a là une imitation et une intégration de thèmes politiques empruntés à l'ennemi et retournés contre lui, au risque de banaliser cet arsenal lexical et rhétorique de combat.

Il faut souligner cependant le fait que les insultes, les injures ou les menaces, aussi choquantes, insupportables et scandaleuses soient-elles, sont d'une autre nature que les violences physiques pouvant se solder par la mort de la victime. Les opinions négatives ou hostiles ne conduisent pas nécessairement à des comportements violents. D'une façon générale, il n'y a pas de conclusion logique des opinions ou attitudes aux comportements, du monde des représentations et des croyances à celui des pratiques et des actions. L'illusion récurrente est ici de postuler une relation de causalité simple et directe entre telle opinion et tel type d'action, en négligeant de considérer les effets ni voulus ni prévus de l'action. Il faut se garder aussi de postuler naïvement une continuité et une homogénéité entre le domaine des opinions et celui des actions.

Les recensements réguliers des « faits antisémites » ou des « actes antisémites » en France illustrent cette confusion conceptuelle, que la magie des chiffres ne saurait masquer. Ces chiffrages largement médiatisés reviennent à additionner des choux et des carottes. On apprend par exemple, dans le résumé, publié le 5 mai 2025, du rapport des Assises de lutte contre l'antisémitisme remis au gouvernement français le 28 avril 2025, qu'en France, « on recense : 1 570 actes antisémites ayant donné lieu à un dépôt de plainte en 2024 (après 1 676 en 2023) », 65 % d'entre eux étant « des atteintes aux personnes (652 gestes ou propos menaçants et 106 violences physiques) ». On apprend également qu'« au premier trimestre 2025, on compte déjà 280 faits antisémites » et qu'ont été recensés « 1 670 faits antisémites en milieu scolaire et universitaire durant l'année 2023-2024, contre 400 en 2022-2023 (+ 317 %) ». La presse et les réseaux sociaux reprennent à la lettre ce mode de présentation pseudo-objectif de ce qu'on appelle la « montée de l'antisémitisme » ou l'« explosion sans précédent des actes antisémites », sans s'interroger sur le recours à la catégorisation « actes » ou « faits antijuifs ». Or inclure dans la catégorie des « actes antisémites » ou des « faits antisémites » des tags comme « Sale Juif », « Juifs dehors », « Juifs *out* » ou

« Mort aux Juifs », et des violences physiques ou des attentats ciblés ayant parfois conduit à des homicides témoigne d'une singulière confusion intellectuelle doublée d'une faute morale. Propager et banaliser un tel amalgame, quand on est un leader d'opinion, c'est en outre faire preuve d'une regrettable irresponsabilité politique, car on nourrit ainsi des réactions paranoïaques et des paniques chez les Juifs de France, ce qui est précisément l'objectif visé par les propagandistes antijuifs. On ne saurait mettre sur le même plan, sans propager une vision trompeuse des phénomènes supposés analysés et mesurés, un propos ou un tag antijuif et l'assassinat d'une personne juive parce que juive ou une attaque terroriste contre une cible juive (synagogue, école juive, commerce juif, entreprise juive, etc.).

Aurore Bergé, la ministre française chargée de la Lutte contre les discriminations, a déclaré sur Europe 1-CNews le 25 août 2025 : « Il y a une forme d'antisémitisme d'atmosphère qui s'installe et qui s'installe dans toutes nos démocraties, et que nous combattons. » Mais comment combattre un phénomène idéologique aussi vague que la « forme d'antisémitisme d'atmosphère » dénoncée ? Pourquoi ne pas s'en tenir aux discriminations et aux violences antijuives avérées ? En quoi l'antisémitisme dénoncé est-il atmosphérique, aérien, éthéré, impalpable, insaisissable, bref doté d'une présence mystérieuse ? Mais, il est vrai, quand on affirme avec autorité, inquiétude et gravité que « l'antisémitisme est en augmentation en France », on n'éprouve nul besoin de définir l'antisémitisme dont on parle. On fait comme si tout le monde savait ce qu'est l'antisémitisme. Or, chacun a en tête son idée dudit « antisémitisme ». Les spécialistes eux-mêmes, historiens, sociologues, politistes et psychologues, continuent de débattre sur la question.

On connaît le mot d'Albert Camus tiré d'un article publié en janvier 1944 (« Sur une philosophie de l'expression »), inexactement cité par les bavards emplumés qui ne l'ont pas lu : « Mal nommer un objet, c'est ajouter au malheur de ce monde. » C'est très exactement ce que font ceux qui, confondant les opinions et les actions, dénoncent inlassablement les « faits antisémites », les « actes antisémites » et l'« antisémitisme d'atmosphère », phénomène inquiétant aux contours indistincts qui, selon les clichés en cours, ne cesse de « monter », d'« augmenter », de « flamber » ou d'« exploser ». Les imprécations fulminantes fonctionnent comme des rituels rassurants et les appels à l'application de la loi comme de vaines prières. Comment combattre efficacement la « bête », le « virus », le « cancer », le « poison » ? On ne le sait aujourd'hui pas plus qu'hier à la veille de la prise du pouvoir par Hitler. Mais on ne saurait attendre des leaders politiques un tel aveu d'humilité, exprimant un profond désarroi. Ils font donc semblant de savoir avec certitude et d'agir avec fermeté. Comme l'écrivait le philosophe Alain en 1925 : « Les importants n'argumentent point ; ils se contentent de répéter la même chose, en haussant seulement le ton. » Il est facile de clamer son inquiétude face à un danger, il est difficile de définir clairement ledit danger, il est plus difficile encore d'argumenter selon des normes rationnelles et de se donner un programme d'action cohérent dont les objectifs sont susceptibles d'être réalisés.

On connaît les deux principaux objectifs des propagandes antijuives aujourd'hui : tout d'abord, criminaliser les Juifs ou les « sionistes » en les accusant d'être « racistes », « colonialistes », « impérialistes » et « génocidaires », et ainsi les isoler ; ensuite, démoraliser les populations juives en diffusant massivement des messages anxiogènes du type « l'antisémitisme monte partout et à grande vitesse » ou « vous avez le monde entier contre vous ». Il est clair que la présentation catastrophiste de la « montée de l'antisémitisme » par les antiracistes contribue, contrairement aux intentions de ces derniers, à la réalisation du second objectif des propagandes antijuives : angoisser, bouleverser, démoraliser et décourager les Juifs.

La violence symbolique appelle un tout autre traitement que la violence physique. Soutenir la thèse contraire, c'est donner dans l'amalgame polémique en généralisant le soupçon, et conclure qu'il est impératif de « purifier » le langage et, plus généralement, tous les moyens de communication, accusés d'être les causes et les vecteurs des violences racistes ou sexistes. Il y a là une fuite en avant. Les terribles purificateurs suivent les terribles simplificateurs amateurs d'amalgames. Ils peuvent jouer aujourd'hui sur le « ressenti » des citoyens saisis par une anxiété qui, parfois liée à des troubles de la personnalité paranoïde, entretient une demande de mesures autoritaires. Dans son *Traité théologico-politique*, Spinoza avait indiqué la bonne voie : « Vouloir tout régler par des lois, c'est irriter les vices plutôt que les corriger. Ce que l'on ne peut prohiber, il faut nécessairement le permettre, en dépit du dommage qui souvent peut en résulter. »

Dans la perspective libertaire, héritière en cela du message spinoziste, il ne s'agit pas d'« interdire d'interdire » en général, mais d'interdire l'interdiction d'avoir des opinions libres (qu'elles soient jugées politiquement correctes ou non) et de les communiquer librement d'une façon ou d'une autre. Ce qui n'interdit nullement de condamner les affirmations fausses ou mensongères après examen critique, ni de sanctionner les incitations à la violence, les diffamations et les dénonciations calomnieuses. Dans son *Catéchisme révolutionnaire*, après avoir exigé « la liberté la plus absolue », Bakounine aborde ainsi, dans sa généralité, le problème : « Pourtant la société ne doit point rester complètement désarmée contre les individus parasites, malfaisants et nuisibles. [...] La liberté de chaque individu étant inaliénable, la société ne souffrira jamais qu'un individu quelconque aliène juridiquement sa liberté. » S'agissant d'un « individu condamné par les lois d'une société quelconque », Bakounine affirme que « chacun pourra s'en défaire comme d'une bête malfaisante, jamais pourtant l'asservir ni l'employer comme esclave ».

On observe aujourd'hui, dans les milieux néo-antiracistes et néoféministes, une lecture maximaliste des événements jugés choquants ou intolérables, aussi anecdotiques soient-ils. Dans cette perspective paranoïde, rien n'est anodin ou insignifiant dans les manières d'être, de s'exprimer ou de se comporter des acteurs sociaux individuels, censées renvoyer indirectement et obscurément à des préconceptions concernant les identités de groupe ou les appartenances desdits acteurs. Dans le langage de la « religion woke » (Braunstein, 2022), on appelle

« microagressions » les mots, les attitudes ou les comportements susceptibles d'être perçus comme blessants ou offensants, parce qu'ils seraient racistes, sexistes, anti-LGBTQIA+, grossophobes, glottophobes, islamophobes, etc. Le terme « microagression » (Campbell et Manning, 2018) se réfère à la violence ordinaire ou banale, imperceptible parce qu'elle serait « systémique » (Taguieff, 2021b). Les « microagressions » plus ou moins fantasmées sont censées conduire au pire, c'est-à-dire à l'ethnocide, au génocide ou au féminicide. C'est ainsi qu'est alimenté l'imaginaire de la marche vers le pire.

Cette exagération du danger permet aux leaders politiques de surréagir, et ainsi de se transformer en démagogues jouant la carte du catastrophisme – le pire étant supposé être « à nos portes ». Derrière le décor des « grands principes » déclarés, proclamés et déclamés, on nous appelle donc à identifier et dévoiler le « racisme tacite » (Warfield Rawls et Duck, 2020) qui se manifesterait subtilement dans les interactions sociales ordinaires (de la conversation à la discussion et à la dispute), lesquelles seraient structurées par des « préjugés implicites » ignorés par la plupart des acteurs qui interagissent. La question a déjà été soulevée au cours des années 1970 et 1980 par les théoriciens du « racisme symbolique », indirect, implicite et « subtil » (Sears, 1988), appelé aussi *modern racism* ou *new racism* (Taguieff, 2021b). Le modèle explicatif alors avancé était le suivant : c'est désormais principalement au nom des valeurs et des normes individualistes que les Américains « blancs » résistent à l'idée d'égalité entre les « races » ou les « ethnies » ainsi qu'aux pratiques sociales illustrant l'idée normative d'égalité de traitement entre les « identités » et les « communautés » reconnues comme différentes.

Le modèle de la concurrence des victimes (Chaumont, 1997) reste opératoire. On observe aujourd'hui une concurrence croissante entre les groupes victimisés, chaque groupe cible se voulant plus victimisé que les autres. Dans cette course au statut de victime maximale visant à satisfaire le besoin de reconnaissance, on observe, notamment dans les discours néoantiracistes, une ethnicisation des haines dénoncées, qui se traduit par une quête du privilège victimaire. Surgissent alors ce qu'on pourrait caractériser comme des ethnocentrismes victimaires, sur le thème « Nous sommes plus persécutés que vous » ou « C'est nous les vrais persécutés ». Ce narcissisme victimaire de groupe paraît avoir pour effet, sinon pour objectif conscient, le désir de se plaindre pour se faire plaindre, mode d'autoaffirmation prenant place et sens dans le cadre de conflits d'identités.

Il s'agit dès lors d'accéder au statut privilégié de la victime maximale, qui attire la compassion du plus grand nombre de personnes, un statut symbolique inévitablement exploité par les propagandes politiques. Les victimes du racisme, ou plus exactement de tel ou tel racisme, se disent le plus souvent victimes de la haine, dans laquelle elles croient voir la source des discriminations et des violences subies. La lutte contre le racisme est ainsi réduite à une « lutte contre la haine », comme si le racisme était fondamentalement l'expression de cette passion négative dominante, faisant ordinairement couple avec la peur (ou la phobie) et le mépris (ou le dégoût). Il faut préciser que la haine dénoncée est toujours fixée sur tel ou tel groupe victime jugé paradoxalement et subrepticement « privilégié » en ce qu'il tend à monopoliser le rejet et les rêves d'élimination. Il détient en conséquence la palme des souffrances subies et promises, ce qui l'expose à l'envie et à la jalousie des autres groupes. Dans l'espace de la compétition victimaire, on observe en outre une inversion permanente des rôles et des statuts symboliques, prenant la forme d'échanges de rôles entre bourreaux et victimes, censeurs et censurés, racistes et antiracistes. Ces inversions rhétoriques illustrent une perversion idéologique qui s'est banalisée, offrant le spectacle suivant : des victimes accusées d'être des bourreaux, des bourreaux se donnant pour des victimes. Fausses victimes et faux bourreaux se dénoncent les uns les autres, dans des discours où s'entremêlent bonne foi et mauvaise foi. Chaque groupe en lutte pour le monopole de la posture victimaire s'arme de sa propre mémoire victimaire sacralisée. D'où le choc des mémoires, se traduisant par des jeux d'indignations et de dénonciations opposées.

Cette psychologisation conflictuelle du phénomène multidimensionnel qu'est « le racisme » (Taguieff, 2025), associée à la vision identitaire-victimaire des interactions sociales, constitue un obstacle épistémologique dont les conséquences politiques sont loin d'être négligeables, en ce qu'elles tendent à détourner l'attention de la lutte contre les discriminations, qui n'ont nul besoin de mots « blessants » pour se produire et se reproduire. Les chasses aux sorcières lancées aujourd'hui au nom de l'antiracisme contre les nouveaux « mal-pensants », ceux qui refusent la

« wokisation » des discours et des comportements, relèvent d'un aveuglement moralisateur poussant à une conduite de diversion. Les véritables défenseurs des libertés individuelles ne sauraient s'y reconnaître.

Lu et admiré par Tolstoï comme par Kropotkine, Guyau, qui se défiait des dogmatiques, des sectaires et des prêcheurs, a magnifiquement exposé le point de vue libertaire en 1885 dans son *Esquisse d'une morale sans obligation ni sanction* :

> « Puissions-nous en venir un jour à ce qu'il n'y ait plus nulle part d'*orthodoxie*, je veux dire de foi générale englobant les esprits ; à ce que la croyance soit tout *individuelle*, à ce que l'hétérodoxie soit la seule, vraie et universelle religion ! [...] Vouloir gouverner les esprits est pire encore que de vouloir gouverner les corps ; il faut fuir toute espèce de "direction de conscience" ou de "direction de pensée" comme un véritable fléau. »

Un esprit libertaire ne peut qu'espérer que les libertés d'opinion et d'expression cessent d'être surveillées, contrôlées, limitées et sanctionnées par des directeurs de conscience et de pensée secondés par des juges et des policiers formant un corps d'inquisiteurs et de censeurs. Mais une telle espérance ne doit pas être confondue avec l'acceptation d'un laxisme généralisé ni avec une indifférence forcée ou une indulgence paresseuse à l'égard des thèses soutenues, dès lors qu'elles nous paraissent inacceptables pour telle ou telle raison. Il faut donc les discuter, en se risquant à entrer dans le jeu des argumentations et des contre-argumentations, tout en évitant les sophismes et en se gardant des divers biais cognitifs.

Conclusion

La grande question, source d'anxiété, que soulèvent les avatars de l'anarchisme, est de savoir pourquoi et comment la recherche de l'émancipation individuelle puis la conquête de l'autonomie individuelle, promesses d'épanouissement, voire de bonheur, peuvent conduire à la désocialisation, à la solitude affective et à l'isolement social, au sentiment de vide, à l'anxiété permanente, à la dépression, voire au nihilisme. Parmi les symptômes ordinaires de cette pathologie sociale ou plus exactement psychosociale, prix à payer par ceux qui s'abandonnent à leur désir d'une totale liberté dans tous les domaines : un sentiment de dépossession et une souffrance psychique due au manque de reconnaissance. L'angoisse va ici de pair avec la mélancolie. La quête d'une libération absolue aboutit à une désocialisation anxiogène. Telles sont les dérives pathologiques de l'individualisme moderne lorsqu'il occupe presque totalement les territoires de l'imaginaire et de l'affectivité des individus désaffiliés. Il faut dès lors reconnaître le grand paradoxe de la modernité politique telle qu'elle est incarnée par la démocratie libérale : le désir sans limites de libération des individus est une machine à produire de l'aliénation, des « vies mutilées » et des passions tristes. Contrairement à ses promesses, la culture de l'authenticité personnelle ne garantit nullement des vies épanouies.

On peut formuler l'hypothèse selon laquelle, par-delà le bien et le mal comme par-delà le vrai et le faux, les anarchistes esthétisent le goût de la révolte et le désir de liberté, faisant ainsi de leur combat un combat avant tout esthétique et poétique, et non pas simplement moral et politique. Mais cette esthétisation a bien sûr un coût. Disons que l'insurrection libertaire étant autosuffisante, elle reste toujours sans lendemains, sinon dans les mémoires des libertaires eux-mêmes. Les révoltes libertaires sont des fêtes qui laissent des traces, jamais de véritables révolutions qui font surgir de nouvelles structures sociales. C'est pourquoi, si l'art relève de la destruction créatrice, il n'en va pas de même avec les révoltes festives de style libertaire, qui réveillent l'imaginaire du coup de foudre et de l'amour fou. Il reste le goût de la rupture libératrice, l'esthétisation de la violence rédemptrice et l'idéal irréalisable du « vivre sans contraintes ».

C'est ce mélange d'utopisme, de volontarisme et d'intransigeance brutal dans leur guerre contre l'ordre établi qui fait des anarchistes qu'on peut juger « radicaux », ces absolus inconformistes, des dévots plus ou moins frénétiques de la liberté sans limites. C'est pourquoi ils sont souvent portés à idéaliser la violence révolutionnaire, perçue comme la voie de la rédemption. Les hétérodoxes polymorphes se métamorphosent ainsi en orthodoxes du culte révolutionnaire. Mais ces militants et ces partisans qui misent sur la violence pour accoucher de la « société sans État » sont régulièrement déçus par les effets réels des moments d'incandescence révolutionnaire, qui produisent immanquablement de nouvelles formes du pouvoir d'État, souvent plus autoritaires que celles auxquelles elles succèdent. Leur recherche éperdue du meilleur aboutit souvent à l'avènement du pire. Telle est la leçon qu'on peut et doit tirer de l'expérience des totalitarismes du XXe siècle.

Les anarchistes qui s'engagent dans la réalisation d'utopies concrètes, quant à eux, sont moins exposés à être déçus. Ils manifestent ainsi leur goût de l'expérimentation sociale. Faire le choix de vivre dans des petites communautés autogérées, à distance de la marche convulsive de l'Histoire, ne suppose, outre un désir de bonheur immédiat, que de la sagesse pratique et du courage. Avec cependant un prix à payer, de l'ordre de la résignation : renoncer aux projets immodestes de faire descendre les idéaux du ciel sur la terre et, ainsi, se priver de l'aventure historique et des risques exaltants qu'elle procure. Ce renoncement porte en lui un risque souvent sous-estimé : celui de produire de l'ennui. C'est une des raisons pour lesquelles le désir de révolution ne cesse de renaître. Pour satisfaire leur désir de rupture avec un monde qu'ils jugent inacceptable, les rebelles que sont les anarchistes restent confrontés à ce choix : la séparation ou la destruction. Le retrait ou la révolution. La quête éperdue du pur ou le désir d'en finir à jamais avec l'impur.

Jürgen Habermas, dans *Le Discours philosophique de la modernité* (1985), après avoir précisé que « Hegel a inauguré le discours de la modernité », rend grâce aux jeunes hégéliens d'avoir « libéré du poids du concept hégélien de raison l'idée d'une critique de la modernité s'alimentant à l'esprit de la modernité ». C'est en quoi la modernité peut être définie comme un « projet inachevé » (Habermas, 1980) et pourquoi nous pouvons nous considérer aujourd'hui comme des « contemporains des jeunes hégéliens ». Ces derniers avaient la conviction de vivre une crise, qu'ils s'efforçaient de penser. Or, comme l'a finement analysé l'historien allemand Reinhart Koselleck dans *Le Règne de la critique* (1959), s'il est « dans la nature de la crise d'être l'échéance d'une décision qu'on attend », alors, dans une situation où « la décision attendue reste incertaine » et où la seule certitude est celle « qu'une fin de l'état critique se prépare », la tendance est de « prophétiser la révolution ». L'imaginaire de la grande crise en passe de se terminer inclut l'idée d'un grand bouleversement imminent, qu'il soit attendu comme un moment de libération ou redouté comme une plongée dans le chaos.

Les apôtres de la révolte ne doivent pas oublier le tragique de l'histoire, qu'il soit rapporté aux trahisons, aux manipulations et aux instrumentalisations, ou encore au processus appelé « hétérogenèse des fins » ou « hétérotélie », renvoyant à l'inévitable hétérogénéité entre les intentions des acteurs et les événements réellement produits. La quête éperdue du meilleur aboutit souvent à l'engendrement du pire. Et les déçus, ayant perdu toute confiance en l'avenir, sont tentés par le désespoir. Instruit par son expérience des dérives sectaires et autoritaires des mouvements révolutionnaires, régulièrement conquis et conduits par des cyniques avides de pouvoir, Kropotkine s'interrogeait avec inquiétude : « Où sont-ils ceux qui viendront servir les masses et non les utiliser pour leurs ambitions personnelles ? » Ce n'était pas là une question rhétorique. Et elle n'appartient pas aux seuls libertaires. Tous les démocrates sincères devraient la poser. Mais il faut bien reconnaître que nous n'avons toujours pas la réponse à une telle question. Les sociétés démocratiques ne sont pas immunisées contre les démagogues aspirant à des carrières de chefs charismatiques. En attendant, nous pouvons prendre pour objet de méditation cette remarque de Georges Bernanos, qui, dans *Les Enfants humiliés* (1949), a parfaitement résumé le message libertaire : « Il faut [...] beaucoup d'indisciplinés pour faire un peuple libre. »

Bibliographie sélective

I – Sources primaires

Classiques de l'anarchisme

ADAM Paul, « Éloge de Ravachol », *Entretiens politiques et littéraires*, 3e année, vol. V, n° 28, juillet 1892, pp. 27-30 ; article repris dans *Critique des mœurs*, Paris, Ernest Kolb, 1893, puis Paul Ollendorff, 1897 ; « Souhaits anarchistes », *Le Journal*, 2 janvier 1894 ; *Le Serpent noir*, Paris, Paul Ollendorff, 1905.

ARMAND Émile, « La grève générale », *L'Ère nouvelle*, n° 1, mai 1901, pp. 5-12 ; « Petit manuel anarchiste individualiste », 1er juillet 1911 (*L'En dehors*, 1934) ; *L'Initiation individualiste anarchiste*, Paris, Éditions de l'En dehors, 1923 (rééd., Paris, La Lenteur : Ravin bleu, 2015) ; articles dans *L'Encyclopédie anarchiste*, Paris, 1934 ; *E. Armand. Sa vie, sa pensée, son œuvre*, Paris, La Ruche ouvrière, 1964.

D'AVRAY Charles, « Le triomphe de l'anarchie », 1901.

BAJU Anatole, *L'Anarchie littéraire. Les différentes écoles : ...*, Paris, Librairie Léon Vanier, 1892.

BAKOUNINE Michel (Mikhaïl Aleksandrovitch), *Œuvres*, Paris, P.-V. Stock, 1895-1913, 6 vol. ; *Œuvres complètes*, Arthur Lehning éd., Paris, Champ libre,

1973-1982, 8 vol. ; *La Liberté*, présentation et notes de François Mnoz, Paris, Jean-Jacques Pauvert, coll. « Libertés », 1965 ; *Le Socialisme libertaire. Contre les despotismes*, édition établie et présentée par Fernand Rude, Paris, Denoël-Gonthier, 1973.

BERNERI Camillo, *El delirio racista*, Buenos Aires, Ediciones Iman, 1935 (rééd. en italien, *Il delirio razzista*, Pistoia, Ed. Archivio Famiglia, 1986 ; Naples, Ed. Spartaco, 2007) ; *Le Juif anti-sémite*, Paris, Éditions Vita, 1935 ; *Guerre de classes en Espagne (1936-1937) et textes libertaires*, préface et biographie de Frank Mintz, Paris, *Cahiers Spartacus*, Série B, n° 85, octobre-novembre 1977 ; *Écrits choisis*, introduction de Gino Cerrito, Paris, Éditions du Monde libertaire, 1988, puis 2006 ; *Contre le fascisme. Textes choisis (1923-1937)*, textes réunis, annotés et présentés par Miguel Chueca, Marseille, Agone, 2019.

BESNARD Pierre, *Les Syndicats ouvriers et la révolution sociale*, Paris, CGT-SR, 1930 ; *Le Monde nouveau. Organisation d'une société anarchiste*, CGT-SR, 1934 (rééd., préface de René Berthier, Paris, Les Éditions du Monde libertaire, 2021) ; *L'Éthique du syndicalisme*, Limoges, E. Rivet, Paris, 1938 ; « Le Fédéralisme libertaire », *Ce qu'il faut dire…*, n° 2, 20 septembre 1946.

CŒURDEROY Ernest, *Hurrah !!! ou la Révolution par les Cosaques*, Londres, chez l'auteur, octobre 1854 (rééd., Grenoble, Cent Pages, 2000) ; *Jours d'exil*, Londres, Joseph Thomas, 1854 ; *Œuvres (Jours d'exil)*, préface de Jacques Gross, notice biographique de Max Nettlau, Paris, Stock, 1910-1911, 3 vol. (rééd., *Jours d'exil (1849-1855)*, introduction de Marc Vuilleumier et postface de Marianne Enckell, Genève, Éditions Héros-Limite, 2014) ; *Pour la révolution*, précédé de *Terrorisme ou Révolution* par Raoul Vaneigem,

Paris, Éditions Champ libre, coll. « Classiques de la subversion », 1972.

DÉJACQUE Joseph, *À bas les chefs !* [1859], textes établis et présentés par Valentin Pelosse, Paris, Champ libre, 1971 ; *À bas les chefs ! Écrits libertaires (1847-1863)*, présentés par Thomas Bouchet, Paris, La Fabrique éditions, 2016.

DEVALDÈS Manuel, *Réflexions sur l'individualisme*, Paris, Le Libertaire, 1910 (nouvelle édition, Paris, Édition de l'Anarchie, 1912) ; *Les Raisons de mon insoumission*, Conflans-Sainte-Honorine, L'Idée libre, 1926 ; *La Maternité consciente. Le rôle des femmes dans l'amélioration de la race*, Paris, Aux éditions Radot, 1927.

FAURE Sébastien, *La Douleur universelle. Philosophie libertaire*, préface d'Émile Gautier, Paris, Albert Savine, 1895 (rééd., Paris, P.-V. Stock, 1904) ; *Les Anarchistes et l'Affaire Dreyfus*, Paris, Imprimerie Lafont, 1898 ; *Mon communisme. Le bonheur universel*, Paris, imprimerie La Fraternelle, 1921 ; « La synthèse anarchiste » (tract), Limoges, 1928 ; (dir.), *Encyclopédie anarchiste*, Paris, Éditions de la Librairie internationale, 1925-1934, 4 vol.

FÉNÉON Félix, *Œuvres plus que complètes*, textes réunis et présentés par Joan U. Halperin, Genève, Librairie Droz, 1970, 2 vol. ; *« J'ai trouvé un flacon de mercure... » Choix de textes anarchistes (1884-1895)*, présentation par Marc Partouche, Villiers–Saint-Josse, HD Éditions, 2023.

FERGUSON Kathy E. (dir.), *Emma Goldman : Political Thinking in the Streets*, Lanham, Rowman & Littlefield, 2011.

GAUTHIER Léa (dir.), *Femmes et anarchistes. Voltairine de Cleyre, Emma Goldman. Recueil de textes*, préface d'Émilie Notéris, Paris, Blackjack Éditions, 2014.

GIROUD Gabriel, *Paul Robin. Sa vie. Ses idées. Son action*, Paris, Éditions G. Mignolet & Storz, 1937.

GODWIN William, *Enquiry Concerning Political Justice and its Influence on Morals and Happiness*, Londres, G. G. J. & J. Robinson, 1793, 2 vol. ; *Enquête sur la justice politique et son influence sur la morale et le bonheur d'aujourd'hui*, avant-propos de Michel Onfray, Lyon, Atelier de création libertaire, 2005.

GOLDMAN Emma, *Anarchism and Other Essays* (1917) (avec une nouvelle introduction par Richard Drinnon, New York, Dover Publications, 1969) ; *L'Agonie de la Révolution. Mes deux années en Russie*, Paris, Les Nuits rouges, 2017 ; *La Liberté ou rien. Contre l'État, le capitalisme et le patriarcat*, textes réunis et présentés par Francis Dupuis-Déri, Montréal, Lux Éditeur, 2021 ; *Vivre ma vie. Une anarchiste au temps des révolutions* [1931], Paris, L'Échappée, 2022.

GOURMONT Remy de, *L'Idéalisme*, Paris, Mercure de France, 1893 ; *Le Livre des masques*, Paris, Mercure de France, 1896-1898, 2 vol. ; *La Culture des idées*, Mercure de France, 1898 (2e éd., 1900).

GRAVE Jean, *L'Anarchisme, son but, ses moyens*, Paris, P.-V. Stock, 1899 ; *La Société mourante et l'anarchie*, préface par Octave Mirbeau, Paris, Tresse & Stock, 1893 ; *La Société future*, Paris, P.-V. Stock, 1895 ; *Le Syndicalisme dans l'évolution sociale*, Paris, Aux Temps nouveaux, 1908 ; *Quarante ans de propagande anarchiste*, présenté et annoté par Mireille Delfau, préface de Jean Maitron, Paris, Flammarion, 1973 (nouvelle édition corrigée et augmentée de « Le Mouvement libertaire sous la Troisième République », Paris, Crès, 1930).

GRIFFUELHES Victor, *L'Action syndicaliste*, Paris, Marcel Rivière, 1908 ; *Le Syndicalisme révolutionnaire*, Paris, La Publication sociale, 1909.

GUILLAUME James, *L'Internationale. Documents et souvenirs [1905-1910]*, Paris, Éditions Gérard Lebovici, 1985.

HAMON Augustin, *Les Hommes et les théories de l'anarchie*, Paris, Aux Bureaux de La Révolte, 1893 ; *Psychologie de l'anarchiste-socialiste*, Paris, P.-V. Stock, 1895 ; *Socialisme et anarchisme. Études sociologiques. Définitions*, préface d'Alfred Naquet, Paris, Éditions E. Sansot et Cie, 1905.

HAMON Augustin et BACHOT Georges G., *L'Agonie d'une société. Histoire d'aujourd'hui*, Paris, Albert Savine, 1889.

KROPOTKINE Pierre (Piotr Alekseevitch), *Paroles d'un révolté*, préface d'Élisée Reclus, Paris, C. Marpon & E. Flammarion, 1885 ; *La Morale anarchiste* [1889], Paris, Au bureau de La Révolte, 1891 (rééd., *La Brochure mensuelle*, n° 57, mai 1947) ; *La Conquête du pain*, préface d'Élisée Reclus, Paris, Tresse & Stock, 1892 ; *L'Anarchie, sa philosophie, son idéal*, Paris, P.-V. Stock, 1896 ; *L'Entr'aide. Un facteur de l'évolution* [1902], Paris, Hachette, 1906 ; *La Science moderne et l'anarchie*, 2e éd., Paris, Stock, 1913 ; *L'Éthique*, Paris, Stock, 1927.

LANDAUER Gustav, *La Communauté par le retrait et autres essais*, traduits et présentés par Charles Daget, Bruxelles & Paris, Éditions du Sandre, 2008 ; « Douze écrits "anti-politiques" », *in* Cheptou G. *et al.*, *Gustav Landauer, un anarchiste de l'envers*, Paris, Éditions de l'éclat & la revue *À contretemps*, 2018, pp. 137-201 ; *La Révolution* [1907], suivie de *Les Révolutions contre les prophètes* de Louis Janover, Arles, Éditions Sulliver, 2006.

LORULOT André, *Les Théories anarchistes*, Paris, M. Giard & E. Brière, 1913.

MACKAY John Henry, *Die Anarchisten* [1891] (éd. anglaise, *The Anarchists* [1891] ; éd. française, *Anarchistes. Mœurs du jour*, Paris, Tresse & Stock, 1892).

MAKHNO Nestor Ivanovitch, *La Révolution russe en Ukraine* [1927], Paris, Belfond, 1971 ; *Mémoires et écrits (1917-1932)*, Paris, Ivrea, 2010.

MALATESTA Errico, *L'Anarchie* [1891, tr. fr., 1902], suivie du *Programme anarchiste*, préface de Serge Roy, Montréal, Lux Éditeur, 2018 ; « La Terreur révolutionnaire » [1923], in *Articles politiques*, texte établi par Israël Renot, Paris, UGE., coll. « 10/18 », 1979, pp. 371-376 ; *Au café*, 1920 ; *Articles politiques. Idées, organisation et pratique anarchistes*, présentation par Frank Mintz, Montréal, Lux Éditeur, 2019.

MICHEL Louise, *La Commune* [1898], édition établie et présentée par Éric Fournier et Claude Rétat, Paris, La Découverte, 2015 ; *À mes frères. Anthologie de textes poétiques et politiques*, édition établie par Éric Fournier, Montreuil, Éditions Libertalia, 2019 ; *Mémoires* [1886], édition établie, présentée et annotée par Claude Rétat, Paris, Gallimard, coll. « Folio Histoire », 2021.

MIRBEAU Octave, « Ravachol », *L'Endehors*, n° 52, 1er mai 1892 ; « De l'air ! », *Écho de Paris*, 21 novembre 1893.

MUHLFELD Lucien, « Des sympathies anarchistes de quelques littérateurs », *L'Endehors*, vol. 2, n° 64, 24 juillet 1892 (repris in *Le monde où l'on imprime. Regards sur quelques lettrés et divers illettrés contemporains*, Paris, Perrin & Cie, 1897, pp. 288-290).

MÜHSAM Erich, *La Liberté comme principe social* [1929], Bruxelles, Pensée et Action, 1936 (rééd., *in* Roland Lewin, « Erich Mühsam (1878-1934) », supplément au n° 143, juin 1968, du *Monde libertaire*, pp. 17-22).

NETCHAÏEV Sergueï G., *Catéchisme du révolutionnaire. Le règlement de l'organisation clandestine révolutionnaire*

« *Vindicte populaire* » (texte rédigé en 1868-1869), préface de Victor Béguin, Poitiers, Ronces Éditions, 2019.

NETTLAU Max, *Bibliographie de l'anarchie*, préface d'Élisée Reclus, Paris, P.-V. Stock, & Bruxelles, Bibliothèque des Temps Nouveaux, 1897 ; *Geschichte der Anarchie I. – Der Vorfrühling der Anarchie*, Berlin, Fritz Kater, 1925 ; « La paix mondiale et les conditions de sa réalisation », Paris, Groupe de propagande par la brochure, 1931 ; annotations à *Confession : 1857*, de Bakounine, Paris, Rieder, 1932.

NIEUWENHUIS Domela, *L'Éducation libertaire*, Paris, Aux Bureaux des Temps nouveaux, 1900.

PATAUD Émile et POUGET Émile, *Comment nous ferons la révolution*, Paris, J. Tallandier, 1909 (rééd., préface de Pierre Kropotkine, Paris, Éditions de la Guerre sociale, 1911).

PELLOUTIER Fernand (avec Henri Girard), *Qu'est-ce que la grève générale ?*, Paris, Librairie socialiste, 1895 ; « Lettre aux anarchistes », *Le Congrès général du Parti socialiste français*, Paris, 1900 ; *Histoire des Bourses du travail*, préface de Georges Sorel, notice biographique par Victor Dave, Paris, Schleicher frères, 1902.

POUGET Émile, *Les Bases du syndicalisme*, 3e éd., Paris, Bibliothèque syndicaliste, s.d. (1905 ?) ; *Le Syndicat*, Paris, Bibliothèque syndicaliste, s.d. ; *Le Sabotage*, Paris, Marcel Rivière, coll. « Bibliothèque du mouvement prolétarien », s.d. (1911 ?) ; *L'Action directe*, Paris, Éditions de la Guerre sociale, 1910 ; *Le Père Peinard*, textes choisis et présentés par Roger Langlais, Paris, Éditions Galilée, 1976 ; *L'Action directe et autres écrits syndicalistes (1903-1910)*, textes réunis, annotés et présentés par Miguel Chueca, Marseille, Agone, 2010.

PROUDHON Pierre-Joseph, *Œuvres complètes*, Célestin Bouglé et Henri Moysset (dir.), Paris, Marcel Rivière, 1923-1939, 15 vol. (puis T. Ruyssen *et al.* (dir.), 1946-1959, 4 vol.) ; *Césarisme et christianisme (de l'an 45 avant J.-C. à l'an 476 après J.-C.)*, Paris, C. Marpon & E. Flammarion, 1883 [posthume] ; *Carnets de P.-J. Proudhon*, éd. Pierre Haubtmann, Paris, Marcel Rivière, 1960-1974, 4 vol.

QUILLARD Pierre, « L'anarchie par la littérature », *Entretiens politiques et littéraires*, vol. IV, nº 25, avril 1892, pp. 149-151.

READ Herbert, *Poetry and Anarchism*, Londres, Faber and Faber, 1938 ; *The Education of Free Men*, Londres, Freedom Press, 1944.

RECLUS Élisée, *L'Anarchie* [1894, 1896], préface de François Bégaudeau, Paris, Fayard/Mille et une nuits, 2022 ; *L'Évolution, la Révolution et l'idéal anarchique* [1897], Paris, P.-V. Stock, 1902 (nouvelle édition, revue et corrigée, 1914 ; rééd., introduction de John Clark, Montréal, Lux Éditeur, 1919).

ROBIN Paul, « De l'enseignement intégral », *La Philosophie positive*, Émile Littré et Grégoire Wyrouboff (dir.), t. V, 3e année, septembre-octobre 1869, pp. 271-297 ; « Dégénérescence de l'espèce humaine : causes et remèdes », *Bulletin de la Société d'anthropologie de Paris*, 1895, pp. 426-433 (puis Paris, Stock, 1896 ; nouvelle édition populaire, augmentée d'un appendice daté de septembre 1905, Paris, Librairie de Régénération, 1905) ; *Le Néomalthusianisme. Prudence procréatrice. Bonne naissance*, Paris, Librairie de Régénération, 1905.

ROCKER Rudolf, *Anarchie et organisation* [1921], Paris, Spartacus, 1985 ; *Anarcho-Syndicalism*, Londres, Martin Secker & Warburg, 1938 (nouvelle éd., préface de Noam Chomsky, introduction de Nicolas Walter, Londres, Pluto Press, 1989).

ROSSELLI Carlo et BERNERI Camillo, *Contre l'État. Articles et correspondance (1935-1936)*, préface de Roberto Carocci, postface d'Antoine Hasard, Les Nuits rouges, 2024.

SCHUURMAN Herman J., *Le travail est un crime*, Utrecht, De Orkaan, 1924 (Paris et Amsterdam, Éditions antisociales, 2007).

SERGE Victor (Viktor Lvovitch Kibaltchitch, dit), « Les anarchistes et l'expérience de la révolution russe » (juillet-août 1920 ; préface datée du 5 juin 1921) ; « Méditation sur l'anarchie », *Esprit*, n° 55, 1er avril 1937, pp. 29-43 (rééd., Acratie, 2014) ; *Mémoires d'un révolutionnaire de 1901 à 1941*, Paris, Le Seuil, 1951 ; *Mémoires d'un révolutionnaire et autres écrits politiques (1908-1947)*, Paris, Robert Laffont, coll. « Bouquins », 2001.

SPOONER Lysander, *Outrage à chefs d'État* [1870], suivi de *Le Droit naturel* [1882], préface de Michel Desgranges, Paris, Les Belles Lettres, 1991 ; *Les vices ne sont pas des crimes. Une revendication de liberté morale* [1875], Paris, Les Belles Lettres, 1993 ; *Nos financiers. Leur ignorance, leurs usurpations et leurs fraudes* [1877], Paris, Éditions du Sandre, 2014.

STIRNER Max, *L'Unique et sa propriété* [1845], postface d'Henri Lavignes [1900], présentation de Cécile Guérard, Paris, La Table ronde, 2000.

TOLSTOÏ Léon (Lev Nikolaïevitch), *Ma religion* [1884], Paris, Librairie Fischbacher, 1885 ; *Que faire ?* [1885], Paris, Nouvelle Librairie parisienne, 1887 ; *Le Salut est en vous ou le Christianisme donné non comme une doctrine mystique, mais comme une morale nouvelle* [1893], Paris, Perrin, 1893 (autre titre : *Le Royaume des cieux est vous*).

VOLINE (Vsevolod Mikhaïlovitch Eichenbaum, dit), « Le Fascisme rouge », juillet 1934 ; *La Révolution inconnue (1917-1921)*, Paris, Les Amis de Voline, 1947 (posthume).

WAGNER Richard, *L'Art et la révolution* [1849], Bruxelles, Bibliothèque des Temps nouveaux, n° 13, 1898 (rééd., Paris, Éditions de l'Opale, 1978) ; « Le judaïsme dans la musique » [1850] (nouvelle édition revue et augmentée en brochure, 1869), *in* Pierre-André Taguieff, *Wagner contre les Juifs. Aux origines de l'antisémitisme culturel moderne*, Paris, Berg International, 2012, pp. 247-294.

WARREN Josiah, *Equitable Commerce : A New Development of Principles as Substitutes for Laws and Governments [...]*, New York, Fowlers & Wells, 1852 (éd. française, notes et postface de Thierry Gillybœuf, *Commerce équitable*, Paris, Fayard/Mille et une nuits, 2012) ; *The Practical Anarchist : Writings of Josiah Warren*, Crispin Sartwell (dir.), New York, Fordham University Press, 2019.

Zo d'Axa, *Endehors*, Paris, Chamuel, 1896 ; *Les Feuilles*, Paris, Société libre d'édition des gens de lettres, 1900.

Écrits anarchistes postérieurs à 1945

ALEXANDRE Jérôme, *Le christianisme est un anarchisme*, Paris, Textuel, 2024.

ARDILLO José, *La Liberté dans un monde fragile. Écologie et pensée libertaire* [2014], Paris, Éditions L'Échappée, 2018.

ARIÈS Philippe, « Confessions d'un anarchiste de droite », *Contrepoint*, n° 16, novembre 1974, pp. 87-99 (repris (partiellement) *in* Jean-Pierre Apparu, *La Droite aujourd'hui*, Paris, Albin Michel, 1979, pp. 107-114).

BARRUÉ Jean, *L'Anarchisme aujourd'hui*, Paris, Spartacus, 1970 ; *Bakounine et Netchaïev*, Paris, Spartacus, 1971 ; « Bakounine et l'éducation », in *Bakounine. Combats et débats*, Paris, Institut d'études slaves, 1979, pp. 167-174 ; « Morale sans obligation ni sanction et morale anarchiste », *Les Cahiers du Vent du ch'min*, n° 8, mars 1986.

BEY Hakim (Peter Lamborn Wilson, dit), « *Post-Anarchism Anarchy* », mars 1987 ; « *Ontological Anarchy in a Nutshell* », 1987 ; *T.A.Z. : The Temporary Autonomous Zone. Ontological Anarchy, Poetic Terrorism*, Brooklin, NY, Autonomedia, 1991 (trad. française partielle, *TAZ. Zone Autonome Temporaire*, Paris, Éditions de l'éclat, 1997) ; *Immediatism : Essays by Hakim Bey* [1992], Chico et Edinburg, AK Press, 1994 ; *Millenium*, Marseille, Le Mot et le Reste, 2012.

BONTEMPS Charles-Auguste, *L'Anarchisme et le réel. Essai d'un rationalisme libertaire*, Paris, Les cahiers francs, 1963.

BOOKCHIN Murray, *Post-Scarcity Anarchism*, Londres, Wildwood House, 1974 ; *The Spanish Anarchists : The Heroic Years (1868-1936)*, New York, Free Life Editions, 1977 ; « Anarchisme : passé et présent », *L'ARC*, n° 91-92, 2e trimestre 1984, pp. 5-14 ; *Remaking Society*, Montréal, Black Rose Books, 1989 (trad. Française, *Une société à refaire. Vers une écologie de la liberté*, postface d'Antoine Robitaille, Montréal, Les Éditions Écosociété, 2011) ; *Pour un municipalisme libertaire* [2003], nouvelle édition, postface de John P. Clark, Lyon, Atelier de création libertaire, 2018 ; *Changer sa vie sans changer le monde. L'anarchisme contemporain entre émancipation individuelle et révolution sociale*, postface de Xavier Crépin, Marseille, Agone, 2019.

BRUPRACHER Fritz, *Michel Bakounine ou le démon de la révolte* [1929], avec des annotations et trois études par Jean Barrué, Paris, Éditions du Cercle & Éditions de la Tête de Feuilles, 1971.

Camus Albert, *Écrits libertaires (1948-1960)*, rassemblés et présentés par Lou Marin, Paris, Égrégores éditions, 2008 (2e éd., Paris, Égrégores éditions, Indigène éditions, 2013).

Chomsky Noam, *On Anarchism*, introduction de Nathan Schneider, New York, The New Press, 2013 (Londres, Penguin Books, 2014).

Cohn-Bendit Daniel et Gabriel, *Le Gauchisme. Remède à la maladie sénile du communisme*, Paris, Le Seuil, coll. « Combats », 1968.

Cole George Douglas Howard, *Socialist Thought : Marxism and Anarchism (1850-1890)*, Londres, Macmillan, 1954.

Comfort Alex, « *An Anarchist View : The Political Relevance of Pacifism* », *Peace News*, 7 décembre 1945 ; *The Pattern of the Future*, Londres, Routledge & Kegan Paul, 1949 ; *Nature and Human Nature*, Londres, Weidenfeld & Nicolson, 1966.

Creagh Ronald, *Histoire de l'anarchisme aux États-Unis d'Amérique. Les origines : 1826-1886*, Paris, La Pensée sauvage, 1981 ; *Laboratoires de l'utopie. Les communautés libertaires aux États-Unis*, Paris, Payot, 1983 ; « USA : une révolution sans oripeaux », *L'ARC*, no 91-92, 2e trimestre 1984, pp. 54-65 ; *L'Affaire Sacco et Vanzetti*, Paris, Les Éditions de Paris, 2004.

Creagh Ronald *et al.*, « Sur les ailes de l'utopie » (dossier), *Réfractions. Recherches et expressions anarchistes*, no 53, avril 2025.

Cuadrado Floréal, *Comme un chat. Souvenirs turbulents d'un anarchiste – faussaire à ses heures – vers la fin du vingtième siècle*, Paris, Éditions du Sandre, 2015.

Déri Thomas et Dupuis-Déri Francis, *L'Anarchie expliquée à mon père*, Montréal, Lux Éditeur, 2018.

Dupuis-Déri Francis, *Les Black Blocs. La liberté et l'égalité se manifestent*, Lyon, Atelier de création libertaire,

2005 ; « L'anarchie en philosophie politique. Réflexions anarchistes sur la typologie traditionnelle des régimes politiques », *Les ateliers de l'éthique / The Ethics Forum*, 2(1), printemps 2007, pp. 6-17 ; *Les Nouveaux Anarchistes. De l'altermondialisme au zadisme*, Paris, Textuel, coll. « Petite encyclopédie critique », 2019.

DUPUIS-DÉRI Francis et PILLET Benjamin (entretiens réunis et présentés par), *L'Anarcho-indigénisme*, Montréal, Lux Éditeur, 2019.

DUTEUIL Jean-Pierre, *Nanterre 1965-66-67-68. Vers le mouvement du 2 mars*, préface de Daniel Cohn-Bendit, photos de Gérard-Aimé [Gérard Bois, dit], Mauléon, Acratie, 1988.

EHRLICH Howard J., EHRLICH Carol, DELEON David et MORRIS Glenda (dir.), *Reinventing Anarchy*, Londres, Routledge & Kegan Paul, 1979.

EHRLICH Howard J. (dir.), *Reinventing Anarchy, Again*, Edinburgh, AK Press, 1996.

FONTENIS Georges, *Changer le monde. Histoire subversive du mouvement communiste libertaire (1945-1997)*, Paris, Alternative libertaire, 2008 (rééd., préface de David Berry, 2011).

GRAEBER David, *Pour une anthropologie anarchiste* [2004], Montréal, Lux Éditeur, 2018 ; *La Démocratie aux marges* [2005], préface d'Alain Caillé, Paris, Flammarion, coll. « Champs essais », 2018 ; *Possibilités. Essais sur la hiérarchie, la rébellion et le désir* [2007], postface de Martin Rueff, Paris, Rivages poche, 2023 ; *Bullshit Jobs* [2018], Paris, Les Liens qui libèrent, 2024 ; *L'Anarchie – pour ainsi dire. Conversations avec Mehdi Belhaj Kacem, Nika Dubrovsky et Assia Turquier-Zuberman*, Zürich & Berlin, Diaphanes, 2021.

GRAEBER David et WENGROW David, *Au commencement était… Une nouvelle histoire de l'humanité* [2021], Paris, Les Liens qui libèrent, 2023.

GUÉRIN Daniel, *L'Anarchisme. De la doctrine à l'action*, Paris, Gallimard, coll. « Idées », 1965 ; *Ni Dieu ni maître. Une anthologie de l'anarchisme*, nouvelle éd., Paris, François Maspero, 1970, 4 vol. ; *Pour un marxisme libertaire*, Paris, Robert Laffont, 1969.

HUMBERT Jeanne, *Sébastien Faure. L'homme – l'apôtre – une époque*, Paris, Éditions du Libertaire, 1949.

ISABEL Thibault, *Pierre-Joseph Proudhon. L'anarchie sans le désordre*, préface de Michel Onfray, Paris, Éditions Autrement, 2017 (rééd., Paris, Flammarion, 2021).

JOURDAIN Francis, *Sans remèdes ni rancunes. Souvenirs épars [...]*, Paris, Corréa, 1953.

JOYEUX Maurice, *L'Anarchie et la société moderne. Précis sur une structure de la pensée et de l'action révolutionnaires et anarchistes*, Paris, Nouvelles Éditions Debresse, 1969 ; *L'Anarchie et la révolte de la jeunesse*, Paris, Casterman, 1970.

[KHAYATI Mustapha], *De la misère en milieu étudiant considérée sous ses aspects économique, politique, psychologique, sexuel et notamment intellectuel et de quelques moyens pour y remédier*, Strasbourg, Unef, novembre 1966.

LECOIN Louis, *De prison en prison*, édité par l'auteur, Paris, Presse de la SLIM, 1946.

LEHNING Arthur, *Bakounine et les autres. Esquisses et portraits contemporains d'un révolutionnaire*, Paris, UGE., coll. « 10/18 », 1976 ; *De Buonarroti à Bakounine. Études sur le socialisme international*, Paris, Éditions Champ libre, 1977.

LEVAL Gaston (Pierre Robert Piller, dit), *L'Indispensable révolution. L'émancipation de l'Homme par le socialisme libertaire*, Paris, Éditions du Libertaire, 1948 ; *L'Humanisme libertaire*, Paris, Groupe Humanisme libertaire, 1967.

LEWIN Roland, *Sébastien Faure et « La Ruche » ou l'Éducation libertaire*, Vauchrétien, Éditions Ivan Davy, 1989.

MANFREDONIA Gaetano, « Amour et mariage chez Bakounine », in *Rêves et passions d'un chercheur militant. Mélanges offerts à Ronald Creagh*, Lyon, Atelier de création libertaire, 2017, pp. 221-240.

MERCIER-VEGA Louis, *L'Increvable Anarchisme*, Paris, UGE., coll. « 10/18 », 1970.

MONATTE Pierre, *Trois scissions syndicales*, Paris, Éditions ouvrières, 1958.

NOZICK Robert, *Anarchie, État et utopie* [1974], Paris, PUF, 1988 ; nouvelle édition (tr. fr. révisée par Pierre-Emmanuel Dauzat), Paris, PUF, coll. « Quadrige », 2016.

PEREIRA Irène, *Les Grammaires de la contestation. Un guide de la gauche radicale*, Paris, La Découverte, 2010 ; *L'Anarchisme dans les textes. Anthologie libertaire*, Paris, Textuel, 2011 ; « L'anarchisme face au paradigme de la colonisation », 6 mai 2018.

PIERRE José, *Surréalisme et anarchie. Les « billets surréalistes » du Libertaire (12 octobre 1951-8 janvier 1953)*, Paris, Plasma, 1983.

PRUDHOMMEAUX André, « La presse libertaire allemande », *Le Libertaire*, 18 mars 1948 (repris in *À contretemps*, n° 42, février 2012).

RAGON Michel, *La Mémoire des vaincus*, Paris, Albin Michel, 1989 ; *La Voie libertaire*, Paris, Plon, 1992.

READ Herbert, « *Neither Communism nor Liberalism* », *Freedom*, 4 janvier 1947 ; « *Anarchism : Past and Future* », *Freedom*, 17 mai 1947 ; *Anarchy and Order*, Londres, Souvenir Press Ltd, 1974.

ROCKER Rudolf, *Max Nettlau. Une mémoire anarchiste* [1946], présentation et notes de Martine Rémon, Paris, Les Éditions du Monde libertaire, 2014.

ROTHBARD Murray N., *For a New Liberty : The Libertarian Manifesto*, New York & Londres, Macmillan, 1973 (2e éd., 1978) ; *Éthique de la liberté* [1982], préface de Jérémie Rostan, Paris, Les Belles Lettres, 1991 (2e éd., 2011).

RYLEY Peter, *Making Another World Possible : Anarchism, Anti-Capitalism and Ecology in Late 19th and Early 20th Century Britain*, Londres & New York, Bloomsbury Publishing, 2013.

SCHÉRER René, *Après tout. Entretiens sur une vie intellectuelle avec Geoffroy de Lagasnerie*, Paris, Éditions Cartouche, 2007 ; *Pour un nouvel anarchisme*, Paris, Éditions Cartouche, 2008 ; *Nourritures anarchistes. L'anarchisme exposé*, Paris, Hermann, 2009.

SCOTT James Campbell, *La Domination et les arts de la résistance. Fragments du discours subalterne* [1990], préface de Ludivine Bantigny, Paris, Éditions Amsterdam, 2009 ; *L'Œil de l'État. Moderniser, uniformiser, détruire* [1998], Paris, La Découverte, 2019 (rééd., La Découverte poche, 2024) ; *Zomia ou l'art de ne pas être gouverné. Une histoire anarchiste des hautes terres d'Asie du Sud-Est* [2009], Paris, Le Seuil, 2013 (rééd., coll. « Points Essais », postface de Romain Bertrand, 2019) ; *Petit Éloge de l'anarchisme* [2012], Montréal, Lux Éditeur, 2019 ; *Homo domesticus. Une histoire profonde des premiers États* [2017], préface de Jean-Paul Demoule, Paris, La Découverte, 2019 (rééd., La Découverte poche, 2021) ; « *James C. Scott on The Perils of State Power* » (entretien avec Yascha Mounk, 2021), 3 septembre 2024.

SERGENT Alain (André Mahé, dit), *Un anarchiste de la Belle Époque : Alexandre Jacob*, Paris, Le Seuil, 1950 (rééd., Chaucre, Éditions Libertaires, 2016).

SIEGEL David J., « *How Anarchy Can Save the University* », *The Chronicle of Higher Education*, 7 mai 2017.

Simmons A. John, *Moral Principles and Political Obligations*, Princeton, Princeton University Press, 1979.

Sommermeyer Pierre, « Questionnements sur “Juifs et anarchistes” », *À contretemps*, n° 35, septembre 2009 ; *Anarchistes et juifs. Anarchisme, antisémitisme, antisionisme*, Saint-Georges-d’Oléron, Les Éditions libertaires, 2021.

Thévenet Alain (dir.), *William Godwin et l’euthanasie du gouvernement*, Lyon Atelier de création libertaire, 1993 ; *William Godwin, des Lumières à l’anarchisme*, Lyon, Atelier de création libertaire, 2002.

Walter Nicolas, *About Anarchism*, Londres, Freedom Press, 1969 (nouvelle éd., introduction de Natasha Walter, 2002).

Ward Colin, *Anarchism : A Very Short Introduction*, Oxford, Oxford University Press, 2004 ; *Anarchy in Action*, Londres, George Allen & Unwin, 1973 (rééd., Londres, Freedom Press, 1996) ; *Autonomy, Solidarity, Possibility : The Colin Ward Reader*, Chris Wilbert et Damian F. White (dir.), Chico, AK Press, 2011 ; *Anarchism : People and Ideas*, 2e éd., introduction de Ruth Kinna, Nottingham, Five Leaves Publications, 2023.

Ward Colin et Goodway David, *Talking Anarchy*, Nottingham, Five Leaves Publications, 2003 (tr. française, *L’Anarchie en société. Conversation avec Colin Ward*, Lyon, Atelier de création libertaire, 2005).

Wolff Robert Paul, *In Defense of Anarchism*, New York, Harper and Row, 1970 (nouvelle éd., avec une nouvelle préface, Berkeley & Los Angeles, University of California Press, 1998) ; « Anarchisme », *in* Sylvie Mesure et Patrick Savidan (dir.), *Dictionnaire des sciences humaines*, Paris, PUF, coll. « Quadrige », 2006, pp. 24-26.

X..., *Anarchistes en 1969 à Nanterre (Textes et tracts)*, La Bussière, Éditions Acratie, 1998.

II – Études historiques et critiques

Adair Philippe, « L'utilitarisme libertaire de William Godwin », *Revue française de science politique*, 42(6), 1992, pp. 1008-1022.

Adams Jason, *Rethinking the Global Context : Non-Western Anarchisms*, Fordsburg, Zabalaza Books, 2014.

Adams Matthew S., *Kropotkin, Read, and the Intellectual History of British Anarchism : Between Reason and Romanticism*, Londres, Palgrave Macmillan, 2015.

Adams Matthew S. et Kinna Ruth (dir.), Anarchism, *1914-18 : Internationalism, Anti-militarism and War*, Manchester, Manchester University Press, 2017.

Amorós Miguel, *Durruti dans le labyrinthe*, Paris, L'Encyclopédie des Nuisances, 2007 ; *Les Situationnistes et l'anarchie*, La Taillade, Éditions de la Roue, 2012.

Anderson Benedict, *Les Bannières de la révolte. Anarchisme, littérature et imaginaire anticolonial. La naissance d'une autre mondialisation* [2005], Paris, La Découverte, 2009.

Angaut Jean-Christophe, *Bakounine jeune hégélien. La philosophie et son dehors*, Lyon, ENS Éditions, 2007 ; *La liberté des peuples : Bakounine et les révolutions de 1848. Suivi des textes de Bakounine [...]*, Lyon, Atelier de création libertaire, 2009 ; « Le statut de la philosophie chez le dernier Bakounine », *in* Jean-Christophe Angaut, Daniel Colson et Mimmo Pucciarelli (dir.), *Philosophie de l'anarchie. Théories libertaires, pratiques quotidiennes et ontologie*, Lyon, Atelier de création libertaire, 2012, pp. 191-207 ; « Le catéchisme révolutionnaire ou le premier anarchisme de Bakounine », Strasbourg, Éditions du Chat ivre, 2013 ; « Bakounine contre Dieu. Enjeux contemporains de l'antithéologisme », *in* Philippe Pelletier (coord.), *Actualité de Bakounine (1814-2014)*, Paris, Éditions du Monde libertaire, 2014, pp. 109-128 ; « Stirner et l'anarchie », *in* Olivier Agard et Françoise Larillot (dir.), *Max Stirner, L'Unique et sa propriété. Lectures critiques*, Paris, L'Harmattan, 2017, pp. 205-223 ; « Bakounine : de l'instruction intégrale à l'éducation libertaire ? », *in* Sophie Audidière et Antoine Janvier (dir.), *« Il faut éduquer les enfants… ». L'idéologie de l'éducation en question*, Lyon, ENS Éditions, 2022, pp. 75-88.

ANSART Pierre, *Sociologie de Proudhon*, Paris, PUF, 1967 ; *Marx et l'anarchisme. Essai sur les sociologies de Saint-Simon, Proudhon et Marx*, Paris, PUF, 1969 ; *Naissance de l'anarchisme. Esquisse d'une explication sociologique du proudhonisme*, Paris, PUF, 1970.

ANTLIFF Allan, *Anarchist Modernism : Art, Politics, and the First American Avant-Garde*, Chicago, The University of Chicago Press, 2001.

APTER David, « *The Old Anarchism and the New – Some Comments* », *Government and Opposition*, 5(4), octobre 1970, pp. 397-409.

APTER David et JOLL James (dir.), *Anarchism Today*, Londres & Basingstoke, Macmillan, 1971.

ARCHINOFF Piotr, *Le Mouvement makhnoviste*, Paris, Bélibaste, 1969.

ARVON Henri, *L'Anarchisme* [1951], 5e éd., Paris, PUF, coll. « Que sais-je ? », 1970 (6e éd., 1974) ; *Aux sources de l'existentialisme : Max Stirner*, Paris, PUF, coll. « Épiméthée », 1954 ; *Michel Bakounine ou la vie contre la science*, Paris, Seghers, coll. « Philosophes de tous les temps », 1966 (2e éd., 1970) ; *Bakounine.*

Absolu et révolution, Paris, Les Éditions du Cerf, 1972 ; *Max Stirner ou l'expérience du néant*, Paris, Seghers, coll. « Philosophes de tous les temps », 1973 ; *Les Juifs et l'idéologie*, Paris, PUF, 1978 ; *L'Anarchisme au* XXe *siècle*, Paris, PUF, 1979 ; « Anarchisme », *Encyclopædia universalis*, vol. I, Paris, 1980, pp. 988-991 ; *Les Libertariens américains. De l'anarchisme individualiste à l'anarcho-capitalisme*, Paris, PUF, 1983.

AVRICH Paul, *The Russian Anarchists*, Princeton, Princeton University Press, 1967 (tr. française ; *Les Anarchistes russes*, Paris, François Maspero, 1979).

BAILLARGEON Normand, *L'Ordre moins le pouvoir. Histoire et actualité de l'anarchisme* [2001], 4e éd., Marseille, Agone, 2008.

BAILIE William, *Josiah Warren, the First American Anarchist : A Sociological Study* [1906], New York, Herbert C. Roseman, 1971.

BANCAL Jean, *Proudhon, pluralisme et autogestion* (t. I. *Les fondements*, t. II. *Les réalisations*), Paris, Aubier Montaigne, 1970.

BANCQUART Marie-Claire, « L'anarchisme, élément d'une dialectique de la création chez Anatole France », *Revue d'histoire littéraire de la France*, 99(3), mai-juin 1999, pp. 403-412.

BANTMAN Constance, « *William Morris anarchiste ?* », *Revue française de civilisation britannique*, 13(1), 1er septembre 2004 ; *Anarchismes et anarchistes en France et en France, 1880-1914. Échanges, représentations, transferts*, thèse, Université Paris XIII-Villetaneuse, 24 mars 2007 ; « "Anarchistes de la bombe, anarchistes de l'idée" : les anarchistes français à Londres, 1880-1895 », *Le Mouvement social*, nº 246, 2014/1, pp. 47-61.

BARBER Benjamin R., *Superman and Common Men : Freedom, Anarchy, and the Revolution*, New York, Praeger, 1971.

BARCLAY Harold, *People Without Government : An Anthropology of Anarchy*, Londres, Kahn & Averill, 1982 (nouvelle édition revue, préface par Alex Comfort, 1990).

BASCH Victor, *L'Individualisme anarchiste. Max Stirner*, Paris, Félix Alcan, 1904.

BERKMAN Alexander, *What Is Communist Anarchism ?* [1929], Paul Avrich (dir.), New York, Dover Publications, 1972.

BERRY David, *A History of the French Anarchist Movement, 1917 to 1945*, introduction de Barry Pateman, Chico, AK Press, 2009.

BERTI Giampietro, *Il principe e l'anarchia. Per una lettura anarchica di Machiavelli alla luce di una luce di una lettura machiavellina dell'anarchismo*, Soveria Mannelli, Rubbettino Editore, 2023.

BERTOLO Amedeo (dir.), *Juifs et anarchistes. Histoire d'une rencontre*, Paris, Éditions de l'Éclat, 2008.

BIARD Roland, *Histoire du mouvement anarchiste (1945-1975)*, Paris, Galilée, 1976.

BONNIER Tristan, « Ernest Cœurderoy : souvenirs d'un proscrit », *Ballast*, n° 10, 2020/2, pp. 138-149.

BOUCHET Thomas et SAMZUN Patrick (dir.), *Libertaire ! Essais sur l'écriture, la pensée et la vie de Joseph Déjacque (1821-1865)*, Besançon, Presses universitaires de Franche-Comté, 2019.

BOUGLÉ Célestin, *La Sociologie de Proudhon*, Paris, Armand Colin, 1911 ; *Proudhon*, Paris, Félix Alcan, 1930.

BOUHEY Vivien, *Les Anarchistes contre la République. Contribution à l'histoire des réseaux sous la Troisième République (1880-1914)*, Rennes, Presses universitaires de Rennes, 2008.

BOULOUQUE Sylvain, « Les paradoxes des anarchistes face au sionisme et à la naissance de l'État d'Israël », *Archives juives*, 36(1), 2003, pp. 100-108 ; « Anarchisme et judaïsme dans le mouvement libertaire en France. Réflexions sur quelques itinéraires », *in* Amedeo Bertolo (dir.), *Juifs et anarchistes. Histoire d'une rencontre*, *op. cit.*, pp. 113-124 ; *Les Anarchistes français face aux guerres coloniales (1945-1962)* [2003], nouvelle édition, préfaces (2003 et 2020) de Benjamin Stora, Lyon, Atelier de création libertaire, 2020.

BOUSSAIS Romain, « Les origines de la devise anarchiste "Ni Dieu ni maître" : une généalogie discutable », *Histoire politique*, n° 46, 1er février 2022.

BROSSAT Alain (dir.), *Ernest Cœurderoy (1825-1862). Révolution, désespoir et prophétisme*, Paris, L'Harmattan, coll. « Forum-IRTS de Lorraine », 2004 (rééd., 2017).

BROUÉ Pierre et TÉMIME Émile, *La Révolution et la Guerre d'Espagne*, Paris, Éditions de Minuit, 1961.

BULLE Sylvaine, « L'anarchisme juif et ses résurgences contemporaines », *Revue K.*, 23 novembre 2022.

CALL Lewis, *Postmodern Anarchism*, Lanham et New York, Lexington Books, 2002.

CARLSON Andrew R., *Anarchism in Germany, vol. I : The Early Movement*, Metuchen, The Scarecrow Press, 1972.

CARR Edward Hallett, *Michael Bakunin*, Londres, Macmillan, 1937.

CARTER April, *The Political Theory of Anarchism*, Londres, Routledge and Kegan Paul, 1971.

CASSEGRAIN Bertrand, « Le trilemme anarchiste », *Les ateliers de l'éthique / The Ethics Forum*, 8(1), été 2013, pp. 28-46.

CATTEAU Jacques (dir.), *Bakounine. Combats & débats*, Paris, Institut d'études slaves, 1979.

CHASTENET Patrick, *Les Racines libertaires de l'écologie politique*, Paris, Éditions L'Échappée, 2023.

CHUECA Miguel (textes réunis, annotés & présentés par), *Déposséder les possédants. La grève générale aux « temps héroïques » du syndicalisme révolutionnaire (1895-1906)*, Marseille, Agone, 2008.

CLARK John P., *The Philosophical Anarchism of William Godwin*, Princeton, Princeton University Press, 1977.

COHN Jesse S., *Anarchism and the Crisis of Representation*, Selinsgrove, Susquehanna University Press, 2006.

COLSON Daniel, *Petit lexique philosophique de l'anarchisme. De Proudhon à Deleuze*, Paris, Librairie Générale Française, coll. « Le Livre de Poche », 2001 ; « Nietzsche et l'anarchisme », *Lignes*, n° 7, 2002/1, pp. 170-185.

CONFINO Michael, *Violence dans la violence. Le débat Bakounine-Necaev [Netchaïev]*, Paris, François Maspero, 1973.

COQUIO Catherine, « Le soir et l'aube : décadence et anarchisme », *Revue d'histoire littéraire de la France*, 99(3), 1999, pp. 453-466.

CROWDER George, *Classical Anarchism : The Political Thought of Godwin, Proudhon, Bakunin, and Kropotkin*, Oxford, Clarendon Press, 1991 ; « Anarchisme. La réflexion morale dans les courants anarchistes », *in* Monique Canto-Sperber (dir)., *Dictionnaire d'éthique et de philosophie morale* [1996], 4e édition revue et augmentée, Paris, PUF, coll. « Quadrige », 2004, t. I, pp. 65-71.

DADOUN Roger (dir.), « Anarchies », L'ARC, n° 91-92, 2e trimestre 1984.

DE BIASE Alessia, LEVY Albert et CASTRILLO ROMÓN Maria, « Patrick Geddes en héritage », *Espaces et sociétés*, n° 167, 2016/4, pp. 7-186.

DELEON David, *The American as Anarchist : Reflections on Indigineous Radicalism*, Baltimore, Johns Hopkins University Press, 2019.

DELEPLACE Marc, *L'Anarchie de Mably à Proudhon (1750-1850). Histoire d'une appropriation polémique*, préface de Michel Vovelle, Lyon, ENS Éditions, 2002.

DIEHL Karl, *Über Sozialismus, Kommunismus und Anarchismus*, Iéna, Verlag von Gustav Fischer, 1923.

DOLLÉANS Édouard, *Proudhon*, Paris, Gallimard, 1948.

DUBIEF Henri, *Les Anarchistes (1870-1940)*, Paris, Armand Colin, 1972.

DURAND Jean-Marie, « La vitalité retrouvée de la pensée anarchiste en France », *Philosophie magazine*, 3 novembre 2022.

EISENZWEIG Uri, *Fictions de l'anarchisme*, Paris, Christian Bourgois, 2001.

ELLUL Jacques, « Anarchie et christianisme », *Contrepoint*, n° 15, septembre 1974, pp. 157-173 ; *Anarchie et christianisme* [1988], Paris, La Table Ronde, 1998.

ENCKELL Marianne, DAVRANCHE Guillaume, DUPUY Rolf *et al.* (dir.), *Les Anarchistes. Dictionnaire biographique du mouvement libertaire francophone* (2014), Ivry-sur-Seine, Les Éditions de L'Atelier / Les Éditions ouvrières, coll. « L'Atelier en poche », 2015.

ENZENSBERGER Hans Magnus, *Le Bref Été de l'anarchie. La vie et la mort de Buenaventura Durruti*, Paris, Gallimard, 1991 ; *Politique et crime* [1964], Paris, Gallimard, 1967 (rééd. partielle, *Les Rêveurs de l'absolu*, Paris, Éditions Allia, 1998).

EPSTEIN Barbara, « *Anarchism and the Anti-Globalization Movement* », *Monthly Review*, 1er septembre 2001.

FERRACIOLI Luara, « *The Anarchist's Myth : Autonomy, Children, and State Legitimacy* », *Hypatia*, 30(2), printemps 2015, pp. 370-385.

FERRETTI Federico, « Geddes, Patrick (1854-1932) », *in* Dominique Bourg et Alain Papaux (dir.), *Dictionnaire de la pensée écologique*, Paris, PUF, coll. « Quadrige », 2015, pp. 462-464 ; « Globes, savoir situé et éducation à la beauté : Patrick Geddes géographe et sa relation avec les Reclus », *Annales de géographie*, n° 706, 2015/6, pp. 681-715.

FERRI Enrico, « La question juive chez Max Stirner et dans la perspective libertaire », *in* Amedeo Bertolo (dir.), *Juifs et anarchistes. Histoire d'une rencontre*, *op. cit.*, pp. 33-44.

FLEMING Marie, *The Anarchist Way to Socialism : Élisée Reclus and Nineteenth-Century European Anarchism*, Londres, Croom Helm, 1979.

FRANKS Benjamin, JUN Nathan et WILLIAMS Leonard (dir.), *Anarchism : A Conceptual Approach*, New York et Londres, Routledge, 2018.

FRAZER Elisabeth et HUTCHINGS Kimberly, « Anarchist Ambivalence : Politics and Violence in the Thought of Bakunin, Tolstoy and Kropotkin », *European Journal of Political Theory*, 18(2), avril 2019, pp. 259-280.

GARCIA Renaud, *La Nature de l'entraide. Pierre Kropotkine et les fondements biologiques de l'anarchisme*, Lyon, ENS Éditions, 2015 ; *Pierre Kropotkine et l'économie par l'entraide* [2014], Paris, Éditions Le passager clandestin, 2019.

GARCÍA Vivien, *L'Anarchisme aujourd'hui*, préface de Daniel Colson, Paris, L'Harmattan, 2007.

GILLYBŒUF Thierry, « Remy de Gourmont ou l'anarchisme à particule », *in* Thierry Gillybœuf, Vincent Gogibu et Julien Schuh (dir.), *Présences de Remy de Gourmont*, Paris, Classiques Garnier, 2021, pp. 175-202.

GORDON Uri, *Anarchism and Political Theory : Contemporary Problems*, thèse, Manfield College, University of Oxford, 2007.

GRANIER Caroline, *Les Briseurs de formules. Les écrivains anarchistes en France à la fin du XIXe siècle*, Cœuvres-et-Valsery, Ressouvenances, 2008.

GRAUR Mina, « Anarchisme et sionisme. Le débat sur le nationalisme juif », *in* Amedeo Bertolo (dir.), *Juifs et anarchistes. Histoire d'une rencontre*, *op. cit.*, pp. 125-142.

GRAWITZ Madeleine, *Michel Bakounine*, Paris, Plon, 1990.

GRÉAU Valia, « Georges Darien romancier et militant anarchiste », *Revue d'Histoire littéraire de la France*, 99(3), mai-juin 1999, pp. 413-421.

GUILLEBON Jacques (de) et GAVER Falk (van), *AnarChrist. Une histoire de l'anarchisme chrétien* [2012], préface de Jean-Claude Guillebaud, Paris, Desclée de Brouwer, 2015.

GUILLEMINAULT Gilbert et MAHÉ André (avec la collaboration de George Adam et Raymond Thévenin), *L'Épopée de la révolte. Le roman vrai d'un siècle d'anarchie (1862-1962)*, Paris, Denoël, 1963.

GURVITCH Georges, *Proudhon*, Paris, PUF, coll. « Philosophes », 1965.

HALPERIN Joan U., *Félix Fénéon. Art et anarchie dans le Paris, fin de siècle*, Paris, Gallimard, 1991.

HARDY Dennis, *Alternative Communities in Nineteenth Century England*, Londres, Longman, 1979.

HARMEL Claude et SERGENT Alain, *Histoire de l'anarchie*, Paris, Le portulan, 1949 ; rééd., C. Harmel, *Histoire de l'anarchie. Des origines à 1880* [1984], Paris, Éditions Ivrea, 2005.

HAUBTMANN Pierre, *La Philosophie sociale de Pierre-Joseph Proudhon*, Grenoble, PUG, 1980 ; *Proudhon, Marx et la pensée allemande*, Grenoble, PUG, 1981 ; *Pierre-Joseph Proudhon. Sa vie et sa pensée (1809-1849)*, Paris, Beauchesne, 1982 ; *Pierre-Joseph Proudhon. Sa vie et sa pensée (1849-1865)*, Paris, Desclée de Brouwer, 1988, 2 vol.

HEPNER Benoît P., *Bakounine et le panslavisme révolutionnaire. Cinq essais sur l'histoire des idées en Russie et en Europe*, Paris, Marcel Rivière, 1950.

HONEYWELL Carissa, *A British Anarchist Tradition : Herbert Read, Alex Comfort and Colin Ward*, New York et Londres, Continuum, 2011.

HOROWITZ Irving Louis (dir.), *The Anarchists*, New York, Dell Publishing Co., 1964.

HORROX James, *Le Mouvement des kibboutz et l'anarchie. Une révolution vivante* [2009, 2017], Paris, Éditions de l'éclat, 2018.

JACOBSON Eric, « Gershom Scholem entre anarchisme et tradition juive », *in* Amedeo Bertolo (dir.), *Juifs et anarchistes. Histoire d'une rencontre*, *op. cit.*, pp. 53-73.

JENSEN Richard Bach, *The Battle Against Anarchist Terroris : An International History (1878-1934)*, Cambridge, Cambridge University Press, 2013.

JOLL James, *The Anarchists* [1964], 2e éd., Londres, Methuen, 1979.

JONG Rudolf de, « Réflexions sur l'antisémitisme dans le débat anarchiste » [1932], *in* Amedeo Bertolo (dir.), *Juifs et anarchistes. Histoire d'une rencontre*, *op. cit.*, pp. 143-158.

JOURDAIN Édouard, *Proudhon. Un socialisme libertaire*, Paris, Michalon, 2009 ; *L'Anarchisme* [2013], nouvelle éd., Paris, La Découverte, coll. « Repères », 2020 ; *Proudhon contemporain*, Paris, CNRS Éditions, 2018 ; *Géopolitique de l'anarchisme. Vers un nouveau mouvement libertaire*, Paris, Le Cavalier Bleu, 2023 ; *Proudhon*, Paris, PUF, collection « Que sais-je ? », 2023.

JULLIARD Jacques, *Fernand Pelloutier et les origines du syndicalisme d'action directe*, Paris, Le Seuil, 1971 ; *Les Gauches françaises. Histoire, politique et imaginaire (1762-2012)*, Paris, Fayard, 2012.

JUN Nathan J., *Anarchism and Political Modernity*, New York, Bloomsbury Publishing, 2011 ; « *Rethinking the Anarchist Canon : History, Philosophy, and*

Interpretation », *Anarchist Developments in Cultural Studies*, 2013(1), pp. 82-116 ; « *On Philosophical Anarchism* », *Radical Philosophy Review*, 19 (3), janvier 2016, pp. 551-567 ; (dir.), *Brill's Companion to Anarchism and Philosophy*, Leiden et Boston, Brill, 2017.

Jun Nathan J. et Wahl Shane (dir.), *New Perspectives on Anarchism*, Lanham, et New York, Lexington Books, 2009.

Kaminski Hanns-Erich, *Bakounine. La vie d'un révolutionnaire*, Paris, Aubier Montaigne, 1938 (rééd., Paris, Bélibaste, 1971 ; Paris, La Table Ronde, 2017).

Kinna Ruth (dir.), *The Continuum Companion of Anarchism*, Londres et New York, Continuum International Publishing Group, 2012 ; *Kropotkin : Rewiewing the Classical Anarchist Tradition*, Edinburgh, Edinburgh University Press, 2016.

Krimerman Leonard I. et Perry Lewis (dir.), *Patterns of Anarchy*, New York, Anchor Books, 1966.

L'Aminot Tanguy, « Max Stirner et Rousseau dans *Eumeswil* de Ernst Jünger », *in* Reinhard Bach, Tanguy L'Aminot et Catherine Labro (dir.), *Rousseau et l'Allemagne à l'époque contemporaine*, Montmorency, Siam-JJR, 2010., pp. 153-164.

Lebrun Pascal, *Le Mutuellisme dans la pensée de Pierre-Joseph Proudhon*, thèse, Ottawa, Université d'Ottawa, juillet 2022.

Lécroart Alexandre, *Les Écrivains décadents et l'anarchisme. Une tentation fin de siècle*, Paris, L'Harmattan, 2023.

Leier Mark, *Bakunin : The Creative Passion. A Biography*, New York, St. Martin's Press, 2006.

Lemieux Pierre, *L'Anarcho-capitalisme*, Paris, PUF, coll. « Que sais-je ? », 1988.

LERNER Michael, « Anarchism and the American Counter-Culture », *Government and Opposition*, 5(4), octobre 1970, pp. 430-455.

LEROY Maxime, *Histoire des idées sociales en France*, Paris, Gallimard, 1946-1954, 3 vol.

LÉVY Albert, *Stirner et Nietzsche*, Paris, Société nouvelle de librairie et d'édition, 1904 (rééd., Paris, Stalker Éditeur, 2006).

LÉVY Albert, « Patrick Geddes (1864-1932) revisité », *Espaces et sociétés*, n° 167, 2016/4, pp. 187-203.

L'HEUILLET Hélène, « Contestation de la propriété : actualité de l'anarchisme ? », *Cités*, n° 68, 2016, pp. 91-109.

LOURAU René, « L'éducation libertaire », *L'Homme et la société*, n° 123-124, 1997, pp. 45-55.

LÖWY Michael, *Rédemption et utopie. Le judaïsme libertaire en Europe centrale*, Paris, PUF, 1988 ; « Le cas Franz Kafka. Anarchisme et judaïsme en Europe centrale », *in* Amedeo Bertolo (dir.), *Juifs et anarchistes. Histoire d'une rencontre*, *op. cit.*, pp. 91-112.

LUBAC Henri de, *Proudhon et le christianisme*, Paris, Le Seuil, 1945.

LUBEK Ian et APFELBAUM Erika, « Les études de psychologie sociale d'Augustin Hamon », *Hermès*, n° 5-6, 1989/2, pp. 67-82.

LUCK Simon, « Appropriation et transgression d'une norme institutionnelle. Le cas de l'abstentionnisme électoral à la Fédération anarchiste », *Politix*, n° 92, 2010/4, pp. 145-164.

LUNN Eugene, *Prophet of Community : The Romantic Socialism of Gustav Landauer*, Berkeley et Los Angeles, University of California Press, 1973.

LYOTARD Jean-François, « Nanterre : ici, maintenant », *Les Temps modernes*, n° 285, avril 1970, pp. 1650-1665 (repris *in* Jean-François Lyotard, *Dérive à partir de Marx et Freud*, Paris, Galilée, 1973, pp. 189-209).

McLaughlin Paul, *Mikhail Bakunin : The Philosophical Basis of His Anarchism*, New York, Algora Publishing, 2002.

Maitron Jean, « Jean Grave (1854-1939) », *Revue d'histoire économique et sociale*, 28(1), 1950, pp. 105-117 ; *Ravachol et les anarchistes*, Paris, Julliard, coll. « Archives », 1964 (rééd., Paris, Gallimard, coll. « Folio histoire », 1992) ; *Le Mouvement anarchiste en France*, Paris, François Maspero, 1975 (rééd., 1983, 2 t.).

Maitron Jean et Paris Robert, « Anarchistes (mouvements) », *Encyclopædia Universalis*, vol. I, Paris, 1980, pp. 991-996.

Malabou Catherine, *Au voleur ! Anarchisme et philosophie*, Paris, PUF, 2022 ; *Il n'y a pas eu de Révolution. Réflexions sur la propriété, le pouvoir et la condition servile en France*, Paris, Éditions Payot & Rivages, 2024.

Manfredonia Gaetano, « 1936 : face au fascisme et à la révolution », *Les Œillets rouges [Cahiers de réflexion anarchiste]*, n° 1, septembre 1986, pp. 41-69 ; *La Chanson anarchiste en France des origines à 1914 (« Dansons la Ravachole ! »)*, Paris, L'Harmattan, 1997 ; *L'Anarchisme en Europe*, Paris, PUF, 2001 ; « L'anarchisme », *in* Jean-Jacques Becker et Gilles Candar (dir.), *Histoire des gauches en France*, Paris, La Découverte, 2004, vol. 1, pp. 444-462 ; « L'anarchisme au xxe siècle : de la crise au renouveau », *in* Jean-Jacques Becker et Gilles Candar (dir.), *Histoire des gauches en France*, *op. cit.*, vol. 2, pp. 135-145 ; « L'imaginaire utopique anarchiste au tournant du siècle », *Cahiers Jaurès*, n° 180, 2006/2, pp. 27-44 ; « La chanson anarchiste dans la France de la Belle Époque. Éduquer pour révolter », *Revue française d'histoire des idées politiques*, n° 26, 2007/2, pp. 101-121 ; *Histoire mondiale de l'anarchie*, avant-propos de Tancrède Ramonet, Paris, Textuel-Arte, 2014.

MANON Simone, « La figure du rebelle et de l'anarque. Ernst Jünge », *Philolog* (en ligne), 15 juillet 2011.

MARICOURT Thierry, *Histoire de la littérature libertaire en France*, Paris, Albin Michel, 1990 (rééd., 2012).

MARSHALL Peter H., *Demanding the Impossible : A History of Anarchism* [1992], éd. revue et augmentée, Londres, Fontana Press, 1993 (nouvelle éd. augmentée, Londres, Harper Perennial, 2008).

MARX Karl et BAKOUNINE Michaël, *Socialisme autoritaire ou libertaire ?*, textes présentés et réunis par Georges Ribeill, Paris, UGE, coll. « 10/18 », 1975, 2 vol. (nouvelle éd. revue et actualisée, *La Grande Discorde*, Paris, Les Nuits rouges, 2023).

MASSÉ Bruno et KRUZYNSKI Anna, « Anarchisme », *in* Dominique Bourg et Alain Papaux (dir.), *Dictionnaire de la pensée écologique*, *op. cit.*, pp. 27-29.

MAURICE Jacques, *L'Anarchisme espagnol*, Paris, Bordas, 1973.

MARTIN James J., *Men Against the State : The Expositors of Individualist Anarchism in America, 1827-1908*, DeKalb, Adrian Allen Associated, 1953 (rééd., Colorado Springs, Ralph Myles Publisher, 1970).

MAY Todd, *The Political Philosophy of Postructuralist Anarchism*, University Park, The Pennsylvania State University Press, 1994.

MEUWLY Olivier, *Anarchisme et modernité*, Lausanne, Éditions L'Âge d'Homme, 1998.

MILLER David, *Anarchism*, Londres et Melbourne, J. M. Dent and Sons, 1984.

MOUNIER Emmanuel, « Le destin spirituel du mouvement ouvrier : anarchie et personnalisme », *Esprit*, vol. 5, n° 55, avril 1937, pp. 109-206 ; *Liberté sous conditions*, Paris, Le Seuil, 1946, pp. 167-271 ; *Communisme, anarchie et personnalisme*, préface de Jean Lacroix, Paris, Le Seuil, 1966.

Mounier Emmanuel, Péguy Marcel & Izard Georges, *La Pensée de Charles Péguy* [contribution du seul Péguy, augmentée de plusieurs annexes], Paris, Plon, coll. « Le roseau d'or », 1931 (nouvelle éd. établie par Nadia Yala Kisukidi et Yves Roullière, introduction de Nadia Yala Kisukidi, Paris, Éditions du Félin, 2015).

Nataf André, *La Révolution anarchiste*, Paris, Balland, 1968 ; *La Vie quotidienne des anarchistes en France (1880-1910)*, Paris, Hachette, 1986.

Nettlau Max, *Histoire de l'anarchie*, Paris, Éditions de la Tête de Feuilles, 1971.

Newman Saul, *From Bakunin to Lacan : Anti-Authoritarianism and the Dislocation of Power*, Lanham et New York, Lexington Books, 2001 ; *The Politics of Postanarchism*, Edinburgh, Edinburgh University Press, 2010 (rééd en poche, 2011) ; « "Ownness Created a New Freedom" : Max Stirner's Alternative Concept of Liberty », *Critical Review of International Social and Political Philosophy*, 22(2), 2019, pp. 155-175.

Oriol Philippe (textes réunis par), *Bernard Lazare anarchiste et nationaliste juif*, Paris, Honoré Champion, 1999 ; *Bernard Lazare*, Paris, Stock, 2003.

Ory Pascal, *L'Anarchisme de droite ou Du mépris considéré comme une morale, le tout assorti de réflexions plus générales*, Paris, Grasset, 1985.

Patsouras Louis, *Jean Grave and the Anarchist Tradition in France*, Middeltown, The Caslon Company, 1995.

Pauli Benjamin J., « The New Anarchism in Britain and the US : Towards a Richer Understanding of Post-War Anarchist Thought », *Journal of Political Ideologies*, 20(2), 2015, pp. 134-155.

Pelletier Philippe, *Géographie et Anarchie. Reclus, Kropotkine, Metchnikoff et d'autres*,

Paris–Saint-Georges-d'Oléron, Éditions du Monde libertaire / Éditions libertaires, 2013 ; *Anarchisme, vent debout ! Idées reçues sur le mouvement libertaire*, Paris, Le Cavalier Bleu, 2018 ; *Noir et Vert. Anarchie et écologie, une histoire croisée*, Paris, Le Cavalier Bleu, 2020 ; *Anarchie et cause animale*, t. I : *Textes fondateurs*, 2e éd., Paris, Les Éditions du Monde libertaire, 2022.

PENNETIER Claude, « Dans la tradition anarchiste, une attention portée à l'individu », propos recueillis par Julie Clarini, *Le Monde*, 1er juin 2015.

PENNOCK J. Roland et CHAPMAN John W. (dir.), *Anarchism : Nomos XIX*, New York, New York University Press, 1978.

PESSIN Alain, *La Rêverie anarchiste (1848-1914)*, Paris, Librairie des Méridiens, 1982 (rééd., Lyon, Atelier de Création libertaire, 1999) ; *Littérature et anarchie*, textes réunis et présentés par Alain Pessin et Patrice Terrone, Toulouse, Presses universitaires du Mirail, 1998.

PRÉPOSIET Jean, *Histoire de l'anarchisme* [2002, 2005], éd. revue et augmentée, Paris, Fayard, coll. « Pluriel », 2012.

PRICHARD Alex, *Anarchism : A Very Short Introduction*, Oxford (UK), Oxford University Press, 2022.

PROLO Jacques (Jean Pausader, dit), *Les Anarchistes*, Paris, Marcel Rivière et Cie, coll. « Histoire des Partis Socialistes en France », 1912.

RAGON Michel, *Dictionnaire de l'anarchie*, Paris, Albin Michel, 2008.

RANNOU Patrice, *Révolution anarchiste de Pierre-Joseph Proudhon à David Graeber*, Paris, Noir et Rouge Éditions, 2024.

REBÉRIOUX Madeleine, « L'anarchisme, ses sources et sa résurgence. La constante libertaire dans la tradition populaire française », *Politique aujourd'hui*, n° 3, mars 1970, pp. 89-97.

Reszler André, *L'Esthétique anarchiste*, Paris, PUF, 1973.

Reynaud-Paligot Carole, « *Les Temps nouveaux » (1895-1914). Un hebdomadaire anarchiste au tournant du siècle*, Pantin, Éditions Acratie, 1993.

Riba Jordi, *La Morale anomique de Jean-Marie Guyau*, Paris, L'Harmattan, 1999 ; (dir.), *L'Effet Guyau. De Nietzsche aux anarchistes*, Paris, L'Harmattan, 2014.

Richard François, *L'Anarchisme de droite dans la littérature contemporaine*, Paris, PUF, 1988 ; *Les Anarchistes de droite*, Paris, PUF, coll. « Que sais-je ? », 1997.

Reichert William G., *Partisans of Freedom : A Study in American Anarchism*, Bowling Green, Bowling Green University Popular Press, 1976.

Ridley Frederick F., *Revolutionary Syndicalism in France : The Direct Action of its Time*, Cambridge (UK) et New York, Cambridge University Press, 1970.

Ritter Alan, *Anarchism : A Theoretical Analysis*, Cambridge, Cambridge University Press, 1980.

Rivaud Albert, « Compte rendu de : Victor Basch. – *L'Individualisme anarchiste. Max Stirner* (Paris, Alcan, 1904) », *Annales de Bretagne et des pays de l'Ouest*, année 1903, 19(4), pp. 646-648.

Roussin Henri, *William Goodwin (1756-1836)*, Paris, Plon-Nourrit & Cie, 1913.

Sartwell Crispin, *Against the State : An Introduction to Anarchist Political Theory*, Albany, State University of New York Press, 2008.

Schuster Eunice Minette, *Native American Anarchism : A Study of Left-Wing American Individualism* [1932], New York, Da Capo Press, 1970.

Schwarz Arturo, *André Breton, Trotsky et l'anarchie* [1974], Paris, UGE., coll. « 10/18 », 1977 ; « Anarchie, alchimie, tantrisme et surréalisme », *L'ARC*, n° 91-92, 2e trimestre 1984, pp. 38-43.

SEEMANN Birgit, « Anarcha-féminisme et judaïsme. Quelques questions », *in* Amedeo Bertolo (dir.), *Juifs et anarchistes. Histoire d'une rencontre*, *op. cit.*, pp. 207-212.

SHATZ Marshall (dir.), *Bakunin : Statism and Anarchy*, Cambridge, Cambridge University Press, 1990.

SHOR Francis, « Anarchisme juif et communalisme aux États-Unis. De Shelton à Sunrise », *in* Amedeo Bertolo (dir.), *Juifs et anarchistes. Histoire d'une rencontre*, *op. cit.*, pp. 181-193.

SHRYOCK Richard, « Anarchism at the Dawn of Symbolism », *French Forum*, janvier 2000, pp. 291-308 ; « Decadent Anarchists and Anarchist Decadents in 1880s Paris », *Dix-Neuf*, 21(2-3), 2017, pp. 104-115.

SIMMONS A. John, « Philosophical Anarchism », *in* John T. Sanders et Jan Narveson (dir.), *For and Against the State : New Philosophical Readings*, Lanham et Londres, Rowman & Littlefield, 1996, pp. 19-39.

STAUDENMAIER Peter, « The Anarchism of Fools : Conspiracy Theory as a Substitute for Social Critique », Renewing the Anarchist Traditon Conference, Burlington, septembre 2004 ; « Anarchists in Wonderland : The Topsy-Turvy World » [2003], en ligne, theanarchistlibrary.org, 8 juillet 2009.

STIFFONI Giovanni, *Camillo Berneri (1897-1937). Mythes, racines et réalités d'un intellectuel anarchiste*, thèse, université Michel de Montaigne-Bordeaux III, 2012 (en ligne, Éditions universitaires européennes, 2016).

SUISSA Judith, *Anarchism and Education : A Philosophical Perspective*, Londres, Routledge, 2006.

TAYLOR Michael, *Community, Anarchy and Liberty*, Cambridge et New York, Cambridge University Press, 1982.

Ternon Yves, *Makhno. La révolte anarchiste (1917-1921)* [1992], suivi de V. *Litvinov, Nestor Makhno et la question juive*, nouvelle éd., Paris, Les Belles Lettres, 2024.

Thomas Paul, *Karl Marx and the Anarchists*, Londres, Routledge & Kegan Paul, 1980 (rééd., New York, Routledge, 2010).

Van der Linden Marcel et Thorpe Wayne, « Essor et déclin du syndicalisme révolutionnaire », *Le Mouvement social*, n° 159, avril-juin 1992, pp. 3-36.

Veg Sebastian, « Littérature et anarchisme », *Études littéraires*, 41(3), 2010, pp. 7-14.

Vertone Teodosio, « La pensée libertaire d'Albert Camus », *L'ARC*, n° 91-92, 2e trimestre 1984, pp. 113-118.

Veysey Laurence R., *The Communal Experience : Anarchist and Mystical Counter-Cultures in America*, New York, Harper & Row, 1973.

Viriat Francesco, « Portrait de Remy de Gourmont en anarchiste, *in* Thierry Gillybœuf, Vincent Gogibu & Julien Schuh (dir.), *Présences de Remy de Gourmont*, *op. cit.*, pp. 743-762.

Weisbein Nicolas, *Tolstoï*, Paris, PUF, coll. « Philosophes », 1968.

Weiss Thomas G., « The Tradition of Philosophical Anarchism and Future Directions in World Policy », *Journal of Peace Research*, 12(1), mars 1975, pp. 1-17.

White Stuart, « Making Anarchism Respectable ? The Social Philosophy of Colin Ward », *Journal of Political Ideologies*, 12(1), 2007, pp. 11-28.

Wind Edgar, *Art and Anarchy*, Londres, Faber and Faber, 1963 (2e éd., 1969 ; 3e éd., 1985 ; tr. française, *Art et Anarchie*, introduction par John Bailey, Paris, Gallimard, 1988).

Woodcock George, *Anarchy or Chaos*, Londres, Freedom Press, 1944 ; *L'Anarchisme. Une histoire des idées et mouvements libertaires* [1963 ; éd. revue et augmentée, 1986], Montréal, Lux Éditeur, 2019 ; « Anarchism Revisited », *Commentary*, 46(2), août 1968, pp. 54-60 ; (dir.), *The Anarchist Reader*, Londres, Fontana, 1977.

WOODCOCK George et AVAKOUMOVITCH Ivan, *Pierre Kropotkine. Le prince anarchiste* [1950], Paris, Calmann-Lévy, 1953.

III – Auteurs et textes associés

ABENSOUR Miguel, « “Démocratie sauvage” et “principe d'anarchie” », *in id., La Démocratie contre l'État. Marx et le moment machiavélien*, Paris, Le Félin, 2004, pp. 161-190.

ALAIN (Émile Chartier, dit), *Éléments d'une doctrine radicale* [1925], 4e éd., Paris, Gallimard, 1933 ; *Les Arts et les dieux*, préface d'André Bridoux, éd. établie et annotée par Georges Bénézé, Paris, Gallimard, coll. « Bibliothèque de la Pléiade », 1958.

ALINSKY Saul, *Radicaux, réveillez-vous !* [1946], préface de Marie-Hélène Bacqué, Paris, Éditions Le passager clandestin, 2017.

ANDLER Charles, *Nietzsche, sa vie et sa pensée*, Paris, Bossard, 1920-1931, 6 vol. (5e éd., Paris, Gallimard, 1958, 3 vol.).

ANGENOT Marc, *La Parole pamphlétaire. Contribution à la typologie des discours modernes*, Paris, Payot, 1982 ; *L'Utopie collectiviste. Le grand récit socialiste sous la Deuxième Internationale*, Paris, PUF, 1993 ; « Anarchistes et socialistes (1880-1914) : trente-cinq ans de dialogues de sourds », *Discours social / Social Discourse*, nouvelle série, vol. XIV, 2002.

Antony Michel, « Peut-on rattacher Fourier à l'anarchisme ? », 14 juillet 2009 (indéit, en ligne : www.charlesfourier.fr/spip.php?article683).

Apostolidès Jean-Marie, *Debord. Le naufrageur*, Paris, Flammarion, 2015.

Aron Raymond, Marcuse Herbert, Ricœur Paul *et al.*, *La Liberté et l'ordre social*, Neuchâtel, Éditions de la Baconnière, 1969.

Audier Serge, « Anarchie vaincra (sur le papier) », *Le Monde*, 1er juin 2015.

Backes Uwe, *Les Extrêmes politiques. Un historique du terme et du concept de l'Antiquité à nos jours* [2006], Paris, Les Éditions du Cerf, 2011.

Balestrini Nanni et Moroni Primo, *La Horde d'or, France (1968-1977). La grande vague révolutionnaire et créative, politique et existentielle* [1988], Paris, Éditions de l'éclat, 2017.

Bastaire Jean, Finkielkraut Alain et Julliard Jacques, « Péguy et le parti intellectuel », *Mil neuf cent*, n° 15, 1997, pp. 51-68.

Bauman Zygmunt, *La Vie liquide* [2005], Paris, Fayard, coll. « Pluriel », 2013.

Baynac Jacques, Brillant Bernard, Cohn-Bendit Daniel *et al.*, *Mai 68. Le Débat*, Paris, Gallimard, coll. « Folio Essais », 2018.

Béhar Henri et Carassou Michel, *Le Surréalisme. Textes et débats*, Paris, Librairie Générale Française, coll. « Le Livre de Poche », 1984.

Bénichou Paul, « Sur quelques sources françaises de l'antisémitisme moderne », *Commentaire*, n° 1, 1978, pp. 67-79.

Benraad Myriam, *Terrorisme : les affres de la vengeance. Aux sources liminaires de la violence*, Paris, Le Cavalier Bleu, 2021.

Berdiaeff (Berdiaev) Nicolas, *De l'esclavage et de la liberté de l'homme*, Paris, Aubier, Éditions Montaigne, 1946 ; *L'Idée russe. Problèmes essentiels de la pensée russe au* XIXe *et début du* XXe *siècle* [1946], Paris, MAME, 1969.

Berlin Isaiah, « Deux conceptions de la liberté (31 octobre 1958) », *in id.*, *Éloge de la liberté* [1969], Paris, Calmann-Lévy, 1988 (rééd., Paris, Presses Pocket, coll. « Agora », 1990).

Bernanos Georges, *Les Enfants humiliés. Journal 1939-1940*, Paris, Gallimard, 1949 (rééd., coll. « Folio », 1973).

Bloch Ernst, *Le Principe espérance*, t. III : *Les images-souhaits de l'Instant exaucé* [1959], Paris, Gallimard, 1991.

Bounan Michel, *L'Art de Céline et son temps*, Paris, Éditions Allia, 2004.

Bourdeau Jean, *Le Socialisme allemand et le nihilisme russe*, Paris, Félix Alcan, 1892.

Bourseiller Christophe, *Vie et mort de Guy Debord (1931-1994)*, Paris, Plon, 1999 ; *Nouvelle Histoire de l'ultra-gauche*, Paris, Les Éditions du Cerf, 2021 ; *La France en colères*, Paris, Les Éditions du Cerf, 2024.

Bové José et Luneau Gilles, *Pour la désobéissance civique*, Paris, La Découverte, 2004.

Braunstein Jean-François, *La Religion woke*, Paris, Grasset, 2022.

Brayard Florent, *Comment l'idée vint à M. Rassinier. Naissance du révisionnisme*, préface de Pierre Vidal-Naquet, Paris, Fayard, 1996.

Brecht Bertolt, *Écrits sur la politique et la société*, Paris, L'Arche, 1970.

Bregman Rutger, *Utopies réalistes* [2016], Paris, Le Seuil, 2017.

BRETON André, *Entretiens (1913-1952)*, nouvelle éd. revue et corrigée, Paris, Gallimard, 1969 ; *Manifestes du surréalisme* [1924, 1930], Paris, Gallimard, coll. « Idées », 1973 ; *Les Pas perdus* [1924], Paris, Gallimard, coll. « Idées », 1974 ; *Position politique du surréalisme* [1935], Paris, Denoël/Gonthier, « Bibliothèque Médiations », 1972.

BRILLANT Bernard, « Intellectuels : les ombres changeantes de Mai 68 », *Vingtième Siècle. Revue d'histoire,* n° 98, 2008/2, pp. 89-99.

BRIX Michel, *L'Héritage de Fourier. Utopie amoureuse et libération sexuelle*, Jaignes, La Chasse au snark, 2001.

BRONNER Stephen Eric, « La Nouvelle Gauche : une expérience socio-culturelle » [1988], *L'Homme et la Société*, n° 93, 1989, pp. 51-64.

BUBER Martin, *Communauté* [1919], préface de Dominique Bourel, Paris, Éditions de l'éclat, 2018 ; *Je et Tu* [1923], Paris, Aubier-Montaigne, 1938 (repris *in La Vie en dialogue*, Paris, Aubier, Éditions Montaigne, 1959, pp. 7-89) ; *Le Problème de l'homme* [1943], Paris, Aubier, 1962.

BUTON Philippe, *Histoire du gauchisme. L'héritage de Mai 68*, Paris, Perrin, 2021.

BYRON George Gordon (dit Lord Byron), *Manfred* [1817], in *Œuvres complètes*, Paris, V. Lecou, 1847).

CAGE John, *Silence. Discours et Écrits*, Paris, Denoël, coll. « Dossiers des Lettres Nouvelles », 1970.

CAMPBELL Bradley et MANNING Jason, *The Rise of Victimhood Culture : Microaggressions, Safe Spaces, and the New Culture Wars*, New York, Palgrave Macmillan, 2018.

CAMUS Albert, *L'Homme révolté*, Paris, Gallimard, 1951.

CANNON James, « La zone entre classes laborieuses et classes dangereuses : les marges parisiennes de la Belle

Époque à la fin des années 1970 », *Espaces et sociétés*, n° 171, 2017/4, pp. 37-54.

Carrouges Michel, *André Breton et les données fondamentales du surréalisme*, Paris, Gallimard, 1950 (rééd., coll. « Idées », 1967).

Castel Robert, *Les Métamorphoses de la question sociale. Une chronique du salariat*, Paris, Fayard, 1995.

Castoriadis Cornelius, *Le Monde morcelé. Les carrefours du labyrinthe 3*, Paris, Le Seuil, 1990 ; *La Montée de l'insignifiance. Les carrefours du labyrinthe 4*, Paris, Le Seuil, 1996.

Cervera-Marzal Manuel, *Gandhi. Politique de la non-violence*, Paris, Michalon, 2015.

Charbonnier Pierre, *Abondance et liberté. Une histoire environnementale des idées politiques*, Paris, La Découverte, 2020 ; « Mon principal espoir est que le Zadiste, le jacobin écolo et le technocrate radicalisé pactisent », entretien avec Milo Lévy-Bruhl), lvsl.fr, 22 mars 2020 ; *Vers l'écologie de guerre. Une histoire environnementale de la paix*, Paris, La Découverte, 2024.

Charles Daniel, *Gloses sur John Cage*, Paris, UGE., coll. « 10/18 », 1978.

Chaumont Jean-Michel, *La Concurrence des victimes. Génocide, identité, reconnaissance*, Paris, La Découverte, 1997.

Chevalier Louis, *Classes laborieuses et classes dangereuses pendant la première moitié du* XIXe *siècle*, Paris, Plon, 1958 (rééd., Paris, Hachette, coll. « Pluriel », 1994).

Chollet Laurent (avec la collaboration d'Armelle Leroy), *L'Insurrection situationniste*, Paris, Éditions Dagorno, 2000.

Chomsky Noam, « Language and Freedom », *Abraxas*, n° 1, 1970, pp. 9-24 (repris *in* N. Chomsky, *For*

Reasons of State, New York, Pantheon Books, 1973) ; *Réflexions sur le langage* [1975], Paris, Flammarion, coll. « Champs », 1981 ; « The Relevance of Anarcho-syndicalism », interview par Peter Jay, 25 juillet 1976, chomsky.info ; *Language and Politics*, Montréal, Black Rose Books, 1988 ; *La Conférence d'Albuquerque* [2000], Paris, Éditions Allia, 2001 ; *Raison et liberté. Sur la nature humaine, l'éducation et le rôle des intellectuels*, textes choisis et présentés par Thierry Discepolo et Jean-Jacques Rosat, préface de Jacques Bouveresse, Marseille, Agone, 2010 ; « Il est évident qu'il existe une nature humaine » (propos recueillis par Martin Legros), *Philosophie magazine*, 16 février 2017.

Chomsky Noam et Foucault Michel, *Sur la nature humaine. Comprendre le pouvoir. Interlude*, Bruxelles, Les Éditions Aden, 2005.

Clastres Pierre, *La Société contre l'État. Recherches d'anthropologie politique*, Paris, Éditions de Minuit, 1974 ; *Archéologie de la violence. La guerre dans les sociétés primitives* [1977], La Tour-d'Aigues, Éditions de l'Aube, 1999 ; *Entretien avec L'Anti-mythes* (1974), précédé de *La Voix de Pierre Clastres* par Miguel Abensour, Paris, Sens & Tonka, 2012.

Colson Daniel, « Deleuze, Guattari et l'anarchie », *Le Portique. Revue de philosophie et de sciences humaines*, n° 20, 2007.

Comte Auguste, *Discours sur l'esprit positif* [1844], Paris, Vrin, 1974 ; « Discours préliminaire sur l'ensemble du positivisme », *in id.*, *Système de politique positive*, t. I, Paris, L. Mathias & Carillan-Goeury & Vve Dalmont, juillet 1851, pp. 1-399.

Crapez Marc, *La Gauche réactionnaire. Mythes de la plèbe et de la race dans le sillage des Lumières*, préface de Pierre-André Taguieff, Paris, Berg International,

1997 ; *L'Antisémitisme de gauche au XIXe siècle*, Paris, Berg International, 2002.

CYRULNIK Boris et MORIN Edgar, *Dialogue sur la nature humaine*, La Tour-d'Aigues, Éditions de l'Aube, 2000.

DARDOT Pierre et LAVAL Christian, *Commun. Essai sur la révolution au XXe siècle*, Paris, La Découverte, 2015.

DAVID Éric, *La Figure du Juif dans la pensée socialiste française du XIXe siècle. Économie symbolique et usages contemporains d'une phobie*, thèse, université Paris X-Nanterre, 2005 (Atelier national de reproduction des thèses, 2006).

DEBORD Guy, *La Société du spectacle*, Paris, Buchet-Chastel, 1967 ; *Commentaires sur la société du spectacle*, Paris, Éditions Gérard Lebovici, 1988.

DELEUZE Gilles et GUATTARI Félix, *Capitalisme et schizophrénie 2. Mille Plateaux*, Paris, Éditions de Minuit, 1980.

DEMOULE Jean-Paul, « Mort de James Campbell Scott, l'anthropologie anarchiste perd son dernier apôtre », *Libération*, 29 juillet 2024.

DERZELLE Iris, « L'écoféminisme de Françoise d'Eaubonne », *La Vie des idées*, 15 décembre 2020.

DOMINIQUE Pierre, *Les Polémistes français depuis 1789*, Paris, La Colombe, Éditions du Vieux Colombier, 1962.

DOSTOÏEVSKI Fiodor Mikhaïlovitch, *Crime et châtiment* [1866], Paris, Gallimard, coll. « Bibliothèque de la Pléiade », 1950 ; *Journal d'un écrivain (1873-1881)*, textes présentés et annotés par Gustave Aucouturier, Paris, Gallimard, coll. « Bibliothèque de la Pléiade », 1972 ; *Les Frères Karamazov* [1879], Paris, Gallimard, coll. « Bibliothèque de la Pléiade », 2021.

DREYFUS Michel, *L'Antisémitisme à gauche. Histoire d'un paradoxe, de 1830 à nos jours*, Paris, La Découverte, 2009 (rééd., postface inédite de l'auteur, coll. « Poche / Essais », 2011) ; « L'antisémitisme à gauche...

aussi », *in* Gilles Manceron et Emmanuel Naquet (dir.), *Être dreyfusard hier et aujourd'hui*, Rennes, Presses universitaires de Rennes, 2009, pp. 373-384.

DRUMONT Édouard, *La France juive. Essai d'histoire contemporaine*, Paris, C. Marpon & E. Flammarion, 1886, 2 vol.

DUMONTIER Pascal, *Les Situationnistes et Mai 68. Théorie et pratique de la révolution (1966-1972)*, Paris, Éditions Gérard Lebovici, 1990 (rééd., Paris, Éditions Ivrea, 1995).

DURAFFOUR Annick et TAGUIEFF Pierre-André, *Céline, la race, le Juif. Légende littéraire et vérité historique*, Paris, Fayard, 2017 (rééd., coll. « Pluriel », 2025).

DUSSEL Enrique, « Le marché dans la perspective éthique de la théologie de la libération », *Concilium. Revue internationale de théologie*, n° 270, 1997, pp. 121-138.

EAUBONNE Françoise (d'), *Le Féminisme ou la mort*, Paris, Pierre Horay, 1974 ; *Écologie et féminisme. Révolution ou mutation ?* [1978], Paris, Éditions Libre & Solidaire, 2018.

EMERSON Ralph Waldo, « Confiance et autonomie » [« Self-Reliance », 1841, 1847], in *Essais*, Paris, Michel Houdiard éditeur, 1997, pp. 29-53.

FERRAGU Gilles, *Histoire du terrorisme*, Paris, Perrin, 2014 (nouvelle éd. revue et augmentée, Paris, Perrin, coll. « Tempus », 2019).

FEYERABEND Paul, *Contre la méthode. Esquisse d'une théorie anarchiste de la connaissance* [1975], Paris, Le Seuil, 1979.

FISCHBACH Franck (textes choisis, traduits de l'allemand, présentés et annotés par), *Les Jeunes Hégéliens. Politique, religion, philosophie*, Paris, Gallimard, 2022.

FLORÉAL, « Louis-Ferdinand Céline et "Le Libertaire" », florealanar.wordpress.com, 26 janvier 2011.

FOLCH Arnaud, MAULIN Olivier *et al.*, « Les anars de droite », *Valeurs actuelles*, hors-série nº 40, 2024.

FOURIER Charles, *Théorie des quatre mouvements et des destinées générales* [1808] (nouvelle éd. corrigée et augmentée du *Nouveau Monde amoureux* (extraits), publié pour la première fois, d'articles et de documents également inédits, d'une importante introduction par Madame S. Debout et d'une notice biographique sur l'auteur, Paris, Jean-Jacques Pauvert, 1967) ; *Le Nouveau Monde industriel et sociétaire ou Invention du procédé d'industrie attrayante et naturelle distribuée en séries passionnées* [1829] (rééd. *in Œuvres complètes*, Paris, Anthropos, 1966, vol. VI) ; *La Fausse Industrie morcelée, répugnante, mensongère et l'antidote, l'industrie naturelle, combinée, attrayante, véridique, donnant quadruple produit et perfection extrême en toutes qualités* [1835-1836], in *Œuvres complètes*, Paris, Anthropos, 1967, vol. VIII-IX ; *L'Attraction passionnée*, textes choisis et présentés par René Schérer, Paris, Jean-Jacques Pauvert, coll. « Libertés », 1967.

FRANKS Angela, *Margaret Sanger's Eugenic Legacy : The Control of Female Fertility*, Jefferson et Londres, McFarland, 2005.

FRESCO Nadine, *Fabrication d'un antisémite*, Paris, Le Seuil, 1999.

FRESCO Nadine et DAVRANCHE Guillaume, « RASSINIER Paul [Dictionnaire des anarchistes] », maitron.fr.

FREUND Julien, *L'Essence du politique*, Paris, Éditions Sirey, 1965 (nouvelle éd., postface de Pierre-André Taguieff, Paris, Dalloz, 2003) ; *Utopie et violence*, Paris, Marcel Rivière, 1978 ; *Politique et impolitique*, Paris, Éditions Sirey, 1987.

GALLAND Olivier et MUXEL Anne (dir.), *La Tentation radicale. Enquête auprès des lycéens*, Paris, PUF, 2018.

GAUTHEY Baptiste, « Elon Musk, libertarien à géométrie variable », *Le Point*, 22 novembre 2024.

GERVASONI Marco, « L'invention du syndicalisme révolutionnaire en France (1903-1907) », *Mil neuf cent. Revue d'histoire intellectuelle*, n° 24, 2006/1, pp. 57-71.

GERVEREAU Laurent et PAQUOT Thierry (dir.), *Hip, Hip, Hippies ! Amour, paix, rêves et retour à la terre*, Paris, Nuage Vert, coll. « Les Couleurs du Nuage », 2024.

GIRAUD Amaury, *Penser le conservatisme à gauche. Entre socialisme antimoderne, populisme démocratique et critique du progrès*, Bordeaux, Le Bord de l'eau, 2024 ; « Patriotes, critiques du progrès et défenseurs des limites : on vous présente les "conservateurs de gauche" », propos recueillis par Kévin Boucaud-Victoire, *Marianne*, 13 mars 2024.

GOLDBLUM Caroline, *Françoise d'Eaubonne et l'écoféminisme*, Paris, Éditions Le passager clandestin, coll. « Précurseur·ses de la décroissance », 2019.

GOLDMANN Lucien, *Recherches dialectiques*, Paris, Gallimard, 1959 ; *Marxisme et sciences humaines*, Paris, Gallimard, coll. « Idées », 1970.

GOMBIN Richard, *Les Origines du gauchisme*, Paris, Le Seuil, coll. « Politique », 1971.

GOODMAN Paul, *Direction absurde* [*Growing Up Absurd*, 1960], Les Hautes Plaines de Mane, Robert Morel éditeur, 1971 ; *Utopian Essays and Practical Proposals*, New York, Vintage Books, 1962 ; « Objective Values », *in* David Cooper (dir.), *The Dialectics of Liberation*, Londres, Penguin Books, 1968, pp. 110-127 ; *People or Personnel*, New York, Vintage Books, 1968.

GORDON Linda, *Woman's Body, Woman's Right : A Social History of Birth Control in America*, New York, Grossman, 1976 (éd. revue, New York, Penguin, 1990).

GORI Roland, *La Fabrique de nos servitudes*, Paris, Éditions Les Liens qui libèrent, 2023.

Grunberg Gérard, « L'évolution du mouvement libertarien aux États-Unis et ses dérives », telos-eu.com, 3 mai 2025.

Guégan Gérard, *Debord est mort, le Che aussi. Et alors ? Embrasse ton amour sans lâcher ton fusil*, Paris, Édition Société des saisons, 1994.

Guillaume Chantal, *Fourier ou la pensée en contremarche*, Neuvy-en-Champagne, Éditions Le Passager clandestin, coll. « Les précurseurs de la décroissance », 2013 ; *Fourier ou l'utopie du réel*, Dijon, Les presses du réel, 2024.

Guyau Jean-Marie, *Esquisse d'une morale sans obligation ni sanction*, Paris, Félix Alcan, 1885 (2e éd. corrigée, 1890) ; *L'Irréligion de l'avenir*, Paris, Félix Alcan, 1887.

Habermas Jürgen, « La modernité. Un projet inachevé », *Critique*, n° 413, octobre 1981, pp. 951-996 ; *Le Discours philosophique de la modernité. Douze conférences* [1985], Paris, Gallimard, 1988.

Halévy Élie, *La Formation du radicalisme philosophique*, Paris, Félix Alcan, 1901-1904, 3 vol. (nouvelle éd. révisée sous la direction de Monique Canto-Sperber, Paris, PUF, 1995, 3 vol.).

Hennetier Thomas, « Touchez pas à Alphonse Boudard ! L'argot était son patois », *Éléments pour la civilisation européenne*, n° 206, février-mars 2024, pp. 76-78.

Hermann Imre, *L'Instinct filial* [1943], introduction par Nicolas Abraham, Paris, Denoël, 1972 ; *Psychologie de l'antisémitisme* [1945], Paris, Éditions de l'éclat, 1986.

Hervier Julien, *Entretiens avec Ernst Jünger*, Paris, Gallimard, 1986.

Heuré Gilles, *Gustave Hervé. Itinéraire d'un provocateur*, Paris, La Découverte, 1997.

Honneth Axel, *Les Pathologies de la liberté. Une réactualisation de la philosophie du droit de Hegel* [2001], préface par Franck Fischbach, Paris, La Découverte, 2008.

HUËT Romain, *Le Vertige de l'émeute. De la ZAD aux Gilets jaunes*, Paris, PUF, 2019.

IGOUNET Valérie, *Histoire du négationnisme en France*, Paris, Le Seuil, 2000.

ILLICH Ivan, « Inverser les institutions », *Esprit*, nouvelle série, n° 412, mars 1972, pp. 324-366 ; *La Convivialité* [1973], Paris, Le Seuil, 1973.

JACOBY Russell, « Les derniers intellectuels » [1987], *L'Homme et la Société*, n° 93, 1989, pp. 65-81.

JÜNGER Ernst, *Traité du rebelle ou le Recours aux forêts*, suivi de *Polarisations* [1951], Paris, Christian Bourgois, 1981 ; *Le Mur du temps* [1959], Paris, Gallimard, 1963 ; *L'État universel. Organisme et organisation* [1960], Paris, Gallimard, 1962 ; *Eumeswil* [1977], Paris, La Table Ronde, 1978 ; *Essais*, édition établie, présentée et annotée par Julien Hervier, Paris, Le Livre de Poche, coll. « La Pochothèque », 2019.

KATZ Jacob, *From Prejudice to Destruction : Anti-Semitism, 1700-1933*, Cambridge, Harvard University Press, 1980 ; *Wagner et la question juive* [1985], Paris, Hachette, 1986.

KAUFFMANN Grégoire, *Édouard Drumont*, Paris, Perrin, 2008.

KEPEL Gilles, *Le Prophète et la pandémie. Du Moyen-Orient au jihadisme d'atmosphère*, Paris, Gallimard, 2021.

KING Martin Luther, *Révolution non violente* [1963, 1964], Paris, Petite Bibliothèque Payot, 2006.

KOENIG Gaspard, « Il faut lire les auteurs anarchistes », propos recueillis par Joseph Le Corre, *Le Point*, 2 août 2025.

KOSELLECK Reinhart, *Le Règne de la critique* [1959], Paris, Éditions de Minuit, 1979 ; *Le Futur passé.*

Contribution à la sémantique des temps historiques [1979], Paris, Éditions de l'École des hautes études en sciences sociales, 1990.

LA BOÉTIE Étienne (de), *Le Discours de la servitude volontaire*, texte établi par Pierre Léonard, et *La Boétie et la question du politique*, édition conçue et réalisée par Miguel Abensour, Paris, Payot, 1976 (rééd., Petite Bibliothèque Payot, 2002).

LASCAR Olivier, *Enquête sur Elon Musk, homme qui défie la science*, Paris, Alisio, 2022.

LASCH Christopher, *La Culture du narcissisme. La vie américaine à un âge de déclin des espérances* [1979], nouvelle éd. augmentée d'une postface inédite de l'auteur, Castelnau-le-Lez, Éditions Climats, 1981 (rééd., Paris, Flammarion, coll. « Champs », 2006).

LAWRENCE David Herbert, *Fantaisie de l'inconscient*, Paris, Stock, 1932 ; *Homme d'abord*, essais choisis et présentés par Marcel Marnat, Paris, UGE, « Bibliothèque 10/18 », 1968 ; *Éros et les chiens*, essais réunis et présentés par Marcel Marnat, Paris, Christian Bourgois, 1969 ; *Corps social*, notes et commentaires de Marcel Marnat, Paris, Christian Bourgois, 1974.

LAZARE Bernard, *L'Antisémitisme, son histoire et ses causes*, Paris, Léon Chailley, 1894.

LE BRAS Laurence et GUY Emmanuel (dir.), *Lire Debord, avec des notes inédites de Guy Debord*, Paris, Éditions L'échappée, 2016.

LE BRUN Annie, *Lâchez tout*, Paris, Le Sagittaire, 1977 ; *Vagit-prop, Lâchez tout et autres textes*, Paris, Ramsay-J.-J. Pauvert, 1990 ; *Du trop de réalité*, Paris, Stock, 2000 (puis Paris, Gallimard, coll. « Folio essais », 2004) ; *Appel d'air* [1988], Lagrasse, Verdier, 2012 ; *Ce qui n'a pas de prix*, Paris, Stock, 2018 (rééd., *Ce qui n'a pas de prix. Beauté, laideur et politique*, Paris, Fayard/Pluriel, 2021) ; *L'Infini dans un contour*, préface de Mathias Sieffert, Paris, Bouquins éditions, 2023 ; « Face au “non-monde” : déserter », propos recueillis par Éric Dussert et Sandrine Palussière, *Le Matricule des anges*, n° 250, février 2024, pp. 17-24.

LECA Antoine, « Les thèmes idéologiques de l'antisémitisme chez les socialistes français (1845-1890) », *Revue de la Recherche juridique. Droit prospectif*, XX-62, 1995, n° 3, pp. 983-1003.

LEFEBVRE Henri, *Critique de la vie quotidienne II, Fondements d'une sociologie de la quotidienneté*, Paris, L'Arche, 1961 ; *Introduction à la modernité. Préludes*, Paris, Éditions de Minuit, 1962 ; *La Proclamation de la Commune*, Paris, Gallimard, 1965 ; *Vers un romantisme révolutionnaire* [1957], rééd., présentation de Rémi Hess, Paris, Nouvelles Éditions Lignes, 2011 ; *Position : contre les technocrates*, Paris, Gonthier, 1967 ; *La Vie quotidienne dans le monde moderne*, Paris, Gallimard, coll. « Idées », 1968 ; *L'Irruption de Nanterre au sommet*, Paris, Anthropos, 1968 ; « Sur les situationnistes », entretien inédit avec Kristin Ross, revueperiode.net, 1983.

LE FLOCH-IMAD Joachim, *Tolstoï. Une vie philosophique*, Paris, Les Éditions du Cerf, 2023.

LE GOFF Jean-Pierre, *Mai 68, l'héritage impossible*, préface de François Gèze, Paris, La Découverte, 1998.

LEROY Géraldi, « Péguy-Jaurès : bref essai de synthèse », *Cahiers Jaurès*, n° 192, 2009/2, pp. 51-64.

LILLA Mark, *Le Dieu mort-né. La religion, la politique et l'Occident moderne* [2007], Paris, Le Seuil, 2010.

LISTA Giovanni, *F. T. Marinetti. L'anarchiste du futurisme*, Paris, Nouvelles Éditions Séguier, 1995.

LOCKE John, *Essai philosophique concernant l'entendement humain* [1690], Amsterdam et Leipzig, J. Schreuder & Pierre Mortier le Jeune, 1755 (rééd., édité par Émilienne Naert, Paris, Vrin, 1972).

LOTTMAN Herbert R., *Albert Camus*, Paris, Le Seuil, 1978 (nouvelle éd. enrichie, Paris, Le Cherche midi, 2013).

LÖWY Michaël et SAYRE Robert, *Révolte et mélancolie. Le romantisme à contre-courant de la modernité*, Paris, Payot, 1992.

LUBAC Henri (de) et BASTAIRE Jean, *Claudel et Péguy*, Paris, Les Éditions du Cerf, 2008.

LUKÁCS Georg, *Histoire et conscience de classe. Essais de dialectique marxiste* [1923], préface de Kostas Axelos, Paris, Éditions de Minuit, 1960.

MADELIN Pierre, *La Tentation écofasciste. Écologie et extrême droite*, Québec, Les Éditions Écosociété, 2023.

MANDEL Arnold, *Nous autres Juifs*, Paris, Hachette, 1978.

MARCOLINI Patrick, *Le Mouvement situationniste. Une histoire intellectuelle*, Paris, Éditions L'échappée, 2012.

MARCUSE Herbert, *Éros et civilisation. Contribution à Freud* [1955], Paris, Éditions de Minuit, 1963 ; *L'Homme unidimensionnel. Essai sur l'idéologie de la société industrielle avancée* [1964], Paris, Éditions de Minuit, 1968 ; *Vers la libération* [1969], Paris, Éditions de Minuit, 1969.

MARELLI Gianfranco, *L'Amère Victoire du situationnisme. Pour une histoire critique de l'Internationale situationniste* [1996], Paris, Éditions Sulliver, 1997 ; *La Dernière Internationale. Les situationnistes au-delà de l'art et de la politique* [2000], Paris, Éditions Sulliver, 2000.

MARGALIT Avishaï, *La Société décente* [1996], Castelnau-le-Lez, Éditions Climats, 1999.

MARKOVITS Claude, *Gandhi*, Paris, Presse de Sciences Po, 2000.

MARTOS Jean-François, *Histoire de l'Internationale situationniste*, Paris, Éditions Gérard Lebovici, 1989 (rééd., Paris, Éditions Ivrea, 1995).

Marx Karl, *Différence de la philosophie de la nature chez Démocrite et Épicure* [1841], introduction et notes par Jacques Ponnier, Bordeaux, Éditions Ducros, 1970 ; *Critique de la philosophie du droit de Hegel* [1843], Paris, Éditions Allia, 1998.

Merlio Gilbert, *Sisyphe et le Surhomme. Camus sur les traces de Nietzsche*, La Murette, R&N Éditions, 2022.

Michéa Jean-Claude, *Orwell, anarchiste Tory*, suivi de *À propos de 1984*, Paris, Flammarion/Climats, 1995 (rééd., 2008).

Mill John Stuart, *On Liberty*, Londres, John W. Parker and Son, 1859 (tr. française, *La Liberté*, Paris, Guillaumin et Cie, 1860 ; *De la Liberté*, commentaires par Gilbert Boss, Zurich, Éditions du Grand Midi, 1987).

Miller Henry, *Le Monde du sexe* [1940], Paris, Buchet-Chastel, 1968 ; *Le Cauchemar climatisé* [1945], Paris, Gallimard, 1954.

Montesquieu, *De l'esprit des lois*, Genève, Chez Barillot & Fils, 1748 (rééd. in *Œuvres complètes*, t. II, texte présenté et annoté par Roger Caillois, Paris, Gallimard, coll. « Bibliothèque de la Pléiade », 1951, pp. 227-995).

Morin Edgar, Lefort Claude et Coudray Jean-Marc [alias Cornelius Castoriadis], *Mai 1968 : la Brèche. Premières réflexions sur les événements*, Paris, Fayard, 1968 (nouvelle éd., *Mai 68. La Brèche*, suivi de *Vingt ans après*, Paris, Fayard, 2008).

Morris William, *L'Âge de l'ersatz et autres textes contre la civilisation moderne*, choisis, traduits et présentés par Olivier Barancy, Paris, Éditions de l'Encyclopédie des Nuisances, 1996 ; *Comment nous vivons, comment nous pourrions vivre* [1884], préface par Francis Guévremont, Paris, Rivages Poche, 2013 ; *Travail utile, fatigue inutile* [1884], préface et notes par Thierry Gillybœuf, Paris, Rivages Poche, 2023.

MÜLLER Jan-Werner, *La Peur ou la liberté. Quelle politique face au populisme ?* Suivi de Judith N. Shklar, *Le Libéralisme de la peur*, Paris, Premier Parallèle, 2020.

NICHOLSON George, « “Cage par lui-même”. Entrevue avec John Cage », *Circuit*, 8(2), 1997, pp. 7-17.

NIETZSCHE Friedrich, *Œuvres philosophiques complètes*, édition de G. Colli et M. Montinari, traductions effectuées sous la responsabilité de Gilles Deleuze et de Maurice de Gandillac, Paris, Gallimard, 1967-1997, 18 vol. En particulier : *Aurore*, 1881 ; *Le Gai Savoir*, 1882 et 1886 ; *Ainsi parlait Zarathoustra*, 1883-1885 ; *Par-delà le bien et le mal*, 1886 ; *Crépuscule des idoles*, 1889 ; *L'Antéchrist*, 1895.

OGIEN Albert, « La désobéissance civile peut-elle être un droit ? », *Droit et société*, 2015/3, n° 91, pp. 579-592.

OGIEN Ruwen, *La Panique morale*, Paris, Grasset, 2004 ; *L'Éthique aujourd'hui. Maximalistes et minimalistes*, Paris, Gallimard, coll. « Folio essais », 2007 ; *L'État nous rend-il meilleurs ? Essai sur la liberté politique*, Paris, Gallimard, coll. « Folio essais », 2013.

ONFRAY Michel (dir.), *La Révolte individuelle*, Bédée, Éditions Folle Avoine, 1991 ; *L'Ordre libertaire. La vie philosophique d'Albert Camus* [2012], Paris, Éditions J'ai lu, 2021 ; *L'Autre Pensée 68*, Paris, Grasset, 2018 (rééd., Paris, Le Livre de Poche, 2020).

ORWELL George, *Hommage à la Catalogne* [1938], Paris, 10/18, 1999.

PAGÈS Yves, *Les Fictions du politique chez L.-F Céline*, Paris, Le Seuil, coll. « L'Univers historique », 1994.

PALACIO Jean (de), *La Décadence. Le mot et la chose*, Paris, Les Belles Lettres, 2011.

PALANTE Georges, *Combat pour l'individu*, Paris, Félix Alcan, 1904 ; *La Sensibilité individualiste*, Paris,

Félix Alcan, 1909 ; *Pessimisme et individualisme*, Paris, Félix Alcan, 1914.

PAQUOT Thierry, *Utopie et utopistes*, Paris, La Découverte, 2007 ; *Lettres à Thomas More sur son utopie (et celles qui nous manquent)*, Paris, La Découverte, 2016 ; *L'Amérique verte*, Vincennes, Terre Urbaine, AsM Éditions, 2020 ; *Ivan Illich et la société conviviale*, Lorient, Le passager clandestin, 2020 ; « Ivan Illich et Paul Goodman », *Revue Gestalt*, nº 565, décembre 2021, pp. 159-176.

PECQUEUR Constantin, « Qu'est-ce que la liberté ? », *Le Salut du Peuple*, nº 3, 1850, pp. 3-32.

PÉGUY Charles, « De la grippe », *Cahiers de la Quinzaine*, 20 février 1900, repris in *Œuvres complètes de Charles Péguy*, Paris, Éditions de la Nouvelle Revue Française, 1917, t. I, pp. 87-107 ; « De la Raison », préface à Jean Jaurès, « Études socialistes », in *Cahiers de la Quinzaine*, série III, cahier 4, 1901, pp. IX-XXXVI ; « De la situation faite au parti intellectuel dans le monde moderne », *Cahiers de la Quinzaine*, série VIII, cahier 5, 1906, pp. 7-72.

PERRIER Jérôme, *Le Détournement populiste du courant libertarien*, Paris, Fondapol, avril 2025, 2 vol.

PICKENS Donald, *Eugenics and the Progressives*, Nashville, Vanderbilt University Press, 1968.

PINKER Steven, *Comment fonctionne l'esprit* [1997], Paris, Odile Jacob, 2000 ; *The Blank Slate : The Modern Denial of Human Nature*, New York, Viking Penguin, 2002 (tr. française, *Comprendre la nature humaine*, Paris, Odile Jacob, 2005).

PINSKER Leo, *« Autoemancipation ! » Mahnruf an seine Stammesgenossen von einem russischen Juden* [*« Autoémancipation ! » Avertissement d'un Juif russe à ses frères*], Berlin, 1882 (sans nom d'auteur) (tr. française, *Autoémancipation*, Jérusalem, Jerusalem Post Press, 1956).

PLÉKHANOFF Georges, *Anarchisme et socialisme*, Paris, Groupe des étudiants collectivistes, 1896.

POLIAKOV Léon, *Histoire de l'antisémitisme*, t. III : *De Voltaire à Wagner*, Paris, Calmann-Lévy, 1968.

PRADEAU, Jean-François, « L'ébriété démocratique. La critique platonicienne de la démocratie dans *Les Lois* », *The Journal of Hellenic Studies*, vol. 124, 2004.

PREMEL Armelle et VERNEUIL Jean, « Le gauchisme », *Cahiers mensuels de l'Encyclopédie du monde actuel* (EDMA, Lausanne), n° 96, octobre 1973, pp. 1-32.

RAND Ayn, *La Vertu d'égoïsme* [1964], préface d'Alain Laurent, Paris, Les Belles Lettres, 1993.

RASSINIER Paul, *Passage de la ligne*, Bourg-en-Bresse, Éditions bressanes, 1949 ; *Le Mensonge d'Ulysse. Regard sur la littérature concentrationnaire*, préface d'Albert Paraz, Bourg-en-Bresse, Éditions bressanes, 1950.

RIFKIN Jeremy, *La Fin du travail* [1995], Paris, La Découverte, 1996.

ROBIN Corey, *La Peur. Histoire d'une idée politique* [2004], préface de Philippe Braud, Paris, Armand Colin, 2006.

ROSEAU Charles-Louis, « Céline et la question de l'anarchie », *Le Petit Célinien*, 19 novembre 2011.

ROSE Paul Lawrence, *Wagner : Race and Revolution*, New Haven et Londres, Yale University Press, 1992 ; *German Question/Jewish Question : Revolutionary Antisemitism from Kant to Wagner* [1990], Princeton, Princeton University Press, 1992.

ROSZAK Théodore, *Vers une contre-culture. Réflexions sur la société technocratique et l'opposition de la jeunesse* [1968, 1969], Paris, Stock, 1970 (nouvelle éd., *Naissance d'une contre-culture*, Saint-Michel-de-Vax, La Lenteur, 2021).

Roy Olivier, *L'Aplatissement du monde. La crise de la culture et l'empire des normes*, Paris, Le Seuil, 2022.

Russell Bertrand, *Principes de reconstruction sociale* [1916], Paris, Payot, 1924 (éd. revue et corrigée par Normand Baillargeon, Québec, Les Presses de l'Université Laval, 2007) ; *Political Ideals*, New York, The Century Company, 1917 (trad. française présentée par Normand Baillargeon et Chantal Santerre, *Idéaux politiques*, Montréal, Éditions Écosociété, 2016) ; *Roads to Freedom : Socialism, Anarchism and Syndicalism*, Londres, Allen & Unwin, 1918 (tr. française, *Le monde tel qu'il pourrait être. Socialisme, anarchisme et anarcho-syndicalisme*, Paris, Denoël-Gonthier, « Bibliothèque Médiations », 1973 ; nouvelle éd., préface de Jean Bricmont, Montréal, Lux Éditeur, 2014) ; *Essais sceptiques* [1928], préface de Mathias Lebœuf, Paris, Les Belles Lettres, 2013 ; *Histoire de la philosophie occidentale en relation avec les événements politiques et sociaux de l'Antiquité jusqu'à nos jours* [1945], Paris, Gallimard, 1952 ; *Philosophy and Politics*, Londres, Cambridge University Press, 1947.

Sahlins Marshall, *La Nature humaine, une illusion occidentale. Réflexions sur l'histoire des concepts de hiérarchie et d'égalité, sur la sublimation de l'anarchie en Occident, et essais de comparaison avec d'autres conceptions de la condition humaine* [2008], Paris, Éditions de l'éclat, 2009.

Sand Shlomo, *Une race imaginaire. Courte histoire de la judéophobie*, Paris, Le Seuil, 2020.

Schnapp Alain et Vidal-Naquet Pierre, *Journal de la Commune étudiante. Textes et documents, novembre 1967-juin 1968*, Paris, Le Seuil, 1969 (rééd., avec une postface de Pierre Vidal-Naquet, 1970).

SCHÜRMANN Reiner, *Le Principe d'anarchie. Heidegger et la question de l'agir*, Paris, Le Seuil, 1982 ; *Tomorrow the Manifold : Essays on Foucault, Anarchy, and the Singularization to Come*, Zürich et Berlin, Diaphanes, 2019 ; *Se constituer soi-même comme sujet anarchique. Trois essais*, préface de Mehdi Belhaj Kassem, Zürich et Berlin, Diaphanes, 2021 ; « "Que dois-je faire" à la fin de la métaphysique ? Normes éthiques et hypothèse d'une clôture de l'histoire » [1983 ; présenté par Bruce Bégout], *Philosophie*, n° 148, janvier 2021, pp. 8-25.

SEARS David O., « *Symbolic Racism* », *in* Phyllis A. Katz et Dalmas A. Taylor (dir.), *Eliminating Racism : Profiles in Controversy*, New York, Plenum Press, 1988, pp. 53-84.

SHKLAR Judith N., *Ordinary Vices*, Cambridge, Harvard University Press, 1984 (tr. française, *Les Vices ordinaires*, Paris, PUF, 1992) ; « The Liberalism of Fear » [1989], *in* Stanley Hoffmann (dir.), *Political Thought and Political Thinkers*, Chicago, The University of Chicago Press, 1998, pp. 3-20.

SILBERNER Edmund, « *Proudhon's Judeophobia* », *Historia Judaica*, X (1), avril 1948, pp. 61-80 ; *Sozialisten zur Judenfrage. Ein Beitrag zur Geschichte des Sozialismus vom Anfang des 19. Jahrhunderts bis 1914*, Berlin, Colloquium Verlag, 1962.

SOFSKY Wolfgang, *Traité de la violence* [1996], Paris, Gallimard, 1998.

SOMMIER Isabelle, « Le "ventre mou" de la radicalité politique contemporaine », *in* Nicolas Lebourg et Isabelle Sommier (dir.), *La Violence des marges politiques en France des années 1980 à nos jours*, Paris, Riveneuve éditions, 2017, pp. 7-28.

SPENCER Herbert, *L'Individu contre l'État* [1884], Paris, Félix Alcan, 1885.

STALINE Joseph, *Anarchisme ou socialisme ?* [1906-1907, puis 1946], Paris, Éditions sociales, 1950.

STERNHELL Zeev, *La Droite révolutionnaire (1885-1914). Les origines françaises du fascisme*, Paris, Le Seuil, 1978 (nouvelle éd. augmentée, Paris, Fayard, 2000) ; *Ni droite ni gauche. L'idéologie fasciste en France*, Paris, Le Seuil, 1983 (4e éd. augmentée, Paris, Gallimard, coll. « Folio Histoire », 2012).

STOCZKOWSKI Wiktor, « Une société dégenrée ou détissée ? », *Commentaire*, no 183, automne 2023, pp. 627-636.

SÜSS Rahel, *Politique de la provocation. La révolte contre les échecs démocratiques*, préface d'Aurélien Mondon, Paris, Eterotopia France, 2021 ; « Pour une politique de la provocation », *Le Grand Continent*, 24 juin 2021.

TAGUIEFF Pierre-André, « Le cas Céline : l'imaginaire du persécuté et la réécriture du mythe conspirationniste », *in* Jean-Pierre Brach et Jérôme Rousse-Lacordaire (dir.), *Études d'histoire de l'ésotérisme. Mélanges offerts à Jean-Pierre Laurant pour son soixante-dixième anniversaire*, Paris, Les Éditions du Cerf, 2007, pp. 281-302 ; *La Judéophobie des Modernes. Des Lumières au jihad mondial*, Paris, Éditions Odile Jacob, 2008 ; *Wagner contre les Juifs. Aux origines de l'antisémitisme culturel moderne*, Paris, Berg International, 2012 ; « Céline, fabrication d'une légende victimaire et découverte du négationnisme (1944-1951) », *Archives juives*, 49(2), 2e semestre 2016, pp. 69-94 ; *L'Émancipation promise. Exigence forte ou illusion durable ?*, Paris, Les Éditions du Cerf, 2019 ; *Les Nietzschéens et leurs ennemis. Pour, avec et contre Nietzsche*, Paris, Les Éditions du Cerf, 2021a ; *L'Antiracisme devenu fou. Le « racisme systémique » et autres fables*, Paris, Hermann, 2021b ; *Qui est l'extrémiste ?*, Paris, Éditions Intervalles, 2022 ;

« L'anarchisme de droite n'exprime pas une doctrine, mais un *ethos* », entretien avec Matthieu Giroux, revue en ligne *Philitt*, 13 décembre 2024 ; *Du racisme en général et du racisme anti-Blancs en particulier*, Saint-Martin-de-Londres, H&O éditions, 2025.

TAVAGLIONE Nicolas, *Gare au Gorille. Plaidoyer pour l'État de droit*, Genève, Éditions Labor et Fides, 2010 ; « Le libéralisme de la prudence : contribution à un minimalisme politique », *Les ateliers de l'éthique / The Ethics Forum*, 8(1), été 2013, pp. 47-69.

THOMPSON Edward P., *Misère de la théorie. Contre Althusser et le marxisme antihumaniste* [1978], Paris, L'Échappée, 2015.

THOREAU Henry David, *La Désobéissance civile* [1849], Paris, Fayard/Mille et une nuits, 1997 ; *Walden, ou la Vie dans les bois* [1854], Paris, Gallimard, coll. « L'Imaginaire », 1990 ; *La Vie sans principe* [1863], Paris, Fayard/Mille et une nuits, 2004.

TIBAYRENC Michel et AYALA Francisco J., *Notre humaine nature*, Paris, Rue de Seine, 2022.

TOMASELLO Michael, *Pourquoi nous coopérons* [2009], Rennes, Presses universitaires de Rennes, 2015.

TOURAINE Alain, *Le Mouvement de Mai ou le Communisme utopique*, Paris, Le Seuil, 1968.

TOURNIER Maurice, *Les Mots de Mai 68*, Toulouse, Presses universitaires du Mirail, 2007.

TOUSSENEL Alphonse, *Les Juifs, rois de l'époque. Histoire de la féodalité financière*, Paris [1845, 1847], 3e éd., Paris, C. Marpon et E. Flammarion, 1886, 2 vol.

TREMBLAY Odile, « Jean-Louis Trintignant, de poèmes et d'anarchie », *Le Devoir*, 22 septembre 2012.

TRESPEUCH-BERTHELOT Anna, *L'Internationale situationniste : de l'histoire au mythe (1948-2013)*, Paris, PUF, 2015 ; *Guy Debord ou l'ivresse mélancolique*, Paris, Éditions Le Manuscrit, 2017.

VALÉRY Paul, *La Crise de l'esprit* [1919], in *Œuvres I*, éd. établie et annotée par Jean Hytier, Paris, Gallimard, coll. « Bibliothèque de la Pléiade », 1957, pp. 988-1014 ; « Orient et Occident » (préface à Cheng Tcheng, « Ma Mère », revue *Commerce*, 1928), in *Œuvres II,* éd. établie et annotée par Jean Hytier, Paris, Gallimard, coll. « Bibliothèque de la Pléiade », 1960, pp. 1028-1035.

VANEIGEM Raoul, « Banalités de base » (I), *Internationale situationniste*, n° 7, avril 1962, pp. 32-41 ; (II), *Internationale situationniste*, n° 8, janvier 1963, pp. 34-47 (nouvelle éd., Paris, Éditions Verticales, 2004) ; *Traité de savoir-vivre à l'usage des jeunes générations*, Paris, Gallimard, 1967 ; « Toast aux ouvriers révolutionnaires », octobre 1972 ; *Le Livre des plaisirs*, Paris, Encre, 1979 ; « Peuples du monde, encore un effort ! », 10 avril 2020 ; bruxselsfuture.com

VENTURI Franco, *Les Intellectuels, le peuple et la Révolution. Histoire du populisme russe au XIX*^e^ *siècle* [1952], Paris, Gallimard, 1972, 2 vol.

VIÉNET René, *Enragés et situationnistes dans le mouvement des occupations*, Paris, Gallimard, 1968.

VINCENT Bernard, *Paul Goodman et la reconquête du présent*, Paris, Le Seuil, 1976 ; *Présent au monde : Paul Goodman*, Bordeaux, L'exprimerie, 2003.

VINCENT Thierry, *Dans la tête des black blocs. Vérités et idées reçues*, Paris, Éditions de l'Observatoire, 2022.

WARFIELD RAWLS Anne et DUCK Waverly, *Tacit Racism*, Chicago et Londres, The University of Chicago Press, 2020.

WATZLAWICK Paul, « Effet ou cause ? », *in* Paul Watzlawick (dir.), *L'Invention de la réalité. Contribution au constructivisme* [1980], Paris, Le Seuil, 1988, pp. 73-78.

WEINBERG Steven, « Religion and Science », *Science*, 284(5421), 11 juin 1999, p. 1773.

Wilde Oscar, *L'Homme et son âme devant la société* [1891], présenté par Daniel Mauroc, Paris, Jean-Jacques Pauvert, 1971 ; *L'Âme de l'homme sous le socialisme* [1891], édition établie, annotée et postfacée par Jérôme Vérain, Paris, Fayard/Mille et une nuits, 2013 ; *La jeunesse est un art*, épigrammes choisies par Léo Lack, Paris, Jean-Jacques Pauvert, 1974.

Remerciements

Je tiens à remercier, pour leurs remarques ou leurs suggestions, mes amis qui ont bien voulu lire les premières esquisses de ce livre : Philippe Gumplowicz, Grégoire Kauffmann, Isabelle de Mecquenem, Thierry Paquot, André Senik, Jean Szlamowicz et Véronique Taquin. Sans les encouragements d'Annick Duraffour, mon impitoyable compagne et lectrice qui ne laisse rien passer, ce livre n'aurait pu voir le jour.

Table

Du même auteur

(suite)

Criminaliser les Juifs. Le mythe du « meurtre rituel » et ses avatars (antijudaïsme, antisémitisme, antisionisme), Éditions Hermann, 2020.

L'Émancipation promise. Exigence forte ou illusion durable ?, Les Éditions du Cerf, 2019.

« Race » : un mot de trop ? Science, politique et morale, CNRS Éditions, 2018.

Judéophobie, la dernière vague, Fayard, 2018.

Macron : miracle ou mirage ?, Éditions de l'Observatoire, 2017.

L'Islamisme et nous. Penser l'ennemi imprévu, CNRS Éditions, 2017.